Susan Cooper
Wintersonnenwende

Susan Cooper ist in England geboren und lebt heute in Amerika. Sie ist Autorin mehrerer preisgekrönter Fantasy-Romane. »Wintersonnenwende« ist das zweite Buch der gleichnamigen fünfbändigen Reihe. Die anderen Bände sind:

RTB 4038   Bevor die Flut kommt (vorher RTB 1512)
RTB 4036   Greenwitch (vorher RTB 1510)
RTB 4040   Der Graue König (vorher RTB 1540)
RTB 4041   Die Mächte des Lichts (vorher RTB 1546)

Annemarie Böll, geb. Cech, geboren in Pilsen, Vater Tscheche, Mutter Rheinländerin. Schul- und Studienzeit in Köln, zeitweise England. In Köln bis 1952 als Realschullehrerin für Deutsch und Englisch tätig. Seit 1942 verheiratet mit Heinrich Böll († 1985). Übersetzte u. a. Brendan Behan, Bernard Shaw, Bernhard Malamund, J. D. Salinger, Paul Horgan und viele Jugend- und Kinderbücher, u. a. Judith Kerr.

WINTERSONNENWENDE

von Susan Cooper

Deutsch
von Annemarie Böll

Otto Maier Ravensburg

Für Jonathan

Lizenzausgabe
als Ravensburger Taschenbuch Band 4015
(vorher RTB 639),
erschienen 1980

Die Originalausgabe erschien im Verlag Atheneum, New York,
unter dem Titel „The Dark Is Rising"
© 1973 Susan Cooper

Abdruck mit Genehmigung des C. Bertelsmann Verlages
Alle deutschsprachigen Rechte C. Bertelsmann Verlag GmbH,
München 1977

Umschlagillustration: Dieter Wiesmüller

Alle Rechte dieser Ausgabe vorbehalten durch
Ravensburger Buchverlag Otto Maier GmbH
Gesamtherstellung: Ebner Ulm
Printed in Germany

15 14 13 12   95 94 93 92

ISBN 3-473-54015-3

I WEISSAGUNG

Das Zeichen aus Eisen

„Mir reicht's", schrie James und knallte die Tür hinter sich zu.

„Was ist los?" fragte Will.

„Zu viele Kinder in dieser Familie, das ist es. Einfach zu viele." James stand schnaubend vor der Tür, wie eine kleine wütende Lokomotive, dann trat er an das breite Fensterbrett und starrte in den Garten hinaus.

Will legte sein Buch beiseite und zog die Beine an, um Platz zu machen. „Ich hab das ganze Geschrei gehört", sagte er, das Kinn auf die Knie gestützt.

„Es war überhaupt nichts", sagte James. „Nur wieder diese blöde Barbara. Immer muß sie kommandieren. Heb das auf, laß das liegen. Und Mary mischt sich ein: blablabla, blablabla. Man sollte denken, das Haus wäre groß genug, aber nirgendwo ist man allein."

Sie schauten beide zum Fenster hinaus. Der Schnee lag dünn und kümmerlich. Diese weite graue Fläche war der Rasen, die knorrigen Bäume des Obstgartens dahinter waren noch schwarz; die weißen Vierecke, das waren die Dächer der Garage, der alten Scheune, der Kaninchenställe, des Hühnerhauses. Weiter hinten sah man nur noch die flachen Felder von Dawsons Hof mit undeutlichen weißen Streifen. Der ganze weite Himmel war grau, schwer von Schnee, der nicht fallen wollte. Nirgends war Farbe zu sehen.

„Vier Tage bis Weihnachten", sagte Will. „Ich wünschte, es würde richtig schneien."

„Und morgen ist dein Geburtstag."

„Hm." Er hatte es auch gerade sagen wollen, aber es hätte so ausgesehen, als wollte er daran erinnern. Und das, was er sich am meisten zu seinem Geburtstag wünschte, konnte ihm keiner schenken: Schnee. Schönen, tiefen, alles verhüllenden Schnee. Den gab es nie. In diesem Jahr war wenigstens dieses graue Gesprenkel gefallen, besser als gar nichts. Er erinnerte sich an eine Pflicht und sagte: „Ich hab die Kaninchen noch nicht gefüttert. Kommst du mit?"

Dick vermummt und in Stiefeln stampften sie durch die weiträumige Küche. Ein Symphoniekonzert entströmte in voller Lautstärke dem Radio; ihre älteste Schwester Gwen schnitt Zwiebeln und sang dazu. Ihre Mutter bückte sich schwerfällig und mit rotem Gesicht über den Backofen. „Die Kaninchen!" schrie sie, als sie die Jungen erblickte. „Und holt noch Heu vom Hof."

„Wir gehen ja schon", schrie Will zurück. Als er am Tisch vorbeikam, knackte und knatterte es plötzlich ganz abscheulich im Radio. Er fuhr zusammen. Mrs. Stanton kreischte: „Dreh das Ding leiser!"

Draußen war es plötzlich sehr still. Will schöpfte einen Eimer voll Körnerfutter aus der Tonne in der Scheune, wo es nach Bauernhof roch. Es war eigentlich keine richtige Scheune, sondern ein langgestrecktes, niedriges Gebäude mit einem Ziegeldach, das früher einmal ein Pferdestall gewesen war.

Sie stapften durch den dünnen Schnee zu der Reihe der schweren Holzkäfige. Auf dem gefrorenen Boden blieben dunkle Fußspuren zurück. Will begann, die Stalltüren zu öffnen, um die Futterkrippen zu füllen, dann hielt er plötzlich inne und runzelte die Stirn. Gewöhnlich kauerten die Kaninchen schläfrig in einer Ecke, und nur die gierigen kamen mit schnuppernden Näschen nach vorn, um zu fressen. Heute machten sie einen unruhigen und verängstigten Eindruck, sprangen von einer Seite zur anderen und bumsten dabei gegen die hölzernen Wände; ein paar sprangen sogar erschrocken zurück, als er die Tür öffnete. Er kam zu seinem Lieblingstier, das Chelsea hieß, streckte seine Hand in den Käfig, um es wie gewöhnlich liebevoll hinter den Ohren zu kraulen, aber das Tier wich zurück und verkroch sich in eine Ecke; die rosageränderten Augen starrten ihn in blankem Entsetzen an.

„He?" sagte Will beunruhigt. „He, James, sieh dir das an. Was ist mit ihm los? Und mit den andern?"

„Mir scheinen sie ganz in Ordnung."

„Aber mir nicht. Sie sind ganz verängstigt. Sogar Chelsea. He, komm doch, Kerlchen . . ." Aber es hatte keinen Zweck.

„Komisch", sagte James, der wenig interessiert zusah. „Wahrscheinlich riechen deine Hände anders als sonst. Du mußt irgend etwas angefaßt haben, das sie nicht mögen. So ähnlich ist es mit Hunden und Anis, nur anders herum."

„Ich habe überhaupt nichts angefaßt. Ich hatte mir sogar gerade die Hände gewaschen, als du kamst."

„Dann ist es das", sagte James sofort. „Jetzt weiß ich, was los ist. Die haben dich noch nie mit sauberen Händen gerochen. Wahrscheinlich sind sie so geschockt, daß sie eingehen."

„Hahaha, wie komisch!" Will ging auf ihn los, sie knufften sich lachend, während der leere Eimer kippte und über den harten Boden polterte. Aber als sie weggingen und einen Blick zurückwarfen, sprangen die Tiere immer noch verängstigt hin und her, fraßen nicht, sondern starrten aus diesen seltsam erschrockenen, weit aufgerissenen Augen hinter ihnen her.

„Wahrscheinlich ist wieder ein Fuchs in der Nähe", sagte James. „Erinnere mich daran, daß ich es der Mama sage."

An die Kaninchen in ihren festen Ställen konnte kein Fuchs heran, aber die Hühner waren gefährdet; im vergangenen Winter war eine ganze Fuchsfamilie in den Hühnerstall eingebrochen und hatte sechs schöne fette Hühner gestohlen, die gerade zum Markt gebracht werden sollten. Mrs. Stanton, die in jedem Jahr mit dem Hühnergeld rechnete, von dem sie die elf Weihnachtsgeschenke kaufte, war so wütend gewesen, daß sie zwei Nächte hintereinander in der Scheune Wache hielt, aber die Schurken waren nicht wiedergekommen. Will dachte, wenn ich ein Fuchs wäre, würde ich mich auch hüten, ihr in die Quere zu kommen; seine Mutter war zwar mit einem Goldschmied verheiratet, aber ihre Vorfahren waren Bauern in Buckinghamshire gewesen, und wenn die alten Bauerninstinkte in ihr wach wurden, war mit ihr nicht zu spaßen.

Die Handkarre hinter sich herziehend, ein selbstgebasteltes Fahrzeug, dessen Deichseln mit einer Querstange verbunden waren, machten Will und James sich nun auf den Weg. Zuerst die kurvige, fast zugewachsene Zufahrt hinunter zur Straße, dann diese entlang auf Dawsons Hof zu. Schnell gingen sie am Friedhof vorbei, dessen große Eibenbäume ihre dunklen Zweige weit über die verfallene Mauer streckten, dann langsamer am Krähenwäldchen vorbei, das an der Einmündung des Kirchweges lag. Die Gruppe hoher Kastanienbäume, die von Krähengekrächz widerhallte und in denen die planlosen Haufen der unordentlichen Nester wie verrottete Strohdächer hingen, war ein vertrauter Ort.

„Hör mal, die Krähen! Irgend etwas beunruhigt sie."

Das rauhe, wüste Geschrei war ohrenbetäubend, und als Will in die hohen Wipfel hinaufblickte, war der Himmel verdunkelt von kreisenden Vögeln. Kein aufgeregtes Geflatter, keine plötzliche Bewegung war zu sehen, nur dieses klagende Ineinander- und Auseinanderströmen der Vogelschwärme.

„Vielleicht eine Eule?"

„Nein, sie sind nicht auf der Jagd. Komm, Will, es wird bald dunkel."

„Eben darum ist es so seltsam, daß die Krähen so unruhig sind. Sie müßten jetzt auf ihren Schlafbäumen sitzen." Will wandte den Blick zögernd von den Vögeln ab, aber dann zuckte er zusammen und packte seinen Bruder am Arm. Auf dem dunklen Weg, der dort, wo sie standen, von der Straße abzweigte, hatte er eine Bewegung bemerkt. Der Kirchweg: er führte zwischen dem Krähenwäldchen und der Kirchhofmauer auf die kleine Dorfkirche zu und an dieser vorbei zur Themse.

„He!"

„Was ist los?"

„Da hinten ist jemand. Da war jemand und hat zu uns hergesehen."

James seufzte. „Und wennschon. Jemand, der einen Spaziergang macht."

„Nein, bestimmt nicht." Will kniff ängstlich die Augen zusammen und spähte den schmalen Seitenweg hinunter. „Der Mann sah unheimlich aus, ganz zusammengekrümmt. Und als er merkte, daß ich ihn ansah, ist er schnell hinter einen Baum gesprungen. Mit kleinen Schrittchen, wie ein Käfer."

James ruckte an der Karre und machte sich so schnell auf den Weg, daß Will laufen mußte, um Schritt zu halten. „Dann ist es eben nur ein Landstreicher. Ich weiß nicht, heute scheinen alle durchzudrehen. Barbara und die Kaninchen und die Krähen, und jetzt siehst du auch schon Gespenster. Los, komm jetzt, wir wollen das Heu holen. Ich möchte meinen Tee."

Die Handkarre rumpelte durch die gefrorenen Fahrrinnen auf Dawsons Hof, den großen, viereckigen, ungepflasterten Platz, der an drei Seiten von Gebäuden umgeben war, und sie rochen den vertrauten ländlichen Geruch. Der Kuhstall mußte heute ausgemistet worden sein; der alte George, der zahnlose Melker, schichtete auf der anderen Hofseite Mist. Er hob die Hand zum Gruß. Nichts entging dem alten George; er sah einen stürzenden Falken auf eine Meile Entfernung.

Mr. Dawson kam aus einer Scheune. „Aha", sagte er, „Heu für Stantons Hof?" Dies war sein ständiger Witz, wegen der Hühner und Kaninchen, die ihre Mutter hielt.

„Ja, bitte", sagte James.

„Kommt schon", sagte Mr. Dawson. Der alte George war in der Scheune verschwunden. „Geht's allen gut? Sagt eurer Mama, ich nehme ihr morgen zehn Hühner ab. Und vier Kaninchen. Mach nicht so ein Gesicht, kleiner Will. Es heißt nicht für die Kaninchen fröhliche Weihnachten, sondern für die Leute, die sie verspeisen." Er blickte zum Himmel auf, und Will glaubte, einen seltsamen Ausdruck auf seinem verwitterten braunen Gesicht zu sehen. Oben unter den tiefhängenden grauen Wolken zogen zwei schwarze Krähen mit langsamem Flügelschlag einen weiten Kreis um den Hof.

„Die Krähen machen heute einen schrecklichen Krach", sagte James. „Und Will hat oben am Wäldchen einen Landstreicher gesehen."

Mr. Dawson blickte Will scharf an. „Wie sah er aus?"

„Nur ein kleiner alter Mann. Er hat sich versteckt."

„Der Wanderer ist also unterwegs", sagte der Bauer leise zu sich selbst. „Aha. Natürlich."

„Ein scheußliches Wetter zum Wandern", sagte James munter. Er wies mit dem Kopf zum nördlichen Himmel über dem Hausdach; es schien, als würden die Wolken dort immer dunkler. Sie bildeten drohende graue Haufen mit einem gelblichen Rand. Ein Wind hatte sich erhoben; er blies ihnen ins Haar, und sie konnten das entfernte Rauschen der Baumwipfel hören.

„Es wird mehr Schnee geben", sagte Mr. Dawson.

„Heute ist ein gräßlicher Tag", sagte Will plötzlich und staunte über seine eigene Heftigkeit; schließlich hatte er sich Schnee gewünscht. Aber irgendwie wuchs das Unbehagen in ihm. „Es ist – irgendwie unheimlich."

„Es wird eine schlimme Nacht", sagte Mr. Dawson.

„Da ist der alte George mit dem Heu", sagte James. „Komm, Will."

„Geh du schon", sagte Mr. Dawson. „Ich möchte, daß Will etwas für eure Mutter mitnimmt, das ich noch im Haus habe." Aber als James sich mit der Handkarre auf den Weg zur Scheune gemacht hatte, rührte Mr. Dawson sich nicht. Er stand da, die Hände tief in den Taschen seiner alten Tweedjacke vergraben, und blickte zum Himmel auf, der sich immer mehr verdüsterte.

„Der Wanderer ist unterwegs", sagte er wieder, „und die Nacht wird schlimm werden, und morgen wird es schlimmer, als man sich vorstellen kann." Er sah Will an, und Will blickte mit wachsender Angst in das verwitterte Gesicht, in die glänzenden dunklen Augen, die vom jahrzehntelangen Blinzeln in Sonne, Wind und Regen schmal und von dichten Fältchen umgeben waren. Er hatte nie zuvor bemerkt, wie dunkel Bauer Dawsons Augen waren; fremdartig in diesem Land der Blauäugigen.

„Du hast ja bald Geburtstag", sagte der Bauer.

„Hmm", sagte Will.

„Ich hab etwas für dich." Er blickte sich schnell im Hof um und zog dann die eine Hand aus der Tasche; Will sah darin etwas, das eine Art Schmuckstück sein konnte. Es war aus einem schwarzen Metall, ein flacher Ring mit zwei Stäben darin, die sich in der Mitte kreuzten. Er nahm es und betastete es neugierig. Der Ring war etwa so groß wie seine Handfläche und ziemlich schwer; grob aus Eisen geschmiedet, wie ihm schien, aber ohne scharfe Kanten oder Zacken. Das Eisen fühlte sich kalt an.

„Was ist das?" fragt er.

„Für den Augenblick", sagte Mr. Dawson, „kannst du es ein Andenken nennen. Etwas, das du immer bei dir haben sollst, *immer*. Steck es jetzt in die Tasche. Später sollst du deinen Gürtel hindurchziehen und es wie eine zweite Schnalle tragen."

Will steckte den Eisenring in die Tasche. „Vielen Dank", sagte er etwas unsicher. Mr. Dawson, bei dem man sich sonst so wohl fühlte, war ihm heute beinahe unheimlich.

Der Bauer sah ihn wieder auf diese eindringliche, beunruhigende Weise an, bis Will fühlte, wie sich das Haar in seinem Nacken sträubte. Dann zuckte etwas wie ein Lächeln über Mr. Dawsons Gesicht, in dem aber keine Heiterkeit, sondern eher Sorge zu spüren war. „Verwahre es gut, Will. Und je weniger du davon sprichst, desto besser. Du wirst es brauchen, wenn es zu schneien anfängt." Dann schlug er einen munteren Ton an. „Und nun komm, meine Frau will dir ein Glas von ihrer Pastetenfüllung für deine Mutter mitgeben."

Sie gingen auf das Wohnhaus zu. Die Bauersfrau war nicht da, aber in der offenen Tür wartete Maggie Barnes, das rundgesichtige, rotbäckige Milchmädchen des Hofes, das Will immer an einen Apfel erinnerte. In der Hand hielt sie einen großen weißen Steinguttopf, der mit einem roten Band verschnürt war.

„Danke, Maggie", sagte Bauer Dawson.

„Die Frau sagt, Sie würden's für den kleinen Will hier haben wollen", sagte Maggie. „Sie ist ins Dorf gegangen, um mit dem Pfarrer über irgendwas zu sprechen. Wie geht's denn deinem großen Bruder, Will?"

Das sagte sie jedesmal, wenn sie ihn sah; sie meinte Wills zweitältesten Bruder Max. Es war ein Familienscherz bei den Stantons, daß Maggie Barnes ein Auge auf Max geworfen hätte.

„Gut, vielen Dank", sagte Will höflich. „Er hat sein Haar wachsen lassen und sieht jetzt wie ein Mädchen aus."

Maggie kreischte vor Vergnügen. „Mach, daß du wegkommst." Sie winkte ihm kichernd zum Abschied, aber im letzten Augenblick bemerkte Will, daß sie einen schnellen Blick über seinen Kopf hinweg warf. Während er sich umdrehte, glaubte er aus dem Augenwinkel eine Bewegung am Hoftor zu erspähen, so als ob jemand sich schnell versteckt hätte. Aber als er nachschaute, war niemand da.

Will und James quetschten den großen Topf mit Pastetenfüllung zwischen zwei Heuballen und schoben ihren Handkarren zum Hof hinaus. Der Bauer stand hinter ihnen in der Tür; Will fühlte seinen Blick, der ihnen folgte. Unruhig schaute er zu den drohenden, immer dichter werdenden Wolken auf, und fast wider Willen schob er die Hand in die Tasche, um den seltsamen Eisenring zu befühlen. *Wenn es zu schneien anfängt.* Der Himmel sah aus, als würde er gleich auf sie herunterstürzen. Er dachte: Was geschieht?

Einer der Hofhunde kam mit wedelndem Schwanz herbeigesprungen; dann, in ein paar Metern Entfernung, blieb er plötzlich stehen und sah sie an.

„Hallo, Renner!" rief Will.

Der Schwanz des Hundes senkte sich, knurrend zeigte das Tier die Zähne.

„James", rief Will.

„Er tut dir nichts. Was ist denn los?"

Sie gingen weiter, bogen in die Straße ein.

„Ich hab keine Angst. Aber irgendwas stimmt nicht. Irgendwas ist schrecklich. Renner, Chelsea – die Tiere haben Angst vor mir."

Er fing jetzt wirklich an, sich zu ängstigen.

Der Lärm in den Krähenbäumen war lauter, obgleich es doch schon anfing, dunkel zu werden. Sie konnten die schwarzen Vögel, noch unruhiger als zuvor, in Schwärmen über den Baumwipfeln flattern und kreisen sehen. Und Will hatte recht gehabt; ein Fremder befand sich auf dem Weg. Er stand an der Kirchhofmauer.

Es war eine taumelnde, zerlumpte Gestalt, die eher einem Bündel Kleider als einem Menschen glich, und bei ihrem Anblick beschleunigten die Jungen ihren Schritt, drängten sich unbewußt näher an den Karren und aneinander.

Der Mann wandte den zotteligen Kopf und sah zu ihnen hin.

Dann kam ganz plötzlich wie in einem schrecklichen Traum ein heiseres Gekrächze und schwarzes Flügelschlagen aus dem Himmel gestürzt. Zwei riesige Krähen stießen auf den Mann herunter. Der taumelte schreiend zurück, das Gesicht mit den erhobenen Händen schützend; die Vögel schlugen mit den riesigen Schwingen einen boshaften schwarzen Wirbel und waren schon wieder weg, hatten sich an den beiden Jungen vorbei in den Himmel geschwungen.

Will und James standen mit weit aufgerissenen Augen, wie erstarrt an die Heuballen gepreßt, da.

Der Fremde hatte sich gegen das Friedhofstor gekauert.

„Kaaaaaak . . . kaaaaaak . . .", schallte das ohrenbetäubende Geschrei des aufgewühlten Schwarms über den Bäumen, und dann kamen drei weitere wirbelnde schwarze Knäuel heruntergestürzt, stießen wütend auf den Mann zu und waren wieder verschwunden. Diesmal kreischte dieser voller Entsetzen, taumelte auf den Weg hinaus. Die Arme immer noch in Verteidigungsstellung um den Kopf gewinkelt, das Gesicht nach unten, so rannte er los. Die Jungen konnten die gequälten Atemstöße hören, als er blindlings an ihnen vorbeistürzte, auf Dawsons Hof zu, an diesem vorbei und auf das Dorf zulief. Sie sahen buschiges, fettiges Haar unter einer schmierigen alten Mütze; einen zerfetzten braunen Mantel, der mit einer Kordel zusammengehalten war, und darunter irgendwelche flatternden Kleidungsstücke; alte Stiefel, an denen eine Sohle lose war, so daß er beim Laufen sein Bein mit einem komischen halben Hüpfen seitwärts werfen mußte. Aber sein Gesicht sahen sie nicht.

Das Gewirbel über ihren Köpfen beruhigte sich zu einem langsamen Kreisen, allmählich ließen sich die Krähen eine nach der

13

anderen in den Bäumen nieder. Sie unterhielten sich immer noch laut in einem aufgeregten Gekrächz, aber die wütende Gewalttätigkeit war verschwunden.

Noch halb benommen, wagte Will, wieder den Kopf zu drehen; da fühlte er etwas an seiner Wange, und als er die Hand an die Schulter hob, fand er dort eine lange schwarze Feder. Mit einer langsamen Bewegung, wie im Halbschlaf, schob er sie in die Jackentasche.

Gemeinsam schoben sie den beladenen Karren die Straße hinunter nach Hause, das Krächzen hinter ihnen verklang zu einem geheimnisvollen Murmeln, wie das Murmeln der angeschwollenen Themse im Frühling.

Schließlich sagte James: „Krähen tun so etwas nicht. Sie greifen keine Menschen an. Und sie kommen nicht so tief herunter, wenn kein freier Raum da ist. So etwas tun sie einfach nicht."

„Nein", sagte Will. Er bewegte sich immer noch wie im Traum, nahm alles nur wie durch einen Schleier wahr. Nur eins war deutlich: ein seltsam unbestimmtes Bohren in seinem Kopf. Mitten in all dem Lärm und Geschwirre hatte ihn plötzlich ein unbekanntes Gefühl überkommen, das stärker war als alles, was er je erlebt hatte: er war sich bewußt, daß jemand versuchte, ihm etwas mitzuteilen, etwas, das ihm entgangen war, weil er die Worte nicht verstehen konnte. Es waren auch nicht eigentlich Worte; es war wie ein stummer Ruf gewesen. Aber es war ihm nicht gelungen, die Botschaft aufzunehmen.

„So, als hätte man das Radio nicht richtig eingestellt", sagte er laut.

„Was?" sagte James, aber er hatte gar nicht richtig zugehört.

„Das war vielleicht 'ne Sache", sagte er. „Vermutlich hat der Landstreicher versucht, 'ne Krähe zu fangen. Da sind sie wild geworden. Ich wette, der wird jetzt versuchen, sich ein Huhn oder ein Kaninchen zu klauen. Komisch, daß er kein Gewehr bei sich gehabt hat. Am besten sagen wir der Mama, sie soll heute nacht die Hunde in der Scheune lassen." Er plauderte munter weiter, bis sie zu Hause angekommen waren und das

Heu ausgeladen hatten.

Will merkte mit Erstaunen, daß der Schrecken über den wütenden Überfall der Vögel in James' Bewußtsein versickerte und daß nach einigen Minuten sogar die Erinnerung an die Tatsache sich verflüchtigt hatte.

Irgend etwas hatte den ganzen Vorfall aus James' Gedächtnis gewischt; etwas, das nicht wollte, daß man darüber sprach. Etwas, das wußte, daß dies auch Will daran hindern würde, darüber zu sprechen.

„Hier, nimm die Pastetenfüllung für Mama", sagte James. „Laß uns reingehen, bevor wir steifgefroren sind. Der Wind wird immer stärker – gut, daß wir uns beeilt haben."

„Ja", sagte Will. Ihm war kalt, aber das kam nicht vom stärker werdenden Wind. Seine Hand schloß sich fest um den Eisenring in seiner Tasche. Diesmal fühlte das Eisen sich warm an.

Als sie in die Küche traten, war die graue Welt draußen ins Dunkel geglitten. Vor dem Fenster stand der kleine ramponierte Lieferwagen ihres Vaters in einer gelben Lichtglocke. In der Küche war es noch lauter und heißer als zuvor. Gwen deckte gerade den Tisch, wobei sie geduldig um drei gebeugte Gestalten, die die Köpfe zusammensteckten, herumsteuerte: Mr. Stanton und die Zwillinge Robin und Paul betrachteten ein kleines, namenloses Maschinenteilchen; und das Radio, bewacht von Marys rundlicher Gestalt, gab mit äußerster Lautstärke Popmusik zum besten. Als Will in die Nähe kam, ertönte wieder das gräßliche Pfeifen und Quietschen, so daß alles mit Grimassen und Geheul in die Höhe fuhr.

„Dreh das Ding ab!" schrie Mrs. Stanton verzweifelt vom Spülstein her. Aber obgleich Mary schmollend das Geknatter und die darunter begrabene Musik abschaltete, änderte sich der Lärmpegel nur wenig. Es war immer so, wenn mehr als die halbe Familie zu Hause war. Stimmen und Gelächter erfüllten die langgestreckte, mit Steinplatten ausgelegte Küche, während sie sich um den gescheuerten Holztisch versammelten; die beiden walisischen Collies, Raq und Ci, lagen dösend am

Kamin an der Stirnseite des Raumes. Will hütete sich, in ihre Nähe zu kommen; er hätte es nicht ertragen, wenn die eigenen Hunde ihn angeknurrt hätten. Er saß still beim Tee – man nannte es Tee, wenn Mrs. Stanton es fertigbrachte, die Mahlzeit vor fünf Uhr auf dem Tisch zu haben, sonst hieß es Abendessen, aber es war immer die gleiche herzhafte Mahlzeit. Will füllte sich den Teller und den Mund immer wieder mit Wurst, damit er nicht zu sprechen brauchte. Nicht daß seine Stimme im munteren Geschwätz der Familie vermißt worden wäre, besonders nicht, da er das jüngste Mitglied war.

Nun winkte seine Mutter ihm vom Ende der Tafel zu und rief: „Was sollen wir morgen zum Tee machen, Will?"

Er sagte mit vollem Mund: „Leber mit Speck, bitte."

James gab ein lautes Stöhnen von sich.

„Halt den Mund", sagte Barbara, die Sechzehnjährige, mit überlegener Miene. „Es ist sein Geburtstag, er darf sich was wünschen."

„Aber *Leber*", sagte James.

„Geschieht dir recht", sagte Robin. „Wenn ich mich recht erinnere, mußten wir an deinem letzten Geburtstag alle diesen ekelhaften überbackenen Blumenkohl essen."

„Den hab ich gemacht", sagte Gwen, „er war nicht ekelhaft."

„War ja nicht so gemeint", sagte Robin sanftmütig. „Aber ich kann Blumenkohl einfach nicht ausstehen. Jedenfalls wißt ihr, was ich meine."

„Ich ja. Aber ich weiß nicht, ob James es versteht."

Der muskulöse Robin mit der tiefen Stimme war der stärkere der Zwillinge, und mit ihm war nicht zu spaßen. James sagte hastig: „Schon gut, schon gut."

„Die Doppeleins", sagte Mr. Stanton, der am Kopf des Tisches saß, „das sollten wir besonders feiern. Mit einer Art Stammesritus." Er lächelte seinem jüngsten Sohn zu. Sein rundes, ziemlich pausbäckiges Gesicht legte sich in zärtliche Fältchen.

Mary schnüffelte. „An meinem elften Geburtstag wurde ich durchgehauen und ins Bett geschickt."

„Du lieber Himmel", sagte ihre Mutter, „das hast du also noch nicht vergessen. Und so kann man es außerdem auch nicht beschreiben. Tatsächlich hast du nur einen ordentlichen Klaps auf den Hintern gekriegt, und soviel ich mich erinnere, war der wohlverdient."

„Es war mein Geburtstag", sagte Mary und warf mit einer trotzigen Kopfbewegung den Pferdeschwanz nach hinten, „und ich hab es nie vergessen."

„Laß dir nur Zeit", sagte Robin munter, „drei Jahre sind nicht viel."

„Und du warst sehr jung für deine elf Jahre", sagte Mrs. Stanton und kaute nachdenklich.

„So", sagte Mary, „und ist Will das etwa nicht?"

Einen Augenblick lang sahen alle Will an. Er blinzelte erschrocken im Kreis der nachdenklichen Gesichter umher, dann senkte er die gerunzelte Stirn auf den Teller, so daß nichts von ihm zu sehen war außer dem dicken Vorhang brauner Haare. Es war sehr verwirrend, von so vielen Leuten gleichzeitig angesehen zu werden, jedenfalls von mehr Leuten, als man selbst ansehen konnte. Er hatte beinahe das Gefühl, angegriffen zu werden. Und plötzlich war er ganz sicher, daß es irgendwie gefährlich sein konnte, wenn so viele Leute gleichzeitig an einen dachten. Als ob jemand, der feindlich gesinnt war, es *hören* könnte.

„Will", sagte Gwen schließlich, „ist für elf ziemlich alt."

„Beinahe alterslos", sagte Robin. Sie hörten sich beide ganz ernst und unbeteiligt an, so als sprächen sie über einen Fremden, der weit weg war.

„Hört jetzt auf", sagte Paul ganz unerwartet. Er war der stillere der Zwillinge und das Familiengenie. Vielleicht war er wirklich eines: Er spielte Flöte und dachte kaum an etwas anderes. „Hast du für morgen jemanden zum Tee eingeladen, Will?"

„Nein. Angus Macdonald ist über Weihnachten nach Schottland gefahren, und Mike ist bei seiner Großmutter in Southall. Es ist mir auch egal."

Plötzlich entstand Bewegung an der Hintertür, ein kalter Luftzug kam herein, man hörte Stampfen und lautes Bibbern. Max steckte vom Flur her den Kopf in die Küche; sein langes Haar war feucht und mit weißen Sternchen besetzt. „Tut mir leid, daß ich so spät komme, Mama, ich mußte von der Heide aus zu Fuß gehen. Mensch – ihr solltet das da draußen sehen –, ein richtiger Schneesturm." Er blickte in die verdutzten Gesichter. „Wißt ihr nicht, daß es schneit?"

Einen Augenblick lang hatte Will alles andere vergessen. Er stieß einen Freudenschrei aus und stürzte mit James auf die Tür zu: „Richtiger Schnee? Und dicht?"

„Das will ich meinen", sagte Max und übersprühte sie mit Wassertröpfchen, während er seinen Schal loswickelte. Er war der älteste der Brüder, wenn man Stephen nicht mitzählte, der seit Jahren bei der Marine war und selten nach Hause kam. „Hier." Er öffnete die Tür einen Spalt, und der Wind pfiff wieder herein. Draußen sah Will einen glitzernden weißen Nebel dicker Schneeflocken – weder Bäume noch Büsche waren zu sehen, nichts als wirbelnder Schnee.

Ein Chor von lauten Protestschreien kam aus der Küche: „Macht die Tür zu!"

„Da hast du deine Feier, Will", sagte sein Vater. „Genau zur rechten Zeit."

Als Will lange danach zu Bett ging, schob er den Vorhang in seinem Schlafzimmer zur Seite und preßte die Nase gegen die kalte Fensterscheibe. Draußen fiel der Schnee noch dichter als zuvor. Auf dem Fensterbrett lag er schon drei oder vier Zentimeter hoch. Er konnte beinahe sehen, wie die Schicht wuchs, da der Wind den Schnee auf das Haus zutrieb. Er konnte auch den Wind hören, wie er dicht über seinem Kopf um das Dach und in den Kaminen heulte. Will schlief unter dem Dach des alten Hauses in einer Mansarde mit schrägen Wänden; er war erst vor ein paar Monaten hier heraufgezogen, als Stephen, dessen Zimmer es gewesen war, nach einem Urlaub auf sein Schiff zurückgekehrt war. Bis dahin hatte Will immer mit James zusammen in einem Zimmer geschlafen – alle Kinder teilten das Zimmer mit einem der Geschwister. „Aber jemand sollte auch

in meiner Mansarde wohnen", hatte sein ältester Bruder gesagt, denn er wußte, wie sehr Will das Zimmer liebte.

Auf dem Bücherbord in der einen Zimmerecke stand jetzt das
Bild des Leutnants zur See Stephen Stanton, der sich in seiner
Ausgehuniform nicht recht wohl zu fühlen schien. Daneben
stand ein geschnitztes Holzkästchen mit einem Drachen auf
dem Deckel, in dem sich die Briefe befanden, die er manchmal
aus unvorstellbar weiten Fernen an Will schickte. Diese beiden
Gegenstände bildeten eine Art privates Heiligtum von Will.

Der Schnee wurde gegen das Fenster gewirbelt, es hörte sich
an, als strichen Fingerspitzen über die Scheibe. Wieder hörte
Will den Wind im Dachstuhl stöhnen, lauter als zuvor; er
wuchs zu einem richtigen Sturm an. Will dachte an den Landstreicher; wo mochte er untergekrochen sein? *Der Wanderer
ist unterwegs . . . die Nacht wird schlimm werden . . .* Er nahm
seine Jacke vom Stuhl und holte das seltsame eiserne Schmuckstück aus der Tasche. Mit den Fingerspitzen fuhr er den Kreis
entlang, er ließ sie an dem Kreuz hin- und herlaufen, das den
Kreis in vier Teile teilte. Die Oberfläche des Eisens war ungleichmäßig, aber obgleich sie nicht poliert zu sein schien, war
sie ganz glatt. Diese Art der Glätte erinnerte ihn an eine bestimmte Stelle in den rauhen Steinplatten des Küchenbodens,
wo die Rauheit des Steins von Generationen von Füßen glatt-
geschliffen worden war, die sich hier, von der Tür her kom-
mend, umdrehten. Es war eine besondere Art von Eisen: von
einem tiefen, absoluten Schwarz, das keinen Glanz zeigte, aber
auch keine Rost- oder sonstigen Flecken. Das Eisen fühlte sich
jetzt wieder kalt an, so kalt, daß Will erschrak, seine Fingerspitzen wurden ganz taub vor Kälte. Hastig legte er es nieder.
Dann zog er den Gürtel aus den Schlaufen der Hose, die wie
gewöhnlich unordentlich über die Stuhllehne geworfen war. Er
nahm den Ring und schob ihn wie eine zweite Schnalle auf den
Gürtel, so wie Mr. Dawson es ihm gesagt hatte. Der Wind sang
im Fensterrahmen. Will zog den Gürtel wieder durch die
Schlaufen und warf die Hose auf den Stuhl.

In diesem Augenblick überfiel ihn, ganz ohne Vorwarnung, die
Angst.

Die erste Welle überraschte ihn, während er quer durchs Zimmer auf sein Bett zuging. Er blieb stocksteif mitten im Raum stehen, das Heulen des Windes draußen in den Ohren. Der Schnee peitschte gegen das Fenster. Will spürte plötzlich eine tödliche Kälte, und doch glühte er von Kopf bis Fuß. Er war so erschreckt, daß er keinen Finger rühren konnte. Ein Bild zuckte durch sein Gedächtnis: er sah wieder den tiefhängenden Himmel über dem Wäldchen, schwarz von Krähen, die kreisten und flatterten. Dann war dieses Bild verschwunden, er sah nun das entsetzte Gesicht des Landstreichers und hörte seinen Schrei, während er davonrannte.

Dann kam ein Augenblick, wo nur eine schreckliche Dunkelheit sein Bewußtsein füllte, es war ein Gefühl, als blicke er in einen tiefen, schwarzen Abgrund. Dann legte sich das hohe Pfeifen des Windes, und er war erleichtert.

Er stand zitternd da und blickte wild um sich. Es war nichts zu sehen, was ihn hätte erschrecken können. Alles war genau wie immer. Es kommt alles nur vom Grübeln, sagte er sich. Alles wäre wieder gut, wenn er mit Denken aufhören und einschlafen könnte. Während er ins Bett kletterte, streifte er den Bademantel ab. Dann lag er da und blickte zu dem Klappfenster in der Dachschräge auf. Es war mit Schnee bedeckt, der grau wirkte.

Er löschte die kleine Nachttischlampe, und die Nacht verschlang das Zimmer. Selbst als seine Augen sich an die Dunkelheit gewöhnt hatten, war kein Schimmer von Licht zu sehen. Er mußte schlafen. Los, schlaf schon ein. Aber obwohl er sich auf die Seite drehte, die Decken bis zum Kinn hochzog, sich entspannte, an die heitere Tatsache dachte, daß morgen, wenn er erwachte, sein Geburtstag sein würde, geschah nichts. Es hatte keinen Sinn. Irgend etwas stimmte nicht.

Will warf sich gequält von einer Seite auf die andere. Nie zuvor hatte er dieses Gefühl gehabt. Es wurde jeden Moment schlimmer. Als ob ein schweres Gewicht auf seinem Geist läge, ihn bedrohte, ihn zu überwältigen versuchte, ihn zu etwas machen wollte, das er nicht sein wollte. Das ist es, dachte er: mich zu etwas anderem machen. Aber das ist doch blöde. Wer sollte das wollen? Und zu was soll ich gemacht werden?

Draußen vor der halboffenen Tür knarrte es; er fuhr hoch. Dann knarrte es wieder, und er wußte, was es war: ein bestimmtes Fußbodenbrett, das nachts manchmal mit sich selbst redete. Es war ein so vertrauter Laut, daß er ihn gewöhnlich gar nicht wahrnahm. Wider Willen lag er still und horchte. Ein anderes Knarren kam von weiter her, aus der anderen Mansarde, und er zuckte wieder zusammen. Du bist einfach nervös, sagte er sich; du denkst an diesen Nachmittag, aber in Wirklichkeit gibt's gar nicht so viel zu erinnern. Er versuchte, an den Landstreicher zu denken, als sei er gar nicht bemerkenswert, ein ganz gewöhnlicher Mann in einem schmutzigen Mantel und verschlissenen Schuhen; aber statt dessen sah er nur wieder den wütenden Sturzflug der Krähen. *Der Wanderer ist unterwegs.* Jetzt hörte er ein anderes, seltsam knisterndes Geräusch, diesmal kam es von der Decke über ihm; der Wind heulte plötzlich laut, und Will saß aufrecht im Bett und tastete in Panik nach der Bettlampe.

Sofort verwandelte sich das Zimmer in eine warme gelbe Lichthöhle. Er ließ sich zurückfallen und kam sich dumm vor. Ich fürchte mich im Dunkeln, dachte er: wie gräßlich. Genau wie ein kleines Kind. Stephen hat bestimmt hier oben im Dunkeln nie Angst gehabt. Da ist das Bücherbrett und der Tisch, die beiden Stühle und die Fensternische; da hängt das Mobile mit den sechs Segelschiffchen von der Decke, und da segeln ihre Schatten über die Wand. Alles ist wie immer. Schlaf doch ein!

Er knipste das Licht wieder aus, und sofort war alles schlimmer als zuvor. Zum drittenmal sprang ihn die Angst an wie ein großes Tier. Will lag wie erstarrt da, zitternd; er fühlte selber, daß er zitterte, war aber unfähig, sich zu rühren. Er hatte das Gefühl, verrückt zu werden.

Draußen stöhnte der Wind, setzte aus, heulte plötzlich auf, und Will hörte ein gedämpftes Stoßen und Kratzen am Oberlicht in der Zimmerdecke. Das Entsetzen packte ihn, als würde ein Alptraum Wirklichkeit; dann knirschte und krachte es, der Sturm heulte plötzlich viel lauter und näher, kalte Luft preßte sich ins Zimmer. Und dieses Entsetzen stürzte mit so erschrekkender Gewalt auf ihn ein, daß er sich zitternd zusammenkrümmte.

Will schrie. Er erfuhr es erst später; sein Entsetzen war so tief, daß er den Ton seiner Stimme nicht hörte. Einen schrecklichen, nachtschwarzen Augenblick lang lag er, fast bewußtlos, außerhalb der Welt im schwarzen All. Dann kamen schnelle Schritte die Treppe herauf, eine besorgte Stimme rief ihn, gesegnetes Licht füllte den Raum mit Wärme und holte ihn ins Leben zurück.

Es war Pauls Stimme: „Will? Was ist? Hast du etwas?"

Will machte langsam die Augen auf. Er hatte sich fest zusammengerollt, die Knie gegen das Kinn gepreßt. Er sah Paul, der sich über ihn beugte und besorgt hinter seiner dunkelumrandeten Brille blinzelte. Will nickte, er konnte nicht sprechen. Dann wandte Paul den Kopf, und Will folgte seinem Blick und sah, daß das Klappfenster in der Dachschräge offen herunterhing; es schwang noch von der Heftigkeit des Falles hin und her; im Dach war ein schwarzes Viereck leerer Nacht zu sehen, durch das der Wind die bittere Kälte hineinblies. Auf dem Teppich unter dem Fenster lag ein Haufen Schnee.

Paul betrachtete den Fensterrahmen. „Der Riegel ist gebrochen – wahrscheinlich war der Schnee zu schwer. Er ist bestimmt ziemlich alt. Das Metall ist ganz verrostet. Ich hole ein Stück Draht und flicke es provisorisch bis morgen früh. Bist du davon wach geworden? Mensch, du hast wohl einen ordentlichen Schreck gekriegt. Wenn mir das passierte, würdest du mich irgendwo unter dem Bett wiederfinden."

Will blickte in sprachloser Dankbarkeit zu ihm auf, und es gelang ihm ein dünnes Lächeln. Jedes Wort, das Pauls beruhigende, tiefe Stimme sprach, brachte ihn ein wenig weiter in die Wirklichkeit zurück. Er setzte sich im Bett auf und schlug die Decke zurück.

„Papa muß noch Draht zwischen den Sachen in der anderen Mansarde haben", sagte Paul. „Aber wir wollen zuerst diesen Schnee rausschaffen, bevor er schmilzt. Sieh mal, es kommt noch mehr herein. Wetten, daß es nicht viele Häuser gibt, in denen man den Schnee auf den Teppich fallen sieht?"

Er hatte recht: Durch das schwarze Loch in der Decke wirbelten Schneeflocken und verteilten sich im Raum. Gemeinsam kratzten sie soviel wie möglich auf einer alten Zeitschrift zu einem formlosen Schneeball zusammen, und Will lief schnell nach unten und warf ihn in die Badewanne. Paul befestigte das Fenster mit einem Stück Draht wieder an der Halterung des Riegels.

„Das wär's", sagte er munter, und obgleich er sich nicht nach Will umwandte, verstanden sie einander einen Augenblick lang sehr gut. „Ich will dir was sagen, Will, hier oben ist's eisig – komm doch mit runter in unser Zimmer, du kannst in meinem Bett schlafen. Wenn ich später nach oben komme, wecke ich dich – oder ich könnte auch hier oben schlafen, wenn du Robins Schnarchen ertragen kannst. Recht so?"

„Ja", sagte Will mit belegter Stimme, „danke."

Er suchte seine verstreuten Kleider zusammen – auch den Gürtel mit dem neuen Schmuckstück – und klemmte das Bündel unter den Arm. In der Tür blieb er noch einmal stehen und warf einen Blick zurück. Es war jetzt nichts mehr zu sehen außer dem feuchten Fleck auf dem Teppich, wo der Schneehaufen gelegen hatte. Aber er spürte eine Kälte, die nicht nur von der kalten Luft herrührte, und das kranke, leere Gefühl der Angst lag noch auf seiner Brust. Wenn nichts anderes gewesen wäre, als seine Angst vor der Dunkelheit, hätte er um nichts in der Welt Zuflucht in Pauls Zimmer gesucht. Aber so wußte er, daß er nicht allein in dem Zimmer bleiben konnte, in das er eigentlich gehörte. Denn als sie den Schnee aufgefegt hatten, hatte er etwas entdeckt, das Paul nicht gesehen hatte. Bei diesem heulenden Schneesturm war es eigentlich unmöglich, daß ein lebendes Wesen gegen das Fenster gefallen war, mit diesem Aufprall, den er gehört hatte, bevor das Fenster herunterfiel. Aber vergraben im Schnee hatte er die frische schwarze Schwungfeder einer Krähe gefunden.

Er hörte wieder die Stimme des Bauern: *Die Nacht wird schlimm werden, und morgen wird es schlimmer, als man sich vorstellen kann.*

Der Reiter

Musik weckte ihn auf. Sie winkte ihm, süß und eindringlich, eine zarte Musik, die von zarten Instrumenten gespielt wurde, die er nicht kannte; eine Tonfolge von Glockenklängen zog sich wie ein goldener Faden der Freude hindurch. In dieser Musik lag so viel vom verborgensten Zauber seiner Träume und Vorstellungen, daß er bei diesem Klang mit einem Lächeln reinsten Glückes erwachte. Im Augenblick seines Erwachens begann die Musik zu verklingen, sie winkte ihm gleichsam zum Abschied, und als er die Augen öffnete, war sie vergangen. Nur die Erinnerung an das plätschernde Auf und Ab des Motivs klang in seinem Kopf nach, aber auch dies verflüchtigte sich so schnell, daß er sich im Bett aufsetzte und die Arme ausstreckte, als könnte er die Melodie aufhalten.

Im Zimmer war es ganz still, nichts war zu hören, und doch wußte Will, daß er nicht geträumt hatte.

Er war noch im Zimmer der Zwillinge; er konnte im anderen Bett Robin tief und langsam atmen hören. Um die Ränder des Vorhangs war ein kalter Lichtstreifen, aber im Haus regte sich nichts. Es war noch sehr früh. Will zog die zerknüllten Kleider vom Vortag über und schlüpfte aus dem Zimmer. Er ging durch die Diele auf das mittlere Fenster zu und blickte nach unten.

Mit dem ersten geblendeten Blick sah er die ganze vertraute und doch fremde Welt in einem glitzernden Weiß; die Dächer der Nebengebäude waren viereckige hochgehäufte Schneetürme, dahinter lagen die Felder und Hecken begraben im Schnee und bildeten bis zum Horizont eine ebene, ungebrochene weiße Fläche. Will tat einen tiefen, glücklichen Atemzug, einen stummen Freudenschrei. Dann, ganz schwach, hörte er wieder die Musik, dieselbe Melodie. Er fuhr herum, suchte mit den Blicken in der Luft, als könnte er sie irgendwo wie ein flackerndes Lichtchen sehen.

„Wo bist du?"

Wieder war die Melodie verstummt. Und als er noch einmal durchs Fenster blickte, war auch seine eigene Welt verschwunden. In einem Augenblick hatte sich alles verändert. Der Schnee war noch da, aber er häufte sich nicht auf Dächern, lag nicht flach auf Wiesen und Feldern. Es waren nur Bäume da.

Will blickte über einen großen, weißen Forst: einen Forst aus dicken Bäumen, die stark wie Türme waren und steinalt. Sie trugen kein Laub, waren nur mit dem dichten Schnee bekleidet, der unberührt auf allen Ästen lag, auf dem kleinsten Zweig. Überall standen Bäume. Sie wuchsen so nahe beim Haus, daß er durch die Zweige des nächsten hindurchsah; er hätte sie fassen und schütteln können, hätte er gewagt, das Fenster zu öffnen. In allen Richtungen erstreckte sich der Wald bis zum flachen Horizont des Tales hin. Die einzige Lücke in dieser weißen Welt aus Zweigen lag im Süden, wo die Themse floß; er erkannte die Flußbiegung, die wie eine einzelne festgehaltene Welle im weißen Ozean des Waldes zu sehen war, und die Form dieser Linie ließ vermuten, daß der Fluß breiter war, als er eigentlich hätte sein sollen.

Will schaute und schaute, und als er sich schließlich bewegte, merkte er, daß er den glatten Eisenring, durch den er seinen Gürtel gezogen hatte, fest umklammerte. Das Eisen fühlte sich warm an.

Er trat ins Schlafzimmer zurück.

„Robin", sagte er laut, „wach auf!" Robin atmete langsam und gleichmäßig wie zuvor, rührte sich aber nicht.

Er lief ins Schlafzimmer nebenan, das vertraute kleine Zimmer, das er früher mit James geteilt hatte, und schüttelte James heftig. Aber James blieb regungslos, in tiefem Schlaf, liegen.

Will trat wieder auf die Diele hinaus, tat einen tiefen Atemzug und schrie dann, so laut er konnte: „Wacht auf! Wacht alle auf!"

Er erwartete jetzt schon keine Antwort mehr, und es kam auch keine. Tiefe Stille herrschte, so tief und zeitlos wie der Schnee, der alles bedeckte; das Haus und alle darin lagen in tiefem Schlaf.

Will ging nach unten, um seine Stiefel anzuziehen und die alte Schaffelljacke, die vor ihm nacheinander zwei oder drei seiner Brüder getragen hatten. Dann ging er zur Hintertür hinaus, die er leise hinter sich schloß, stand da und hielt durch den schnell hochsteigenden weißen Dampf seines eigenen Atems hindurch Ausschau.

Die freie weiße Welt lag in Schweigen gebannt. Kein Vogel sang. Der Garten war unter den Bäumen verschwunden. Auch die Nebengebäude und die alte bröckelige Mauer waren nicht mehr da. Das Haus lag auf einer kleinen Lichtung. Da, wo die Bäume begannen, war der Schnee zu einer ununterbrochenen Kette von Hügelchen aufgeweht. Ein einziger schmaler Pfad führte hindurch.

Will ging langsam in diesen weißen Tunnel hinein, hob dabei die Füße, damit ihm kein Schnee in die Stiefel kam. Sobald er sich vom Haus entfernte, überfiel ihn ein Gefühl tiefer Einsamkeit. Er zwang sich, vorwärtszugehen, ohne einen Blick zurückzuwerfen, denn er wußte, wenn er sich umschaute, würde das Haus nicht mehr dasein.

Alles, was ihm in den Sinn kam, nahm er ohne nachzudenken und ohne eine Frage an, so, als bewegte er sich durch einen Traum. Aber tief im Innern wußte er, daß er nicht träumte. Er war hellwach an diesem Wintersonnwendtag, auf den er – irgendwie wußte er das – seit dem Tag seiner Geburt, nein, seit Jahrhunderten gewartet hatte. *Wie es morgen sein wird, das kann man sich gar nicht vorstellen . . .*

Will trat aus dem weiß überwölbten Pfad auf die Straße, die mit einer glatten Schneeschicht bedeckt und dicht von den großen Bäumen gesäumt war. Er blickte zwischen den Zweigen hindurch nach oben und sah eine einzelne schwarze Krähe mit langsamem Flügelschlag hoch am Morgenhimmel dahinfliegen.

Er wandte sich nach rechts und ging den schmalen Weg entlang, der in seiner eigenen Zeit die Huntercombe Lane hieß. Die Straße ins Jägertal. Auf dieser Straße waren er und James zu Dawsons Hof gegangen, es war dieselbe Straße, auf der er fast jeden Tag seines Lebens gegangen war, aber sie sah jetzt ganz anders aus. Jetzt war sie nicht viel mehr als ein Pfad durch einen Wald, hohe, schneebeladene Bäume engten sie zu beiden Seiten ein. Will ging mit weit offenen Augen und gespannter

Aufmerksamkeit durch die Stille, bis er plötzlich vor sich schwache Geräusche hörte.

Er blieb stehen. Da war der Ton wieder. Gedämpft drang er durch die Bäume: Ein rhythmisches Klopfen in verschiedener Tonhöhe, als ob jemand auf Metall hämmerte. Es kam in kurzen, unregelmäßigen Abständen, als würden Nägel eingeschlagen.

Während Will dastand und lauschte, schien die Welt um ihn herum ein wenig heller zu werden; die Wälder kamen ihm weniger dicht vor, der Schnee glänzte, und als er den Blick nach oben wandte, war der Streifen Himmel über der Huntercombe Lane von einem klaren Blau. Er merkte, daß die Sonne doch endlich hinter der dumpfen grauen Wolkenbank hervorgekommen war.

Er stapfte auf das Hämmern zu und kam bald auf eine Lichtung. Das Dorf Huntercombe gab es nicht mehr, nur diese Hütten hier. Unter einem Schauer unerwarteter Geräusche, Anblicke, Gerüche wurden alle seine Sinne plötzlich hellwach. Er sah ein paar niedrige Steinhütten mit dick verschneiten Dächern; er sah blauen Holzrauch aufsteigen und roch ihn auch, und gleichzeitig roch er den köstlichen Duft von frisch gebackenem Brot, bei dem ihm das Wasser im Mund zusammenlief. Er sah, daß die nächstgelegene der drei Hütten nur drei Wände hatte, zur Straße hin war sie offen. Drinnen brannte ein helles Feuer wie eine gefangene Sonne. Dichte Funkenschauer sprühten von einem Amboß auf, an dem ein Mann stand und hämmerte. Neben dem Amboß stand ein großes schwarzes Pferd, ein schönes Tier mit glänzendem Fell; Will hatte noch nie ein Pferd von so herrlich mitternächtlicher Farbe gesehen, ganz ohne jeden weißen Fleck.

Das Pferd hob den Kopf und sah ihn voll an, dann scharrte es mit dem Huf und wieherte leise. Die Stimme des Schmieds rief das Tier grollend zur Ordnung, und aus den Schatten hinter dem Pferd kam eine andere Gestalt zum Vorschein. Bei ihrem Anblick ging Wills Atem schneller, und er fühlte, wie sich seine Kehle zusammenzog. Er wußte nicht warum.

Der Mann war hochgewachsen und trug einen dunklen Um-

27

hang, der gerade wie ein Gewand herabfiel; sein Haar, das ihm tief in den Nacken wuchs, hatte einen seltsam rötlichen Glanz. Er klopfte den Hals des Pferdes und murmelte ihm etwas ins Ohr, dann schien er die Ursache für seine Unruhe zu spüren, drehte sich um und sah Will. Seine Arme fielen ganz plötzlich herab. Er trat einen Schritt vor und blieb wartend stehen.

Der Schnee und der Himmel verloren ihren Glanz, der Morgen verdunkelte sich ein wenig, denn ein Streifen der fernen Wolkenbank hatte die Sonne verschlungen.

Will überquerte den Schnee der Straße, die Hände tief in die Taschen vergraben. Er blickte die hohe, verhüllte Gestalt, die ihn anstarrte, nicht an. Statt dessen hielt er die Augen entschlossen auf den anderen Mann gerichtet, der jetzt wieder über den Amboß gebeugt stand, und da merkte er, daß er ihn kannte; es war einer der Knechte auf Dawsons Hof. John Smith, der Sohn des alten George.

„Morgen, John", sagte er.

Der breitschultrige Mann in der Lederschürze blickte auf. Er runzelte kurz die Stirn, dann nickte er ihm zu. „Ah, Will, du bist früh auf."

„Ich habe Geburtstag", sagte Will.

„Ein Wintersonnwendgeburtstag", sagte der Fremde in dem Umhang. „Sehr verheißungsvoll, in der Tat. Und du bist elf Jahre alt geworden."

Das war eine Feststellung, keine Frage. Nun mußte Will ihn ansehen. Leuchtendblaue Augen zu dem rotbraunen Haar, und der Mann sprach mit einem seltsamen Akzent, der nicht aus der Gegend stammte.

„Stimmt", sagte Will.

Eine Frau kam aus einer der Hütten. Sie trug einen Korb voll kleiner Brotlaibe, und mit ihr kam der Duft nach Frischgebackenem, der Will so hungrig gemacht hatte. Er schnupperte. Sein Magen erinnerte ihn daran, daß er noch nicht gefrühstückt hatte. Der Rothaarige nahm ein Brot, brach es und hielt ihm die eine Hälfte hin.

„Hier. Du bist hungrig. Brich mit mir dein Geburtstagsfasten, junger Will." Er biß in seine Brothälfte, und Will hörte das einladende Krachen der Kruste. Er streckte die Hand aus, aber in diesem Augenblick riß der Schmied mit einem Schwung ein Hufeisen aus dem Feuer und hielt es kurz auf den Pferdehuf, den er zwischen die Knie geklemmt hatte. Der heftige, plötzliche Gestank nach verbranntem Horn tötete den Duft des frischen Brotes; aber schon lag das Eisen wieder im Feuer, und der Schmied blickte auf den Huf hinunter. Das schwarze Pferd stand geduldig und ohne sich zu rühren, aber Will trat zurück und ließ den Arm sinken.

„Nein, danke", sagte er.

Der Mann zuckte die Schultern, riß wie ein hungriger Wolf mit den Zähnen Stücke von seinem Brot ab, und die Frau, deren Gesicht unter dem vorstehenden Kopftuch unsichtbar blieb, ging mit ihrem Korb wieder davon. John Smith hob das Hufeisen wieder aus dem Feuer und tauchte es in einen Eimer mit Wasser, wo es zischte und dampfte.

„Beeil dich, beeil dich", sagte der Reiter gereizt. Er hob den Kopf. „Die Zeit verstreicht. Wie lange dauert es noch?"

„Mit dem Eisen darf man nichts überstürzen", sagte der Schmied. Aber er klopfte das Hufeisen jetzt mit schnellen, sicheren Schlägen fest. „Fertig", sagte er schließlich und beschnitt den Huf mit einem Messer.

Der rothaarige Mann führte sein Pferd im Kreis, zog die Gurte an und schwang sich, flink wie eine Katze, in den Sattel. Aufrecht saß er dort oben, und in seinem dunklen Umhang, dessen Falten über die Flanken des Pferdes herabfielen, sah er aus wie ein Standbild. Aber die blauen Augen blickten mit zwingender Gewalt auf Will hinunter. „Steig auf, Junge, ich bring dich, wohin immer du willst. Bei diesem hohen Schnee ist Reiten das einzig richtige."

„Nein, danke", sagte Will. „Ich bin unterwegs, um den Wanderer zu suchen." Er hörte seine eigenen Worte mit Erstaunen. Das ist es also, dachte er.

„Aber jetzt ist der Reiter unterwegs", sagte der Mann, und mit einer schnellen Bewegung riß er den Kopf des Pferdes herum, beugte sich aus dem Sattel und griff nach Wills Arm. Will wich zur Seite, aber der Mann hätte ihn ergriffen, wenn nicht der

Schmied, der vor der Schmiede stand, vorgesprungen wäre und ihn weggezerrt hätte. Für einen so schweren Mann bewegte er sich mit erstaunlicher Leichtigkeit.

Der Mitternachtshengst bäumte sich auf, und der Reiter wäre beinahe abgeworfen worden. Er schrie vor Wut auf, dann faßte er sich und blickte sie mit einer kalten Überlegenheit an, die schlimmer war als Wut.

„Das war eine törichte Handlung, mein lieber Schmied", sagte er leise. „Wir werden es nicht vergessen." Dann riß er den Hengst herum und ritt in der Richtung davon, aus der Will gekommen war, und die Hufe des großen Pferdes machten im Schnee nur ein dumpf knirschendes Geräusch.

John Smith spuckte verächtlich aus und begann, sein Werkzeug wegzuräumen.

„Danke", sagte Will. „Ich hoffe . . ." Er zögerte.

„SIE können mir nichts anhaben", sagte der Schmied. „Das verhindert mein Herkommen. Und in dieser Zeit gehöre ich der Straße, so wie meine Kunst all denen gehört, die die Straße benutzen. IHRE Macht kann auf der Straße, die ins Tal des Jägers führt, kein Unheil anrichten. Denk daran, auch um deinetwillen."

Will fühlte ein Reißen, und er merkte, wie seine Gedanken sich regten. „John", sagte er. „Ich weiß, es ist wahr, daß ich den Wanderer suchen muß, aber ich weiß nicht, warum. Willst du es mir sagen?"

Der Schmied wandte sich um und sah ihn zum erstenmal an. In seinem verwitterten Gesicht war etwas wie Mitleid zu lesen.

„Ach nein, kleiner Will. Bist du erst so kürzlich erwacht? Das mußt du selber herausfinden. Und noch vieles mehr an diesem deinem ersten Tag."

„Ersten Tag?" sagte Will.

„Iß", sagte der Schmied. „Jetzt, da du das Brot nicht mit dem Reiter brichst, ist es ungefährlich. Du siehst, wie schnell du die Gefahr erkannt hast. Genau wie du wußtest, daß es noch gefährlicher sein würde, mit ihm zu reiten. Geh deiner Nase nach, Junge, den ganzen Tag über, geh nur deiner Nase nach."

Er rief zum Haus hinüber: „Martha!"

30

Die Frau kam wieder mit ihrem Korb nach draußen. Diesmal schlug sie ihr Kopftuch zurück und lächelte Will an, und er sah Augen, so blau wie die des Reiters; aber es war ein milder Glanz darin. Dankbar biß er in das warme knusprige Brot, das jetzt aufgeschnitten und mit Honig bestrichen war. Dann hörte man auf der Straße jenseits der Lichtung wieder gedämpften Hufschlag, und er fuhr ängstlich herum.

Eine weiße Stute ohne Reiter oder Zaumzeug trabte auf die Lichtung und kam auf sie zu: das Gegenbild zu des Reiters mitternachtschwarzem Hengst, groß und glänzend und ohne den geringsten Makel. Gegen das blendende Weiß des Schnees, der jetzt in der wieder aufgetauchten Sonne glitzerte, schien sich die Weiße des Fells und der langen Mähne, die über den gebogenen Hals fiel, durch einen blaßgoldenen Schimmer abzuheben. Das Pferd blieb neben Will stehen, neigte kurz den Kopf und berührte mit der Nase seine Schulter wie zum Gruß, dann schüttelte es den großen weißen Kopf und blies eine Dampfwolke in die kalte Luft. Will hob die Hand und legte sie ehrfurchtsvoll auf den Hals des Pferdes.

„Du kommst zur rechten Zeit", sagte der Schmied. „Das Feuer ist heiß."

Er ging wieder in die Schmiede und bewegte ein paarmal den Griff des Blasebalges, so daß das Feuer aufbrüllte. Dann nahm er ein Hufeisen vom Haken an der beschatteten Wand und steckte es in die Glut. „Schau es dir gut an", sagte er und sah Will prüfend ins Gesicht. „Ein Pferd wie dies hast du nie zuvor gesehen. Aber dies wird nicht das letztemal sein."

„Es ist wunderschön", sagte Will, und die Stute schnupperte wieder sanft an seinem Hals.

„Steig auf", sagte der Schmied.

Will lachte. Es war so klar zu sehen, daß dies unmöglich war; sein Kopf reichte kaum bis zur Schulter des Pferdes, und selbst wenn ein Steigbügel dagewesen wäre, hätte er ihn doch mit seinem Fuß nicht erreichen können.

„Ich scherze nicht", sagte der Schmied. Er sah wirklich nicht aus wie ein Mann, der oft lächelt, geschweige denn, daß er Witze macht. „Du hast das Recht dazu. Greife in die Mähne, dort, wo du sie erreichen kannst, dann wirst du sehen."

Um ihm zu Willen zu sein, griff Will nach oben und wickelte beide Hände in das lange, dicke Haar der weißen Mähne, die tief über den Hals fiel. Im gleichen Augenblick wurde ihm schwindlig; sein Kopf summte wie ein Kreisel, und durch dies Summen hindurch hörte er ganz deutlich, aber sehr weit weg, die zauberische, glockenklare Melodie, die er an diesem Morgen vor dem Erwachen gehört hatte. Er schrie auf. Es ruckte an seinen Armen, die Welt drehte sich, und die Musik war verklungen. Verzweifelt horchte er hinter ihr her, versuchte sie einzufangen, als ihm bewußt wurde, daß er näher an den schneebedeckten Zweigen war als zuvor: er saß hoch auf dem breiten Rücken der weißen Stute. Er blickte auf den Schmied hinunter und lachte laut vor Glück.

„Wenn ich sie beschlagen habe", sagte der Schmied, „wird sie dich tragen, sobald du sie darum bittest."

Will wurde plötzlich nüchtern, dachte nach. Dann zog etwas seinen Blick an, und er sah durch die gebogenen Zweige der Bäume hindurch hoch oben am Himmel zwei schwarze Krähen mit trägem Flügelschlag vorbeifliegen.

„Nein", sagte er, „ich glaube, daß ich allein gehen soll." Er streichelte der Stute den Hals, schwang seine Beine zu einer Seite und ließ sich von der Höhe hinabgleiten. Er erwartete einen harten Aufprall, landete aber sanft auf den Zehen im Schnee. „Danke, John. Ich danke dir sehr. Auf Wiedersehen."

Der Schmied nickte kurz; dann machte er sich an dem Pferd zu schaffen, und Will stapfte ein wenig enttäuscht davon; er hatte wenigstens ein Wort des Abschieds erwartet. Vom Waldrand blickte er zurück. John Smith hatte eins der Hinterbeine des Pferdes zwischen die Knie geklemmt und streckte die behandschuhte Hand nach seiner Zange aus. Und was Will jetzt sah, ließ ihn jeden Gedanken an Abschiedsworte vergessen. Der Schmied hatte kein altes Hufeisen entfernt, er beschnitt keinen von Nägeln zerfetzten Huf; dieses Pferd war noch nie beschlagen worden. Und das Hufeisen, das ihm jetzt angepaßt wurde, war ebenso wie die drei anderen, die er an der Wand der

Schmiede glänzen sah, überhaupt kein Hufeisen. Es hatte eine andere Form, eine Form, die er sehr gut kannte. Alle vier Hufeisen der weißen Stute waren durchkreuzte Ringe, genau wie der, den er am eigenen Gürtel trug.

Will ging unter dem schmalen blauen Himmelsstreifen ein Stückchen die Straße entlang. Er steckte eine Hand unter die Jacke, um den Ring an seinem Gürtel zu berühren. Das Eisen war eisig kalt. Er hatte inzwischen begriffen, was das bedeutete. Aber von dem Reiter war nichts zu sehen; er konnte nicht einmal Hufspuren des schwarzen Pferdes entdecken. Er dachte nicht an gefährliche Begegnungen. Er spürte nur, wie ihn etwas immer stärker auf den Ort zuzog, wo in seiner eigenen Zeit Dawsons Gehöft stehen würde.

Er fand einen schmalen Seitenweg und betrat ihn. Er folgte eine lange Zeit den sanften Windungen des Pfades. In diesem Teil des Waldes gab es viel Unterholz. Als Will wieder um eine Biegung kam, sah er eine niedrige, viereckige Hütte vor sich, mit groben Lehmwänden und einem Dach mit einer hohen Schneemütze wie aus Zuckerguß. Auf der Schwelle stand der zerlumpte alte Landstreicher. Es war dasselbe lange graue Haar, dieselben Kleider, das verwitterte Gesicht mit den listigen Augen . . .

Will ging nahe an den alten Mann heran und sagte, wie Bauer Dawson es am Tag zuvor gesagt hatte: „Der Wanderer ist also wieder unterwegs."

„Nur der eine", sagte der alte Mann, „nur ich. Und was geht dich das an?" Er zog die Nase hoch, sah Will schräg an und rieb sich die Nase an seinem schmierigen Ärmel.

„Ich will Ihnen ein paar Fragen stellen", sagte Will mit fester Stimme, obgleich ihm gar nicht so zu Mute war. „Ich will wissen, warum Sie sich gestern da herumgetrieben haben. Warum haben Sie uns beobachtet? Warum haben die Krähen Sie verfolgt? Ich will wissen", sagte er mit einem plötzlichen Ausbruch von Ehrlichkeit, „was das bedeutet, daß Sie der Wanderer sind."

Als Will die Krähen erwähnte, hatte der alte Mann sich näher an die Hütte gedrückt, sein ängstlicher Blick hatte flackernd die Baumwipfel abgesucht, aber jetzt blickte er Will mit schärferem Mißtrauen an als zuvor.

„Du kannst es nicht sein", sagte er.

„Was kann ich nicht sein?"

„Du kannst nicht . . . du müßtest all das wissen. Besonders das über diese Höllenvögel. Du willst mich reinlegen, was? Du willst einen armen alten Mann reinlegen. Du bist mit dem Reiter unterwegs. Du bist doch sein Junge – oder nicht?"

„Natürlich nicht", sagte Will. „Ich weiß nicht, was Sie meinen." Er betrachtete die elende Hütte; der Weg war hier zu Ende, aber es war nicht einmal eine richtige Lichtung. Die Bäume standen dicht um sie herum, so daß die Sonne kaum zu ihnen durchdrang. Will sagte in einem Anfall plötzlicher Verzweiflung: „Wo ist der Hof?"

„Hier ist kein Hof", sagte der alte Landstreicher mißmutig. „Noch nicht. Du solltest wissen . . ." Er zog wieder heftig die Nase hoch und murmelte vor sich hin. Dann kniff er die Augen zusammen und trat ganz nah an Will heran, betrachtete forschend dessen Gesicht. Er war jetzt so nahe, daß Will den abstoßenden Geruch von altem Schweiß und ungewaschener Haut wahrnahm. „Aber du könntest es sein, du könntest es sein. Wenn du das erste Zeichen trügest, das der Uralte dir gegeben hätte. Hast du es da? Laß es sehen. Zeig dem Wanderer das Zeichen."

Will versuchte nach Kräften, seinen Ekel vor dem Alten nicht zu zeigen und nestelte an den Knöpfen seiner Jacke. Er *wußte*, was mit dem Zeichen gemeint war. Aber als er das Schaffell beiseite schob, um den Ring sehen zu lassen, den er an seinem Gürtel befestigt hatte, berührte er mit der Hand das glatte Eisen, und es verbrannte ihn beinahe mit seiner eisigen Kälte. Im gleichen Augenblick sah er, wie der Alte einen Sprung nach rückwärts machte, wie er sich duckte und dabei nicht auf Will, sondern über dessen Schulter hinweg starrte. Will flog herum und erblickte den Reiter in seinem Umhang auf dem mitternachtschwarzen Pferd.

„Das trifft sich gut", sagte der Reiter sanft.

Der alte Mann quiekte wie ein Kaninchen, machte kehrt und rannte taumelnd durch die Schneewehen in den Wald hinein. Will blieb wie angewurzelt stehen, sah den Reiter an, und sein Herz schlug so wild, daß er kaum Atem holen konnte.

„Es war unklug, die Straße zu verlassen, Will Stanton", sagte der Mann in dem Umhang, und seine Augen blitzten wie blaue Sterne. Das schwarze Roß tänzelte und kam näher, immer näher. Will wich gegen die Wand der wackligen Hütte zurück, den Blick fest auf die Augen des Reiters gerichtet. Dann zwang er mit äußerster Anstrengung seinen zögernden Arm, die Jacke beiseite zu ziehen, so daß der eiserne Ring an seinem Gürtel deutlich sichtbar wurde. Er faßte den Gürtel gleich daneben; die Kälte des Zeichens war so durchdringend, daß er sie wie eine Kraft spürte, wie die Ausstrahlung einer wild brennenden Glut. Der Reiter stutzte, sein Blick flackerte.

„Du hast also schon eines." Er zog auf eine seltsame Weise die Schultern hoch, und das Pferd schüttelte die Mähne; beide schienen Kraft zu sammeln, größer zu werden. „Das eine wird dir nicht helfen, nicht das eine allein. Noch nicht", sagte der Reiter und wuchs und wuchs drohend vor der Weiße der Welt. Sein Hengst wieherte triumphierend, stieg auf die Hinterhand, trat mit den Vorderhufen die Luft, so daß Will sich nur hilflos gegen die Wand pressen konnte. Pferd und Reiter hingen drohend über ihm wie eine dunkle Wolke, die den Schnee und die Sonne auslöschte.

Dann hörte er undeutlich neue Laute, und die drohenden schwarzen Gestalten schienen zur Seite zu sinken, hinweggefegt von einem strahlenden goldenen Licht, in dem in noch hellerer Glut weißglühende Kreise gleißten, Sonnen und Sterne.

Will blinzelte und sah plötzlich, daß es die weiße Stute von der Schmiede war, die sich jetzt über ihm aufbäumte. Er griff wie von Sinnen in die flatternde Mähne, und wie zuvor fühlte er sich auf den breiten Rücken hinaufgeschwungen, und tief über den Nacken des Tieres gebeugt, klammerte er sich mit allen Kräften fest. Das große weiße Pferd tat einen hellen Schrei und sprang auf den Pfad, der durch die Bäume führte; auf der Lichtung blieb eine formlose schwarze Wolke zurück, die unbeweglich wie Rauch in der Luft stand. In immer schnellerem Galopp flog alles vorüber, bis sie schließlich auf die Straße kamen, die Straße ins Jägertal.

Die Bewegung des großen Pferdes ging jetzt in einen leichten kraftvollen Trott über, und Will hörte den Schlag seines eigenen Herzens in den Ohren, während die Welt in einem weißen Dunst vorbeiflog. Dann, ganz plötzlich, war der Himmel grau, die Sonne verschwunden. Der Wind fuhr Will in den Nacken, in die Ärmel und die Stiefelränder, zerrte an seinem Haar. Große Wolken kamen aus Norden auf sie zugeflogen, wurden immer dichter, ballten sich zu einer riesigen grauschwarzen Gewitterwand. Dahinter rumpelte und grollte es. Ein Wolkenloch war noch offen, hinter dessen weißem Dunst ein schwacher blauer Schimmer zu sehen war, aber auch dieses Loch schloß sich mehr und mehr. Das weiße Pferd sprang mit verzweifelter Kraft darauf zu.

Will schaute über die Schulter zurück und sah eine Gestalt, noch dunkler als die riesigen Wolken, auf sich zugefegt kommen: den Reiter. Mächtig, riesig, seine Augen zwei schreckliche Funken blauweißen Feuers. Ein Blitz zuckte, Donner riß den Himmel entzwei, und die Stute sprang in die krachenden Wolken hinein in dem Augenblick, als sich der letzte Spalt schloß.

Sie waren in Sicherheit. Der Himmel über ihnen und vor ihnen war blau, die Sonne schien und lag warm auf Wills Haut. Er sah, daß sie das Themsetal hinter sich gelassen hatten. Sie befanden sich zwischen den weich gerundeten Hügeln der Chiltern-Berge, die von hohen Bäumen gekrönt waren, von Buchen, Eichen und Eschen. Und wie ein Netzwerk liefen die Linien der Hecken über die Hänge, die Grenzen uralter Felder – sehr alter Felder, das hatte Will immer schon gewußt; diese Grenzen waren älter als alles andere in seiner Welt, außer den Hügeln selbst und den Bäumen. Dann sah er auf einem der weißen Hügel ein anderes Zeichen. Dieses Zeichen war durch den Schnee und die Grasnarbe hindurch bis in den Kalkstein darunter geritzt worden. Es wäre schwer zu erkennen gewesen, wäre es nicht ein vertrautes Zeichen gewesen. Es war ein Kreis, der durch ein Kreuz in vier Teile geteilt wurde.

Dann spürte er einen Ruck, seine Hände, die sich fest in die dicke Mähne verkrallt hatten, lösten sich; die weiße Stute gab ein langes, schrilles Wiehern von sich, das ihm in den Ohren gellte und dann auf eine seltsame Weise in der Ferne verklang. Und Will stürzte, stürzte, er spürte keinen Aufprall, wußte nur, daß er mit dem Gesicht nach unten im kalten Schnee lag. Er rappelte sich auf, schüttelte sich. Das weiße Pferd war verschwunden. Der Himmel war klar, und die Sonne schien ihm warm in den Nacken. Er stand auf dem Abhang eines verschneiten Hügels, die Kuppe weit hinter ihm war mit hohen Bäumen bestanden, und über den Bäumen schwebten winzig klein zwei schwarze Vögel hin und her.

Vor ihm auf dem weißen Abhang ragten hoch und einsam zwei hohe geschnitzte Torflügel auf, die nirgendwohin führten.

Merriman

Will vergrub seine kalten Hände in den Taschen, stand da und starrte die geschnitzten Füllungen des geschlossenen Tores an, das vor ihm aufragte. Sie sagten ihm nichts. Er konnte die Bedeutung der gezackten Symbole nicht erkennen, die sich in endlosen Variationen auf jeder der hölzernen Platten wiederholten. Das Tor war aus einem Holz, wie er es noch nie gesehen hatte; es war rissig und voller Narben und doch vom Alter geglättet. Wenn nicht hier und dort eine runde Vertiefung gewesen wäre, wo es nicht ganz gelungen war, die Spuren eines Astlochs zu beseitigen, so hätte man nicht erkannt, daß es überhaupt Holz war. Wenn diese Zeichen nicht gewesen wären, hätte Will gedacht, das Tor sei aus Stein.

Nun glitt sein Blick an den Rändern des Tores empor. Alle Gegenstände, die er hier sah, schienen leise zu zittern, wie hinter einem Schleier erhitzter Luft, wie sie über einem offenen Feuer steht oder über einer gepflasterten Straße, auf der die Sommersonne brütet.

Das Tor hatte keinen Griff. Will streckte die Arme aus, legte seine beiden Handflächen gegen das Holz und drückte. Und während die Torflügel dem Druck seiner Hände nachgaben, glaubte er, ein paar Takte der fließenden Glockenmusik zu hören, aber dann war sie wieder im dämmrigen Schlund zwischen Erinnerung und Einbildung verschwunden. Und er war durch das Tor getreten, die riesigen Flügel waren ohne den geringsten Laut hinter ihm zugeschlagen, und das Licht und der Tag und die Welt hatten sich so verändert, daß er ganz vergaß, wie es gewesen war.

Er stand in einer großen Halle. Hier hinein fiel kein Sonnenstrahl. An den hohen Steinwänden waren auch keine richtigen Fenster, nur eine Reihe schmaler Schlitze. Zwischen diesen hingen Wandbehänge von so fremdartiger Schönheit, daß sie wie in einem milden Licht zu glühen schienen.

Will war ganz benommen vom Funkeln der Tiere und Blumen und Vögel, die hier in so satten Farben eingewebt oder aufgestickt waren, daß sie wie farbiges Glas, durch das die Sonne scheint, aussahen.

Bilder sprangen auf ihn zu: er sah ein silbernes Einhorn, ein Feld roter Rosen, eine glühende Sonne. Über seinem Kopf wölbten sich die Balken des Dachstuhls in tiefem Schatten; andere Schatten verschleierten das Ende des Raumes. Wie im Traum tat er ein paar Schritte nach vorn, seine Füße machten keine Geräusche auf den Schaffellen, die den Steinboden bedeckten. Plötzlich sprühten Funken, und ein Feuer flammte in der Dunkelheit auf. Es erleuchtete einen riesigen offenen Kamin an der Wand ihm gegenüber, und er konnte Türen unterscheiden, hochlehnige Stühle und einen schweren geschnitzten Tisch. An der Feuerstelle standen zwei Gestalten, die auf ihn warteten: eine alte Frau, die sich auf einen Stock stützte, und ein großer Mann.

„Willkommen, Will", sagte die alte Dame. Ihre Stimme war sanft und freundlich, und doch hallte sie in dem gewölbten Raum wie eine Glocke. Sie streckte ihm ihre magere Hand entgegen, und der Feuerschein fing sich in einem großen Ring, dessen Stein rund wie eine Kugel vom Finger abstand. Sie war sehr klein, zart wie ein Vogel, und obgleich ihr Rücken ungebeugt war und sie sehr beweglich schien, hatte Will, als er sie betrachtete, den Eindruck, daß sie ururalt sein mußte.

Er konnte ihr Gesicht nicht erkennen. Er blieb stehen, und unbewußt faßte seine Hand nach dem Gürtel.

Nun bewegte sich die hohe Gestalt an der anderen Seite des Kamins, beugte sich vor und entzündete einen langen Wachsstock am Feuer, trat an den Tisch und fing an, dort mit dem Wachsstock einen Kranz hoher Kerzen zu entzünden. Das Licht der qualmenden gelben Flamme spielte auf seinem Gesicht. Will sah einen kraftvollen knochigen Schädel, tiefliegende Augen und eine stolz gebogene Nase wie einen Falkenschnabel, dichtes drahtiges weißes Haar, das sich über der hohen Stirn sträubte, buschige Brauen und ein vorspringendes Kinn. Und während er in die wilden, geheimnisvollen Linien dieses Gesichts starrte, geschah es, ohne daß er wußte wie, daß die Welt, die er seit seiner Geburt bewohnt hatte, sich hob und wie in einem Wirbel drehte, in Stücke brach und in einem Muster wieder herunterkam, das nicht mehr das gleiche war wie zuvor.

Nun richtete sich der große Mann auf und sah ihn über den Kranz der brennenden Kerzen hinweg an. Er lächelte leise, der grimmige Mund hob sich in den Winkeln, und feine, fächerförmige Runzeln erschienen in den äußeren Winkeln der tiefliegenden Augen. Mit einem schnellen Atemstoß blies er den Wachsstock aus.

„Komm her, Will Stanton", sagte er, „komm und lerne. Und bring jene Kerze mit."

Verwirrt blickte Will um sich. Dicht neben seiner rechten Hand sah er einen schwarzen, schmiedeeisernen Ständer, so groß wie er selbst, der drei Arme hatte. Zwei Arme trugen einen fünfzackigen eisernen Stern, der dritte einen Halter, in dem eine dicke weiße Kerze steckte. Will hob die Kerze herunter. Sie war so schwer, daß er beide Hände dazu brauchte. Dann ging er durch die Halle auf die beiden Gestalten zu, die am anderen Ende auf ihn warteten. Als er näher kam, bemerkte er, durch das Kerzenlicht hindurchblinzelnd, daß der Kranz der Kerzen auf dem Tisch nicht vollständig war; ein Halter war leer. Das glatte Wachs fest mit den Händen umspannend, beugte er sich über den Tisch, entzündete seine Kerze an einer der anderen und steckte sie dann sorgfältig in den leeren Halter. Sie glich den anderen Kerzen genau. Es waren seltsame Kerzen, ungleichmäßig in der Dicke, kalt und hart wie Marmor; sie brannten mit einer langen hellen Flamme ohne Rauch und rochen ein wenig harzig.

Erst als Will sich wieder aufrichtete, bemerkte er die beiden gekreuzten Eisenarme innerhalb des Kerzenrings. Hier war das Zeichen wieder: das Kreuz innerhalb des Kreises, der gevierteilte Kreis. Er sah jetzt, daß auf dem Ständer noch mehr Kerzenhalter angebracht waren: zwei auf jedem Kreuzarm und einer im Mittelpunkt, wo sie sich schnitten. Aber diese neun Halter waren noch leer.

Die alte Dame setzte sich in den hochlehnigen Sessel neben dem Feuer und lehnte sich zurück. „Sehr gut", sagte sie freundlich mit der gleichen musikalischen Stimme. „Danke, Will."

Sie lächelte. Ihr Gesicht überzog sich mit einem Spinnengewebe von Fältchen, und Will grinste erfreut zurück. Er wußte nicht, warum er plötzlich so glücklich war, es schien so selbstverständlich, daß man gar nicht danach zu fragen brauchte. Er setzte sich auf einen Schemel, der vor dem Feuer stand und ganz offensichtlich auf ihn wartete.

„Das Tor", sagte er, „das große Tor, durch das ich gekommen bin. Wie kann es so ganz allein da stehen?"

„Das Tor?" sagte die Dame.

Etwas an ihrem Ton veranlaßte Will, einen Blick nach rückwärts zu werfen, zur Wand mit dem hohen Tor darin und zu dem Leuchter, von dem er gerade die Kerze genommen hatte. Er erstarrte. Das große Holztor war verschwunden. Die graue Wand zeigte keine Unterbrechung, die massiven Quader waren nackt bis auf einen runden goldenen Schild, der einsam hoch oben hing und im Licht des Feuers matt schimmerte.

40

Der große Mann lachte leise. „Nichts ist so, wie es scheint, mein Junge. Erwarte nichts und fürchte nichts, weder hier noch sonstwo. Das ist die erste Lehre, die du lernen mußt. Und jetzt kommt deine erste Übung. Vor uns steht Will Stanton – erzähle uns, was ihm in diesen letzten Tagen begegnet ist."

Will blickte in die lodernden Flammen, deren Widerschein in dem frostigen Raum warm und wohltuend auf seinem Gesicht lag. Es kostete ihn große Mühe, seine Gedanken zu dem Augenblick zurückzuzwingen, wo er mit James von zu Hause weggegangen war, um auf Dawsons Hof Heu zu holen. Heu! Das war erst gestern nachmittag gewesen. Er grübelte, dachte an all das, was zwischen jenem Augenblick und seinem jetzigen Ich lag.

Schließlich sagte er: „Das Zeichen. Der Kreis mit dem Kreuz. Gestern hat Mr. Dawson mir das Zeichen gegeben. Dann hat der Wanderer versucht, mich zu erwischen, und nachher haben Sie – wer immer das ist – mich fangen wollen." Er schluckte, ihn fror bei der Erinnerung an die Angst, die er in der Nacht ausgestanden hatte. „Sie wollen das Zeichen. Sie brauchen es, darum geht es. Darum geht es auch heute, obgleich alles viel verwirrender ist, denn jetzt ist nicht *jetzt*, es ist irgendeine andere Zeit. Ich weiß nicht, welche. Alles ist wie ein Traum – und doch wirklich . . . Sie sind immer noch hinter dem Zeichen her. Ich weiß nicht, wer Sie sind. Ich kenne nur den Reiter und den Wanderer. Ich kenne auch euch nicht, aber ich weiß, daß ihr gegen Sie seid. Ihr und Mr. Dawson und John Wieland Smith."

Er schwieg.

„Weiter", sagte die tiefe Stimme.

„Wieland?" sagte Will verwundert. „Das ist ein seltsamer Name. Der gehört nicht zu Johns Namen. Warum habe ich das gesagt?"

„Das Gedächtnis enthält mehr, als die Menschen wissen", sagte der große Mann. „Besonders dein Gedächtnis. Und was sonst hast du noch zu sagen?"

„Ich weiß nicht", sagte Will. Er senkte den Blick und ließ seinen Finger an der Kante des Schemels entlanglaufen; es waren sanfte, regelmäßige Wellen hineingeschnitzt, wie die Wellen eines friedlichen Sees. „Doch. Jetzt weiß ich's. Zwei Dinge. Das eine ist, daß an dem Wanderer etwas Sonderbares ist. Ich glaube nicht, daß er wirklich zu IHNEN gehört, denn er hat sich zu Tode erschreckt, als er den Reiter sah, und ist weggelaufen."

„Und das andere?" sagte der große Mann.

Irgendwo im Schatten des weiten Raumes schlug eine Uhr, der Ton war dumpf, als käme er von einer umwickelten Glocke: ein einziger Ton, eine halbe Stunde.

„Der Reiter", sagte Will, „als der Reiter das Zeichen sah, sagte er: ‚Du hast also schon eins.' Er hat vorher nicht gewußt, daß ich es habe. Aber er war hinter mir her. Hat mich gejagt. Warum?"

„Ja", sagte die alte Dame. Sie betrachtete ihn beinahe traurig. „Er hat dich gejagt. Ich fürchte, Will, der Verdacht, den du hast, ist richtig. SIE wollen nicht nur das Zeichen, SIE wollen dich."

Der große Mann stand auf und trat an die Seite der Dame, seine eine Hand lag auf der Rückenlehne ihres Sessels, die andere steckte in der Tasche der hochgeschlossenen dunklen Jacke, die er trug. „Sieh mich an, Will", sagte er.

Das Licht vom Kranz der brennenden Kerzen auf dem Tisch spielte auf seinem gesträubten weißen Haar und vertiefte die Schatten, in denen seine seltsamen Augen wie in dunklen Seen lagen.

„Mein Name ist Merriman Lyon", sagte er. „Ich begrüße dich, Will Stanton. Wir warten seit langem auf dich."

„Ich kenne Sie", sagte Will. „Mir scheint . . . Sie sehen aus . . . ich habe gespürt . . . kenne ich Sie nicht?"

„In gewisser Weise", sagte Merriman. „Du und ich, wir sind, sozusagen, einander ähnlich. Wir wurden mit der gleichen Gabe geboren und zu dem gleichen hohen Auftrag. Und in diesem Augenblick bist du hier an diesem Ort, Will, damit du beginnst zu verstehen. Aber zuerst mußt du von der Gabe erfahren."

Es ging alles zu weit, zu schnell. „Ich verstehe nicht", sagte

Will und blickte erschrocken in das starke, lebendige Gesicht. „Ich habe keine Gabe, wirklich nicht. Ich will sagen, es ist nichts Besonderes an mir." Er blickte von einer zur anderen der beiden Gestalten, die von den tanzenden Flammen der Kerzen und des Feuers einmal beleuchtet, dann wieder in Schatten versenkt wurden, und Angst stieg in ihm auf, das Gefühl, in eine Falle gegangen zu sein. Er sagte: „Nur das, was mir widerfahren ist, das ist alles."

„Denk zurück und erinnere dich an einige dieser Dinge", sagte die alte Dame. „Heute ist dein Geburtstag, der Tag der Wintersonnenwende, dein elfter Wintersonnwendtag. Erinnere dich an den gestrigen Tag, deinen zehnten Wintersonnwendabend, bevor du das Zeichen zum erstenmal sahst. War da nichts Besonderes? Nichts Neues?"

Will dachte nach. „Die Tiere hatten Angst vor mir", sagte er zögernd. „Und vielleicht die Vögel. Aber damals schien es nichts Besonderes zu bedeuten."

„Und wenn ihr im Haus ein Radio oder ein Fernsehgerät laufen hattet", sagte Merriman, „dann benahm es sich seltsam, sobald du in die Nähe kamst."

Will starrte ihn an. „Im Radio waren dauernd Geräusche. Wie haben Sie das gewußt? Ich dachte, es wären Sonnenflecken oder so was."

Merriman lächelte. „Irgend so etwas." Dann wurde er wieder ernst. „Hör mir jetzt zu. Die Gabe, von der ich spreche, ist eine Kraft, die ich dir zeigen werde. Es ist die Kraft der Uralten, die so alt sind wie dieses Land oder noch älter. Du wurdest geboren, Will, um diese Kraft zu erben, wenn du dein zehntes Jahr vollendet hättest. Am Vorabend deines Geburtstages begann sie schon zu erwachen, und heute, am Tag deiner Geburt, ist sie frei geworden, blühend und voll erwacht. Aber diese Kraft ist noch wild und nicht in Bahnen gelenkt, denn du hast sie noch nicht fest in der Hand. Du mußt lernen, sie zu gebrauchen, bevor sie ihre wahre Gestalt annehmen und den Auftrag erfüllen kann, zu dem du geboren bist. Mach nicht so ein Gesicht, Junge. Steh auf. Ich will dir zeigen, was die Kraft vermag."

Will stand auf, und die alte Dame lächelte ihm ermutigend zu. Er sagte plötzlich zu ihr: „Wer sind Sie?"

„Die Dame . . .", begann Merriman.

„Die Dame ist sehr alt", sagte sie mit ihrer jungen, klaren Stimme, „und hat zu ihrer Zeit viele, viele Namen gehabt. Für den Augenblick wird es vielleicht das beste sein, wenn du weiter an mich als an die Alte Dame denkst."

„Ja, gnädige Frau", sagte Will. Beim Klang ihrer Stimme hatte das Glücksgefühl ihn wieder überströmt, die Angst legte sich, er stand da, eifrig und aufrecht, und spähte in die Schatten hinter ihrem Stuhl, wo Merriman sich einige Schritte zurückgezogen hatte. Er konnte den Schimmer des weißen Haares über der hohen Gestalt sehen, aber nicht mehr.

Merrimans tiefe Stimme kam aus den Schatten heraus. „Steh still. Hefte deinen Blick auf irgendeinen Gegenstand, aber nicht scharf, konzentriere dich auf nichts. Laß deine Gedanken wandern. Tu so, als wärest du in der Schule in einer langweiligen Unterrichtsstunde."

Will lachte, er stand ganz entspannt da, den Kopf ein wenig zurückgelegt. Er blinzelte nach oben und versuchte wie zum Scherz, zwischen den dunklen Balken und den schwarzen Linien, die von ihren Schatten gebildet wurden, zu unterscheiden.

Merriman sagte beiläufig: „Ich stelle ein Bild vor deine Seele. Sag mir, was du siehst."

Das Bild formte sich in Wills Kopf so natürlich, als hätte er sich entschlossen, eine Fantasielandschaft zu malen und stelle sich das Bild jetzt vor, ehe er es aufs Papier brachte. Er sagte, indem er die Einzelheiten so beschrieb, wie sie vor seinem inneren Auge auftauchten: „Da ist ein grasbewachsener Abhang, der vom Meer aufsteigt, eine Art sanfter Klippe. Viel blauer Himmel, und das Meer unten ist von einem dunkleren Blau. Ein langer Pfad führt nach unten, und da, wo Land und Meer sich treffen, ist ein Sandstreifen, wunderbarer, goldglänzender Sand. Und weiter landeinwärts, hinter der grasbewachsenen Klippe – man kann sie von hier nur aus dem Augenwinkel sehen –, Berge, Berge im Dunst. Sie sind von einem sanften Pur-

pur, und ihre Umrisse lösen sich in einen blauen Nebel auf, so
wie Farben auf einem Bild ineinander verlaufen, wenn man sie
naß hält. Und" – er erwachte aus dem halben Traumzustand
und blickte Merriman scharf an, spähte mit fragendem Blick in
die Schatten – „und es ist ein trauriges Bild. Man sehnt sich
nach diesem Ort, man hat Heimweh danach. Wo liegt er?"
„Genug", sagte Merriman hastig, aber er schien erfreut. „Du
machst deine Sache gut. Jetzt bist du an der Reihe. Schick mir
ein Bild, Will. Wähle irgendeine gewöhnliche Szene. Denk
daran, wie alles aussieht, so als stündest du da und sähest es
wirklich."
Will dachte an das erste Bild, das ihm in den Kopf kam. Er
merkte jetzt, daß es die ganze Zeit im Hintergrund seiner Gedanken dagewesen war und ihn beunruhigt hatte: das Bild der
beiden großen Torflügel, die ganz für sich auf dem beschneiten
Abhang standen, mit ihren kunstvollen Schnitzereien und der
seltsam zitternden Luft um die Ränder herum.
Merriman sagte sofort: „Nicht das Tor. Nichts, was so nahe
ist. Etwas aus deinem Leben vor diesem Winter."
Will starrte ihn einen Augenblick verwirrt an; dann schluckte
er, schloß die Augen und dachte an den Juwelierladen, den sein
Vater in der kleinen Stadt Eton betrieb.
Merriman sagte langsam: „Der Türgriff ist wie ein Hebel, eine
runde Stange, die man etwa zehn Grad nach unten drückt, um
die Tür zu öffnen. Eine kleine Glocke bimmelt, wenn die Tür
aufgeht. Man geht eine Stufe hinunter, um auf die Fußboden-
ebene zu kommen. Dieser Tritt gibt einem einen Ruck, ohne
gefährlich zu sein. An den Wänden hängen gläserne Schaukä-
sten, und unter dem Glas der Theke – natürlich, das muß der
Laden deines Vaters sein. Es gibt schöne Dinge darin. In der
hinteren Ecke eine sehr alte Großvateruhr mit einem gemalten
Zifferblatt und einem tiefen, langsamen Ticken. In der mittle-
ren Vitrine eine Halskette mit Türkisen, in einer Silberfassung
in Schlangenform: ich glaube, eine Zuni-Arbeit, sehr weit von
zu Hause weg. Ein Smaragdanhänger wie eine große grüne
Träne. Das entzückende kleine Modell einer Kreuzritterburg –
vielleicht ein Salzfäßchen –, das du, wie ich glaube, schon als

kleiner Junge geliebt hast. Und der Mann hinter der Theke, gedrungen und zufrieden und sanft, das muß dein Vater, Roger Stanton, sein. Interessant, ihn endlich einmal deutlich zu sehen, ohne den Nebel . . . Er hat eine Lupe ins Auge geklemmt und betrachtet einen Ring: einen antiken Goldring mit neun winzigen Steinen, die in drei Reihen angeordnet sind, in der Mitte drei Diamantsplitter, zu beiden Seiten drei Rubine. An den Rändern sind seltsame, runenartige Linien, die ich mir bald einmal ansehen muß . . ."

„Sie sehen sogar den Ring!" sagte Will entzückt. „Das ist Mutters Ring. Das letztemal, als ich im Laden war, hat Papa ihn betrachtet. Sie glaubte, einer der Steine sei lose, aber er sagte, es sei eine optische Täuschung . . . Wie machen Sie das nur?"

„Was soll ich machen?" In der tiefen Stimme lag eine vielsagende Sanftheit.

„Nun – das. Wie bringen Sie ein Bild in meinen Kopf. Und wie sehen Sie das Bild, das ich mir vorstelle. Nennt man das Telepathie? Das ist fantastisch." Aber während er sprach, wurde ihm selbst unbehaglich.

„Nun gut", sagte Merriman geduldig. „Ich will es dir auf eine andere Weise erklären. Neben dir auf dem Tisch ist ein Kranz von Kerzenflammen, Will Stanton. Also – weißt du, ob es möglich ist, eine der Flammen zu löschen, ohne sie auszublasen oder sie mit Wasser oder einem Löschhütchen oder mit der Hand auszudrücken?"

„Nein."

„Nein. Es gibt keine Möglichkeit. Aber jetzt sage ich dir, daß du, weil du bist, der du bist, die Kerze auslöschen kannst, einfach indem du es wünschst. Für die Kraft, die dir verliehen ist, ist dies nur eine ganz kleine Aufgabe. Wenn du in Gedanken eine von diesen Flammen auswählst, an sie denkst und ihr in Gedanken befiehlst zu verlöschen, *dann wird die Flamme verlöschen*. Und ist das etwas, was ein gewöhnlicher Junge kann?"

„Nein", sagte Will unglücklich.

„Tu es", sagte Merriman. „Jetzt."

Plötzlich lag ein dichtes Schweigen im Raum, wie Samt. Will

fühlte, wie die beiden ihn beobachteten. Er dachte verzweifelt: ich will aus all dem heraus, ich will an eine Flamme denken, aber nicht an eine von diesen Kerzenflammen; an etwas viel größeres, etwas, das man nur durch einen schrecklichen unmöglichen Zauber löschen könnte, den nicht einmal Merriman kennt ... Er sah sich um, und sein Blick fiel auf die Lichter und Schatten, die auf den reichen Behängen an den Steinwänden spielten, und er richtete in wütender Verzweiflung alle seine Gedanken auf das Bild des flackernden Holzfeuers in dem riesigen Kamin hinter seinem Rücken. Er fühlte die Wärme dieses Feuers in seinem Nacken, und er dachte an das glühende Goldherz in dem hohen Holzstapel und an die tanzenden gelben Feuerzungen.

Geh aus, Feuer, sagte er in Gedanken, und augenblicklich fühlte er sich frei und sicher vor den Gefahren der Macht, denn natürlich konnte ein so großes Feuer unmöglich ohne wirklichen Grund ausgehen. *Hör auf zu brennen, Feuer. Geh aus.*
Und das Feuer ging aus.

Augenblicklich war es kalt im Saal – und dunkler. Der Kreis der Kerzenflammen auf dem Tisch brannte weiter, aber lediglich in dem kleinen kalten Tümpel ihres eigenen Lichts. Will fuhr herum und starrte benommen in die Feuerstelle; keine Spur von Qualm oder Wasser, kein Zeichen, das das Erlöschen des Feuers hätte erklären können. Aber es war verloschen, kalt und schwarz, ohne einen Funken. Er ging langsam darauf zu. Merriman und die Alte Dame sagten kein Wort und rührten sich nicht.

Will beugte sich vor und berührte die geschwärzten Scheite; sie waren kalt wie Stein, jedoch mit einer Schicht frischer Asche bedeckt, die unter seinen Fingern zu weißem Staub zerfiel. Er richtete sich auf, rieb seine Hand langsam an seinem Hosenbein und sah Merriman hilflos an. Die tiefliegenden Augen des Mannes brannten wie schwarze Kerzenflammen, aber es lag Mitgefühl darin, und als Will jetzt ängstlich zu der Alten Dame hinüberblickte, sah er auch in ihrem Gesicht etwas wie Zärtlichkeit.

Sie sagte sanft: „Es ist ein wenig kalt, Will."

Einen Moment lang, der endlos schien und doch nicht mehr war als das Zucken eines Nervs, hätte Will am liebsten vor Angst aufgeschrien. Es war die gleiche Angst, die er während des dunklen Alptraums in der Sturmnacht gespürt hatte. Dann war es vorüber, und in dem Frieden, der dem Schwinden der Angst folgte, fühlte er sich irgendwie stärker, größer, ruhiger. Er wußte, daß er auf irgendeine Weise die Gabe angenommen hatte, die er nicht kannte und gegen die er sich gesträubt hatte. Er wußte jetzt, was er tun mußte.

Er holte tief Atem, reckte die Schultern und stand fest und aufrecht in der großen Halle. Er lächelte der Alten Dame zu, dann richtete er den Blick an ihr vorbei ins Leere und stellte sich mit allen Kräften das Bild des Feuers vor. *Komm zurück, Feuer*, sagte er in Gedanken. *Brenn wieder.* Und die Lichter tanzten wieder über die Behänge an den Wänden, er spürte die Wärme in seinem Nacken, das Feuer brannte wieder.

„Danke", sagte die Alte Dame.

„Gut gemacht", sagte Merriman leise, und Will wußte, daß er nicht nur das Auslöschen und Wiederanzünden eines Feuers meinte.

„Es ist eine Last", sagte Merriman. „Täusche dich nicht. Jede große Gabe oder Kraft, jedes Talent ist eine Last, und diese Gabe ist es mehr als jede andere, und du wirst oft wünschen, sie los zu sein. Aber es ist nicht zu ändern. Wenn du mit der Gabe geboren wurdest, mußt du ihr dienen, und nichts in dieser Welt oder außerhalb darf diesem Dienst im Wege stehen, denn dafür bist du geboren, und das ist das Gesetz. Und es ist nur gut, kleiner Will, daß du nur eine leise Ahnung von der Kraft hast, die in dir ist, denn bis die ersten schweren Prüfungen deiner Lehrzeit bestanden sind, bist du in großer Gefahr. Und je weniger du die Bedeutung deiner Gabe kennst, um so besser wird sie dich beschützen können, wie sie es schon in den letzten zehn Jahren getan hat."

Er starrte einen Augenblick ins Feuer und runzelte die Stirn: „Ich will dir nur das eine sagen: daß du einer der Uralten bist. Der erste, der seit fünfhundert Jahren geboren wurde, und der letzte. Und wie alle Uralten bist du dazu verpflichtet, dich dem langen Kampf zwischen dem Licht und der Finsternis zu widmen. Deine Geburt, Will, hat einen Kreis geschlossen, der seit viertausend Jahren in allen uralten Teilen dieses Landes gewachsen ist: der Kreis der Uralten. Nun, da du in dein Erbe gekommen bist, ist es deine Aufgabe, diesen Kreis unzerstörbar zu machen. Es ist deine Aufgabe, die sechs großen Zeichen des Lichtes zu suchen und zu bewahren, die im Laufe der Jahrhunderte von den Uralten hergestellt worden sind. Wenn der Kreis vollendet ist, sollen sie in Macht vereint werden. Das erste Zeichen hängt schon an deinem Gürtel, aber es wird nicht leicht sein, die anderen zu finden. Du bist der Zeichensucher, Will Stanton. Das ist deine Berufung, deine vornehmste Aufgabe. Wenn du sie erfüllst, wirst du eine der drei großen Kräfte ins Leben gerufen haben, die die Uralten bald einsetzen müssen, um die Mächte der Finsternis zu besiegen, die sich heimlich, aber beständig über diese Welt ausbreiten."

Seine Stimme, die in immer feierlicherer Weise sich gehoben und gesenkt hatte, ging unmerklich in eine Art von gesungenem Schlachtruf über. Ein Schlachtruf, dachte Will, dessen Haut sich plötzlich vor Kälte spannte, der an die Dinge außerhalb der großen Halle und außerhalb dieses Augenblicks gerichtet ist.

„Denn die Finsternis, die Finsternis erhebt sich. Der Wanderer ist unterwegs, der Reiter reitet, sie sind erwacht, die Finsternis erhebt sich. Der Letzte des Kreises ist gekommen, sein Erbe anzutreten, und die Kreise müssen sich vereinen. Das weiße Pferd muß den Jäger treffen; der Fluß wird zum Tal kommen; auf dem Berg muß Feuer brennen. Feuer unter dem Stein, Feuer über der See. Feuer, um die Finsternis hinwegzubrennen, denn die Finsternis, die Finsternis erhebt sich!"

Er ragte hoch wie ein Baum in der schattigen Halle, die tiefe Stimme hallte von den Wänden wider, und Will konnte seinen Blick nicht von ihm wenden. *Die Finsternis erhebt sich.* Das war es, was er in der vergangenen Nacht gespürt hatte. Das war es, was er jetzt wieder fühlte. Ein verschwommenes Bewußtsein, daß etwas Böses wie mit Nadelspitzen seine Fingerkuppen, seinen Nacken berührte. Aber um nichts in der Welt hätte er einen Ton von sich geben können.

Merriman erhob seine Stimme zu einem seltsamen Singsang, der gar nicht zu seiner ehrfurchtgebietenden Gestalt paßte. Es klang, als sagte ein Kind ein Gedicht auf:

Erhebt die Finsternis sich wieder, wehren sechs sie ab;
Drei aus dem Kreis, und drei von dem Pfad.
Holz, Bronze, Eisen; Wasser, Feuer, Stein;
Fünf kehren wieder, und einer geht allein.

Dann trat er eilig aus dem Schatten heraus, vorbei an der Alten Dame, die still und mit glänzenden Augen in ihrem hochlehnigen Sessel saß; mit einer Hand nahm er eine der dicken weißen Kerzen aus dem brennenden Ring, mit der anderen drehte er Will auf die hohe seitliche Wand zu.

„Schau gut hin, nutze jeden Augenblick, Will", sagte er. „Die Uralten werden dir etwas von ihrem Wesen zeigen und etwas in deinem tiefsten Innern wecken. Schau jedes Bild einen Augenblick an."

Und mit Will an seiner Seite schritt er eilig an den Wänden der Halle entlang, hielt immer wieder neben den Bildteppichen die Kerze hoch. Als habe er einen Befehl erteilt, strahlte jedesmal ein bestimmter Gegenstand in dem gestickten Viereck auf, so hell und leuchtend wie ein sonnenbeschienenes Bild, das man durch einen Fensterrahmen betrachtet. Und Will schaute.

Er sah einen Maibaum, weiß von Blüten, der aus dem Strohdach eines Hauses wuchs. Er sah vier große graue Steine, die auf einer grünen Landzunge über dem Meer standen. Er sah den weißen Schädel eines Pferdes; die leeren Augenhöhlen grinsten; aus der Knochenstirn wuchs ein einzelnes, kurzes, abgebrochenes Horn, und die langen Kiefer waren mit rotem Band geschmückt. Er sah, wie der Blitz in eine hohe Buche fuhr und wie daraus ein großes Feuer entstand, das auf einem kahlen Abhang vor einem schwarzen Himmel brannte.

Er sah das Gesicht eines Jungen, nicht viel älter als er selbst, der ihn neugierig anstarrte: ein dunkles Gesicht unter glänzendem dunklen Haar mit seltsamen Katzenaugen. Die Pupillen waren am Rande glänzend, aber im Innern beinahe gelb. Er sah einen breiten Fluß, der über die Ufer getreten war, daneben einen verhutzelten alten Mann, der auf einem riesigen Pferd hockte.

Während Merriman ihn so mit fester Hand von einem Bild zum andern führte, sah er mit plötzlichem Erschrecken das strahlendste der Bilder: einen maskierten Mann mit einem menschlichen Gesicht, dem Kopf eines Hirsches, den Augen einer Eule, den Ohren eines Wolfes und dem Körper eines Pferdes. Die Gestalt sprang ihm ins Auge, zerrte an einer verschütteten Erinnerung tief in seiner Seele.

„Behalte sie gut im Gedächtnis", sagte Merriman. „Sie werden dir Kraft geben."

Will nickte, dann erstarrte er. Plötzlich hörte er draußen vor der Halle Lärm, der immer stärker wurde, und mit einer schrecklichen Gewißheit wußte er jetzt, warum er vorhin so unruhig gewesen war. Während die Alte Dame unbewegt in ihrem Sessel sitzen blieb und er und Merriman wieder neben der Feuerstelle standen, füllte sich die weite Halle mit einer grauenerregenden Mischung von Stöhnen und Murmeln und schrillem Jammern. Es klang wie die Stimmen eingesperrter böser Tiere. Etwas so Widerwärtiges hatte er noch nie gehört.

Das Haar in Wills Nacken sträubte sich, aber dann trat plötzlich Stille ein. Ein Scheit fiel knisternd ins Feuer. Will hörte das Blut in seinen Schläfen klopfen. Und in die Stille fiel ein neuer Laut. Er kam von draußen: das herzbrechende, flehende Heulen eines verlassenen Hundes, der in panischer Angst um Hilfe und Freundschaft fleht. Will fühlte, wie sein Herz vor Mitleid schmolz, er wandte sich unwillkürlich dem Laut zu.

„Oh, wo ist es? Das arme Tier . . ."

Während er auf die nackten Steine der weit entfernten, gegenüberliegenden Wand blickte, sah er, wie sich darin eine Tür abzeichnete. Es war nicht das riesige Flügeltor, durch das er eingetreten war, sondern eine viel kleinere Tür, eine winzige, elende kleine Tür, die ganz und gar nicht hierher paßte. Aber er wußte, er konnte sie öffnen, um dem flehenden Tier zu helfen. Das Tier heulte jetzt in noch tieferer Not, noch lauter, flehender; es winselte verzweifelt. Will wandte sich unwillkürlich, um auf die Tür zuzulaufen, aber Merrimans Stimme ließ ihn erstarren. Sie war leise, aber kalt wie Stein im Winter. „Warte. Wenn du die Gestalt des armen traurigen Hundes sähest, würdest du sehr überrascht sein. Und es wäre das letzte, was du je sehen würdest."

Ungläubig blieb Will stehen und wartete. Das Winseln erstarb in einem letzten, langgezogenen Aufheulen. Einen Augenblick lang herrschte Stille. Dann hörte er plötzlich die Stimme seiner Mutter hinter der Tür.

„Will? Wiiill-iill – Will, komm und hilf mir!" Es war unverkennbar ihre Stimme, aber die Erregung in der Stimme klang nicht vertraut: es lag ein halbunterdrücktes Entsetzen darin, das ihn erschreckte. „Will? Ich brauche dich . . . Wo bist du, Will? Oh, bitte, Will, komm und hilf mir . . ." Dann brach die Stimme mit einem Schluchzen ab.

Will konnte es nicht ertragen. Er beugte sich vor und lief auf die Tür zu. Merrimans Stimme kam wie ein Peitschenhieb.

„Bleib stehen!"

„Aber ich muß hin. Hören Sie sie nicht?" schrie Will wütend. „Sie haben meine Mutter. Ich muß ihr helfen . . ."

„*Öffne die Tür nicht!*" In der tiefen Stimme war Verzweiflung, und Will ahnte, daß Merriman letzten Endes nicht die Macht hatte, ihn aufzuhalten.

„Das ist nicht deine Mutter", sagte die Alte Dame mit klarer Stimme.

„Bitte, Will!" flehte die Stimme seiner Mutter.

„Ich komme!" Will streckte die Hand nach dem schwarzen Riegel aus, aber in seiner Hast stolperte er und fiel gegen den mannshohen Kerzenständer, so daß sein Arm gegen seinen Körper gepreßt wurde. Plötzlich fühlte er einen brennenden Schmerz an seinem Unterarm. Er schrie auf und fiel zu Boden, lag da und starrte die Innenseite seines Handgelenks an, wo das Zeichen des geviertelten Kreises mit peinigender Glut auf seiner Haut brannte. Wieder einmal hatte das Eisenzeichen an seinem Gürtel ihn mit seiner grausamen Kälte gebissen; diesmal war die Kälte wie Weißglut gewesen, eine wutentbrannte Warnung vor der Gegenwart des Bösen – der Gegenwart, die

52

Will gespürt, aber vergessen hatte.

Merriman und die Alte Dame hatten sich immer noch nicht gerührt. Will raffte sich auf und horchte: draußen weinte immer noch die Stimme seiner Mutter, dann wurde sie böse, dann drohend, dann besänftigte sie sich wieder, schmeichelte und lockte. Endlich hörte es auf; die Stimme erstarb in einem Schluchzen, das an ihm zerrte, obgleich sein Geist und seine Sinne ihm sagten, daß es nicht wirklich war.

Und mit der Stimme verblaßte die Tür, löste sich auf wie Nebel, bis die graue Wand wieder fest und glatt war wie zuvor. Draußen begann wieder der schreckliche, unmenschliche Chor sein Stöhnen und Heulen.

Jetzt erhob sich die Alte Dame und kam durch die Halle auf Will zu. Ihr langes grünes Gewand raschelte leise bei jedem Schritt. Sie nahm Wills verletzten Arm in beide Hände und legte die kühle rechte Handfläche über die Wunde. Dann ließ sie ihn los. Der Schmerz in Wills Arm war vergangen, und wo die rote Brandwunde gewesen war, sah er jetzt die glänzende, kahle Haut, die sich bildet, wenn eine Brandwunde längst geheilt ist. Aber die Form der Narbe war deutlich, und er wußte, daß er sie bis zum Ende seines Lebens tragen würde; er war gezeichnet.

Das unheimliche Geheul jenseits der Mauer stieg und fiel in ungleichmäßigen Wellen.

„Es tut mir leid", sagte Will unglücklich.

„Wir sind belagert, wie du siehst", sagte Merriman, der zu ihnen getreten war. „SIE hoffen, dich in ihre Gewalt zu bekommen, bevor deine Stärke ganz erwacht ist. Und dies ist nur der Anfang der Fährnisse, Will. Während der Zeit der Wilden Nächte wird IHRE Macht immer größer, und nur am Weihnachtsabend ist der Alte Zauber stark genug, SIE fernzuhalten. Selbst nach Weihnachten wird IHRE Macht noch wachsen, und erst am zwölften Tag, in der Zwölften Nacht – die einmal Weihnachten war und lange Zeit davor das große Winterfest unseres Alten Jahres – wird sie gebrochen."

„Was wird geschehen?" sagte Will.

„Wir dürfen nur an das denken, was zu tun ist", sagte die Alte

Dame. „Das erste ist, dich aus dem Kreis dunkler Macht zu befreien, der jetzt um diesen Raum gezogen ist."

Merriman horchte angestrengt, dann sagte er: „Sei auf deiner Hut. Dies vor allem. SIE haben mit einem deiner Gefühle umsonst gespielt. SIE werden versuchen, dir mit einem anderen eine Falle zu stellen."

„Aber es darf nicht die Angst sein", sagte die Dame. „Denk daran, Will. Du wirst oft erschreckt werden, aber fürchte SIE nicht. Die Mächte der Finsternis vermögen vieles, aber sie können nicht zerstören. SIE können die, die dem Licht gehören, nicht töten. Nicht, bevor SIE die endgültige Herrschaft über die ganze Erde errungen haben. Es ist die Aufgabe der Uralten – deine Aufgabe und die unsere –, das zu verhindern. Laß dich also nicht von IHNEN in Angst und Verzweiflung treiben."

Sie sprach weiter, sagte noch mehr, aber ihre Stimme ging unter wie ein Fels, der von einer Flutwelle überspült wird. Der schreckliche Chor, der vor den Mauern heulte und schluchzte, wurde immer lauter, lauter und wütender in seinem mißtönenden Gekreisch und unirdischen Gelächter, den Schreckensschreien, dem gackernden Lachen, dem Heulen und Brüllen. Will lief es kalt über den Rücken, seine Haut war feucht.

Wie in einem Traum hörte er durch den furchtbaren Lärm Merrimans tiefe Stimme, die ihn rief. Er hätte sich nicht rühren können, aber die Alte Dame nahm ihn bei der Hand und zog ihn quer durch die Halle, dorthin, wo der Tisch stand, wo das Feuer brannte, in die einzige Lichthöhle in der dunklen Halle.

Merriman sprach nahe an seinem Ohr. Er sagte schnell und eindringlich: „Stell dich neben den Kreis, den Lichtkreis. Stell dich mit dem Rücken zum Tisch und nimm unsere Hände. Das ist eine Kette, die SIE nicht brechen können."

Will stellte sich, wie ihm gesagt worden war, mit weit ausgebreiteten Armen hin. Die beiden ergriffen, ihm unsichtbar, seine Hände. Der Schein des Feuers im Kamin erstarb, und er merkte, wie hinter ihm die Flammen des Kerzenkreises auf dem Tisch wuchsen, riesenhaft wurden, so daß er, als er den

Kopf in den Nacken legte, sehen konnte, wie sie sich hoch über ihm zu einer weißen Lichtsäule erhoben. Der große Lichtbaum gab keine Wärme, und obgleich er in großer Helligkeit erstrahlte, warf er kein Licht über den Tisch hinaus. Will konnte den anderen Teil der Halle nicht sehen, weder die Wände noch die Bilder, noch irgendeine Tür. Er sah nichts als Schwärze, die weite schwarze Leere der furchtbar lauernden Nacht.

Dies war die Finsternis, die sich erhob; erhob, um Will Stanton zu verschlingen, bevor er stark genug war, sie zu besiegen. Im Licht der seltsamen Kerzen hielt sich Will an den zerbrechlichen Fingern der Alten Dame fest und an Merrimans Faust, die hart war wie Holz. Das Geheul der Finsternis wuchs zu einer unerträglichen Höhe an, zu einem hellen, triumphierenden Gewieher, und Will wußte, ohne es zu sehen, daß vor ihm in der Dunkelheit der große schwarze Hengst sich bäumte, so wie er es draußen vor der Hütte im Wald getan hatte, und daß der Reiter bereit war, ihn niederzuschlagen, falls die frisch beschlagenen Hufe ihn verfehlen sollten. Und diesmal kam keine weiße Stute aus dem Himmel gesprungen, um ihn zu retten.

Er hörte Merriman rufen: „Der Flammenbaum, Will! Schlag mit der Flamme zu! Wie du zum Feuer gesprochen hast, so sprich zu der Flamme und schlag zu!"

In verzweifeltem Gehorsam richtete Will alle seine Gedanken auf den Kreis der hohen Kerzenflammen hinter seinem Rücken. Während er dies tat, spürte er, wie seine beiden Helfer das gleiche taten, er wußte, daß sie zu dritt mehr erreichen konnten, als er sich je vorgestellt hatte. Er fühlte einen schnellen Druck der Hände, die die seinen hielten, und in Gedanken schlug er mit der Lichtsäule zu, als wäre es eine Riesenpeitsche. Ein blendender Lichtstrahl zuckte über seinen Kopf hinweg, die hohen Flammen fuhren wie ein Blitz nach vorn und dann nach unten, und aus der Dunkelheit drang ein ohrenbetäubender Aufschrei. Der Reiter, der schwarze Hengst, sie beide stürzten: davon, nach unten, in einen bodenlosen Schlund.

Er blinzelte mit immer noch geblendeten Augen. Da wurden vor ihm, in der Bresche, die er in die Dunkelheit geschlagen hatte, die beiden großen geschnitzten Torflügel sichtbar, durch die er die Halle betreten hatte.

In der plötzlichen Stille hörte Will seinen eigenen triumphierenden Schrei; er riß sich von den beiden Händen los, die ihn hielten, und wollte auf das Tor zustürzen. Beide, Merriman und die Alte Dame, schrien ihm eine Warnung zu, aber es war zu spät.

Will hatte den Kreis gebrochen, er stand allein da.

Kaum war er sich dessen bewußt geworden, als ihm schwindlig wurde, er taumelte, faßte mit beiden Händen seinen Kopf, denn ein seltsames Dröhnen brauste ihm in den Ohren. Er zwang sich, vorwärtszugehen, schlurfte auf das Tor zu, ließ sich dagegenfallen und schlug mit kraftlosen Fäusten gegen das Holz. Das Tor rührte sich nicht.

Das unheimliche Dröhnen in seinem Kopf wurde lauter. Er sah Merriman auf sich zukommen; er ging mit großer Anstrengung, vorgebeugt, als kämpfe er gegen einen Sturm an.

„Du Tor", keuchte Merriman, „du törichter Junge." Er stemmte sich gegen das Tor, rüttelte daran, drückte mit aller Kraft, so daß die sich schlängelnden Adern an seinen Schläfen wie dicke Drähte vorstanden; und während er das tat, hob er den Kopf und schrie einen Befehl, den Will aber nicht verstand. Er fühlte eine Schwäche in seinen Gliedern, die ihn zu Boden ziehen wollte; aber als er eben nachgeben wollte, riß ihn etwas ins helle Bewußtsein zurück, etwas, das er später nie hätte beschreiben können – an das er sich nicht einmal richtig erinnerte. Es war, als ob ein Schmerz nachließe, als ob ein Mißklang sich in eine Harmonie auflöste, wie das Erwachen der Lebensgeister, das man plötzlich mitten an einem grauen, trüben Tag spürt; das man sich nicht erklären kann, bis man plötzlich merkt, daß die Sonne zum Vorschein gekommen ist. Die schweigende Musik, die in Wills Seele strömte und seinen Geist in Besitz nahm, kam, das wußte er sofort, von der Alten Dame. Ohne zu sprechen, sprach sie zu ihm. Sie sprach zu ihnen beiden – und auch zur Finsternis. Er blickte sich ganz benommen um; sie kam ihm größer, breiter, sogar aufrechter vor, eine Gestalt in einem größeren Maßstab. Um sie lag ein

56

goldener Schimmer, ein Licht, das nicht von den Kerzen kam.

Will zwinkerte, aber er konnte nicht klar sehen; es war, als sei er von ihr durch einen Schleier getrennt. Er hörte Merrimans tiefe Stimme, sanfter, als er sie je gehört hatte, aber sie klang auch tief erschrocken und unglücklich. „Hehre Frau", sagte Merriman, „nehmt Euch in acht, nehmt Euch in acht."

Keine Antwort kam, aber Will hatte das Gefühl, gesegnet zu werden. Dann verflog dieses Gefühl, und die hohe, leuchtende Gestalt, die Alte Dame und doch nicht sie, bewegte sich langsam durch die Dunkelheit auf das Tor zu, und einen Augenblick lang hörte Will wieder die zauberhafte Melodie, die er sich nie ins Gedächtnis zurückrufen konnte, und das Tor öffnete sich langsam. Draußen war es still, ein graues Licht herrschte, und die Luft war kalt.

Hinter ihm war der Kreis der Kerzen erloschen, er sah nur Dunkelheit. Es war eine leere, unruhige Finsternis; er wußte, daß die Halle nicht mehr da war. Und plötzlich merkte er, wie die strahlende goldene Gestalt vor ihm auch verblaßte, verging wie Rauch, der immer dünner und dünner wird, bis man ihn nicht mehr sehen kann. Für einen Augenblick sah er noch das rosenfarbene Aufblitzen, das von dem großen Ring an der Hand der Dame ausging, dann verglomm auch dies, und ihre strahlende Gestalt hatte sich ins Nichts aufgelöst. Will hatte ein schmerzliches Gefühl des Verlustes, als sei die ganze Welt von der Finsternis verschlungen worden, und er schrie auf.

Eine Hand berührte seine Schulter. Merriman war an seiner Seite. Sie waren durch die Tür getreten. Langsam schlugen die hohen geschnitzten Flügel hinter ihnen zu. Es dauerte lange genug, Will klar erkennen zu lassen, daß es wirklich dasselbe seltsame Tor war, das sich ihm auf dem weißen, unberührten Abhang in den Chiltern-Bergen geöffnet hatte. In dem Augenblick, wo sich die Flügel ganz geschlossen hatten, war das Tor verschwunden. Er sah nichts: nur das graue Licht, das Schnee unter einem grauen Himmel zurückwirft. Er war wieder in dem verschneiten Waldland, in das er am frühen Morgen hineingegangen war.

Ängstlich wandte er sich zu Merriman um. „Wo ist sie? Was ist geschehen?"

„Es war zuviel für sie. Die Anstrengung war zu groß, sogar für sie. Nie zuvor – ich habe dies nie zuvor geschehen sehen."

„Haben SIE – haben SIE sie geholt?"

„Nein!" sagte Merriman verächtlich. „Die Dame steht außerhalb IHRER Gewalt. Außerhalb jeder Gewalt. Wenn du ein wenig mehr gelernt hast, wirst du eine solche Frage nicht mehr stellen. Sie ist für einige Zeit fortgegangen, das ist alles. Das Öffnen des Tores gegen all die Kräfte, die es geschlossen halten wollten, war zu anstrengend. Die Finsternis hat sie nicht zerstören können, aber sie hat sich erschöpft. Sie ist jetzt wie eine leere Hülle. Sie muß wieder Kraft sammeln, allein und an einem anderen Ort, und das ist schlimm für uns, falls wir sie brauchen sollten. Und wir werden sie brauchen. Die Welt wird sie immer brauchen."

Er sah Will ohne Herzlichkeit an; er schien plötzlich abweisend, beinahe drohend wie ein Feind; er machte eine ungeduldige Handbewegung: „Knöpf deine Jacke zu, Junge, sonst erfrierst du."

Will fingerte an den Knöpfen seiner dicken Jacke; er sah, daß Merriman in einen langen, abgetragenen blauen Umhang mit einem hohen Kragen gehüllt war.

„Ich bin schuld, nicht wahr?" sagte er niedergeschlagen. „Wenn ich nicht vorwärts gelaufen wäre, als ich das Tor sah – wenn ich eure Hände festgehalten hätte und den Kreis nicht gebrochen hätte . . ."

Merriman sagte streng: „Ja." Dann wurde er ein wenig milder. „Aber es war IHRE Schuld, Will, nicht deine. SIE ergriffen Besitz von dir durch deine Ungeduld und deine Hoffnung. SIE lieben es, gute Regungen zu benutzen, um Böses zu bewirken."

Will stand da, den Kopf zwischen die Schultern gezogen, die Hände in den Taschen vergraben, und starrte zu Boden. Ein höhnischer Singsang ging ihm durch den Kopf und ließ sich nicht vertreiben: *Du hast die Dame verloren, du hast die Dame verloren.* Der Kummer schnürte ihm die Kehle zu. Er schluckte und konnte nicht sprechen. Ein Windhauch fuhr durch die Bäume und schüttelte ihm Schneekristalle ins Gesicht.

„Will", sagte Merriman. „Ich war böse. Vergib mir. Auch wenn du den Ring der Drei nicht gebrochen hättest – nichts wäre anders gewesen. Das Tor ist unser großer Zugang zur Zeit. Bald wirst du mehr darüber wissen. Aber diesmal hättest weder du es öffnen können noch ich, noch irgend jemand aus dem Kreis. Denn die Kraft, die von außen dagegendrückte, war die volle Mittwintermacht der Dunkelheit, die niemand außer der Dame allein überwinden kann – und auch sie kostet es viel. Fasse Mut. Zur richtigen Zeit wird sie zurückkehren."

Er zog den hohen Kragen seines Umhangs hinauf, und dieser wurde zu einer Kapuze, die er sich über den Kopf stülpte. Jetzt, da man sein weißes Haar nicht mehr sah, war er plötzlich zu einer düsteren Gestalt geworden, groß und unergründlich.

„Komm", sagte er und führte Will durch den tiefen Schnee, zwischen hohen, kahlen Buchen und Eichen hindurch. Schließlich blieben sie in einer Lichtung stehen.

„Weißt du, wo du hier bist?" sagte Merriman.

Will betrachtete die glatten Schneewehen, die hohen Bäume.

„Natürlich nicht", sagte er. „Wie könnte ich auch?"

„Und doch, bevor der Winter ganz zu Ende ist", sagte Merriman, „wirst du dich in dies Tälchen schleichen, um die Schneeglöckchen zu betrachten, die hier überall unter den Bäumen wachsen. Und im Frühling wirst du wieder da sein und die Osterglocken betrachten. Eine ganze Woche lang jeden Tag, wenn es so geht wie im vergangenen Jahr."

Will starrte ihn mit offenem Mund an. „Sie meinen das Schloß?" sagte er. „Den Schloßpark?"

In seiner eigenen Zeit war das Schloß von Huntercombe der Glanzpunkt des Dorfes. Das Haus selbst konnte man von der Straße aus nicht sehen, aber der Park stieß an die Straße nach Huntercombe. Die Parkmauer, die aus einem hohen schmiedeeisernen Gitter und uraltem Ziegelmauerwerk bestand, erstreckte sich dem Hause der Stantons gegenüber in beide Richtungen. Eine Miß Greythorne, deren Familie das Anwesen seit Jahrhunderten besaß, wohnte dort, aber Will kannte die Dame nicht sehr gut; er bekam sie selten zu Gesicht, genau wie das Schloß, an das er sich nur unbestimmt als an eine Masse von hohen Backsteingiebeln und gotischen Kaminen erinnerte. Die Blumen, von denen Merriman gesprochen hatte, bildeten geheime Höhepunkte in seinem Jahresablauf. Solange er sich erinnern konnte, war er zu Ende des Winters durch das Parkgitter geschlüpft, um eine bestimmte verzauberte Lichtung aufzusuchen und die sanften Schneeglöckchen, die den Winter vertreiben, zu betrachten, und später im Frühling die goldglänzenden Osterglocken. Er wußte nicht, wer die Blumen gepflanzt hatte; er war nicht einmal sicher, ob überhaupt jemand etwas von ihnen wußte. Jetzt glühte ihr Bild in seiner Erinnerung. Aber bald wurde es von drängenden Fragen verjagt.

„Merriman? Wollen Sie sagen, daß diese Lichtung schon Hunderte von Jahren da ist? Und die große Halle? Ist es ein Schloß, das vor dem Schloß da war, aus vergangenen Jahrhunderten? Und der Wald um uns herum, durch den ich gekommen bin, als ich den Schmied und den Reiter sah, gehört er zu . . ."

Merriman sah ihn an und lachte, es war ein fröhliches Lachen, ganz unbeschwert. „Ich will dir noch etwas zeigen", sagte er und führte Will durch den Wald hindurch, weg von der Lichtung, bis die Bäume und die Schneewehen endlich aufhörten. Vor sich sah Will nicht den engen Pfad vom Morgen, den er erwartet hatte – er sah die vertraute Huntercombe Lane des zwanzigsten Jahrhunderts, und hinten, ein kleines Stück die Straße hinauf, erkannte er sein eigenes Vaterhaus. Vor sich hatten sie das Parkgitter, das durch den tiefen Schnee etwas niedriger wirkte; Merriman kletterte steifbeinig hinüber, Will schlüpfte durch seine altbekannte Lücke, dann standen sie auf der Straße mit den Schneewällen zu beiden Seiten.

Merriman schob seine Kapuze zurück und hob den Kopf mit der weißen Mähne, als wolle er die Luft dieses neuen Jahrhunderts prüfen. „Du siehst, Will", sagte er, „wir, die zum Kreis gehören, sind nur lose in die Zeit gebettet. Das Tor ist ein Durchgang in beide Richtungen, wir können sie wählen. Denn alle Zeiten sind gleichzeitig, und die Zukunft kann manchmal die Vergangenheit beeinflussen, obwohl die Vergangenheit eine Straße ist, die in die Zukunft führt . . . aber die Menschen können das nicht verstehen. Auch du wirst es erst später verstehen. Wir haben auch noch andere Möglichkeiten, durch die Jahre zu reisen – die eine wurde heute morgen benutzt, um dich etwa fünf Jahrhunderte zurückzubefördern. Dort bist du gewesen – in der Zeit des Königlichen Forstes, der sich über den ganzen südlichen Teil dieses Landes erstreckte, von der Küste bei Southampton bis hierher zum Themsetal."

Er wies über die Straße hinweg zum flachen Horizont, und Will erinnerte sich, daß er die Themse heute morgen zweimal gesehen hatte: einmal zwischen den vertrauten Wiesen, einmal zwischen Bäumen begraben. Er sah Merriman an und bemerkte mit Erstaunen, mit welcher Anstrengung dieser versuchte, sich zu erinnern.

„Vor fünfhundert Jahren", sagte Merriman, „befahlen die Könige von England, daß diese Wälder nicht angerührt werden durften, auch wenn ganze Dörfer und Weiler dabei von ihnen verschlungen wurden, damit das Wild, die Rehe und Wildschweine und sogar die Wölfe, sich für die Jagd darin vermehren konnte. Aber über Wälder hat der Mensch keine Macht, und die Könige wußten nicht, daß sie hier den Mächten der Finsternis eine Freistatt errichteten; daß Sie sonst in die Berge und die Wildnis des Nordens zurückgedrängt worden wären . . . In diesen Wäldern bist du bis jetzt gewesen, Will. Im Wald von Anderida, wie man ihn damals nannte. In weit zurückliegender Vergangenheit. Du bist dort zu Beginn des Tages gewesen, bist durch den verschneiten Wald gegangen, du warst dort auf dem kahlen Hang der Chiltern-Berge; du warst immer noch dort, nachdem du durch das Tor gegangen warst. – Das war ein Symbol, deine erste Wanderung an deinem Geburtstag als einer der Uralten. Und dort in der Vergangenheit haben wir die Dame zurückgelassen. Ich wünschte ich wüßte, wo und wann wir sie wiedersehen werden. Aber kommen wird sie, wenn sie kann." Er zuckte mit den Schultern, als wollte er die schwere Last wieder abschütteln. „Und jetzt kannst du nach Hause gehen, denn du bist in deiner eigenen Welt."

„Und Sie sind auch darin", sagte Will.

61

Merriman lächelte. „Wieder einmal. Und mit gemischten Gefühlen."

„Wohin werden Sie gehen?"

„Hin und her und rundherum. Ich habe einen Ort in der Gegenwart, genau wie du. Geh jetzt nach Hause, Will. Der nächste Teil der Aufgabe hängt vom Wanderer ab, er wird dich finden. Und wenn sein Ring neben dem ersten an deinem Gürtel befestigt ist, werde ich kommen."

„Aber . . ." Will hatte plötzlich den Wunsch, sich an ihn zu klammern, ihn zu bitten, daß er nicht weggehen möge. Sein Vaterhaus schien ihm nicht mehr ganz die unbezwingbare Burg, die es immer gewesen war.

„Es wird dir nichts geschehen", sagte Merriman freundlich. „Nimm die Dinge, wie sie kommen. Denke daran, daß die Mächte dich beschützen. Tu nichts Unüberlegtes, das dich in Schwierigkeiten bringen könnte, dann wird alles gut sein. Und wir werden uns bald wiedersehen, das verspreche ich dir."

„Also gut", sagte Will unsicher.

Ein plötzlicher Windstoß zerriß die Stille des Morgens, Schneefetzen wurden von den Bäumen am Straßenrand heruntergeschüttelt. Merriman schlang den Umhang enger um sich, der Saum schleifte eine Spur in den Schnee; er warf Will einen scharfen Blick zu, in dem sich Warnung und Ermutigung mischten, dann zog er sich die Kapuze übers Gesicht und schritt ohne ein Wort die Straße hinunter. Er verschwand um die Biegung beim Krähenwäldchen, wo es auf Dawsons Hof zuging.

Will holte tief Atem, dann lief er auf das Haus zu. Im grauen Morgen lag die Straße still unter dem tiefen Schnee. Kein Vogel rührte sich oder zwitscherte, nichts regte sich. Auch im Haus herrschte völlige Stille. Er zog Jacke und Stiefel aus und ging die Treppe hinauf. Oben blieb er stehen und blickte hinaus. Kein großer Wald bedeckte jetzt die Erde. Der Schnee war genauso tief, aber er lag glatt auf den ebenen Wiesen des Tales bis zu den Biegungen der Themse hinunter.

„Schon gut, schon gut", erklang James' schläfrige Stimme aus einem Zimmer.

Hinter der nächsten Tür hörte man Robin ungeniert gähnen.

Er murmelte: „Gleich, gleich. Ich komme schon."

Gwen und Barbara kamen gleichzeitig aus ihrem gemeinsamen Schlafzimmer getaumelt, sie waren im Nachthemd und rieben sich die Augen.

„Du brauchst nicht so zu brüllen", sagte Barbara vorwurfsvoll zu Will.

„Brüllen?" Er starrte sie an.

„*Wacht alle auf!*" Sie tat, als wolle sie jemanden nachäffen. „Ich möchte doch meinen, daß heute ein Feiertag ist."

Will sagte: „Aber ich . . ."

„Laß nur", sagte Gwen. „Vergib ihm, daß er uns heute wecken wollte. Schließlich hat er einen guten Grund." Sie kam auf ihn zu und küßte ihn flüchtig auf den Kopf.

„Viel Glück zum Geburtstag, Will", sagte sie.

Das Zeichen aus Bronze

„Angeblich soll es noch mehr schneien", sagte die dicke Frau mit dem Einkaufsnetz zum Busschaffner.

Der Busschaffner, der von den Westindischen Inseln stammte, schüttelte den Kopf und gab einen tieftraurigen Seufzer von sich. „Verrücktes Wetter", sagte er, „noch ein solcher Winter, und ich gehe nach Port of Spain zurück."

„Trösten Sie sich, mein Bester", sagte die dicke Frau. „Sie werden so was nicht noch einmal erleben. Ich lebe jetzt sechsundsechzig Jahre im Themsetal, und ich hab noch nie solchen Schnee erlebt, jedenfalls nie vor Weihnachten."

„Neunzehnhundertsiebenundvierzig", sagte der Mann, der neben ihr saß, ein hagerer Mann mit langer, spitzer Nase, „das war ein Schneejahr. Wahr und wahrhaftig. Wehen mehr als mannshoch, die ganze Huntercombe Lane und die Marsh Lane entlang und in der ganzen Heide. Man konnte zwei Monate lang überhaupt nicht durch die Heide gehen. Sie mußten Schneepflüge kommen lassen. Oh, das war ein Schneejahr."

„Aber nicht vor Weihnachten", sagte die dicke Frau.

„Nein, es war im Januar." Der Mann nickte düster. „Nicht vor
Weihnachten, nein . . ."

Sie hätten bis zur Station Maidenhead so weitermachen können, und vielleicht taten sie es auch, aber Will merkte plötzlich, daß sich seine Bushaltestelle näherte. Er sprang auf die
Füße, raffte seine Päckchen und Beutel zusammen. Der
Schaffner drückte den Knopf für ihn.

„Weihnachtseinkäufe", bemerkte er.

„Ja. Drei . . . vier . . . fünf . . ." Will drückte die Pakete gegen
die Brust und hielt sich an der Haltestange des schwankenden
Busses fest. „Ich hab jetzt alles", sagte er. „War auch Zeit."

„Ich wünschte, ich könnte das auch sagen", sagte der Schaffner, „und dabei ist morgen Heiligabend."

Der Bus hielt, und der Schaffner half Will beim Aussteigen.
„Fröhliche Weihnachten, Junge", sagte er.

Sie kannten einander, weil Will mit dem Bus zur Schule
fuhr.

„Fröhliche Weihnachten", sagte Will. Und ohne sich zu besinnen, rief er ihm, als der Bus sich in Bewegung setzte, zu: „Am
Weihnachtstag bekommen Sie Ihr warmes Wetter."

Der Schaffner zeigte grinsend seine weißen Zähne: „Du wirst
dafür sorgen, was?" rief er zurück.

Vielleicht könnte ich es, dachte Will, während er über die
Hauptstraße auf die Huntercombe Lane zuging. *Vielleicht
könnte ich es.*

Die letzten beiden Tage waren für Will, trotz der Erinnerung
an das, was geschehen war, friedliche Tage gewesen. Er hatte
einen fröhlichen Geburtstag verlebt, die Familienfeier war so
geräuschvoll gewesen, daß er am Abend ins Bett gefallen und
fast ohne einen Gedanken an die Finsternis eingeschlafen war.
Den Tag danach hatten er und seine Brüder mit Schneeballschlachten und improvisierten Schlittenfahrten auf der abfal-
lenden Wiese hinter dem Haus zugebracht.

Es waren graue Tage, der Himmel schwer von Schnee, der aber
noch nicht fiel. Heilige Tage. Außer den Lieferwagen des
Milchmanns und des Bäckers kam kaum ein Wagen die Straße
entlang. Und die Krähen hielten sich still, nur die eine oder an-

dere kreiste manchmal über dem Wäldchen.

Will stellte fest, daß die Tiere keine Angst mehr vor ihm hatten. Sie schienen eher anhänglicher als zuvor. Nur Raq, der ältere der Collies, der gern sein Kinn auf Wills Knie legte, zuckte manchmal vor ihm zurück, als hätte er einen elektrischen Schlag bekommen. Dann lief er eine Weile ruhelos im Zimmer umher, kam zurück und starrte fragend in Wills Gesicht, bevor er es sich wieder bequem machte. Will wußte nicht, was er davon halten sollte. Merriman würde es wissen; aber er konnte Merriman nicht erreichen.

Der Ring mit den gekreuzten Balken an seinem Gürtel hatte sich seit dem Morgen, an dem er nach Hause gekommen war, immer warm angefühlt. Er schob jetzt beim Gehen die Hand unter die Jacke, um es nachzuprüfen. Der Ring war kalt. Will dachte, es käme sicher von der Kälte, die draußen herrschte. Er hatte den größten Teil des Nachmittags damit verbracht, in Slough Weihnachtsgeschenke einzukaufen; Slough war die nächstgelegene größere Stadt. Es war dies ein alljährliches Ritual, denn am Tag vor Heiligabend konnte er sicher sein, Geburtstagsgeld von verschiedenen Onkeln und Tanten zum Ausgeben zu haben. Aber in diesem Jahr war er zum erstenmal allein gegangen. Er hatte es sehr genossen; wenn man allein war, konnte man viel besser überlegen. Das wichtigste Geschenk, das für Stephen – es war ein Buch über die Themse –, war schon vor langer Zeit gekauft und nach Kingston auf Jamaika geschickt worden. Sein Schiff war dort, in der Karibik, stationiert. Will mußte einmal seinen Freund, den Busschaffner fragen, was Kingston für eine Stadt war, aber vielleicht konnte der Schaffner, weil er von Trinidad stammte, die anderen Inseln nicht leiden.

Wieder fühlte er die leise Enttäuschung, wie schon oft in diesen beiden letzten Tagen, weil zum erstenmal, seit er sich erinnern konnte, in diesem Jahr kein Geburtstagsgeschenk von Stephen gekommen war. Und zum hundertsten Mal schob er die Enttäuschung beiseite: entweder war bei der Post etwas schiefgegangen, oder das Schiff war plötzlich in irgendeiner wichtigen Mission zu einer der anderen Inseln ausgelaufen. Stephen hatte immer an ihn gedacht. Stephen *konnte* ihn gar nicht vergessen.

Will ging genau auf die untergehende Sonne zu. Zum erstenmal seit seinem Geburtstagsmorgen hatte sie sich heute gezeigt. Sie strahlte rund und goldorangen durch einen Spalt in den Wolken, und überall in der Runde flammte die schneeigsilbrige Welt in kleinen goldenen Lichtern auf. In der Stadt war der Schnee ein grauer Matsch gewesen, hier war alles wieder schön.

Will trottete vor sich hin. Er kam an Gartenmauern vorüber, an Bäumen, und dann erreichte er die Einmündung eines kleinen Pfades, der kaum ein Weg zu nennen war, und der allgemein das Landstreicherpfädchen genannt wurde. Er zweigte von der Hauptstraße ab, machte einige Biegungen und mündete schließlich nahe bei Stantons Haus in die Huntercombe Lane. Die Kinder benutzten ihn manchmal als Abkürzung. Will warf jetzt einen Blick den Pfad entlang und stellte fest, daß niemand ihn benutzt hatte, seit es geschneit hatte. Der Schnee lag dort unberührt, glatt und weiß und einladend, nur die Spuren von Vogelkrallen bildeten ein zartes Muster. Ein unerforschtes Gebiet. Will fand es unwiderstehlich.

Er bog also in das Landstreicherpfädchen ein, stapfte mit Vergnügen durch den sauberen, leicht verharschten Schnee. Fast augenblicklich war die Sonne verschwunden, die dichten Bäume zwischen dem Pfad und den wenigen Häusern am Ende der Huntercombe Lane entzogen sie seinem Blick. Während er so durch den Schnee stapfte, drückte er seine Päckchen gegen die Brust und zählte sie noch einmal durch: das Messer für Robin, das Fensterleder für Paul; er reinigte damit seine Flöte; das Tagebuch für Mary, das Badesalz für Gwennie; die besonders feinen Filzstifte für Max. Seine anderen Geschenke hatte er schon früher gekauft und verpackt. Weihnachten hatte seine Schwierigkeiten, wenn man eins von neun Kindern war.

Es war bald nicht mehr so spaßig, das Pfädchen entlangzugehen. Wills Fußgelenke schmerzten von der Anstrengung, sich einen Weg durch den Schnee zu bahnen. Die Pakete waren lästig. Der rotgoldene Nachglanz der Sonne verblaßte zu stumpfem Grau. Er hatte Hunger und fror.

Zu seiner Rechten ragten hohe Bäume, Ulmen und einige Buchen. Auf der anderen Seite des Pfades lag ein Streifen Brachland; das wüste Gemisch aus welkem Unkraut und Strauchwerk war durch den Schnee in eine Mondlandschaft weicher weißer Hügel und schattiger Vertiefungen verwandelt worden. Überall lagen Zweige und kleine Äste herum, die unter dem Gewicht des Schnees abgebrochen waren. Genau vor sich sah Will einen schweren Ast, der quer über dem Pfad lag. Er spähte ängstlich nach oben: die großen Ulmen hatten wohl noch manchen toten Ast, der nur darauf wartete, daß der Wind oder die Schneelast ihn krachend zu Boden schickte. Die richtige Zeit zum Brennholzsammeln, dachte er, und plötzlich sah er voller Sehnsucht die tanzenden Flammen vor sich, die im Kamin der großen Halle loderten: das Feuer, das seine Welt verändert hatte, indem es auf sein Wort hin verschwunden war und sich dann gehorsam wieder entzündet hatte.

Während er weiter durch den Schnee stapfte, kam ihm plötzlich eine übermütige Idee. Der Gedanke an das Feuer hatte ihn darauf gebracht. Er blieb stehen und grinste vor sich hin. *Dafür wirst du sorgen?* Nein, mein Freund, wahrscheinlich könnte ich dir keinen warmen Weihnachtstag bescheren, aber ich könnte es jetzt hier ein bißchen wärmer machen. Er richtete seinen Blick zuversichtlich auf den toten Ast, der vor ihm lag, und im sicheren Gefühl der Kraft, die in ihm war, sagte er leise und etwas mutwillig: „Brenne!" Und der gestürzte Ast da vor ihm im Schnee stand in Flammen. Vom dicken, verfaulten Astansatz bis in das kleinste Zweiglein brannte er lichterloh. Es zischte, und aus dem Feuer stieg ein Lichtstrahl auf wie eine Säule. Kein Rauch war zu sehen, die Flammen brannten gleichmäßig. Zweige, die eigentlich hätten aufflammen, knistern und dann in sich zusammenfallen müssen, brannten ruhig weiter, als würden sie von innen her mit einem anderen Brennstoff gespeist.

Will fühlte sich plötzlich allein, klein und bange; dies war kein gewöhnliches Feuer, man konnte es nicht mit gewöhnlichen Mitteln in Schranken halten. Es benahm sich gar nicht so wie das Feuer in dem Kamin. Er wußte nicht, was er machen sollte. Tief erschrocken richtete er alle seine Gedanken auf das Feuer und befahl ihm, wieder auszugehen, aber es brannte weiter, ebenso ruhig wie zuvor. Er wußte, daß er etwas Törichtes getan hatte, etwas Unziemliches, vielleicht etwas Gefährliches. Er blickte durch die Säule zitternden Glanzes nach oben und sah am grauen Himmel vier Krähen, die mit langsamem Flügelschlag kreisten.

O Merriman, dachte er unglücklich, wo bist du?

Das Herz blieb ihm fast stehen, jemand hatte ihn von hinten gepackt, seine zappelnden Füße in eine Schneewehe gedrückt, ihm die Arme auf den Rücken gedreht.

„Mach das Feuer aus", sagte eine heisere, eindringliche Stimme an seinem Ohr.

„Ich kann nicht", sagte Will. „Ehrlich. Ich hab's versucht."

Der Mann fluchte und murmelte seltsame Worte, und plötzlich wußte Will, wer es war. Sein Entsetzen verflog, als wäre ein Gewicht von ihm genommen.

„Wanderer", sagte er, „laß mich doch los. Du darfst mich nicht so festhalten."

Der Griff wurde sogleich wieder fester. „O nein, Junge, ich kenne deine Tricks. Du bist schon der Richtige, das weiß ich jetzt, du bist ein Uralter, aber ich traue euch ebensowenig, wie ich der Finsternis traue. Du bist eben erst erwacht, nicht wahr, und ich will dir etwas sagen, was du nicht weißt. Weil du erst neu erwacht bist, kannst du niemandem etwas tun, den du nicht mit eigenen Augen siehst. Du wirst mich also nicht zu sehen bekommen, das ist sicher."

Will sagte: „Ich will dir nichts tun. Es gibt wirklich Menschen, denen man vertrauen kann, weißt du?"

„Sehr wenige", sagte der Wanderer bitter.

„Wenn du mich gehen läßt, mache ich die Augen zu."

„Pah", sagte der alte Mann.

Will sagte: „Du trägst das zweite Zeichen. Gib es mir."

Es wurde still. Will fühlte, wie sich die Hände des Mannes von seinen Armen lösten, aber er blieb stehen und wandte sich nicht um.

„Das erste Zeichen habe ich schon, Wanderer", sagte er. „Du weißt es auch. Sieh, ich knöpfe meine Jacke auf und schlage sie zurück, und du kannst den ersten Ring an meinem Gürtel sehen."

Er schlug seine Jacke zurück, immer noch ohne den Kopf zu drehen, und er merkte, daß die gekrümmte Gestalt des Wanderers an seine Seite rückte. Der Mann blies den Atem zischend durch die Zähne, es klang wie ein langer Seufzer, während er hinschaute, dann hob er den Kopf und sah Will ohne Scheu an. Im gelben Licht des immer noch brennenden Astes sah Will ein Gesicht, das von widerstreitenden Gefühlen verzerrt war: von Hoffnung und Angst und Erleichterung, die sich alle mit einer bangen Ungewißheit mischten.

Als der Mann sprach, war seine Stimme gebrochen und arglos wie die eines kleinen Kindes.

„Es ist so schwer", sagte er klagend, „und ich habe es so lange getragen. Ich weiß nicht einmal mehr, warum. Immer hatte ich Angst, immer mußte ich weglaufen. Wenn ich es nur loswerden könnte, wenn ich nur zur Ruhe käme. Oh, wenn es nur weg wäre. Aber ich habe Angst, es dem Falschen zu geben, ich habe Angst. Was mit mir geschehen würde, wenn ich das täte, das ist zu schrecklich, man kann es nicht in Worte fassen. Die Uralten können grausam sein, grausam . . . Ich glaube, du bist der Richtige, Junge, ich habe so lange nach dir gesucht, so lange, um dir das Zeichen zu geben. Aber wie kann ich wirklich sicher sein? Wie kann ich wissen, ob du nicht ein Fallstrick der Finsternis bist?"

Er hat sich so lange gefürchtet, dachte Will, daß er nicht mehr damit aufhören kann. Wie schrecklich, so ganz allein zu sein. Er weiß nicht, ob er mir trauen soll; es ist so lange her, seit er jemandem getraut hat, er hat vergessen, wie das ist . . .

„Höre", sagte er sanft, „du mußt doch wissen, daß ich nicht zur Finsternis gehöre. Denk nach. Du hast gesehen, wie der Reiter versuchte, mich niederzuschlagen."

Aber der alte Mann schüttelte unglücklich den Kopf, und Will erinnerte sich, daß er in dem Augenblick, als der Reiter in der Lichtung auftauchte, schreiend davongelaufen war.

69

„Nun, wenn das nicht hilft", sagte er, „überzeugt dich dann nicht das Feuer?"

„Beinahe", sagte der Wanderer. Er blickte hoffnungsvoll in die Flammen; aber dann verzerrte sich sein Gesicht in erneuter Angst. „Aber das Feuer, es bringt SIE herbei, Junge, das weißt du doch. Die Krähen zeigen es IHNEN schon an. Und wie soll ich wissen, ob du nur ein Neuerwachter bist, der sich einen Spaß macht, oder ob das Feuer ein Zeichen ist, das SIE auf meine Spur bringen soll?" Er stöhnte gequält, die Schultern mit den eigenen Händen umklammernd.

Was für ein elender Mensch, dachte Will voller Mitleid. Aber er mußte sich ihm unbedingt verständlich machen. Will blickte zum Himmel auf. Die Zahl der kreisenden Krähen war größer geworden, er konnte das heisere Krächzen hören, mit dem sie einander zuriefen. Hatte der alte Mann recht? Waren die dunklen Vögel Boten der Finsternis?

„Wanderer, um des Himmels willen", sagte er ungeduldig, „du mußt mir vertrauen. Wenn du mir nicht dies eine Mal trauen kannst, wenigstens so lange, bis du mir das Zeichen übergeben hast, wirst du es ewig tragen. Willst du das?"

Der alte Landstreicher winselte und stammelte und betrachtete ihn aus irren, zusammengekniffenen Augen; er schien in Jahrhunderten des Mißtrauens gefangen wie eine Fliege im Spinnennetz. Aber die Fliege hat doch Flügel, die das Netz durchbrechen können; gib ihm die Kraft, sie zu rühren, nur dies eine Mal . . .

Von etwas getrieben, das tief in seiner Seele verborgen lag, und ohne klar zu wissen, was er tat, ergriff Will den Eisenring an seinem Gürtel, richtete sich auf, so hoch er konnte, wies auf den Wanderer und rief: „Der letzte der Uralten ist gekommen, Wanderer, und es ist Zeit. Jetzt ist der Augenblick, das Zeichen zu übergeben, jetzt oder nie. Denk daran – es wird keine andere Gelegenheit mehr geben. Jetzt, Wanderer. Wenn du es nicht auf ewig tragen willst, so gehorche dem Uralten jetzt. *Jetzt!*"

Es war, als habe das Wort eine Feder gelöst. Die Furcht und das Mißtrauen in dem verkniffenen alten Gesicht hatten sich in einem Augenblick in kindliche Ergebenheit gewandelt. Mit einem Lächeln und einem beinahe törichten Eifer fingerte der Wanderer an einem breiten Lederriemen, den er quer über der Brust trug, und löste einen gevierteilten Ring, der daran befestigt war. Die Bronze glänzte in mattem, braungoldenem Schimmer. Mit einem leisen, gackernden Lachen, voller Erstaunen und Freude, legte er ihn in Wills Hände.

Der gelbflammende Ast im Schnee vor ihnen brannte plötzlich hell auf und erlosch.

Der Ast lag genauso da, wie Will ihn auf dem Pfad vorgefunden hatte: grau, unversehrt, kalt. Als wäre er an keiner Stelle je von einer Flamme berührt worden. Will umklammerte den Bronzering und starrte auf die rauhe Rinde des Astes, der auf dem unberührten Schnee lag. Jetzt, da das Feuer erloschen war, schien der Tag plötzlich viel düsterer, voller Schatten, und Will erschrak bei dem Gedanken, wie wenig vom Nachmittag noch übrig war. Es war spät. Er mußte gehen.

Da sagte plötzlich eine klare Stimme aus dem Schatten heraus: „Hallo, Will Stanton."

Der Wanderer kreischte erschrocken auf, ein dünner, häßlicher Laut. Will ließ den Bronzering schnell in die Tasche gleiten und richtete sich auf. Dann hätte er sich beinahe vor Erleichterung in den Schnee fallen lassen, da er sah, daß der Neuankömmling nur Maggie Barnes war, das Milchmädchen von Dawsons Hof. Es war nichts Düsteres an Maggie Barnes, Maxens rotbäckiger Verehrerin. Ihre runden Formen waren wohlverpackt in Mantel, Stiefel und Schal; sie trug einen zugedeckten Korb und war auf dem Weg zur Hauptstraße. Sie strahlte Will an, dann blickte sie vorwurfsvoll zum Wanderer hin.

„So was!" sagte sie mit ihrer runden bäurischen Stimme. „Das ist doch der alte Lump, der sich seit vierzehn Tagen hier rumtreibt. Der Bauer hat gesagt, er wollt' dich gern von hinten sehen, Alter. Hat er dich belästigt, kleiner Will? Ich möcht's wohl wetten." Sie blitzte den Wanderer an, der sich betreten in seinem schmutzigen, umhangartigen Mantel klein machte.

„O nein", sagte Will, „ich bin nur vom Bus nach Hause gelaufen, und da bin ich – auf ihn gestoßen. Richtig gestoßen. Und hab all meine Weihnachtspakete fallen lassen", fügte er hinzu und bückte sich, um die Taschen und Päckchen aufzusammeln, die noch im Schnee verstreut lagen.

Der Wanderer schnüffelte, zog sich noch fester in seinem Mantel zusammen und wollte an Maggie vorbei den Pfad hinuntergehen. Aber als er neben ihr angekommen war, blieb er plötzlich stehen und zuckte zurück, als sei er auf eine unsichtbare Schranke gestoßen. Er öffnete den Mund, aber kein Laut kam heraus.

Will richtete sich langsam auf, den Arm voller Päckchen, und sah es. Eine schreckliche Ahnung stieg langsam in ihm hoch, traf ihn wie ein kalter Windhauch.

Maggie Barnes sagte freundlich: „Das ist aber schon lange her, kleiner Will, seit der letzte Bus von Slough durchgekommen ist. Tatsache, ich bin unterwegs zum nächsten. Brauchst du immer eine halbe Stunde für die fünf Minuten von der Bushaltestelle, Will Stanton?"

„Ich finde, das geht dich überhaupt nichts an, wie lange ich für irgend etwas brauche", sagte Will. Er beobachtete den frierenden Wanderer, und wirre Bilder drehten sich in seinem Kopf.

„Manieren, Manieren", sagte Maggie. „Und dabei bist du ein so wohlerzogener kleiner Junge." Die Augen in dem warm vermummten Kopf, die Will prüfend betrachteten, hatten einen scharfen Glanz.

„Auf Wiedersehn, Maggie", sagte Will. „Ich muß nach Hause. Der Tee ist bestimmt längst fertig."

„Das Schlimme an diesen ekligen, dreckigen Landstreichern, wie der, mit dem du zusammengestoßen bist, der dich aber nicht belästigt hat", sagte Maggie Barnes leise, ohne sich von der Stelle zu rühren, „das Schlimme an ihnen ist, daß sie stehlen. Und dieser hier hat neulich etwas auf dem Hof gestohlen, kleiner Will, etwas, das mir gehört. Ein Schmuckstück. Ein großes, goldbraunes Schmuckstück wie ein Ring, das ich an einer Kette um den Hals trug. Und ich will es zurückhaben. *Jetzt!*"

Das letzte Wort kam wie ein boshafter Peitschenhieb, dann war sie wieder ganz Milde und Freundlichkeit. „Ich will es zurückhaben, unbedingt. Und ich glaube, er könnte es dir in die Tasche gesteckt haben, ohne daß du es gemerkt hast, als er mit dir zusammenstieß. Vielleicht hat er mich kommen sehen, das wäre beim Licht des komischen kleinen Feuerchens, das ich eben hier brennen sah, wohl möglich. Was hältst du davon, kleiner Will Stanton, he?"

Will schluckte. Das Haar sträubte sich ihm im Nacken. Da stand sie und sah aus wie immer, die einfache, rotwangige Bauernmagd, die Dawsons Melkmaschine bediente und die die kleinen Kälber versorgte; und doch, der Geist, aus dem diese Worte kamen, konnte nur der Geist der Finsternis sein. Hatten Sie Maggie gestohlen? Oder war Maggie immer eine von Ihnen gewesen? Wenn ja, was konnte sie ihm anhaben?

Er stand ihr gegenüber, mit der einen Hand drückte er seine Pakete an sich, die andere schob er vorsichtig in die Tasche. Das Bronzezeichen fühlte sich kalt an. Er rief alle Kräfte seines Geistes auf, um sie zu vertreiben, aber sie stand immer noch da und lächelte ihn kalt an. Er beschwor sie wegzugehen, im Namen aller Mächte, die er Merriman hatte nennen hören, im Namen der Dame, des Kreises, der Zeichen. Aber sie wußte, daß er die richtigen Worte nicht kannte.

Maggie lachte laut auf und kam, den Blick auf sein Gesicht gerichtet, entschlossen auf ihn zu, und Will stellte fest, daß er kein Glied rühren konnte. Er war gefangen, erstarrt wie der Wanderer; festgehalten in einer Stellung, die er um keinen Deut ändern konnte. Wütend starrte er Maggie Barnes an, Maggie in ihrem weichen roten Umschlagtuch und dem bescheidenen schwarzen Mantel, die jetzt ihre Hand an der seinen vorbei in seine Tasche schob und das Bronzezeichen herauszog. Sie hielt es ihm vors Gesicht, dann riß sie ihm schnell die Jacke auf, löste seinen Gürtel und zog ihn durch den Bronzering, so daß dieser jetzt neben seinem eisernen Gegenstück steckte.

„Halt dir die Hose fest, Will Stanton", sagte sie höhnisch. „Du meine Güte, du kannst es wohl gar nicht . . . aber dann trägst du ja diesen Gürtel gar nicht, um deine Hose hochzuhalten,

nicht wahr? Du trägst ihn, um dieses kleine . . . Schmuckstück
. . . sicher zu verwahren . . ."

Will bemerkte, daß sie die beiden Zeichen so locker wie möglich hielt, daß sie winselte, wenn sie sie fester anfassen mußte;
es strömte eine Kälte von ihnen aus, die sie bis auf die Knochen
versengen mußte.

Er sah dies alles voller Verzweiflung geschehen. Er konnte
nichts tun. All seine Mühen waren umsonst, sein Auftrag war
beendet, bevor er noch richtig begonnen hatte, und er konnte
nichts daran ändern. Er hätte am liebsten vor Wut geschrien
und geweint. Aber dann regte sich etwas in ihm, tief unten in
seinem Bewußtsein. Ein kleiner Funken Erinnerung, aber er
konnte ihn nicht fassen.

Es fiel ihm erst in dem Augenblick ein, als die rotwangige Maggie ihm seinen Gürtel vors Gesicht hielt; der erste und der
zweite Ring dicht nebeneinander, das matte Eisen und die glänzende Bronze Seite an Seite. Maggie betrachtete voller Gier die
beiden Ringe, dann brach sie in ein leise gurgelndes, höhni-
sches Gelächter aus, das um so niederträchtiger klang, da es aus
einem so rosig offenen Gesicht kam. Und Will erinnerte
sich.

. . . wenn sein Ring neben dem ersten an deinem Gürtel steckt,
werde ich kommen . . .

Im selben Augenblick schlugen wieder Flammen aus dem Ul-
menast, den Will kurz vorher entzündet hatte, und Feuer
stürzte von oben und bildete einen Kreis blendenden Lichts um
Maggie Barnes, einen Lichtkreis, der über ihren Kopf hinaus-
ragte. Sie kauerte sich in den Schnee, krümmte sich, der Mund
verzerrte sich vor Schrecken. Der Gürtel mit den beiden Zeichen fiel ihr aus der schlaffen Hand.

Und da war Merriman. Eine hohe Gestalt in dem langen dunklen Umhang, das Gesicht von der Kapuze beschattet, so stand
er neben dem Pfad, dicht bei dem Flammenkreis, der das kau-
ernde Mädchen umgab.

„Entferne sie von diesem Weg", sagte er mit lauter, klarer
Stimme, und der Lichtkreis bewegte sich langsam zur Seite und
zwang das Mädchen wegzurücken, bis es auf dem unebenen

Grasland neben dem Weg hockte. Dann knisterte das Feuer auf und war verschwunden, und Will sah statt dessen, wie eine Lichtschranke zu beiden Seiten des Weges aufzüngelte, die sich in beiden Richtungen in weite Ferne erstreckte – viel weiter, als der Pfad lang war, den Will als das Landstreicherpfädchen kannte. Ein wenig erschrocken betrachtete er diese Erscheinung. In dem Schatten daneben konnte er Maggie Barnes erkennen, die dort jämmerlich durch den Schnee taumelte. Den Arm hatte sie vor die Augen gehoben, um sie vor dem Licht zu schützen. Aber er und Merriman und der Wanderer standen in einem hohen, endlosen Tunnel kalter weißer Flammen.

Will bückte sich und hob seinen Gürtel auf, erleichtert und froh nahm er die beiden Zeichen in die Hände, das Eisen in die linke, die Bronze in die rechte. Merriman trat an seine Seite, hob den rechten Arm, so daß der Umhang sich wie die Schwinge eines großen Vogels entfaltete, und wies mit seinem langen Finger auf das Mädchen. Er nannte sie bei einem langen, seltsamen Namen, den Will nie gehört hatte und den er sich auch nicht merken konnte, und Maggie heulte laut auf. Merriman sagte mit eiskaltem Zorn in der Stimme: „Geh zurück und sage Ihnen, daß die Zeichen außerhalb Ihrer Reichweite sind. Und wenn dir nichts geschehen soll, so versuche nie mehr, deinen Willen zu erzwingen, solange du auf einem unserer Wege stehst. Denn die Alten Wege sind erwacht, und ihre Kraft ist wieder lebendig. Und diesmal werden sie weder Mitleid noch Erbarmen kennen."

Er sprach wieder den fremden Namen aus. Die Flammen, die den Weg begrenzten, züngelten höher. Das Mädchen stieß einen schrillen Schrei aus, als litte es große Schmerzen, dann taumelte es geduckt über das verschneite Feld, wie ein kleines ängstliches Tier.

Merriman sah auf Will hinunter. „Merke dir die beiden Dinge, die dich gerettet haben", sagte er. Das Licht fiel jetzt auf seine Hakennase und die tiefliegenden Augen unter der Kapuze. „Das erste: ich kannte ihren richtigen Namen. Die einzige Weise, wie man ein Geschöpf der Finsternis entwaffnen kann, ist, es bei seinem richtigen Namen zu nennen. Es sind Namen,

75

die SIE sehr geheimhalten. Und das zweite war der Weg. Kennst du den Namen dieses Pfades?"

„Das Landstreicherpfädchen", sagte Will automatisch.

„Das ist nicht der richtige Name", sagte Merriman streng.

„Nein. Mama benutzt diesen Namen nie. Und wir sollen es auch nicht. Sie sagt, es sei ein häßlicher Name. Aber niemand, den ich kenne, nennt den Weg so. Ich käme mir komisch vor, würde ich ihn Alter Weg nennen . . ." Will hielt plötzlich inne, er hörte und schmeckte diesen Namen zum erstenmal in seinem Leben. Er sagte zögernd: ". . . würde ich den richtigen Namen sagen: Alter Weg."

„Du kämest dir komisch vor", sagte Merriman streng. „Aber der Name, der dir komisch vorkommt, hat dir das Leben gerettet. Alter Weg, ja. Und er heißt nicht so nach irgendeinem längstverflossenen Mr. Altweg. Der Name sagt einfach aus, was dieser Pfad ist. Das tun die Namen von Wegen und Plätzen in alten Ländern oft, wenn nur die Menschen hinhorchen würden. Du hattest Glück, daß du auf einem der Alten Wege standest, auf denen die Uralten seit mehr als dreitausend Jahren gewandelt sind, als du mit deinem Feuerchen spieltest, Will Stanton. Wenn es an einam anderen Ort geschehen wäre, wärest du in deinem Zustand ungeübter Macht so verletzlich gewesen, daß du alle Geschöpfe der Finsternis, die in diesem Lande leben, angelockt hättest. So wie das Hexenmädchen von den Vögeln hergelockt wurde. Betrachte diesen Weg genau, Junge, und nenne ihn nie wieder mit gemeinen Namen."

Will schluckte und blickte den flammengesäumten Weg entlang, der sich wie eine Sonnenbahn in die Ferne erstreckte, und einer plötzlichen, heftigen Eingebung folgend, machte er eine ungeschickte kleine Verbeugung, so gut es die Pakete in seinen Armen erlaubten. Die Flammen züngelten noch hoch, bogen sich nach innen, fast als wollten sie seine Verneigung erwidern. Dann verloschen sie.

„Gut gemacht", sagte Merriman überrascht und ein wenig amüsiert.

Will sagte: „Ich will nie, nie mehr die – die Kraft gebrauchen, wenn es keinen Grund dafür gibt. Ich verspreche es. Bei der

Dame und der Alten Welt. Aber", er konnte dies nicht verschweigen, „Merriman, es war mein Feuer, das den Wanderer zu mir gebracht hat, nicht wahr? Und der Wanderer hatte das Zeichen."

„Der Wanderer hat auf dich gewartet, du dummer Junge", sagte Merriman ärgerlich. „Ich habe dir gesagt, daß er dich finden wird, und du hast dich nicht daran erinnert. Erinnere dich jetzt. In unserem Zauber hat das kleinste Wort ein Gewicht und eine Bedeutung. Jedes Wort, das ich zu dir sage – ich oder ein anderer der Uralten. Der Wanderer? Er hat darauf gewartet, daß du geboren würdest, daß du allein vor ihm stehen und das Zeichen von ihm fordern würdest. Er wartet schon länger, als du dir vorstellen kannst. Du hast es gut gemacht, das muß ich dir lassen. Es war schwierig, ihn zu bewegen, dir das Zeichen zu übergeben. Die arme Seele. Er hat die Uralten einmal betrogen, vor langer Zeit, und er wurde dazu verurteilt, das zweite Zeichen zu hüten. Er hat noch eine Aufgabe zu erfüllen, dann kann er ausruhen, wenn er will. Aber die Zeit dafür ist noch nicht da."

Sie blickten beide zum regungslosen Wanderer hinüber, der immer noch in erstarrter Bewegung neben dem Weg stand, so wie Maggie ihn gebannt hatte.

„Das ist eine schrecklich unbequeme Stellung", sagte Will.

„Er fühlt nichts", sagte Merriman, „seine Muskeln werden nicht einmal steif sein. Die Uralten und die Geschöpfe der Finsternis besitzen einige der geringeren Kräfte gemeinsam. Eine davon ist, einen Menschen solange wie nötig aus der Zeit herauszureißen. Oder wie es die Geschöpfe der Finsternis manchmal tun: solange es ihnen Spaß macht."

Er richtete den Finger auf die unbewegliche, formlose Gestalt und sprach schnell und so leise, daß Will sie nicht verstehen konnte, einige Worte, und der Wanderer entspannte sich, wurde lebendig, so wie eine Figur in einem Film, der angehalten worden ist und dann weiter abläuft. Mit weit aufgerissenen Augen starrte er Merriman an, und aus dem offenen Mund kam ein seltsam trockener, unverständlicher Laut.

„Geh", sagte Merriman.

Der alte Mann zog die Schultern ein, sammelte die flatternden Mantelschöße um sich und humpelte eilig den engen Pfad entlang. Will blickte ihm blinzelnd nach, dann schaute er genau hin, rieb sich die Augen, denn der Wanderer schien sich aufzulösen. Er wurde immer dünner, so daß man die Bäume durch seinen Körper hindurch sehen konnte. Dann war er plötzlich verschwunden, wie ein Stern, vor den sich eine Wolke geschoben hat.

Merriman sagte: „Das habe ich bewirkt, nicht er. Ich glaube, er verdient eine Ruhepause an einem anderen Ort als diesem. Das ist die Macht der Alten Wege, Will. Du hättest sehr leicht davon Gebrauch machen können, um dem Hexenmädchen zu entgehen, Will. Wenn du es nur gewußt hättest. Du wirst es bald lernen, auch die richtigen Namen und noch manches andere."

Will sagte neugierig: „Wie ist denn Ihr richtiger Name?"

Die dunklen Augen blitzten ihn unter der Kapuze hervor an. „Merriman Lyon. Ich habe es dir gesagt, als wir uns kennenlernten."

„Aber ich glaube, wenn dies Ihr richtiger Name wäre, Ihr richtiger Name als Uralter, hätte Sie ihn mir nicht gesagt", sagte Will. „Jedenfalls nicht so laut."

„Du lernst schnell", sagte Merriman heiter. „Komm jetzt, es wird dunkel."

Sie gingen zusammen den Weg entlang. Will trottete neben der weit ausschreitenden, verhüllten Gestalt einher. Sie sprachen wenig, aber Merrimans Hand war immer da, um ihn zu stützen, wenn er in ein Loch oder eine Schneewehe stolperte. Als sie an die Biegung kamen, wo der Pfad in die breitere Huntercombe Lane mündete, sah Will seinen Bruder Max, der mit schnellem Schritt auf sie zukam.

„Sehen Sie, das ist Max!"

„Ja", sagte Merriman.

Max rief, winkte fröhlich, und dann war er ganz nah. „Ich wollte dir gerade bis an den Bus entgegengehen", sagte er. „Mama hat sich schon ein bißchen aufgeregt, weil ihr kleines Jüngelchen sich verspätet hat."

„Oh, du meine Güte", sagte Will.

„Warum bist du hierherum gegangen?" Max wies in die Richtung des Landstreicherpfädchens.

„Wir waren nur . . .", fing Will an, dann wandte er den Kopf, um Merriman in seinen Satz einzuschließen, und hielt so plötzlich inne, daß er sich auf die Zunge biß.

Merriman war nicht mehr da. Wo er noch vor einem Augenblick im Schnee gestanden hatte, war keine Spur zu sehen. Und als er den Weg zurückschaute, den sie zusammen gekommen waren, war da nur eine Reihe von Fußstapfen zu sehen, seine eigenen.

Er glaubte, irgendwo in der Luft eine leise, silbrige Musik zu hören, aber als er den Kopf hob, um zu lauschen, war auch sie vergangen.

II LEHRZEIT

Das alte Lied

Heiligabend. Dies war der Tag, an dem sich die Weihnachtsfreude bei den Stantons richtig entzündete. Hinweise, Ahnungen und Versprechungen auf ganz besondere Dinge, die hatte es schon seit Wochen gegeben; aber jetzt war das alles zu einer gleichmäßig frohen Erwartung aufgeblüht.

Das Haus war von wunderbaren Backdüften erfüllt. In einer Ecke der Küche legte Gwen gerade Hand an die letzten Zuckergußverzierungen des Weihnachtskuchens. Ihre Mutter hatte ihn schon vor drei Wochen gebacken, und den Weihnachtspudding hatte sie schon vor drei Monaten gemacht. Sobald jemand das Radio andrehte, durchzogen die uralten, vertrauten Weihnachtsweisen das Haus. Das Fernsehgerät wurde an diesem Tag überhaupt nicht angestellt. Für Will gab es gleich nach dem Frühstück ein doppeltes Ritual: das Besorgen des Julscheites und des Weihnachtsbaumes.

Mr. Stanton aß eben sein letztes Stück Toast. Will und James standen zappelnd neben ihm am Frühstückstisch. Ihr Vater hielt das Brot selbstvergessen in der Hand und brütete über der Sportseite der Zeitung. Auch Will interessierte sich brennend für die Geschicke des Chelsea-Fußballclubs, aber nicht am Morgen des Tages vor Weihnachten.

„Möchtest du noch Toast, Papa?" sagte er laut.

„Hm", sagte Mr. Stanton. „Aah."

James sagte: „Hast du genug Tee, Papa?"

Mr. Stanton blickte auf, wandte sein rundes Gesicht mit den sanften Augen erst dem einen, dann dem anderen Sohn zu und lachte. Er legte die Zeitung hin, trank seine Tasse leer und

81

stopfte sich das Stück Toast in den Mund. „Also, kommt schon", sagte er mit vollem Mund und nahm mit jeder Hand einen am Ohr. Sie heulten glücklich auf und rannten, um Stiefel, Jacken und Schals zu holen.

Gemeinsam schoben sie die Handkarre die Straße entlang, Will, James, Mr. Stanton und Max. Max, der größer war als sein Vater, größer als alle anderen, mit seinem dunklen langen Haar, das wie ein seltsamer Vorhang unter der zerbeulten alten Mütze hervorsah. Was wird Maggie Barnes davon halten, dachte Will heiter, denn er sah sie in Gedanken, schelmisch wie immer, hinter dem Vorhang des Küchenfensters hervorlugen, um einen Blick von Max zu erhaschen; aber im gleichen Augenblick fiel ihm ein, wer Maggie Barnes war, und erschrocken dachte er: *Bauer Dawson ist einer der Uralten, man muß ihm Bescheid sagen.* Und er war verzweifelt, weil er nicht früher daran gedacht hatte.

Sie kamen auf Dawsons Hof an. Der alte George Smith kam ihnen mit seinem zahnlosen Grinsen entgegen. Am Morgen hatte ein Schneepflug die Straße geräumt, aber überall sonst lag tiefer Schnee.

„Hab euch den allerschönsten Baum aufgehoben", rief der alte George munter, „gerade wie ein Mast, genau wie der vom Bauern. Beides wieder königliche Bäume, sozusagen."

„So königlich wie nur möglich", sagte Mr. Dawson, während er aus dem Haus trat und seine Jacke zuknöpfte. Will wußte, daß er es wörtlich meinte: jedes Jahr wurden einige Weihnachtsbäume aus den königlichen Forsten des Schlosses von Windsor verkauft, und ein paar fanden immer auf Dawsons Lastwagen ihren Weg ins Dorf.

„Guten Morgen, Frank", sagte Mr. Stanton.

„Morgen, Roger", sagte Bauer Dawson und strahlte die Jungen an. „He, ihr Burschen. Fahrt die Karre hintenrum." Sein Blick glitt gleichgültig über Will, ohne das leiseste Zeichen des Erkennens, aber Will hatte absichtlich seine Jacke aufstehen lassen, so daß man deutlich sehen konnte, daß jetzt zwei durchkreuzte Kreise an seinem Gürtel steckten.

„Schön, euch alle so wohl zu sehen", sagte Mr. Dawson mun-

ter, während sie die Karre nach hinten auf die Scheune zu schoben; und seine Hand ruhte kurz auf Wills Schulter. Ihr leiser
Druck sagte ihm, daß Bauer Dawson sich denken konnte, was
in den letzten Tagen geschehen war. Er dachte an Maggie
Barnes und suchte hastig nach Worten, in denen er eine Warnung verstecken konnte.

„Wo ist deine Freundin, Max?" sagte er absichtlich laut und
deutlich.

„Freundin?" sagte Max entrüstet. Da er sich ausschließlich für
eine blondbezopfte Mitstudentin der Londoner Kunstschule
interessierte, von der täglich dicke, hellblaue Briefe mit der
Post kamen, waren ihm die Mädchen der Nachbarschaft völlig
gleichgültig.

„Hoh, ho, ho", sagte Will hartnäckig. „Du weißt schon, wen
ich meine."

Unglücklicherweise hatte James Spaß an Neckereien, und er
stimmte begeistert ein. „Maggie – Maggie – Maggie", sang er
fröhlich. „Oh, Maggie, die Kuhmagd, ist verliebt in den großen Künstler Max, oh-ooooh . . ." Max puffte ihn in die Rippen,
und James kicherte.

„Maggie mußte uns verlassen", sagte Mr. Dawson kühl. „Jemand in ihrer Familie ist krank, da wurde sie zu Hause gebraucht. Sie hat heute morgen gepackt und ist gegangen. Schade, daß ich dich enttäuschen muß, Max."

„Ich bin nicht enttäuscht", sagte Max und wurde knallrot.
„Diese blöden, kleinen . . ."

„Ooooh-oooh", sang James und tanzte außer Reichweite vor
Max herum. „Oooh, der arme Max hat seine Maggie verloren."

Will sagte nichts. Er war zufrieden.

Die hohe Tanne, deren Zweige mit faseriger weißer Schnur
flach an den Stamm gebunden waren, wurde auf die Handkarre
geladen, dazu kam noch die knorrige Wurzel einer alten Buche,
die Bauer Dawson vor einiger Zeit gefällt hatte. Er hatte die
Wurzel in zwei Teile gespalten und beiseite gelegt: als Julscheit
für sich und die Stantons. Es mußte die Wurzel eines Baumes
sein, kein Ast, das wußte Will, obgleich ihm niemand den

Grund erklärt hatte. Heute abend würden sie das Scheit auf das Feuer im großen Backsteinkamin des Wohnzimmers legen, und es würde langsam den ganzen Abend brennen, bis sie zu Bett gingen. Irgendwo war noch ein Rest des vorjährigen Julscheits verstaut, das würden sie benutzen, um das neue zu entfachen.

„Hier", sagte der alte George, der plötzlich an Wills Seite auftauchte, als sie die Karre schon zum Tor hinausschoben, „das ist auch noch für dich." Er hielt ihm einen großen Strauß Stechpalmenzweige hin, schwer von Beeren.

„Das ist sehr nett von Ihnen, George", sagte Mr. Stanton. „Aber wir haben ja den großen Busch neben der Haustür. Wenn Sie jemanden wissen, der keine Stechpalmen hat . . ."

„Nein, nein, nehmen Sie." Der alte Mann schwenkte den Zeigefinger. „An Ihrem Busch sind nicht halb soviel Beeren. Das hier ist 'ne ganz besondere Stechpalme."

Er legte den Strauß vorsichtig auf die Karre, dann brach er schnell ein Zweiglein ab und steckte es in das oberste Knopfloch von Wills Jacke. „Und ein guter Schutz gegen die Dunkelheit", sagte die Alte Stimme leise in Wills Ohr. „Man steckt's über die Tür und über das Fenster." Das zahnlose Grinsen spaltete das braune, verwitterte Gesicht, ein gackerndes Greisengelächter, dann war der Uralte wieder der alte George, der ihnen zum Abschied winkte. „Fröhliche Weihnachten!"

„Fröhliche Weihnachten, George!"

Nachdem sie den Baum feierlich zur Vordertür hineingetragen hatten, machten sich die Zwillinge darüber her und befestigten ihn in einem Ständer aus gekreuzten Brettern. In einer Zimmerecke saßen Mary und Barbara in einem raschelnden See von Buntpapier, das sie in Streifen schnitten, in rote, gelbe, blaue, grüne, die sie dann zu Papierketten zusammenklebten.

„Das hättet ihr gestern machen sollen", sagte Will, „die müssen doch trocknen."

„*Du* hättest das gestern machen sollen", sagte Mary und warf ihr langes Haar zurück. „Das muß doch immer der Jüngste machen."

„Ich hab schon neulich einen Haufen Streifen geschnitten", sagte Will gekränkt.

„Die haben wir schon längst verbraucht."

„Aber ich hab sie trotzdem geschnitten."

„Außerdem", sagte Barbara versöhnlich, „hat er gestern Weihnachtseinkäufe gemacht. Halt also lieber den Mund, Mary, sonst gibt er dir dein Weihnachtsgeschenk nicht."

Mary knurrte, beruhigte sich aber, und Will klebte lustlos ein paar Kettenglieder zusammen, aber er behielt die Tür im Auge. Als er seinen Vater und James mit einer Ladung alter Kartons auftauchen sah, schlich er ihnen leise nach. Nichts konnte ihn vom Schmücken des Weihnachtsbaumes abhalten.

Aus den Schachteln kam der ganze vertraute Schmuck zutage: der goldhaarige Engel für die Spitze des Baumes, die Kette edelsteinbunter Lichter, die zerbrechlichen Glaskugeln, die seit Jahren liebevoll verwahrt wurden. Hohle Halbkugeln, deren Inneres einen trichterförmigen Strudel bildete wie eine rote oder goldgrüne Muschel, schlanke Glaszapfen, Spinnweben aus silbrigen Glasfäden und Perlen. Schimmernd, sich leise drehend, hingen sie an den dunklen Zweigen der Tanne.

Dann gab es noch andere Schätze. Kleine Goldsterne und Kränze aus geflochtenem Stroh, schwingende Glöckchen aus Silberpapier; dazu gab es eine ganze Auswahl von Zierat, den die verschiedenen Stanton-Kinder gebastelt hatten, angefangen von Wills kindlichem Rentier aus Pfeifenreinigern bis zu dem schönen Filigrankreuz aus Kupferdraht, das Max in seinem ersten Jahr in der Kunstschule entworfen hatte. Zuletzt kamen die Rauschgold- und Lamettafäden, um die Lücken zu füllen, und dann waren die Schachteln leer.

Aber nicht ganz leer. Will hatte in einem alten Karton, der beinahe größer war als er selber, noch einmal sorgfältig das zerknüllte Seidenpapier durchwühlt und ein kleines, flaches Döschen gefunden, nicht viel größer als seine Handfläche. Es rappelte darin. „Was ist das?" sagte er und versuchte neugierig, den Deckel zu öffnen.

„Du lieber Himmel", rief Mrs. Stanton, die mitten im Gewühl in ihrem Sessel saß. „Laß mich mal sehen, Kind. Es ist . . . ja,

85

das ist es! War es in dem großen Karton? Ich dachte, es wäre vor Jahren verlorengegangen. Sieh doch mal her, Roger. Sieh, was dein jüngster Sohn gefunden hat. Es ist Frank Dawsons Buchstabenkästchen . . ."

Sie drückte eine Feder am Deckel des Kästchens, es sprang auf, und Will erblickte darin einige zierliche kleine Gegenstände, aus einem hellen Holz geschnitzt, das ihm unbekannt war. Mrs. Stanton hielt einen in die Höhe: der Buchstabe S in Form einer sich windenden Schlange, mit einem schön ausgearbeiteten Kopf und einem schuppigen Körper, der sich an einem fast unsichtbaren Faden drehte. Dann ein anderer: ein M, das aussah wie die Doppeltürme einer Märchenkathedrale. Die Schnitzerei war so fein, daß man nicht erkennen konnte, wo die Fäden befestigt waren.

Mr. Stanton kam von der Trittleiter herunter und schob vorsichtig mit dem Zeigefinger den Inhalt des Kästchens hin und her. „Nein, so was", sagte er, „unser kluger alter Will."

„Ich hab das noch nie gesehen", sagte Will.

„Doch", sagte seine Mutter, „aber es ist schon so lange her, daß du dich nicht mehr erinnerst. Es war seit Jahren verschwunden. Und dabei hat es die ganze Zeit auf dem Boden des alten Kartons gelegen."

„Aber was ist das eigentlich?"

„Natürlich Christbaumschmuck", sagte Mary, die der Mutter über die Schulter lugte.

„Bauer Dawson hat ihn für uns gemacht", sagte Mrs. Stanton. „Du siehst, wie schön die Sachen geschnitzt sind – und genauso alt wie die Familie. An unserem ersten Weihnachtstag in diesem Haus machte Frank ein R für Roger", sie fischte es heraus, „und ein A für mich."

Mr. Stanton zog zwei Buchstaben heraus, die beide an einem Faden hingen. „Paul und Robin. Dies Paar kam ein bißchen später als gewöhnlich. Wir hatten keine Zwillinge erwartet . . . Wirklich, es war sehr lieb von Frank. Ich möchte wissen, ob er heute noch Zeit für so etwas hat?"

Mrs. Stanton drehte immer noch die kleinen geschnörkelten Dinger in ihren schmalen, kräftigen Fingern hin und her. „Ein

M für Max und ein M für Mary . . . Frank war sehr böse auf uns, weil wir denselben Buchstaben zweimal hatten, das weiß ich noch . . . O Roger", sagte sie plötzlich mit weicher Stimme. „Sieh mal hier."

Will stand neben seinem Vater und schaute. Es war der Buchstabe T in Form eines reizenden Bäumchens, das zwei Äste ausstreckte. „T?" sagte er. „Aber keiner von uns fängt mit T an."

„Das war Tom", sagte seine Mutter. „Ich weiß eigentlich nicht, warum ich euch anderen nie von Tom erzählt habe. Vielleicht weil es so lange her ist . . . Tom war euer Bruder, der gestorben ist. Etwas mit seiner Lunge stimmte nicht, eine Krankheit, die Neugeborene manchmal haben. Er lebte nur drei Tage nach seiner Geburt. Frank hatte den Buchstaben schon geschnitzt, denn es war unser erstes Kind, und wir hatten die Namen schon gewählt: Tom, wenn es ein Junge, Tess, wenn es ein Mädchen würde . . ." Ihre Stimme klang ein wenig verschleiert, und Will tat es plötzlich leid, daß er die Buchstaben gefunden hatte. Er tätschelte ihr ungeschickt die Schulter. „Laß nur, Mama", sagte er.

„Du meine Güte", sagte Mrs. Stanton munter, „ich bin nicht traurig, mein Herzchen. Es ist schon so lange her. Tom wäre jetzt ein erwachsener Mann, älter als Stephen. Und schließlich" – sie schaute sich mit einer drolligen Geste im Zimmer um, das mit Menschen und Schachteln überfüllt war – „eine Brut von neun sollte jeder Frau genügen."

„Das kannst du noch einmal sagen", sagte Mr. Stanton.

„Das kommt daher, daß du bäuerliche Vorfahren hattest, Mama", sagte Paul. „Die hatten gern große Familien. Viele kostenlose Arbeitskräfte."

„Da du von kostenlosen Arbeitskräften sprichst", sagte sein Vater, „wo sind James und Max hingegangen?"

„Sie holen die anderen Schachteln."

„Guter Gott. Was für eine Tatkraft!"

„Weihnachtsgeist", sagte Robin von der Trittleiter herunter. „Freut euch, ihr Christen, und so weiter. Warum stellt nicht jemand ein bißchen Musik an?"

Barbara, die neben ihrer Mutter auf dem Boden saß, nahm dieser das kleine geschnitzte T aus der Hand und legte es zu den anderen Buchstaben, die sie auf dem Teppich in einer Reihe angeordnet hatte. „Tom, Steve, Max, Gwen, Robin und Paul, ich, Mary, James", sagte sie. „Aber wo ist das W für Will?"

„Wills Buchstabe war bei den anderen in der Schachtel."

„Weißt du noch, es war eigentlich kein W", sagte Mr. Stanton. „Es war eine Art Muster. Ich vermute, Frank war es schon leid, Buchstaben zu machen." Er lächelte Will zu.

„Aber es ist nicht hier", sagte Barbara. Sie drehte das Kästchen um und schüttelte es. Dann blickte sie ihren jüngsten Bruder feierlich an.

„Will", sagte sie, „du existierst gar nicht."

Will spürte aus den Tiefen seines Bewußtseins ein Unbehagen in sich aufsteigen. „Du hast gesagt, es wäre ein Muster gewesen, kein W", sagte er beiläufig. „Was für ein Muster denn, Papa?"

„Wenn ich mich recht erinnere, ein Mandala", sagte Mr. Stanton.

„Ein was?"

Sein Vater lachte leise. „Ist nicht so wichtig, ich hab nur ein bißchen angegeben. Ich glaube nicht, daß Frank es so genannt hätte. Ein Mandala ist ein uraltes Symbol, das auf die Sonnenverehrung zurückgeht – so ein Ding, das aus einem Kreis besteht und Strahlen, die entweder nach innen oder außen gerichtet sind. Dein kleiner Christbaumschmuck war ganz einfach – ein Kreis mit einem Stern darin oder einem Kreuz. Ich glaube, es war ein Kreuz."

„Ich kann mir nicht vorstellen, warum es nicht in der Schachtel bei den andern ist", sagte Mrs. Stanton.

Aber Will konnte es sich vorstellen. Wenn man Macht über die Geschöpfe der Finsternis hatte, falls man ihre richtigen Namen kannte, so konnten vielleicht wiederum diese Wesen einen Zauber gegen jemanden anwenden, wenn sie das Symbol seines Namens hatten, zum Beispiel einen geschnitzten Anfangsbuchstaben ... Vielleicht hatte jemand sein Zeichen gestohlen, um Macht über ihn zu gewinnen. Und vielleicht war dies der

Grund, warum Bauer Dawson für ihn keinen Anfangsbuchstaben geschnitzt hatte, sondern ein Symbol, das niemand, der zur Welt der Finsternis gehörte, gebrauchen durfte. Sie hatten es trotzdem gestohlen, um zu versuchen . . .

Bald darauf schlich sich Will vom Baumschmücken davon, ging nach oben und befestigte einen Stechpalmenzweig über der Tür und jedem Fenster seines Zimmers. Er schob auch einen Zweig unter den ausgebesserten Riegel am Dachfenster. Das gleiche tat er in James' Zimmer, wo er am Heiligabend immer schlief, dann ging er wieder nach unten und befestigte ein Sträußchen über der Vorder- und Hintertür des Hauses. Er hätte es auch mit allen Fenstern so gemacht, wenn nicht Gwen durch die Diele gekommen wäre und es gesehen hätte.

„Oh, Will", sagte sie. „Doch nicht *überall*. Steck die Zweige über den Kamin oder sonstwohin, wo man sie sieht. Ich meine, sonst haben wir jedesmal, wenn einer einen Vorhang auf- oder zuzieht, Beeren unter den Füßen."

Ein typisch weiblicher Standpunkt, dachte Will mißmutig; aber er wollte die Aufmerksamkeit nicht auf die Stechpalmen lenken, indem er protestierte. Jedenfalls, so überlegte er, während er versuchte, die Zweige künstlerisch über dem Kaminsims zu arrangieren, würden sie hier einen Schutz am einzigen Einfallstor des Hauses darstellen, an das er nicht gedacht hatte. Da er nicht mehr an den Weihnachtsmann glaubte, hatte er den Schornstein ganz vergessen.

Das Haus glühte jetzt vor Licht und Farbe und Erwartung. Bald konnte der Weihnachtsabend beginnen, aber zuerst kam noch das Weihnachtssingen.

Nach dem Tee, als die Lichter schon entzündet waren und das Getuschel und das Papiergeraschel des Geschenkeverpackens zu Ende ging, streckte Mr. Stanton sich in seinem verschlissenen Ledersessel aus, nahm die Pfeife zur Hand und strahlte sie alle feierlich an.

„Nun", sagte er, „wer geht denn dieses Jahr los?"

„Ich", sagte James.

„Ich", sagte Will.

„Barbara und ich", sagte Mary.

„Paul natürlich", sagte Will. Das Flötenfutteral seines Bruders lag schon auf dem Tisch.

„Ich weiß nicht recht, ob ich mitkommen soll", sagte Robin.

„Doch, natürlich", sagte Paul. „Ohne Bariton ist es nichts."

„Also gut", sagte sein Zwillingsbruder halb widerwillig. Dieser kurze Wortwechsel wiederholte sich seit drei Jahren. Da Robin groß und breitschultrig war, sich für Technik interessierte und ein ausgezeichneter Fußballspieler war, fand er es unter seiner Würde, für eine so feinsinnige Tätigkeit wie das Weihnachtssingen Interesse zu zeigen. In Wirklichkeit liebte er die Musik wie alle anderen Geschwister und hatte eine angenehme, tiefe Stimme.

„Ich hab zu viel zu tun", sagte Gwen, „tut mir leid."

„Damit meint sie", sagte Mary aus sicherer Entfernung, „daß sie sich das Haar waschen muß, für den Fall, daß Johnnie Penn vorbeikommt."

„Was soll das heißen: für den Fall", sagte Max, der neben seinem Vater saß.

Gwen schnitt ihm eine Fratze. „Und du?" fragte sie. „Willst du nicht Weihnachtssingen gehen?"

„Ich hab noch mehr zu tun als du", sagte Max träge. „Tut mir leid."

„Und *er* meint damit", sagte Mary, die sprungbereit an der Tür stand, „daß er oben in seinem Zimmer noch einen riesenlangen Brief an seinen blonden Vogel in Southampton schreiben muß."

Max zog einen Pantoffel aus, um damit nach ihr zu werfen, aber sie war schon weg.

„Vogel?" sagte sein Vater. „Was wird es wohl nächstens sein?"

„Du lieber Himmel, Papa!" James sah ihn entsetzt an. „Du lebst wirklich noch in der Steinzeit. Mädchen sind schon seit dem Jahr eins Vögel. Und ebensoviel Gehirn haben sie auch, wenn du mich fragst."

„Manche richtigen Vögel haben ziemlich viel Verstand", sagte Will nachdenklich. „Findet ihr nicht?" Aber der Zwischenfall mit den Krähen war so völlig aus James' Gedächtnis verschwunden, daß er gar nicht auf die Worte achtete; sie prallten an ihm ab.

„Also weg mit euch", sagte Mrs. Stanton. „Stiefel, dicke Mäntel, und um halb neun seid ihr zurück."

„Halb neun?" sagte Robin. „Wenn wir für Miß Bell drei Lieder singen und Miß Greythorne uns zum Punsch hereinbittet?"

„Gut, aber allerspätestens um halb zehn", sagte sie.

Als sie aus dem Haus traten, war es sehr dunkel; der Himmel war bedeckt, weder der Mond noch ein einziger Stern erhellten die schwarze Nacht. Die Laterne, die Robin auf einer Stange trug, warf einen glitzernden Lichtkreis in den Schnee. Außerdem hatte jeder von ihnen eine Kerze in der Tasche, die alte Miß Greythorne im Schloß würde darauf bestehen, daß sie hineinkamen und sich in der großen Eingangshalle mit den Steinfliesen aufstellten. Die Lichter wurden dann gelöscht, und nur die Kerzen brannten, die die Sänger in den Händen hielten.

Die Luft war eisig, der Atem bildete dicke weiße Wolken vor ihren Mündern. Nur vereinzelte Schneeflocken kamen vom Himmel heruntergesegelt, und Will dachte an die dicke Frau im Bus und was sie prophezeit hatte. Barbara und Mary schwätzten gemütlich, und die Schritte der kleinen Schar klangen kalt und hart auf dem festgetretenen Schnee der Straße.

Will war glücklich. Es war Weihnachten, und er freute sich auf das Singen; er tappte in einem zufriedenen Traumzustand dahin, die große Sammelbüchse unter den Arm geklemmt: sie wollten für die kleine uralte, berühmte, aber sehr verfallene romanische Kirche von Huntercombe sammeln. Schon waren sie an Dawsons Hof angekommen und standen vor der Hintertür, über der ein Riesenstrauß rotbeeriger Stechpalmen prangte. Das Weihnachtssingen hatte begonnen.

Sie sangen sich durch das ganze Dorf hindurch: „Weihnacht" für den Pfarrer; „Gott grüß euch, liebe Herren", für den munteren Mr. Hutton, den dicken Geschäftsmann in dem neugotischen Haus am Ende des Dorfes; „Einst in König Davids Stadt" für Mrs. Pettigrew, die verwitwete Posthalterin, die ihr Haar mit Teeblättern färbte und ein kleines Hündchen hatte, das aussah wie ein Strang grauer Wolle. Sie sangen „Adeste Fideles" auf latein und „Les anges dans nos campagnes" auf französisch für die winzige Miß Bell, die pensionierte Volksschullehrerin, die ihnen allen Lesen und Schreiben, Addieren und Subtrahieren, Sprechen und Denken beigebracht hatte, bevor sie auf die auswärtigen Schulen gingen. Und die kleine Miß Bell sagte „Schön, schön", tat ein paar Münzen, von denen sie wußten, daß sie sie nicht entbehren konnte, in die Sammelbüchse und drückte jeden einzelnen ans Herz. – „Fröhliche Weihnachten – Fröhliche Weihnachten!" – Schon waren sie unterwegs zum nächsten Haus auf der Liste.

Es waren noch vier oder fünf, eins davon das Heim der düsteren Mrs. Horniman, die einmal in der Woche für ihre Mutter putzte. Sie war im Osten von London geboren und hatte dort gelebt, bis eine Bombe ihr Haus zerstörte. Das war dreißig Jahre her. Sie hatte immer jedem ein silbernes Sixpence-Stück gegeben, und das tat sie immer noch, ohne sich um die Änderung der Währung zu kümmern.

„Ohne Sixpence-Stücke wäre es kein Weihnachten", sagte Mrs. Horniman. „Ich hab mir einen guten Vorrat zugelegt, bevor sie uns die Dezimalzahlen beschert haben. So kann ich es Weihnachten halten wie immer, ihr Schätzchen, und ich denke, mein Vorrat reicht, bis ich im kühlen Grab liege und ihr für jemand anderen an dieser Tür singt. Fröhliche Weihnachten!"

Und dann kamen sie zum Schloß – der letzten Station vor dem Nachhausegehen.

Hier kommen wir singend im knospenden Laub so grün,
Hier kommen wir springend, so heiter anzusehn ...

Sie begannen bei Miß Greythorne immer mit dem alten Weihnachtslied. Diesmal ist das mit dem grünen Laub noch unpassender als sonst, dachte Will. Das Lied klang klar durch die kalte Luft, und beim letzten Vers erhoben Will und James ihre Stimmen zu einem glockenreinen Sopran, was sie nicht immer taten, weil es soviel Atem kostete.

Guter Herr und gute Frau, sitzet Ihr warm beim Feuer-
schein,
Denkt an uns arme Kinder, wir wandern in Ödnis allein . . .
Robin zog am Strang der schweren Metallglocke, deren tiefer
Klang Will immer mit einem geheimen Schrecken erfüllte, und
während sie wie auf einer Spirale die hohen Töne des letzten
Verses hinaufkletterten, öffnete sich die große Tür.
Auf der Schwelle stand Miß Greythornes Butler in seinem
Frack, den er immer am Weihnachtsabend trug. Er hieß Bates,
ein großer magerer, mürrischer Mann, den man oft dabei be-
obachten konnte, wie er dem einzigen bejahrten Gärtner im
Gemüsegarten half oder wie er mit Mrs. Pettigrew in der Post
über seine Arthritis sprach.

> *Lieb und Freud sei'n bei Euch alle Tage*
> *Und zieren Euer Festgelage . . .*

Der Butler lächelte höflich und nickte ihnen zu, dann hielt er
ihnen die Tür weit auf, und Will hätte beinahe seinen letzten
hohen Ton verschluckt, denn das war nicht Bates, es war Merriman.
Das Lied war zu Ende, die Sänger entspannten sich, die Füße
scharrten im Schnee.
„Entzückend", sagte Merriman feierlich und ließ einen unper-
sönlichen Blick über sie schweifen. Hinter seinem Rücken
hörte man Miß Greythornes herrische Stimme: „Holen Sie sie
herein! Holen Sie sie herein! Lassen Sie sie nicht vor der Tür
warten!"
Sie saß in der weiträumigen Eingangshalle in demselben hochlehnigen Stuhl wie jedes Weihnachten. Schon seit vielen Jahren konnte sie nicht mehr gehen, seit einem Unfall in jungen
Jahren, wie man im Dorf erzählte. Angeblich war ihr Pferd gestürzt und hatte sich auf sie gewälzt. Aber sie weigerte sich
standhaft, sich je in einem Rollstuhl sehen zu lassen. Mit ihrem schmalen Gesicht und den hellen Augen, dem grauen
Haar, das sie in einer Art Knoten oben auf dem Kopf zusam-
mengedreht trug, war sie in Huntercombe eine zutiefst geheimnisvolle Erscheinung.
„Wie geht's deiner Mutter?" fragte Miß Greythorne Paul.

„Und deinem Vater?"

„Sehr gut, vielen Dank, Miß Greythorne."

„Und ihr freut euch auf Weihnachten?"

„Sehr, vielen Dank. Sie hoffentlich auch."

Paul, dem Miß Greythorne leid tat, gab sich immer Mühe, höflich und zugleich herzlich zu sein; er hütete sich, die Augen in der hohen Halle herumwandern zu lassen, während er sprach. Denn obgleich die Köchin und das Hausmädchen mit strahlenden Gesichtern im Hintergrund standen und der Butler ihnen festlich gekleidet die Tür geöffnet hatte, war in dem großen Haus sonst keine Spur von Gästen, einem Baum, Weihnachtsschmuck oder sonst irgendeinem Anzeichen von Festlichkeit zu sehen. Nur über dem Kaminsims hing ein riesiger Zweig Stechpalme mit vielen roten Beeren.

„Dies sind seltsame Tage", sagte Miß Greythorne und sah Paul nachdenklich an. Dann wandte sie sich plötzlich an Will: „Und du, junger Mann, bist wohl dieses Jahr besonders beschäftigt?"

„Das kann man wohl sagen", sagte Will in seiner Überraschung offen heraus.

„Wir wollen eure Kerzen anzünden", sagte Merriman in leisem, respektvollem Ton. Er brachte eine Schachtel riesiger Streichhölzer zum Vorschein. Hastig zerrten sie alle ihre Kerzen aus der Tasche, der Butler entzündete ein Streichholz, ging sorgsam von einem zum andern. Das Licht verwandelte seine Augenbrauen in phantastische, struppige Hecken, und die Linien, die sich von der Nase zu den Mundwinkeln zogen, in schattige Abgründe. Will betrachtete nachdenklich seinen Frack mit dem kurzen Vorderteil und den langen Schößen. Am Hals trug er statt einer Krawatte eine Art Jabot. Es fiel Will schwer, sich Merriman als einen Diener vorzustellen.

Jemand im Hintergrund drehte die Lampe aus, so daß der große Raum nur von den flackernden Kerzenflammen in ihren Händen erleuchtet wurde. Man hörte das leise Tappen eines Fußes, und alle stimmten das liebliche Wiegenlied an: *„Schlaf, schlaf, mein liebes Kindlein, schlaf . . ."* Zum Schluß wurde die Melodie einer ganzen Strophe von Paul allein gespielt. Die klaren

Töne der Flöte fielen wie Lichtstrahlen in den Raum und erfüllten Will mit einer seltsam schmerzlichen Sehnsucht, dem Gefühl, daß in der Ferne etwas auf ihn wartete, das er nicht verstand.

Nun sangen sie noch „Gott grüß euch, liebe Herren . . .", dann „Die Stechpalme und der Efeu", und dann kam „Der gute König Wenzeslaus", ein Finale, das Miß Greythorne sehr liebte, und bei dem Will immer ein wenig seinen Bruder Paul bemitleidete, weil dieser einmal gesagt hatte, dies Weihnachtslied eigne sich überhaupt nicht für sein Instrument, und es müsse von jemandem komponiert worden sein, der die Flöte haßte.

Aber es machte Spaß, der Page zu sein und seine Stimme der von James so genau anzupassen, daß es klang, als sänge ein einziger Junge.

Herr, er wohnt 'ne Meile weit . . .

. . . und Will dachte, diesmal machen wir es wirklich gut, ich könnte schwören, daß James überhaupt nicht singt . . .

Unterhalb der Stelle . . .

. . . wenn sich nicht sein Mund bewegte . . .

Wo der Wald herniedersteigt . . .

. . . und während er durch das dämmrige Licht blickte, sah er, daß James den Mund tatsächlich nicht bewegte. Auch sonst bewegte sich nichts an James, auch nicht an Robin oder Mary oder einem der anderen Stantons. Es gab ihm einen Stoß, als hätte ihn jemand in den Magen geboxt. Sie standen alle da, ohne sich zu rühren, aus der Zeit herausgerissen. So wie der Wanderer auf dem Alten Weg gestanden hatte, verzaubert von dem Hexenmädchen. Und die Flammen ihrer Kerzen flackerten nicht mehr, sie brannten mit der gleichen unbeweglichen weißen Lichtsäule wie neulich Wills brennender Ast. Auch Pauls Finger glitten nicht mehr die Flöte hinauf und hinab; er hielt sie an den Mund, ohne sich zu rühren.

Aber die Musik ertönte weiter, nur noch süßer als die Töne der Flöte, und auch Will sang unwillkürlich die Strophe zu Ende . . .

Zu Sankt Agnes' Quelle . . .

. . . während er der lieblichen Begleitmusik lauschte. Und als er sich gerade zu fragen begann, wie es wohl mit der nächsten

Strophe gehen sollte, ob er mit seiner hellen Sopranstimme nicht nur den Pagen, sondern auch den guten König Wenzeslaus singen mußte, da erfüllte plötzlich eine volle, tiefe Stimme den Raum mit den vertrauten Worten, eine volle tiefe Stimme, die Will noch nie hatte singen hören, die er aber sofort erkannte.

> *Bring das Fleisch und bring den Wein,*
> *Bring die Fichtenscheite;*
> *Wir werden beim Mahle bei ihm sein,*
> *Wir zwei von allen Leuten ...*

Will fühlte sich schwindlig, der Raum schien sich zu weiten und dann wieder zusammenzuziehen, aber die Musik spielte weiter, und die Lichtsäulen standen still über den Kerzenflammen, und als die nächste Strophe begann, nahm Merriman ihn wie selbstverständlich bei der Hand. Sie gingen nebeneinander und sangen gemeinsam:

> *König und Page, sie gingen fort,*
> *Von hinnen gingen sie beide;*
> *Durch des wilden Windes Wüten,*
> *Über die kalte Heide ...*

Sie gingen durch die weite Halle, weg von den regungslosen Stanton-Kindern, vorbei an Miß Greythorne in ihrem Stuhl, an der Köchin und dem Hausmädchen, auch sie regungslos, lebend und doch dem Leben entrückt. Will hatte das Gefühl, durch die Luft zu gehen, den Boden gar nicht zu berühren. So gingen sie ins Dunkel hinein, kein Licht war vor ihnen zu sehen, nur ein Schimmer in ihrem Rücken. In tiefe Finsternis hinein ...

> *Herr, die Nacht wird dunkler nun,*
> *Und der Wind hebt an zu wehen.*
> *Mein Herz wird schwach, weiß nicht, warum,*
> *Kann nicht weitergehen ...*

Will hörte, wie seine Stimme zitterte, denn die Worte drückten genau aus, was er fühlte.

> *Folg den Spuren meiner Schritte,*
> *Knabe, ohne Zagen ...*

... sang Merriman. Und plötzlich lichtete sich das Dunkel.

Vor ihm erhob sich das große Tor, die hohen, geschnitzten Türflügel, die er zum erstenmal in den verschneiten Chiltern-Bergen gesehen hatte. Merriman hob den linken Arm und streckte die fünf gespreizten Finger seiner Hand gegen die Tür aus. Langsam öffneten sich ihre Flügel, und die silbrige Musik der Uralten klang auf, verschmolz mit der Begleitung des Weihnachtsliedes und war verklungen. Er schritt mit Merriman in das Licht hinein, in eine andere Zeit und ein anderes Weihnachtsfest; er sang, als könne er alle Musik der Welt in seinem Lied vereinigen – und er sang mit solcher Hingabe, daß der Chorleiter der Schule, der so streng auf erhobene Köpfe und weitgeöffnete Münder achtete, vor Stolz und Überraschung verstummt wäre.

Das Buch Gramarye

Sie standen wieder in einem hellerleuchteten Raum, einem Raum, wie Will noch nie einen gesehen hatte. Die Decke war hoch, mit Bäumen, Wäldern und Bergen bemalt; die Wände waren mit einem golden glänzenden Holz getäfelt, hier und da waren weißstrahlende, kugelförmige Lampen angebracht. Der Saal war von Musik erfüllt, viele Stimmen hatten in ihr Lied eingestimmt, die Stimmen einer zahlreichen Gesellschaft, die wie auf einem bunten Bild im Geschichtsbuch gekleidet war. Die Frauen hatten entblößte Schultern und trugen Kleider mit bauschigen, kunstvoll gerafften und rüschenbesetzten Röcken; die Anzüge der Männer waren von dem Merrimans nicht sehr verschieden, auch sie trugen Fräcke, lange enge Hosen, weiße Rüschen oder schwarze Seidenbinden um den Hals. Will betrachtete Merriman genauer und merkte, daß die Kleider, die er trug, nicht eigentlich zu einem Butler paßten, daß sie einem anderen Jahrhundert angehörten, nur wußte er nicht, welchem.
Eine Dame in einem weißen Kleid kam auf sie zu, während die anderen ihr respektvoll Platz machten, und als das Weih-

nachtslied zu Ende war, rief sie: „Wie schön, wie schön!
Kommt herein, kommt herein!"
Die Stimme war genau wie die von Miß Greythorne, und als er
zu der Dame aufblickte, sah er, daß es wirklich Miß Greythorne war. Es waren dieselben Augen, das schmale Gesicht,
dieselbe freundliche, aber gebieterische Art – nur war diese
Miß Greythorne viel jünger und hübscher.
„Komm, Will", sagte sie und nahm ihn bei der Hand. Sie lächelte ihm zu, und er ging willig mit ihr; es war klar, daß sie
ihn kannte und daß auch die anderen, Männer und Frauen,
junge und alte, alle lächelnd und fröhlich, ihn kannten. Der
größte Teil der glänzenden Gesellschaft verließ jetzt zu zweien
oder in plaudernden Gruppen den Raum und ging den köstlichen Gerüchen nach, die deutlich anzeigten, daß irgendwo im
Hause der Abendbrottisch gedeckt war. Aber eine Gruppe von
vielleicht zwölf Personen blieb.
„Wir haben auf dich gewartet", sagte Miß Greythorne und zog
ihn in den Hintergrund des Saales, wo in einem reich verzier-
ten Kamin ein warmes, freundliches Feuer flackerte. Sie blickte
auch Merriman an, richtete ihre Worte auch an ihn. „Wir sind
bereit – es gibt kein – Hindernis."
„Sind Sie sicher?" Merrimans Antwort kam schnell und dunkel wie ein Hammerschlag, und Will blickte neugierig zu ihm
auf. Aber das hakennasige Gesicht war so verschlossen wie
immer.
„Ganz sicher", sagte die Dame. Plötzlich kniete sie neben Will
nieder, ihr Rock bauschte sich um sie wie eine große weiße
Blume; sie war jetzt auf Augenhöhe mit ihm, nahm seine beiden Hände, sah ihm in die Augen und sagte leise und eindringlich: „Es ist das dritte Zeichen, Will. Das Zeichen aus Holz.
Wir nennen es manchmal das Zeichen des Lernens. In jedem
Jahrhundert, Will, alle hundert Jahre seit dem Beginn muß das
Zeichen des Holzes erneuert werden, denn es ist das einzige der
sechs, das seine Natur nicht unverändert erhalten kann. Alle
hundert Jahre haben wir es erneuert. Und dies wird das letztemal sein, denn wenn dein eigenes Jahrhundert kommt, wirst
du es für alle Zeit nehmen, wirst die Zeichen vereinen, und

dann braucht es nicht mehr erneuert zu werden."

Sie stand auf und sagte laut: „Wir freuen uns, dich zu sehen, Will Stanton, Zeichensucher. Sehr, sehr froh sind wir." Ein zustimmendes Gemurmel setzte ein, hoch und tief, weich und fest; alle drückten ihr Einverständnis aus. Will dachte, es ist wie eine Mauer, an die man sich anlehnen kann, die einen stützt. Er fühlte eine Welle von Freundschaft, die ihm aus dieser kleinen Gruppe unbekannter, wohlgekleideter Menschen entgegenschlug, und er fragte sich, ob sie wohl alle Uralte seien. Er blickte zu Merriman auf und grinste vor Freude. Merriman lächelte mit einem solchen Ausdruck von offener Freude und Erleichterung zurück, wie Will ihn bis jetzt noch nie auf dem strengen, eher grimmigen Gesicht gesehen hatte.

„Es ist beinahe Zeit", sagte Miß Greythorne.

„Zuerst sollten die Neuankömmlinge eine kleine Erfrischung zu sich nehmen", sagte jemand. Ein kleiner Mann, nicht viel größer als Will. Er hielt ihm ein Glas hin. Will nahm es, blickte auf und sah vor sich ein hageres, lebhaftes Gesicht, beinahe dreieckig, mit tiefen Falten, aber nicht alt, und mit überraschend scharfen Augen, die ihn sonderbar ansahen, irgendwie in ihn hineinsahen. Es war ein beunruhigendes Gesicht, hinter dem sich vieles verbarg. Aber der Mann hatte sich schon abgewandt, er drehte Will nur einen schlanken, von grünem Samt bedeckten Rücken zu und bot Merriman ein Glas.

„Mylord", sagte er dabei ehrfürchtig und verneigte sich.

Merriman betrachtete ihn mit einem belustigten Zucken der Mundwinkel, sagte nichts, wartete. Bevor Will noch Zeit gehabt hatte, sich über den Gruß zu wundern, blinzelte der kleine Mann und schien sich zu besinnen wie ein Träumer, der plötzlich geweckt wird. Er lachte laut auf.

„Ach nein", sagte er prustend. „Hören Sie auf. Es ist eben die jahrelange Gewohnheit."

Merriman lachte liebenswürdig, hob das Glas und trank ihm zu, und da Will sich auf diesen seltsamen Wortwechsel keinen Reim machen konnte, trank er auch. Er wunderte sich über den unbekannten Geschmack; eigentlich gar kein Geschmack, eher ein Aufleuchten, ein Erklingen von Musik, etwas Wildes und

99

Wundervolles, das alle seine Sinne zugleich erfüllte.

„Was ist es?"

Der kleine Mann drehte sich ihm lachend zu, alle Falten seines Gesichts liefen schräg nach oben. „Metheglyn war einmal der Name, der es am besten traf", sagte er und nahm das leere Glas. Er blies hinein und sagte überraschend: „Die Augen eines Uralten können sehen", dann hielt er ihm das Glas hin.

Will starrte in den klaren Grund, konnte dort plötzlich eine Gruppe von Gestalten in braunen Kutten sehen, die das Getränk herstellten, das er eben getrunken hatte. Er blickte auf und merkte, daß der kleine Mann in dem grünen Rock ihn genau beobachtete. Der Ausdruck seines Gesichts war bestürzend, eine Mischung aus Neid und Genugtuung. Dann lächelte der Mann und riß ihm das Glas weg, und Miß Greythorne rief sie zu sich; die weißen Lichtkugeln wurden matter und die Stimmen leiser. Will glaubte, irgendwo im Hause noch Musik zu hören, aber er war nicht sicher.

Miß Greythorne stand beim Feuer. Sie blickte zu Will hinunter, dann auf zu Merriman. Dann wandte sie sich ab und blickte auf die Wand. Sie starrte sie eine lange Zeit an. Die Täfelung, die Kaminumrandung und der Kaminaufsatz waren aus demselben goldfarbenen Holz geschnitzt: alles war sehr einfach, ohne Kurven und Schnörkel, nur hier und da war in die viereckigen Füllungen eine einfache, vierblättrige Rose geschnitzt. Sie legte ihre Hand auf eine dieser geschnitzten Rosen an der oberen linken Ecke des Kamins und drückte auf den Mittelpunkt. Es klickte, und unterhalb der Rose, auf der Höhe ihrer Taille öffnete sich ein dunkles Loch in der Täfelung.

Will hatte keine der Füllungen beiseite gleiten sehen, das Loch war einfach plötzlich da. Und Miß Greythorne steckte ihre Hand hinein und zog einen kleinen kreisförmigen Gegenstand heraus.

Es war das Ebenbild der beiden Zeichen, die er schon besaß, und seine Hand hatte sich schon wie von selbst schützend um die beiden gelegt. Im Raum herrschte tiefe Stille. Von draußen kam jetzt deutlich Musik herein, aber Will konnte nicht erkennen, was für eine Musik das war.

Der Ring des neuen Zeichens war sehr dünn und dunkel, und während er hinsah, brach die eine der Speichen. Miß Greythorne reichte es Merriman, und ein weiteres Stück zerfiel zu Staub. Will konnte jetzt sehen, daß es aus Holz bestand, aus rauhem und zerschlissenem Holz, dessen Maserung man aber noch erkennen konnte.

„Es ist hundert Jahre alt?" fragte er.

„Ja", sagte sie. „Alle hundert Jahre wird es erneuert."

Will sagte unwillkürlich in den stillen Raum hinein: „Aber Holz wird doch viel älter. Ich habe welches im Britischen Museum gesehen. Stücke von einem alten Boot, das sie an der Themse ausgegraben haben. Das war *Tausende* von Jahren alt."

„*Quercus britannicus*", sagte Merriman streng, er hörte sich an wie ein ärgerlicher Professor. „Eiche. Die Boote, von denen du sprichst, waren aus Eiche. Und die Eichenpfähle, auf denen die gegenwärtige Kathedrale von Winchester steht, wurden vor mehr als neunhundert Jahren in den Boden gesenkt und sind heute so fest wie damals. O ja, Eiche überdauert eine lange Zeit, Will Stanton, und es wird der Tag kommen, wo die Wurzel eines Eichenbaumes eine große Rolle in deinem jungen Leben spielen wird. Aber Eiche ist nicht das Holz für das Zeichen. Unser Holz ist eins, das die Finsternis nicht liebt. Eberesche, Will, das ist unser Baum. Bergesche. Die Bergesche hat Eigenschaften wie kein anderes Holz der Erde, und diese brauchen wir. Allerdings muß das Zeichen Belastungen aushalten, denen Eschenholz nicht gewachsen ist. Darum muß das Zeichen wiedergeboren werden", er hielt es zwischen seinem langen Zeigefinger und dem gebogenen Daumen in die Höhe, „alle hundert Jahre."

Will nickte. Er sagte nichts. Er war sich jetzt der Menschen im Raum sehr bewußt. Es war, als konzentrierten sie sich alle ganz fest auf eine Sache, man konnte die Anspannung fast hören. Und plötzlich schienen sie immer mehr zu werden, eine endlose Schar, die sich über das Haus hinaus, über dies Jahrhundert hinaus in alle Zeiten erstreckte.

Was nun geschah, konnte er nicht ganz verstehen. Merriman

streckte plötzlich die Hand vor, brach das hölzerne Zeichen
entzwei und warf es ins Feuer, wo ein großes, einzelnes Scheit,
wie ihr eigenes Julscheit, halb heruntergebrannt war. Die
Flammen zuckten hoch. Dann wandte sich Miß Greythorne
dem kleinen Mann im grünen Samtrock zu, nahm die silberne
Kanne, aus der er den Trank ausgeschenkt hatte, und goß den
Inhalt ins Feuer. Es zischte und dampfte, dann war das Feuer
erloschen. Sie beugte sich in ihrem langen weißen Kleid vor,
streckte den Arm in den Rauch und holte aus der qualmenden
Asche das angekohlte Stück des großen Scheits. Es sah aus wie
eine große, unregelmäßige Scheibe.
Sie hielt das Holzstück in die Höhe, daß alle es sehen konnten,
und begann, schwarze Stücke davon abzuschälen, als schälte
sie eine Orange; ihre Finger bewegten sich schnell, die ver-
kohlten Ränder fielen ab, und das Skelett des Holzstückes kam
zum Vorschein: ein klarer, glatter Ring mit einem Kreuz in der
Mitte.
Es war keine Unregelmäßigkeit zu sehen, es war, als hätte das
Holz immer diese Form gehabt. Und an Miß Greythornes weißen Händen klebte keine Spur von Asche oder Ruß.
„Will Stanton", sagte sie und wandte sich ihm zu: „Hier ist
dein drittes Zeichen. Ich darf es dir nicht in diesem Jahrhundert
geben, deine Aufgabe mußt du in deiner eigenen Zeit erfüllen.
Aber das hölzerne Zeichen ist das Zeichen des Lernens, und
wenn du gelernt hast, was du lernen mußt, wirst du es finden.
Ich kann deinem Geist die Wege einprägen, die dieses Finden
nehmen wird." Sie blickte Will fest an, dann hob sie die Hand
und schob den hölzernen Ring in das dunkle Loch in der Täfelung. Mit der anderen Hand drückte sie auf die geschnitzte
Rose in der Wand darüber, und mit derselben Geschwindigkeit
wie zuvor war die Öffnung verschwunden.
Die hölzerne Täfelung war wieder glatt und ohne Riß.
Will starrte hin. Erinnere dich, wie sie es gemacht hat, erinnere
dich . . . Sie hatte auf die erste Rose über der linken oberen Ecke
gedrückt. Aber jetzt waren in dieser Ecke drei Rosen in einer
Gruppe; welche mußte man drücken? Während er näher hinsah, bemerkte er überrascht und erschrocken, daß die ganze

Täfelung jetzt in Vierecke aufgeteilt war, und jedes enthielt eine einzelne, vierblättrige Rose. Waren sie in diesem Augenblick unter seinen Augen gewachsen? Oder waren sie schon immer dagewesen, und er hatte sie, vom Licht getäuscht, nicht gesehen? Er schüttelte erschrocken den Kopf und sah sich nach Merriman um. Aber es war zu spät. Niemand war in seiner Nähe. Die feierliche Stille war vorüber; die Lichter brannten wieder hell, und alles plauderte vergnügt. Merriman flüsterte Miß Greythorne etwas zu, er mußte sich tief bücken, um ihr Ohr zu erreichen. Will spürte, wie ihn jemand am Arm faßte, und fuhr herum.

Es war der kleine Mann im grünen Samtrock, der ihm winkte. Am anderen Ende des Saales, bei der Tür, begannen die Musikanten, die die Weihnachtslieder begleitet hatten, wieder zu spielen, eine sanfte Musik von Schnabelflöten, Violinen und einer Harfe. Sie spielten wieder ein Weihnachtslied, ein ganz altes, älter als das Jahrhundert in diesem Saal. Will hätte gern zugehört, aber der kleine Mann hatte ihn beim Arm genommen und zog ihn beharrlich auf eine Seitentür zu.

Will sträubte sich und blickte sich nach Merriman um. Die hohe Gestalt richtete sich sofort auf, drehte sich besorgt um, aber als er sah, was geschah, beruhigte sich Merriman, er hob zustimmend die Hand. Will spürte, wie Zuversicht ihn erfüllte: *Geh nur, es ist alles in Ordnung. Ich komme nach.*

Der kleine Mann nahm eine Lampe, blickte schnell und vorsichtig um sich, dann öffnete er rasch die Tür, aber nur so weit, daß Will und er hindurchschlüpfen konnten. „Du traust mir wohl nicht?" sagte er mit seiner scharfen, abgehackten Stimme. „Gut. Traue niemandem, wenn du nicht mußt, Junge. Dann wirst du überleben, um deine Aufgabe zu erfüllen."

„Die meisten Leute scheine ich jetzt durchschauen zu können", sagte Will. „Ich meine, ich weiß irgendwie, wem ich trauen kann. Aber bei Ihnen . . ." Er schwieg.

„Nun?" sagte der Mann.

Will sagte: „Sie passen nicht richtig."

Der Mann schrie vor Lachen, die Augen verschwanden in den Runzeln seines Gesichts, dann hörte er plötzlich auf und hielt seine Lampe hoch. Im Kreis des flackernden Lichts erkannte Will einen kleinen, holzgetäfelten Raum, in dem sich nichts befand außer einem Tisch, einem Sessel und einer kleinen Trittleiter. In der Mitte jeder der vier Wände stand ein deckenhoher, verglaster Bücherschrank. Will hörte ein tiefes, gleichmäßiges Ticken und entdeckte in einer dämmrigen Ecke eine hohe Großvateruhr. Wenn dieser Raum, wie es schien, nur zum Lesen bestimmt war, so enthielt er einen Zeitmesser, der einen laut daran erinnerte, wenn man zu lange las.

Der kleine Mann drückte Will die Lampe in die Hand. „Ich glaube, hier gibt es irgendwo Licht – aha." Man hörte ein Zischen, das Will unbekannt war, das er aber schon ein paarmal im Saal vernommen hatte, dann hörte man das Anreißen eines Streichholzes und ein lautes „Popp", und an der Wand leuchtete ein Licht auf. Es brannte zuerst mit einer rötlichen Flamme und erweiterte sich dann rasch zu einer der leuchtenden weißen Kugeln.

„Gaslicht", sagte der kleine Mann. „Noch ganz neu in privaten Häusern und sehr modern. Miß Greythorne ist außerordentlich modern für dieses Jahrhundert."

Will hatte ihm nicht zugehört. „Wer sind Sie?"

„Mein Name ist Hawkin", sagte der Mann munter, „nichts weiter, einfach Hawkin."

„Hören Sie einmal, Hawkin", sagte Will. Er versuchte sich etwas klarzumachen, das ihn sehr beunruhigte. „Sie scheinen zu wissen, was vorgeht. Sagen Sie mir eins. Ich bin in die Vergangenheit versetzt worden, in ein Jahrhundert, das schon vergangen ist, das ein Teil der Geschichte ist. Aber was passiert, wenn ich etwas täte, um es zu verändern? Ich könnte es doch, wenn ich wollte. Irgend etwas Kleines. Ich würde etwas an der Geschichte ändern, genau, als ob ich damals gelebt hätte."

„Aber das hast du doch", sagte Hawkin. Er berührte die Flamme der Lampe, die Will in der Hand hielt, mit einem Fidibus.

Will sagte fassungslos: „Was?"

„Du warst, bist in diesem Jahrhundert. Wenn jemand von dieser Gesellschaft, die heute abend stattfindet, berichtet hätte, so würdest du und mein Herr Merriman darin vorkommen. Aber das ist unwahrscheinlich. Ein Uralter vermeidet es, daß sein Name irgendwo aufgezeichnet wird. Euch Leuten gelingt es gewöhnlich, die Geschichte auf eine Weise zu beeinflussen, die niemand merkt ..."

Er hielt den brennenden Fidibus an eine dreiarmige Lampe, die neben dem Sessel auf dem Tisch stand; der Lederrücken des Sessels glänzte in dem gelben Licht.

Will sagte: „Aber ich könnte nicht – ich verstehe nicht ..."

„Komm", sagte Hawkin schnell. „Natürlich verstehst du nicht. Es ist ein Geheimnis. Die Uralten können sich in der Zeit bewegen, wie sie wollen; ihr seid nicht an die Gesetze des Weltalls gebunden, wie wir sie kennen."

„Sind Sie denn keiner?" fragte Will. „Ich dachte, Sie müßten doch dazugehören."

Hawkin schüttelte lächelnd den Kopf. „Nein", sagte er, „ich bin nur ein ganz gewöhnlicher Sünder." Er senkte den Blick und strich mit der Hand über den grünen Samt seines Ärmels. „Aber ein bevorzugter. Denn genau wie du gehöre ich nicht in dieses Jahrhundert, Will Stanton. Ich wurde nur hierhergebracht, um etwas Bestimmtes zu tun. Dann wird mein Herr Merriman mich wieder in meine Zeit zurückschicken."

Die Tür schloß sich mit einem leisen Klicken, und Merrimans tiefe Stimme sagte: „Dort gibt es noch keinen Samt, darum hat er eine so besondere Freude an seinem hübschen Rock. Für den gegenwärtigen Geschmack ein ziemlich geckenhafter Anzug, Hawkin, das muß ich dir doch sagen."

Der kleine Mann blickte mit einem raschen Grinsen auf, und Merriman legte ihm freundschaftlich die Hand auf die Schulter. „Hawkin ist ein Kind des dreizehnten Jahrhunderts, Will", sagte er. „Er ist siebenhundert Jahre vor dir geboren. Dorthin gehört er. Durch meine Kunst ist er für diesen einen Tag hierher versetzt worden, dann wird er wieder zurückgehen. Das haben nur wenige gewöhnliche Menschen je getan."

Will fuhr sich verzweifelt mit den Fingern durchs Haar. Er hatte das Gefühl, sich in einem dicken Kursbuch zurechtfinden zu müssen.

Hawkin kicherte leise: „Ich hab dir doch gesagt, Uralter. Es ist ein Geheimnis."

„Merriman", sagte Will. „Wohin gehören Sie?"

Merrimans dunkles, scharfes Gesicht sah ihn ausdruckslos an wie ein uraltes geschnitztes Götzenbild. „Das wirst du bald verstehen", sagte er. „Wir drei sind noch aus einem anderen Grund hier, nicht nur wegen des hölzernen Zeichens. Ich gehöre nirgendwo und überall hin, Will. Ich bin der erste der Uralten und habe in jedem Zeitalter gelebt. Ich lebte – lebe – in Hawkins Jahrhundert. Dort ist Hawkin mein Gefolgsmann. Ich bin sein Herr und mehr als sein Herr, denn er hat sein ganzes Leben bei mir verbracht, ich habe ihn aufgezogen wie einen Sohn, ihn nach dem Tod seiner Eltern zu mir genommen."

„Kein Sohn hätte bessere Pflege genießen können", sagte Hawkin mit belegter Stimme. Er hielt den Blick gesenkt und zupfte seine Jacke gerade, und Will sah, daß Hawkin trotz der Linien in seinem Gesicht nicht älter sein konnte als sein Bruder Stephen.

Merriman sagte: „Er ist mein Freund, und ich liebe ihn und vertraue ihm. So sehr, daß ich ihm eine wichtige Rolle bei der Ausführung der Aufgabe zugeteilt habe, die wir gemeinsam in diesem Jahrhundert lösen müssen. Diese Aufgabe besteht in deiner Unterweisung, Will."

„Oh", sagte Will unsicher.

Hawkin grinste ihn an, dann trat er vor und verbeugte sich gravitätisch vor ihm, als wollte er die Feierlichkeit des Augenblicks brechen. „Ich muß dir dafür danken, daß ich geboren bin, Uralter", sagte er, „und dafür, daß du mir die Möglichkeit gibst, wie ein Mäuschen in ein Zeitalter zu schlüpfen, das nicht das meine ist."

Merriman lächelte erheitert: „Hast du bemerkt, Will, welche Freude es ihm macht, die Gaslichter zu entzünden? In seiner Zeit benutzt man qualmende, übelriechende Kerzen, die gar keine richtigen Kerzen sind, sondern in Talg getauchtes Schilfrohr."

„Gaslampen?" Will betrachtete die weißen Kugeln an der Wand. „Sind das Gaslampen?"

„Natürlich. Es gibt noch keine Elektrizität."

„Nun", sagte Will trotzig, „ich weiß ja schließlich nicht einmal, welches Jahr wir haben."

„Anno domini achtzehnhundertfünfundsiebzig", sagte Merriman. „Kein schlechtes Jahr. In London tut Mr. Disraeli sein Bestes, um den Suezkanal zu kaufen. Mehr als die Hälfte der britischen Handelsflotte, die den Kanal passieren wird, besteht aus Segelschiffen. Die Königin Viktoria sitzt seit achtunddreißig Jahren auf dem britischen Thron. Der Präsident von Amerika trägt den glänzenden Namen Ulysses S. Grant, und Nebraska ist der jüngste der vierunddreißig Staaten der Union. Und in einem abgelegenen Herrenhaus in Buckinghamshire, das in der Öffentlichkeit nur bekannt oder berüchtigt ist, weil es die wertvollste Sammlung von Büchern über die Schwarze Kunst besitzt, veranstaltet eine Dame namens Mary Greythorne eine Weihnachtsfeier für ihre Freunde, bei der gesungen und musiziert wird."

Will trat an den Bücherschrank, der ihm am nächsten war. Die Bücher waren alle in Leder gebunden, die meisten in braunes. Es gab glatte, neue Bände mit glänzendem Goldschnitt; dicke, kleine Bücher, die so alt waren, daß das Leder sich anfühlte wie ein dickes Tuch. Er las einige der Titel: *Dämonenkult, Liber Poenitalis, Die Entdeckung der Hexerei, Malleus Maleficarum* – so ging es weiter in Französisch, Deutsch und in Sprachen, von denen er nicht einmal die Schrift erkannte. Merriman wies mit einer verächtlichen Handbewegung auf diesen und die anderen Schränke.

„Das ist ein kleines Vermögen wert", sagte er, „aber nicht für uns. Dies sind die Geschichten kleiner Leute, von Träumern und einigen Verrückten. Geschichten von Zauberei und von dem Schrecklichen, das man einmal den armen einfachen Seelen angetan hat, die man Hexen nannte, harmlosen menschlichen Wesen, von denen nur ganz wenige wirklich Verbindung mit den Mächten der Finsternis hatten . . . Natürlich hatte keiner von ihnen etwas mit den Uralten zu tun, denn fast alles, was Menschen über Magie oder Hexen und solche Dinge sagen, kommt aus Dummheit, Unwissenheit oder einem kran-

107

ken Gemüt – oder man versucht so, Dinge zu erklären, die man nicht versteht. Das eine, von dem sie alle nichts wissen, ist unser Wesen und unsere Aufgabe. Und davon handelt nur ein einziges Buch in diesem Raum. Die anderen sind nur dazu gut, gelegentlich daran zu erinnern, was die Mächte der Finsternis vermögen und welche dunklen Methoden sie manchmal anwenden. Aber es gibt hier ein Buch, um dessentwillen du in dieses Jahrhundert gekommen bist. Es ist das Buch, aus dem du deine Aufgabe als Uralter erfahren wirst, und es gibt keine Worte, um die Kostbarkeit dieses Buches zu beschreiben. Es ist das Buch der verborgenen Dinge, der wahren Magie. Vor langer Zeit, als die Magie die einzige aufgeschriebene Weisheit war, nannte man unsere Aufgabe einfach Wissen. In deiner Zeit gibt es viel zuviel Wissen, über alle Dinge unter der Sonne. Deshalb benutzen wir ein halbvergessenes Wort, da ja auch wir Uralten halb vergessen sind. Wir nennen dies Wissen *Gramarye.*"

Er ging quer durch den Raum auf die Uhr zu und winkte ihnen, ihm zu folgen. Will schaute kurz zu Hawkin hinüber; sein mageres, treuherziges Gesicht war gespannt vor Erwartung. Merriman stand jetzt vor der großen alten Standuhr in der Ecke, die ihn um ein gutes Stück überragte. Er zog einen Schlüssel aus der Tasche und öffnete damit die Tür des Uhrkastens. Will konnte darin das Pendel langsam, fast einschläfernd hin- und herschwingen sehen . . . hin und her . . . hin und her.

„Hawkin", sagte Merriman. Das Wort klang sanft, beinahe liebevoll, aber es war ein Befehl. Der Mann in Grün kniete ohne ein Wort an Merrimans linker Seite nieder und blieb so, ganz still. Er sagte flehend, flüsternd: „Mein Herr . . ."

Aber Merriman achtete nicht darauf. Er legte seine linke Hand auf Hawkins Schulter und faßte mit der rechten in den Uhrkasten. Ganz vorsichtig ließ er die Fingerspitzen an der Seite der Hinterwand entlanggleiten, wobei er sich hütete, das Pendel zu berühren. Dann zog er mit einer schnellen Bewegung aus einer Spalte ein flaches, schwarz gebundenes Buch heraus.

Hawkin war mit einem so abgründigen Seufzer tiefster Erleichterung auf dem Boden zusammengesunken, daß Will ihn erstaunt anstarrte. Aber schon zog Merriman ihn fort. Er drückte Will in den einzigen Sessel im Zimmer und legte ihm das Buch in die Hand. Auf dem Deckel war kein Titel zu sehen.

„Dies ist das älteste Buch der Welt", sagte Merriman schlicht. „Wenn du es gelesen hast, wird es vernichtet werden. Dies ist das Buch *Gramarye*, in der Alten Sprache geschrieben. Sie wird nur von den Uralten verstanden, und selbst wenn irgendein Mensch oder ein Geschöpf einen der Zaubersprüche verstehen könnte, die es enthält, so könnte er die wirkungsvollen Worte nicht aussprechen, wenn er nicht selbst ein Uralter ist. So hat also die Tatsache, daß es dieses Buch seit Jahrhunderten gibt, keine eigentliche Gefahr bedeutet. Doch es ist nicht gut, einen Gegenstand dieser Art aufzubewahren, wenn er seinen Zweck erfüllt hat, denn die Finsternis hat immer danach getrachtet, das Buch zu besitzen, und ihre grenzenlose List würde einen Weg finden, es zu benutzen, wenn SIE es erst in Händen hätten. – Dies Buch wird nun in diesem Raum seinen endgültigen Zweck erfüllen: auf dich, den letzten Uralten, die Gabe von *Gramarye* zu übertragen. Danach wird es zerstört werden. Wenn du das Wissen dir zu eigen gemacht hast, ist es nicht mehr nötig, das Buch aufzubewahren, denn mit dir ist der Kreis vollendet."

Will saß sehr still da und beobachtete, wie die Schatten sich in dem starken, ernsten Gesicht über ihm regten; dann schüttelte er den Kopf, als wolle er erwachen, und schlug das Buch auf. Er sagte: „Aber das ist englisch geschrieben. Sie sagten doch . . ."

Merriman lachte: „Das ist kein Englisch, Will. Und wenn wir miteinander sprechen, du und ich, so sprechen wir nicht englisch. Wir benutzen die Alte Sprache. Wir wurden damit geboren. Du glaubst jetzt, daß du englisch sprichst, weil dein Verstand dir sagt, daß dies die einzige Sprache ist, die du gelernt hast. Aber wenn deine Familie dich jetzt hören könnte, so würde sie nur ein Kauderwelsch hören. Ebenso ist es mit dem Buch."

Hawkin stand wieder auf den Füßen, aber er war immer noch totenblaß. Sein Atem ging stoßweise, er lehnte sich gegen die Wand, und Will betrachtete ihn besorgt.

109

Aber Merriman achtete nicht auf Hawkin und fuhr fort: „In dem Augenblick, als an deinem Geburtstag deine Kräfte erwachten, konntest du wie ein Uralter sprechen. Und du tatest es auch, ohne es zu wissen. Daran hat dich der Reiter erkannt, als er dir auf der Straße begegnete – du hast John Smith in der Alten Sprache begrüßt, und darum mußte dieser dir ebenso antworten und riskieren, selbst als ein Uralter erkannt zu werden, obgleich ein Schmied durch seine Kunst außerhalb der Treuepflicht steht. Aber auch gewöhnliche Menschen können die Sprache der Uralten sprechen – zum Beispiel Hawkin und einige andere in diesem Haus, die nicht zum Kreis gehören. Auch die Herren der Finsternis können sie sprechen, wenn Sie sich auch durch einen eigenen Akzent verraten."

„Ich erinnere mich", sagte Will zögernd. „Der Reiter schien einen Akzent zu haben, der mir unbekannt war. Natürlich dachte ich, er spräche englisch und müßte aus einer anderen Gegend stammen. Kein Wunder, daß er mich so schnell erkannt hat."

„So einfach ist das", sagte Merriman. Jetzt erst sah er Hawkin an und legte ihm die Hand auf die Schulter; aber der kleine Mann regte sich nicht. „Höre, Will, wir lassen dich jetzt hier allein, bis du das Buch gelesen hast. Es wird nicht ganz so sein, als läsest du ein gewöhnliches Buch. Wenn du fertig bist, werde ich zurückkommen. Wo immer ich bin, ich weiß, wann das Buch geöffnet und wann es geschlossen ist. Lies es jetzt. Du bist einer der Uralten, darum brauchst du es nur ein einziges Mal zu lesen, um es für alle Zeiten zu behalten. Danach werden wir ein Ende machen."

Will sagte: „Wie geht es Hawkin? Er sieht krank aus."

Merriman betrachtete die kleine zusammengesunkene Gestalt, und ein schmerzlicher Ausdruck legte sich über sein Gesicht. „Es war zuviel verlangt", sagte er, und mit diesen unverständlichen Worten richtete er Hawkin auf. „Aber das Buch, Will. Lies es. Es wartet schon so lange auf dich."

Sie gingen hinaus, Hawkin auf seinen Herrn gestützt, zurück in die Musik und das Stimmengewirr des Nebenzimmers, und Will blieb mit dem Buch *Gramarye* allein.

Das Zeichen aus Holz

Will hätte später nicht sagen können, wie lange er mit dem Buch *Gramarye* zugebracht hatte. So viel strömte von den Seiten in ihn ein und veränderte ihn, daß das Lesen ein Jahr hätte dauern können; und doch, als er zu Ende gelesen hatte, meinte er, erst in diesem Augenblick angefangen zu haben. Es war wirklich kein Buch wie andere Bücher. Die Überschriften auf jeder Seite waren einfach genug: *Über das Fliegen; Über die Herausforderung; Über die Worte der Macht; Über den Widerstand; Über die Zeit durch das Tor.* Aber statt einer Geschichte oder einer Anweisung gab das Buch nur einen kurzen Vers oder ein eindringliches Bild, das ihn sofort mitten in das entsprechende Erlebnis hineinversetzte.

Er brauchte immer nur eine Zeile zu lesen – *Ich bin wie ein Adler geflogen –*, und schon fühlte er sich in die Lüfte erhoben und lernte, während er fühlte, wie man auf dem Wind ruht, wie man sich von den steigenden Luftströmen hinauftragen läßt, wie man kreist und steigt, wie man auf den grünen Flickenteppich der Hügel mit den Hauben dunkler Bäume und einen sich windenden, glitzernden Fluß hinunterblickt. Und während er so flog, wußte er, daß der Adler einer der fünf Vögel ist, die allein die Finsternis erkennen können, und gleich wußte er auch, wer die anderen vier waren, und nacheinander war er jeder von diesen . . .

Er las . . . *du kommst zu dem Ort, wo sich das älteste Geschöpf dieser Welt befindet, und der, der am weitesten geflogen ist, der Adler von Gwernabwy . . .* und schon befand sich Will auf einer kahlen Felsenklippe über der Welt. Ohne Angst ruhte er auf einem grauschwarzen, glitzernden Granitvorsprung, mit der rechten Seite lehnte er an einem weichen, goldgefiederten Bein und einer gefalteten Schwinge, und seine Hand lag neben einer grausamen, stahlharten, gebogenen Kralle, während eine rauhe Stimme ihm Worte ins Ohr flüsterte, die dem Wind und dem Sturm gebieten, dem Himmel und der Luft, der Wolke und dem Regen, dem Schnee und dem Hagel – allem am Himmel, außer der Sonne, dem Mond und den Sternen.

Dann flog er wieder ziellos in einem blauschwarzen Himmel umher, die zeitlosen Sterne strahlten, die Sternbilder gaben sich ihm zu erkennen, sie waren den Bildern und den Kräften, die die Menschen ihnen zuschreiben, ähnlich und zugleich unähnlich. Bootes, der Hirte, zog vorbei und nickte ihm zu, den hellen Stern Arkturus an seinem Knie; der Stier stürmte vorüber, er trug die große Sonne Aldebaran und die kleine Gruppe der Pleiaden, die mit zarten, melodischen Stimmen sangen, mit Stimmen, wie er sie noch nie gehört hatte. Er flog hinauf und ins Weite, durch schwarzen Weltraum, und sah die toten Sterne, die flammenden Sterne und das weitverstreute Leben, das die unendliche Leere dahinter bewohnte. Als der Flug beendet war, kannte er jeden Stern am Himmel mit seinem Namen und auch als einen astronomischen Punkt auf einer Karte und als etwas, das über dies hinausging; er kannte jeden Sonnen- und Mondzauber; er kannte das Geheimnis des Uranus und die Verzweiflung des Merkur, und er war auf dem feurigen Schwanz eines Kometen geritten.

Dann brachte ihn das Buch mit einer Zeile aus dem Himmel herunter.

. . . und unter ihm kriecht die gekräuselte See . . . und schon stürzte er, hinunter auf die gekräuselte blaue Fläche, die sich, als er näher kam, in ein stürmisches Wogen riesiger wilder Wellen verwandelte. Dann war er eingetaucht, stürzte durch einen grünen glasigen Dunst und landete in einer erstaunlichen Welt klarer Schönheit, aber auch der Erbarmungslosigkeit und des nackten Lebenskampfes. Jedes Geschöpf stellte dem andern nach, keins war sicher. Und das Buch lehrte Will, wie man Feindseligkeit übersteht, lehrte ihn die Zaubersprüche, die Meer, Fluß und Bach, dem Wasserfall, dem See und dem Fjord gebieten. Es lehrte ihn auch, daß das Wasser das einzige Element ist, das in gewissem Maße sich dem Zauber entziehen kann; denn bewegtes Wasser duldet den Zauber weder im guten noch im bösen, sondern wäscht ihn fort, als wäre er nie gewesen.

Das Buch ließ ihn durch tödlich scharfe Korallenbäume schwimmen, zwischen seltsam sich wiegenden grünen, roten und purpurfarbenen Pflanzen hindurch und regenbogenfarbenen Fischen, die auf ihn zuschwammen, ihn anglotzten und mit einem Zucken des Schwanzes oder einer Flosse verschwunden waren. Er kam an den schwarzen, feindlichen Stacheln der Seeigel vorbei, an weich wedelnden Geschöpfen, die weder Pflanze noch Fisch schienen, und dann hatte er weißen Sand unter den Füßen, platschte durch goldfleckige Untiefen und stieß auf – Bäume. Dichte, nackte Stämme wie Wurzeln streckten sich in die See hinein, er befand sich in einer Art blattlosem Dschungel.

Dann war er plötzlich diesem Gewirr enthoben und blickte wieder auf eine Seite im Buch *Gramarye*.

. . . Ich bin lichtgesprenkelt und kose mit dem Wind . . . Er stand zwischen Frühlingsbäumen, auf deren zartem Grün eine helle Sonne spielte; dann waren es Sommerbäume in vollem Laub, das sich flüsternd regte; dann dunkle Wintertannen, die keinen Herrn fürchten und kein Licht in ihren Wald einlassen. Er lernte die Natur aller Bäume kennen, den besonderen Zauber, der in der Eiche steckt, in der Buche und in der Esche. Dann kam er an einen Vers, der allein eine Seite des Buches einnahm:

> *Durch hohle Bäume rauscht der wilde Wind,*
> *Und Möwen spiegeln sich im stillen See;*
> *Du träumst von Fremden, doch sie sind*
> *Verborgen deinem müden Aug.*

Er wurde von einem Wind in die Höhe gewirbelt und durch alle Zeiten hindurchgetragen, und vor seinem Geist entfaltete sich die Geschichte der Uralten.

Er sah sie im Beginn der Zeiten, als die Welt noch von Zauber erfüllt war, von der Zauberkraft der Felsen und des Feuers, des Wassers und aller lebendigen Dinge, so daß die ersten Menschen mit ihr und in ihr lebten wie Fische im Wasser. Er sah die Uralten in allen Zeitaltern der Menschen: als die Menschen noch mit Stein arbeiteten, dann mit Bronze, dann mit Eisen, und in jedem der Zeitalter wurde eins der Zeichen geboren. Er sah, wie eine Rasse nach der anderen seine Inselheimat angriff, wie jedesmal das Böse der Finsternis mit den Menschen kam, wie die Schiffe in einer Welle nach der andern unaufhaltsam an den Küsten landeten. Jedes Geschlecht kehrte zum Frieden zurück, sobald es das Land kennen- und lieben lernte, so daß das Licht wieder aufblühte. Aber immer war die Finsternis da, sie schwoll an und nahm ab. Jedesmal, wenn ein Mensch sich freiwillig entschloß, seine Mitmenschen durch Gewalt und Furcht zu unterjochen, wurde ein neuer Herr der Finsternis geboren. Diese Geschöpfe wurden nicht in ihr Schicksal hineingeboren wie die Uralten, sondern wählten es frei. Den schwarzen Reiter sah er zu allen Zeiten, von Anfang an.

Er sah eine Zeit, wo die erste Prüfung des Lichtes stattfand. Die Uralten hatten sich drei Jahrhunderte lang in dem Bemühen verzehrt, ihr Land aus dem Dunkel herauszuführen; schließlich war es mit Hilfe ihres größten Führers gelungen, dieser war dabei zugrunde gegangen, aber vielleicht würde er eines Tages wiedererstehen.

Vor Wills Augen erhob sich der grasbewachsene, sonnenhelle Abhang eines Hügels. Das Zeichen des durchkreuzten Kreises war in das Gras eingekerbt, und der weiße Kalkstein darunter machte es weithin sichtbar. Eine Gruppe von grüngekleideten Gestalten war damit beschäftigt, mit seltsamen Werkzeugen, einer Art Äxten mit langem Blatt, einen der Kreuzarme freizulegen. Es waren kleine Männer, die durch die Größe des Zeichens noch kleiner erschienen. Er sah, wie eine dieser Gestalten sich wie im Traum aus der Gruppe löste und auf ihn zukam: ein Mann in einem kurzen grünen Kittel und einem kurzen blauen Umhang mit einer Kapuze, die er über den Kopf gezogen hatte. Der Mann öffnete weit die Arme; in der einen Hand trug er ein kurzes Bronzeschwert, in der anderen einen schimmernden Kelch. Ganz plötzlich wandte er sich um und war verschwunden.

Will schlug die nächste Seite auf und fand sich auf einem Pfad, der durch einen dichten Wald führte; ein duftendes, dunkelgrünes Kraut wuchs unter seinen Füßen; dann wurde der Pfad breiter und härter, Will ging auf Felsboden, glattgeschliffenem, buckligem Fels wie Kalkstein, der ihn aus dem Wald hinausführte. Nun ging er unter einem grauen Himmel über eine hohe, windige Bergkuppe, und unten lag ein dunkles Tal im Nebel. Und während er so ganz allein daherging, prägten sich ihm, eins nach dem anderen, die machtvollen Worte ein, die sich auf die Alten Wege beziehen, und die Empfindungen und die Zeichen, an denen er in Zukunft erkennen würde, wo irgendwo auf der Welt der nächste Alte Weg verlief, entweder ein wirklicher Weg oder der Geist eines Weges . . .

So war Will schließlich fast am Ende des Buches angekommen. Vor ihm stand ein Vers:

> *Ich stürmte durch den Heidegrund,*
> *Jedes Geheimnis ward mir kund;*
> *Der alte Math von Mathonwy,*
> *Der ahnte, was ich wußte, nie.*

Auf der letzten Seite waren die sechs durchkreuzten Kreise abgebildet. Sie waren zu einem Kreis vereint. Damit war das Buch *Gramarye* zu Ende.

Will schloß langsam das Buch und starrte ins Leere. Er hatte das Gefühl, hundert Jahre gelebt zu haben. So viel zu wissen, so vieles tun zu können – es hätte ihn begeistern müssen. Aber er fühlte sich bedrückt und traurig bei dem Gedanken an alles, was geschehen war und noch kommen würde.

Merriman trat zur Tür herein. Er war allein, blieb vor ihm stehen und blickte auf ihn nieder. „Ach ja", sagte er sanft, „ich habe dir ja gesagt, daß es eine schwere Verantwortung ist, eine Last. Aber es ist nicht zu ändern, Will. Wir sind die Uralten, in den Kreis hineingeboren, da kann man nichts machen." Er nahm das Buch und berührte Will leise an der Schulter: „Komm."

Will folgte ihm durch den Raum. Er sah, wie Merriman den Schlüssel wieder aus der Tasche zog und den Uhrkasten öffnete. Das lange Pendel schwang immer noch langsam hin und her, tickte wie der Herzschlag eines Menschen. Aber diesmal hütete Merriman sich nicht, es zu berühren. Er streckte die Hand mit dem Buch hinein, bewegte sie aber mit einem auffälligen Ungeschick, wie ein Schauspieler, der die Rolle eines Tolpatsches übertreibt. Während er das Buch hineinschob, berührte er mit einer Ecke das Pendel. Will konnte eine Sekunde lang die leichte Störung der Schwingung sehen. Dann taumelte er nach rückwärts, die Hände vor die Augen gepreßt, denn der Raum füllte sich mit etwas, das er nachher nicht hätte beschreiben können – eine lautlose Explosion, das blendende Aufblitzen eines dunklen Lichtes, der Ausbruch einer Kraft, den man weder sehen noch hören konnte, der ihm aber einen Augenblick lang das Gefühl gab, daß die ganze Welt zerbarst. Als er die Hände von den Augen nahm und blinzelte, fand er, daß er gegen den Sessel geschleudert worden war, zehn Fuß von seinem früheren Standort entfernt. Merriman stand neben ihm, mit ausgebreiteten Armen gegen die Wand gedrückt. Und wo die Großvateruhr gestanden hatte, war nur noch eine leere Ecke. Es war kein Schaden zu entdecken, kein Zeichen von Gewaltanwendung, kein Zeichen einer Explosion.

„Nun hast du es gesehen", sagte Merriman. „Auf diese Weise war das Buch *Gramarye* geschützt, seit Beginn unseres Zeitalters. Wenn der Gegenstand, der das Buch schützte, auch nur angerührt würde, sollte er selbst, das Buch und der Mann, der es berührte, sich in Nichts auflösen. Nur ein Uralter konnte nicht zerstört werden." Er rieb sich nachdenklich den Arm. „Aber sogar wir können dabei verletzt werden, wie du siehst. Der Schutz hat natürlich viele verschiedene Formen gehabt – die Uhr war es nur in diesem Jahrhundert. Wir haben nun das Buch auf die gleiche Weise zerstört, auf die es Jahrhunderte hindurch bewahrt wurde. Dies ist die einzig angemessene Weise, Magie zu benutzen, das hast du nun gelernt."

Will sagte zitternd: „Wo ist Hawkin?"

„Diesmal wurde er nicht gebraucht", sagte Merriman.

„Geht es ihm gut? Er sah so . . ."

„Ganz gut." Merrimans Stimme klang seltsam gepreßt, fast traurig, aber keine seiner neuen Künste verriet Will, was er fühlte.

Sie mischten sich wieder unter die Gesellschaft im Nebenzimmer, wo das Weihnachtslied, das man angestimmt hatte, als sie den Raum verließen, eben zu Ende ging und wo alle sich benahmen, als wäre er nur für einen Augenblick oder gar nicht weggewesen. Aber wir sind ja auch gar nicht in der richtigen Zeit, dachte Will, sondern in einer vergangenen, aber auch die scheinen wir strecken zu können, wie wir wollen, wir können sie schnell vergehen lassen oder langsam . . .

Die Menschenmenge war größer geworden, und immer mehr Gäste strömten aus dem Speisezimmer zurück. Will bemerkte nun, daß die meisten gewöhnliche Menschen waren und daß nur die kleine Gruppe, die im Saal geblieben war, zu den Uralten gehörte. Natürlich, dachte er, nur sie durften Zeugen sein, als sich das Zeichen erneuerte.

Es waren auch Neuankömmlinge da, und als er sich umschaute, um sie zu betrachten, rissen ihn plötzlich Schreck und Überraschung aus allen Träumereien. Sein Blick war auf ein Gesicht ganz im Hintergrund gefallen, das Gesicht eines Mädchens. Sie sah nicht zu ihm hin, sondern unterhielt sich lebhaft mit jemandem, den er nicht sah. Während er noch hinschaute, warf sie mit einem hellen, selbstbewußten Lachen den Kopf zurück. Dann hörte sie wieder mit geneigtem Gesicht zu, und plötzlich war sie nicht mehr zu sehen; andere Gäste versperrten ihm die Sicht. Aber Will hatte Zeit genug gehabt, in dem lachenden Mädchen Maggie Barnes zu erkennen, Maggie von Dawsons Hof im nächsten Jahrhundert. Sie erschien nicht einmal in veränderter Gestalt, so wie die viktorianische Miß Greythorne, die nur eine Art Vorbotin der Miß Greythorne war, die er kannte. Dies war die Maggie, die er zuletzt in seiner eigenen Zeit gesehen hatte.

Verwirrt schaute er sich um, aber als er Merrimans Blick traf, sah er, daß dieser es schon wußte. Das hakennasige Gesicht zeigte keine Überraschung, sondern nur eine Art Schmerz. „Ja", sagte er müde, „das Hexenmädchen ist hier. Und du solltest für einige Zeit an meiner Seite bleiben, Will Stanton, und die Augen offenhalten, denn ich möchte nicht gern allein Wache halten müssen."

Verwundert blieb Will bei ihm in der Ecke, wo man sie nicht beobachtete. Maggie war immer noch irgendwo in der Menge verborgen. Sie warteten; dann entdeckten sie Hawkin in sei-

117

nem schmucken grünen Rock, wie er sich durch die Menge auf Miß Greythorne zuschlängelte und dann ehrerbietig neben ihr stehenblieb, wie ein Mann, der daran gewöhnt ist, sich zur Verfügung zu halten. Merriman straffte sich ein wenig, und Will blickte zu ihm auf; der schmerzliche Ausdruck in dem ernsten Gesicht hatte sich vertieft, als sähe er ein Unheil auf sich zukommen. Dann blickte Will wieder zu Hawkin hinüber und sah, wie er strahlend über etwas lächelte, das Miß Greythorne sagte; es war kein Zeichen der Schwäche mehr zu sehen, die ihn in der Bibliothek befallen hatte; der kleine Mann hatte etwas Strahlendes, wie ein kostbarer Stein, der jede Düsternis aufhellt. Will verstand, warum er Merriman so teuer war. Aber gleichzeitig überfiel ihn die schreckliche Gewißheit eines drohenden Unheils.

Leise sagte er: „Merriman! Was ist es?"

Merriman blickte über die Köpfe der Menge hinweg zu dem lebhaften, spitzen Gesicht hin. Ausdruckslos sagte er: „Verderben kommt, Will, und es kommt durch meine Schuld. Großes Unheil. Ich habe den größten Fehler begangen, den ein Uralter begehen kann, und dieser Fehler wird sich schrecklich an mir rächen. Ich habe mehr Vertrauen in einen sterblichen Menschen gesetzt, als er tragen kann – schon vor Jahrhunderten haben wir alle gelernt, daß wir das nie tun dürfen, lange, bevor das Buch *Gramarye* in meine Obhut kam. Aber in meiner Torheit habe ich diesen Fehler begangen. Und nun können wir nichts mehr tun, als zuzusehen und auf die Folgen zu warten."

„Es ist Hawkin, nicht wahr? Es hat etwas damit zu tun, daß Sie ihn herbrachten."

„Der Zauber, der das Buch schützte", sagte Merriman schmerzlich, „hatte zwei Teile, Will. Du hast den ersten erlebt, der das Buch gegen Menschen schützte – es war das Pendel, das jeden vernichtete, der es berührte, außer einem Uralten. Aber ich verwob noch einen zweiten Zauber hinein, der es vor den Mächten der Finsternis schützen sollte. Ich bestimmte, daß ich das Buch nur herausnehmen könnte, *wenn ich gleichzeitig mit der anderen Hand Hawkins Schulter berührte.* Als das Buch für den letzten Uralten herausgeholt werden mußte, mußte auch Hawkin aus seiner eigenen Zeit herausgeholt werden, um anwesend zu sein."

Will sagte: „Wäre es nicht sicherer gewesen, einen anderen Uralten zu bestimmen und nicht einen gewöhnlichen Menschen?"

„Nein, es mußte ein Mensch sein. Wir führen einen kalten Krieg, Will, und müssen manchmal kalte Dinge tun. Der Zauber wurde um mich, den Hüter des Buches, gewoben. Die Finsternis kann mich nicht zerstören, denn ich bin ein Uralter, aber SIE hätten mich durch einen Zauber dazu bringen können, das Buch herauszuholen. Die anderen Uralten mußten deshalb ein Mittel haben, mich zu hindern, bevor es zu spät gewesen wäre. Auch sie könnten mich nicht zerstören, mich nicht daran hindern, den Zwecken der Finsternis zu dienen. Aber ein Mensch kann zerstört werden. Wenn es zum Schlimmsten gekommen wäre, wenn die Finsternis mich durch Zauber gezwungen hätte, das Buch für sie herauszuholen, so würde das Licht Hawkin getötet haben, bevor ich beginnen konnte. Damit wäre das Buch auf immer in Sicherheit gewesen. Ich hätte das Buch nicht hervorholen können, weil ich ja gleichzeitig Hawkin berühren mußte. Das Buch wäre also unerreichbar gewesen, unerreichbar für mich, für die Mächte der Finsternis, für jeden."

„Er hat also sein Leben gewagt", sagte Will langsam, als er Hawkin beobachtete, der mit leichtem Schritt auf die Musikanten zuging.

„Ja", sagte Merriman. „In unserem Dienst war er vor den Mächten der Finsternis sicher, aber sein Leben war trotzdem in Gefahr. Er war einverstanden, denn er war mein Gefolgsmann, und er war stolz darauf. Ich wünschte, ich hätte mich vergewissert, daß ihm wirklich klar war, welches Wagnis er einging. Es war ein doppeltes Wagnis, denn er hätte auch durch mich getötet werden können, hätte ich heute das Pendel berührt. Du hast gesehen, was geschah, als ich es beim zweitenmal tat. Du und ich, wir wurden nur erschüttert, weil wir Uralte sind; aber wenn Hawkin dagewesen wäre und ich ihn berührt hätte, wäre er sofort tot gewesen, ausgelöscht wie das Buch selbst."

„Er muß nicht nur sehr tapfer sein, er muß Sie lieben wie ein
Sohn", sagte Will, „wenn er das für Sie und für das Licht freiwillig auf sich genommen hat."

„Und doch ist er nur ein Mensch", sagte Merriman, und seine
Stimme war rauh und sein Gesicht von tiefem Schmerz aufge-
wühlt. „Und er liebt wie ein Mensch, der einen Beweis der Ge-
genliebe braucht. Mein Fehler war, daß ich das nicht bedacht
habe. Und das ist der Grund, warum in den nächsten Minuten
und in diesem Raum Hawkin mich verraten wird; er wird auch
das Licht verraten und dem Weg, den du gehen mußt, eine andere Richtung geben, Will. Es ist ihm eben erst klargeworden,
daß er für mich und das Buch *Gramarye* wirklich sein Leben
aufs Spiel gesetzt hat, und das war zuviel für seine Treue. Vielleicht hast du sein Gesicht in dem Augenblick gesehen, als ich
seine Schulter faßte und das Buch aus seinem gefährlichen
Versteck holte. Erst in diesem Augenblick hat Hawkin wirklich
verstanden, daß ich bereit war, ihn sterben zu lassen. Und nun,
da er dies verstanden hat, wird er mir nie verzeihen, daß ich ihn
– so wie er es versteht – nicht so sehr geliebt habe, wie er mich,
seinen Herrn, geliebt hat. Und er wird sich gegen uns wenden."

Merriman wies zur anderen Seite des Saales hin: „Sieh, da beginnt es schon."

Die Musik setzte neu ein, und die Gäste begannen, sich in Paa-
ren zum Tanz zu ordnen. Ein Mann, den Will als einen Uralten
erkannte, trat auf Miß Greythorne zu, verneigte sich und bot
ihr den Arm. Überall traten die Paare zu den Figuren eines
Tanzes zusammen, den Will nicht kannte. Er sah, wie Hawkin
zögernd dort stand und den Kopf leicht im Takt der Musik bewegte. Dann sah er ein Mädchen im roten Kleid an seiner Seite
auftauchen. Es war Maggie Barnes, das Hexenmädchen.

Lachend sagte sie etwas zu Hawkin und machte einen kleinen
Knicks. Hawkin lächelte höflich, etwas zögernd, und schüttelte
den Kopf. Das Lächeln des Mädchens vertiefte sich, sie schüttelte kokett die Locken, sprach wieder zu ihm, blickte ihm dabei
fest in die Augen.

„Ach", sagte Will, „wenn wir nur hören könnten, was sie sagt."

Merriman betrachtete ihn düster, gedankenverloren.

„Oh", sagte Will und kam sich sehr dumm vor, „natürlich." Es würde noch einige Zeit dauern, bis er sich daran gewöhnte, seine neuen Kräfte zu gebrauchen. Er blickte wieder zu Hawkin und dem Mädchen hinüber; er wünschte, sie zu hören, und er hörte sie.

„Wirklich, mein Fräulein", sagte Hawkin, „ich möchte nicht unhöflich erscheinen, aber ich tanze nicht."

Maggie ergriff seine Hand. „Weil Sie nicht in Ihrem eigenen Jahrhundert sind? Man tanzt hier mit seinen Füßen, genau wie man es vor sechshundert Jahren getan hat. Kommen Sie."

Hawkin starrte sie fassungslos an, während sie ihn in den Kreis führte.

„Wer sind Sie?" flüsterte er. „Gehören Sie zu den Uralten?"

„Um nichts in der Welt", sagte Maggie Barnes in der Alten Sprache. Hawkin wurde ganz blaß und blieb stehen.

Sie lachte leise und sagte auf englisch: „Nichts mehr davon. Tanzen Sie, sonst werden die Leute aufmerksam. Es ist ganz leicht. Schauen Sie nur, wie es Ihr Nebenmann macht."

Hawkin quälte sich, blaß und erregt, durch den ersten Teil des Tanzes; allmählich begriff er die Schritte.

Merriman sagte Will ins Ohr: „Ich habe ihm versichert, daß niemand hier von ihm weiß und daß er um keinen Preis die Alte Sprache einem anderen als dir gegenüber gebrauchen darf."

Dann hörten sie Maggie wieder sprechen.

„Für einen Mann, der eben dem Tod entronnen ist, sehen Sie gut aus, Hawkin."

„Wie kannst du davon wissen, Mädchen? Wer bist du?"

„Sie hätten dich sterben lassen, Hawkin. Wie konntest du nur so dumm sein?"

„Mein Herr liebt mich", sagte Hawkin, aber es klang unsicher.

„Er hat dich benutzt, Hawkin. Du bedeutest ihm nichts. Du solltest besseren Herren folgen, die wirklich etwas für dein Leben geben. Sie würden es um Jahrhunderte verlängern, dich nicht auf deine eigene Zeit beschränken."

„Wie das Leben der Uralten?" sagte Hawkin; zum erstenmal klang seine Stimme lebhaft. Will erinnerte sich, daß Hawkin mit Neid von den Uralten gesprochen hatte; nun war auch Gier zu spüren.

„Die Finsternis und der Reiter sind gütigere Herren als das Licht", sagte Maggie Barnes schmeichlerisch an Hawkins Ohr. Der erste Teil des Tanzes war nun zu Ende, er stand wieder still und starrte sie an, bis sie um sich blickte und mit lauter Stimme sagte: „Ich glaube, ich brauche etwas Kühles zu trinken." Hawkin fuhr zusammen und führte sie weg. Das Mädchen hatte seine Aufmerksamkeit erregt, sie würde jetzt Gelegenheit haben, allein mit ihm zu sprechen, und er würde ihr willig lauschen. Abscheu erfüllte Will beim Gedanken an den kommenden Verrat, und er wollte nichts mehr hören. Er sah, daß Merriman immer noch düster ins Leere starrte.

„Es wird also geschehen", sagte Merriman. „Die Finsternis wird ihm verlockend erscheinen, so wie es Menschen oft geschieht, und dagegen wird er die Forderungen des Lichts setzen, die immer schwer waren und es bleiben werden. Und der Groll, den er gegen mich hat, weil ich sein Leben hätte opfern können, ohne ihn dafür zu belohnen, wird wachsen. Du kannst sicher sein, die Finsternis stellt keine solchen Forderungen – noch nicht. Ihre Herren wagen es nie, den Tod zu fordern, sie bieten statt dessen ein schwarzes Leben . . . Hawkin", sagte er leise und traurig, „mein treuer Hawkin, wie kannst du tun, was du jetzt tun wirst?"

Furcht überkam Will, und Merriman spürte es. „Nichts mehr davon", sagte er. „Es ist schon klar, wie alles kommen wird. Hawkin wird eine undichte Stelle im Dach sein, ein Zugang in den Keller. Und wie die Finsternis ihm nichts anhaben konnte, als er mein Gefolgsmann war, so kann auch das Licht ihn nicht töten, jetzt, da er ein Gefolgsmann der Finsternis ist. Er wird das Ohr der Finsternis in unserer Mitte sein, in diesem Haus, das unsere starke Burg gewesen ist."

Seine Stimme war kalt, er hatte das Unausweichliche angenommen, der Schmerz war vergangen. „Obgleich es dem Hexenmädchen gelungen ist, hier einzudringen, hätte sie hier keinen Zauber ausüben können, ohne vom Licht vernichtet zu werden. Jetzt wird die Finsternis, sobald Hawkin sie ruft, uns hier angreifen können wie an allen anderen Orten. Und die Gefahr wird im Lauf der Jahre wachsen."

Er stand auf und glättete sein Spitzenjabot; in den strengen Linien seines Profils lag eine furchtbare Härte, und der Blick unter den drohenden Brauen, den Will kurz aufblitzen sah, ließ den Jungen erstarren. Es war das Gesicht eines Richters, unversöhnlich und vernichtend.

„Und das Schicksal, das Hawkin sich mit dieser Tat selbst bereitet", sagte Merriman mit ausdrucksloser Stimme, „ist schrecklich; er wird oft wünschen, tot zu sein."

Will war zwischen Mitleid und Entsetzen hin- und hergerissen. Er fragte nicht, was dem kleinen helläugigen Hawkin geschehen werde, Hawkin, der mit ihm gelacht und ihm geholfen hatte, der für diese kurze Zeit sein Freund gewesen war; er wollte es nicht wissen.

Die Melodie des Tanzes klang aus, die Tänzer knicksten und verneigten sich lachend. Will stand traurig da und rührte sich nicht. Merrimans starrer Ausdruck wurde ein wenig weicher. Er nahm Wills Hand und drehte ihn sanft der Mitte des Salons zu.

Will bemerkte eine Lücke zwischen den Tänzern, dahinter die Gruppe der Musikanten. Sie stimmten jetzt wieder den „Guten König Wenzeslaus" an, das Weihnachtslied, das sie gespielt hatten, als er den Saal zum erstenmal durch das Tor betrat.

Fröhlich stimmte die ganze Gesellschaft ein, dann kam die nächste Strophe, Merrimans tiefe Stimme erfüllte den Raum, und Will wußte, daß er bei der nächsten Strophe an der Reihe war.

Er holte tief Atem und hob den Kopf.

> *Herr, er wohnt 'ne Meile weit,*
> *Unterhalb der Stelle . . .*

Es gab keinen Augenblick des Abschieds, keinen Augenblick, in dem er das ganze neunzehnte Jahrhundert verdämmern sah. Eine andere junge Stimme sang neben ihm, und die Stimmen klangen genau im Gleichmaß. Hätte man nicht die Lippen der beiden sich bewegen sehen, man würde geglaubt haben, daß nur ein Junge sang ...

Wo der Wald herniedersteigt
Zu Sankt Agnes' Quelle ...

... und er wußte, daß er bei James und Mary und den anderen stand, und daß er und James gemeinsam sangen, und daß die Musik, die sie begleitete, Pauls einsame Flöte war.

Er stand in der dunklen Eingangshalle, seine Hände hielten die brennende Kerze, und er sah, daß die Kerze, seit er sie zuletzt angeschaut hatte, kaum einen Millimeter heruntergebrannt war.

Das Weihnachtslied war zu Ende.

Miß Greythorne sagte: „Sehr gut, wirklich sehr gut. Es geht doch nichts über den ‚Guten König Wenzeslaus'; es ist immer schon mein Lieblingslied gewesen."

Will spähte über seine Kerzenflamme zu der unbewegten Gestalt in dem großen, geschnitzten Lehnstuhl hin; ihre Stimme war älter, härter, auch ihr Gesicht war von den Jahren gezeichnet, aber sonst war sie genau wie – ihre Großmutter? Das mußte wohl die jüngere Miß Greythorne gewesen sein. Oder ihre Urgroßmutter?

Miß Greythorne sagte: „Die Weihnachtssänger aus Huntercombe haben in diesem Haus schon immer den ‚Guten König Wenzeslaus' gesungen, seit so langer Zeit, daß ihr es euch gar nicht vorstellen könnt und ich auch nicht. – Also, Paul und Robin und ihr anderen, wie wäre es mit einem Schluck Weihnachtspunsch?" Diese Frage hatte Tradition und die Antwort ebenfalls.

„Nun", sagte Robin feierlich, „vielen Dank, Miß Greythorne, vielleicht einen kleinen Schluck."

„Dieses Jahr kann auch der kleine Will mittrinken", sagte Paul. „Er ist jetzt elf, Miß Greythorne, wußten Sie das?"

Die Haushälterin kam mit einem Tablett blitzender Gläser und einer großen Bowle mit rotbraunem Punsch, und alle Augen richteten sich auf Merriman, der herzutrat, um die Gläser zu füllen. Aber Wills Blick wurde von den scharfen, plötzlich jüngeren Augen der Gestalt im Lehnstuhl festgehalten.

„Ja", sagte Miß Greythorne sanft, wie in Gedanken, „natürlich wußte ich das. Will Stanton hat Geburtstag gehabt."

Sie wandte sich Merriman zu und nahm die beiden Gläser, die er ihr reichte, entgegen. „Viel Glück zum Geburtstag, Will Stanton, du siebenter Sohn eines siebenten Sohnes", sagte Miß Greythorne. „Und viel Erfolg bei deinen Unternehmungen."

„Vielen Dank, gnädiges Fräulein", sagte Will verwundert. Und sie hoben ihre Gläser und tranken einander feierlich zu, so wie es die Stanton-Kinder beim Weihnachtsessen taten, der einzigen Gelegenheit im Jahr, wo sie zum Essen Wein trinken durften.

Merriman machte die Runde, und bald hatte jeder ein Glas Punsch in der Hand und nippte vergnügt. Der Weihnachtspunsch im Schloß war immer köstlich, obgleich noch niemand genau herausgefunden hatte, was alles hineingetan wurde. Als die beiden ältesten Familienmitglieder schlenderten die Zwillinge zu Miß Greythorne hinüber, um pflichtgemäß mit ihr zu plaudern; Barbara mit Mary im Schlepptau ging sofort auf Miß Hampton, die Haushälterin, und das Hausmädchen Annie zu, die beide etwas schüchterne Mitglieder der Laienspielgruppe waren, die Barbara im Dorf ins Leben gerufen hatte. Merriman sagte zu James: „Du und dein kleiner Bruder, ihr singt sehr gut."

James strahlte. Er war zwar kräftiger, aber nicht größer als Will, und es geschah nicht oft, daß ein Fremder ihn als den überlegenen großen Bruder erkannte. „Wir singen im Schulchor", sagte er, „und Soli bei Musikwettbewerben. Sogar einmal bei einem in London. Unser Musiklehrer ist auf Wettbewerbe ganz versessen."

„Ich nicht", sagte Will, „all diese glotzenden Mütter."

„Aber du warst der erste deiner Altersgruppe in London", sagte James. „Natürlich haßten sie dich alle, weil du ihre kleinen Lieblinge geschlagen hast. Ich war nur fünfter in meiner Gruppe", sagte er in sachlichem Ton zu Merriman. „Will hat eine viel bessere Stimme als ich."

„Oh, laß das doch", sagte Will.

„Es ist aber doch wahr." James hatte Sinn für Gerechtigkeit. „Jedenfalls so lange, bis wir in den Stimmbruch kommen. Vielleicht sind danach unsere Stimmen beide nichts mehr wert."

Merriman sagte in Gedanken versunken: „Tatsächlich wirst du eine sehr schöne Tenorstimme bekommen. Fast bühnenreif. Die Stimme deines Bruders wird ein Bariton – sehr angenehm, aber nichts Besonderes."

„Das könnte vielleicht stimmen", sagte James höflich, aber nicht überzeugt. „Natürlich kann man das gar nicht vorhersagen."

Will sagte streitlustig: „Aber er . . .", dann fing er Merrimans dunklen Blick auf und schwieg. „Hmm, aah", sagte er verlegen, und James sah ihn erstaunt an.

Miß Greythorne rief Merriman quer durch den Raum zu: „Paul würde gern die alten Schnabelflöten und die anderen Instrumente sehen. Wollen Sie sie ihm bitte zeigen?"

Merriman antwortete mit einer leichten Verbeugung. Wie beiläufig sagte er zu Will und James: „Habt ihr Lust, mitzukommen?"

„Nein, danke", sagte James prompt. Seine Augen waren auf eine Tür gerichtet, durch die die Haushälterin eben mit einem neuen Tablett trat. „Ich rieche Miß Hamptons Weihnachtspastetchen."

Will hatte verstanden und sagte: „Ich würde die Flöten gern sehen."

Er ging mit Merriman auf Miß Greythornes Stuhl zu, zu dessen beiden Seiten Paul und Robin steif und ein wenig verlegen wie zwei Wachtposten Stellung bezogen hatten.

„Nun geht schon", sagte Miß Greythorne munter. „Und du gehst auch mit, Will? Natürlich, du interessierst dich auch für Musik, das hatte ich ganz vergessen. Wir haben drinnen eine ganz schöne Sammlung von Instrumenten. Es wundert mich, daß ihr sie noch nie gesehen habt!"

Durch ihre Worte abgelenkt, sagte Will gedankenlos: „In der Bibliothek?"

Miß Greythornes scharfe Augen blitzten ihn an: „Die Bibliothek?" sagte sie. „Du mußt uns mit jemand anderem verwech-
seln, Will. In diesem Haus gibt es keine Bibliothek. Ich glaube,
es hat einmal eine kleine gegeben, mit sehr wertvollen Büchern, aber sie ist vor mehr als einem Jahrhundert ausge-
brannt. In diesen Teil des Hauses hat ein Blitz eingeschlagen
und, so sagt man, großen Schaden angerichtet."
„O mein Gott", sagte Will verwirrt.
„Nun, das ist wohl kein Thema für Weihnachten", sagte Miß
Greythorne und winkte, daß sie gehen sollten. Dann wandte
sie sich mit einem liebenswürdigen, konventionellen Lächeln
Robin zu, und Will fragte sich, ob nicht doch vielleicht die beiden Miß Greythornes, die er nun kannte, nur eine einzige waren.
Merriman führte die beiden Jungen zu einer Seitentür, dann
gingen sie durch einen modrig riechenden kurzen Flur und kamen in einen hohen hellen Raum, den Will nicht sofort wiedererkannte. Erst als er den Kamin sah, merkte er, wo er war.
Es war die riesige Feuerstelle mit der breiten Einfassung, den
viereckigen Füllungen mit den geschnitzten Rosen. Aber an
den anderen Wänden fehlte die Täfelung; die Wände waren
einfach weiß gestrichen und mit einigen fantastischen Seestük-
ken geschmückt, die in leuchtenden blauen und grünen Tönen
gemalt waren.
An der Stelle, wo Will in die Bibliothek hineingegangen war,
war keine Tür mehr zu sehen.
An einer Seitenwand stand eine hohe Vitrine, die Merriman
jetzt mit einem Schlüssel öffnete.
„Miß Greythornes Vater war ein sehr musikliebender Herr",
sagte er mit seiner Dienerstimme. „Und sehr künstlerisch be-
gabt. Er hat alle Bilder an den Wänden hier gemalt. Ich glaube,
in Westindien. Diese Instrumente aber", er nahm eine wunderschöne kleine Schnabelflöte heraus, schwarz und mit Silber
eingelegt, „diese Instrumente hat er nicht wirklich gespielt,
wie ich gehört habe. Er hat sie nur gern betrachtet."
Paul war Feuer und Flamme. Er drehte und wendete die alten
Instrumente, die Merriman ihm reichte, betrachtete sie von al-

127

len Seiten. Will wandte sich dem Kamin zu, betrachtete die Schnitzereien; dann fuhr er plötzlich zusammen, denn Merriman hatte ihn lautlos angerufen. Gleichzeitig hörte er Merrimans Stimme laut mit Paul sprechen; es war gespenstisch.

„Schnell, jetzt", sagte die unhörbare Stimme. „Du weißt, wo du suchen mußt. Schnell, solange du die Gelegenheit hast. Es ist Zeit, das Zeichen an dich zu nehmen."

„Aber . . .", sagte Will in Gedanken.

„Beeil dich", schrie Merrimans unhörbare Stimme.

Will warf einen Blick über die Schulter. Die Tür, durch die sie gekommen waren, stand noch halb offen, aber er würde es hören, wenn jemand durch den Flur kam. Er trat leise auf den Kamin zu, streckte die Hand aus und berührte die Täfelung. Einen Augenblick schloß er die Augen, rief alle seine neuen Kräfte auf, rief die Alte Welt zu Hilfe, aus der sie stammten. Welche Füllung war es gewesen? Welche geschnitzte Rose? Es verwirrte ihn, daß die übrige Wand nicht mehr getäfelt war, der Kaminsims kam ihm kleiner vor. War das Zeichen vielleicht eingemauert worden und unerreichbar? Er drückte auf jede Rose, die er an der linken oberen Ecke der Umrandung sehen konnte, aber keine rührte sich. Dann bemerkte er im letzten Augenblick, daß genau an der Ecke eine Rose halb unter dem Verputz steckte, die Wand war in den letzten hundert Jahren nicht nur ausgebessert, sondern auch verändert worden – und doch sind es erst zehn Minuten, dachte er verwirrt, seit ich sie zuletzt gesehen habe.

Will reckte sich hastig hoch und preßte den Daumen, so fest er konnte, in den Mittelpunkt der geschnitzten Blume. Er hörte das weiche Klicken und starrte in ein schwarzes viereckiges Loch genau vor seinen Augen. Er faßte hinein und berührte das Zeichen aus Holz, und als er mit einem Seufzer der Erleichterung die Finger um das glatte Holz schloß, hörte er Paul auf einer der alten Flöten spielen.

Es war ein zaghafter Versuch: zuerst ein langsames Arpeggio, dann ein zögernder Lauf, und dann begann Paul ganz sanft und leise die Melodie von „Greensleeves". Will stand wie gebannt, nicht nur von der lieblichen Weise, auch vom Ton des Instrumentes. Denn obgleich die Melodie eine andere war, so war doch dies *seine* Musik, seine Zaubermusik, der gleiche unirdisch ferne Ton, den er immer in jenen Augenblicken, die die wichtigsten in seinem Leben waren, gehört und wieder verloren hatte. Was war das für eine Flöte, die sein Bruder da spielte? Gehörte sie zu der Welt der Uralten, war sie Teil ihres Zaubers? Oder war es nur eine Flöte, von Menschen gemacht, die sehr ähnlich klang?

Er zog die Hand aus der Öffnung, und sie schloß sich sofort, noch bevor er die Rose berühren konnte. Er ließ die Hand mit dem Zeichen in die Tasche gleiten und drehte sich um, um der Musik zu lauschen.

Und dann erstarrte er.

Paul stand an der gegenüberliegenden Wand neben dem Glasschrank und spielte. Merriman hatte Will den Rücken zugekehrt, die Hände an der Tür des Schrankes. Aber jetzt befanden sich noch zwei andere Gestalten im Raum. In der Türöffnung stand Maggie Barnes und starrte mit bösem Blick nicht Will, sondern Paul an. Und ganz dicht neben Will, an der Stelle, wo die Tür zur Bibliothek gewesen war, stand drohend der schwarze Reiter. Er war nur um Armeslänge von Will entfernt, aber er stand regungslos da, als hätte die Musik ihn mitten in einer Bewegung erstarren lassen. Seine Augen waren geschlossen, die Lippen bewegten sich lautlos; seine Hände waren drohend gegen Paul ausgestreckt, während die liebliche, unirdische Musik weiter erklang.

Instinktiv gebrauchte Will sein neues Wissen. Sofort errichtete er einen Schutzwall um Merriman und Paul und sich selbst, so daß die beiden Diener der Finsternis zurückprallten. Gleichzeitig rief er laut: „Merriman!" Aber im selben Augenblick, als die Musik abbrach und Paul und Merriman erschreckt herumfuhren, wußte er, daß er etwas falsch gemacht hatte. Er hatte nicht in Gedanken gerufen, so wie die Uralten einander rufen sollen. Er hatte den bösen Fehler begangen, laut zu rufen.

Der Reiter und Maggie waren verschwunden. Paul kam besorgt auf ihn zu. „Was, um Himmels willen, ist denn los, Will? Hast du dir weh getan?"

Merriman sagte schnell und beiläufig hinter Pauls Rücken:
„Ich glaube, er ist gestolpert", und Will hatte die Geistesge-
genwart, das Gesicht schmerzvoll zu verziehen, er krümmte
sich, als habe er Schmerzen, und hielt sich den einen Arm.
Man hörte Füßegetrappel, und Robin stürzte vom Flur her ins
Zimmer, Barbara dicht hinter ihm. „Was ist denn los? Wir
hörten einen entsetzlichen Schrei . . ."
Robin blieb stehen und sah Will verwirrt an: „Ist dir was,
Will?"
„Och", sagte Will. „Ich – ich hab mir nur den Ellenbogen ge-
stoßen. Tut mir leid. Es tat schrecklich weh."
„Es hörte sich an, als wollte dich jemand umbringen", sagte
Barbara vorwurfsvoll.
Ungerührt nahm Will seine Zuflucht zur Grobheit. Seine
Hand in der Tasche war fest um das Zeichen geschlossen.
„Also", sagte er verdrießlich, „ich muß euch enttäuschen, aber
es ist wirklich nichts. Ich hab mich nur gestoßen und aufge-
schrien, das ist alles. Tut mir leid, wenn ihr euch erschreckt
habt. Aber ich weiß wirklich nicht, was das Theater soll."
Robin starrte ihn wütend an: „Das nächstemal kannst du lange
warten, bis ich dir zu Hilfe komme", sagte er mit einem ver-
nichtenden Blick.
„Du kennst wohl die Geschichte von dem Jungen, der blinden
Alarm geschlagen hat", sagte Barbara.
„Ich glaube", sagte Merriman freundlich, indem er den
Schrank schloß und den Schlüssel umdrehte, „wir sollten jetzt
alle wieder zu Miß Greythorne gehen und ihr noch ein letztes
Lied singen." Und ganz vergessend, daß er ja nur ein Diener
war, gingen alle gehorsam hinter ihm her aus dem Zimmer.
Will rief – diesmal nur in Gedanken – hinter ihm her: „Aber
ich muß Sie sprechen. Der Reiter war hier! Und das Mäd-
chen!"
Merriman erwiderte auf die gleiche Weise: „Ich weiß. Später.
Sie haben die Möglichkeit, solche Gespräche zu hören. Denk
daran." Und er ging weiter, überließ Will seiner Angst und
Ungeduld.
In der offenen Tür blieb Paul stehen, nahm Will fest um die

Schulter und sah ihm ins Gesicht. „Ist wirklich alles in Ordnung?"

„Ehrlich. Tut mir leid, daß ich so'n Krach geschlagen hab. Die Flöte klingt ganz prima."

„Ein fantastisches Ding." Paul ließ ihn los, drehte sich um und warf einen sehnsüchtigen Blick auf den Schrank. „Wirklich. Ich hab nie etwas Ähnliches gehört, viel weniger gespielt. Du hast keine Ahnung, Will. Ich kann es nicht beschreiben – sie ist schrecklich alt, und doch wie neu. Und der Klang . . ." In seiner Stimme und seinem Gesicht lag etwas Schmerzliches und etwas, auf das Will mit einer tiefen Sympathie antwortete. Ein Uralter, das wußte er plötzlich, war dazu verurteilt, die gleiche unbestimmte, namenlose Sehnsucht zu empfinden. Es war ein immer gegenwärtiger Teil seines Lebens.

„Ich würde alles darum geben", sagte Paul, „eine solche Flöte wenigstens einen Tag lang zu besitzen."

„Fast alles", sagte Will leise. Paul starrte ihn erstaunt an, und der Uralte in Will merkte zu spät, daß dies wohl nicht ganz die Antwort eines kleinen Jungen war. Er grinste, streckte Paul die Zunge raus und hüpfte durch den Flur, zurück in die normalen Verhältnisse einer normalen Welt.

Sie sangen als letztes Lied „Die erste Weihnacht" und verabschiedeten sich. Dann waren sie wieder draußen im Schnee und in der frischen Luft, und Merrimans unbeteiligt höfliches Lächeln verschwand hinter dem Schloßtor. Will stand auf den breiten Steinstufen und blickte zu den Sternen empor. Die Wolken hatten sich endlich verzogen, und die Sterne glühten wie Funken weißen Feuers in der schwarzen Höhlung des Nachthimmels, in den seltsamen Gruppierungen, die für ihn bisher ein verworrenes Geheimnis gewesen, jetzt aber voller Bedeutung waren.

„Seht, wie hell die Pleiaden heute strahlen", sagte er leise, und Mary starrte ihn überrascht an und sagte: „Die *was*?"

Will riß sich von der Betrachtung des feurig schwarzen Himmels los, und die Weihnachtssänger zogen in ihrer eigenen kleinen, von Fackeln erleuchteten Welt heimwärts. Schweigend und wie im Traum ging er zwischen den Geschwistern.

131

Sie dachten, er sei müde, aber er war nur in seine Ahnungen versunken. Er besaß jetzt drei Zeichen der Macht. Er besaß auch das Wissen, um die Gabe *Gramarye* zu nutzen: ein ganzes Leben voller Entdeckungen und Weisheit, das ihm in einem einzigen Augenblick der angehaltenen Zeit geschenkt worden war. Er war nicht mehr derselbe Will Stanton, der er noch vor einigen Tagen gewesen war. Jetzt und für immer, das wußte er, gehörte er in eine andere Zeitrechnung. Er war anders als alle, die er je gekannt und geliebt hatte . . .
Aber es gelang ihm, sich von diesen Gedanken loszureißen, auch von den beiden drohenden Gestalten der Finsternis. Denn heute war Weihnachten, das immer eine zauberhafte Zeit gewesen war, für ihn und alle Menschen. Dies war ein helles, strahlendes Fest, und während sein Zauber über der Erde lag, würde der gesegnete Kreis seiner Familie und seines Heims gegen alle Eindringlinge von draußen gefeit sein.

Drinnen glitzerte und strahlte der Baum, die Luft war voller Weihnachtsmelodien, leckere Düfte kamen aus der Küche, und in dem geräumigen Kamin des Wohnzimmers flackerte das riesige knorrige Julscheit leise vor sich hin. Will lag auf dem Teppich vor dem Kamin und starrte in den Qualm, der sich in den Schornstein hineinringelte. Plötzlich fühlte er sich sehr schläfrig. Auch James und Mary versuchten, ein Gähnen zu unterdrücken, und sogar Robin wollten die Lider zufallen.
„Zu viel Punsch", sagte James, als er sah, wie sein großer Bruder sich gähnend im Sessel räkelte.
„Hau ab", sagte Robin gemütlich.
„Wer möchte ein Weihnachtspastetchen?" sagte Mrs. Stanton, die mit einem riesigen Tablett voll Kakaotassen hereinkam.
„James hat schon sechs im Schloß gegessen", sagte Mary patzig.
„Dann sind es jetzt acht", sagte James, in jeder Hand ein Pastetchen.
„Du wirst fett", sagte Robin.

„Besser fett zu werden, als schon fett zu sein", sagte James und wies mit vollem Mund auf Mary, deren rundliche Formen seit kurzem ihr größter Kummer waren. Marys Mundwinkel sanken, dann strafften sie sich, und sie ging mit einem zischenden Geräusch auf ihn los.

„Ho-ho-ho", sagte Will mit tiefer Stimme von seinem Platz auf dem Fußboden. „Brave kleine Kinder zanken sich Weihnachten nicht." Und da Mary ihm so nahe war, konnte er nicht widerstehen und packte sie am Fußgelenk. Sie fiel mit fröhlichem Geheul über ihn her.

„Paßt auf, das Feuer", sagte Mrs. Stanton automatisch, aus jahrelanger Gewohnheit.

„Au", sagte Will, als seine Schwester ihn in den Magen boxte, und rollte sich aus ihrer Reichweite. Mary setzte sich auf und sah ihn mit plötzlicher Neugier an: „Warum, in aller Welt, hast du so viele Schnallen an deinem Gürtel?" sagte sie.

Will zog den Pullover hastig über seinen Gürtel, aber es war zu spät; alle hatten es gesehen. Mary streckte die Hand aus und zerrte den Pullover wieder in die Höhe. „Was für komische Dinger. Was ist das?"

„Nur so ein Schmuck", sagte Will grob. „Ich hab sie in der Schule im Werkunterricht gemacht."

„Da hab ich dich aber nie gesehen", sagte James.

„Dann hast du nicht richtig hingeguckt."

Mary berührte mit dem Zeigefinger das erste der Zeichen an Wills Gürtel und drehte sich heulend auf den Rücken. „Es hat mich verbrannt!" schrie sie.

„Sehr wahrscheinlich", sagte ihre Mutter. „Will und sein Gürtel haben ganz nah beim Feuer gelegen, und ihr werdet beide gleich drinliegen, wenn ihr euch weiter so rumwälzt. Kommt jetzt. Ein Glas Weihnachtskakao, ein Weihnachtspastetchen – und dann ins Weihnachtsbett."

Will rappelte sich dankbar auf. „Ich hole meine Geschenke, inzwischen kann der Kakao abkühlen."

„Ich auch." Mary lief hinter ihm her. Auf der Treppe sagte sie: „Diese Schnallen sind wirklich hübsch. Mach mir doch nächstens eine als Brosche, ja?"

133

„Vielleicht", sagte Will und mußte heimlich lachen. Über Marys Neugier brauchte man sich nicht zu beunruhigen, sie lief immer auf das gleiche hinaus.

Sie kletterten zu ihren Zimmern hinauf und kamen zurück, mit Päckchen beladen, die sie dem wachsenden Paketstapel unter dem Weihnachtsbaum hinzufügten. Will hatte sich, seit sie vom Weihnachtssingen zurück waren, eisern bemüht, nicht zu dem geheimnisvollen Stapel hinüberzublicken, aber es war ihm sehr schwer gefallen, besonders, da er einen riesigen Karton entdeckt hatte mit einer Aufschrift, die ganz deutlich mit W anfing. Wessen Name außer seinem fing schließlich mit W an . . .? Er zwang sich, dem Paket keine Beachtung zu schenken und stapelte seine Päckchen an einem freien Raum neben dem Baum.

„Du guckst, James!" rief Mary.

„Das stimmt nicht", sagte James. Aber dann, wahrscheinlich, weil es Weihnachtsabend war: „Na, vielleicht hab ich's doch getan. Tut mir leid." Und Mary war so überrascht, daß sie ihre Pakete schweigend ablegte; es wollte ihr darauf keine Antwort einfallen.

In der Weihnachtsnacht schlief Will immer mit James zusammen. Beide Betten standen noch in James' Zimmer, aus der Zeit vor Wills Umzug in Stephens Mansarde. Der einzige Unterschied war, daß James Wills Bett mit Kissen geschmückt hatte und es als „meine Chaiselongue" bezeichnete. Am Weihnachtsabend durfte man nicht allein sein, man brauchte jemanden, mit dem man sich flüsternd unterhielt in jenen träumerischen Augenblicken zwischen dem Aufhängen des Strumpfs am Bettpfosten und dem Hineingleiten in eine behagliche Bewußtlosigkeit, aus der man zu den Wundern des Weihnachtsmorgens erwachen würde.

Während James noch im Badezimmer herumplatschte, zog Will seinen Gürtel aus, rollte ihn und die drei Zeichen zusammen und schob ihn unters Kopfkissen. Es schien ihm klüger, obgleich er ganz gewiß war, daß nichts und niemand in dieser Nacht den Frieden des Hauses stören würde. Heute nacht war er wieder, vielleicht zum letztenmal, ein gewöhnlicher Junge.

Von unten klangen Fetzen von Musik und gedämpftes Stimmengewirr herauf. In feierlichem Ritual hängten Will und James ihre Weihnachtsstrümpfe über ihre Bettpfosten; kostbare, unschöne braune Strümpfe aus einer dicken weichen Wolle, die ihre Mutter vor unvorstellbar langer Zeit einmal getragen hatte und die jetzt ausgeleiert waren von ihrem jahrelangen Dienst als Behälter der Weihnachtsgeschenke. Morgen früh würden sie prall gefüllt quer über den Fußenden der Betten liegen.

„Ich wette, ich weiß, was Mama und Papa dir schenken", sagte James leise. „ Ich wette, es ist . . ."

„Halt den Mund", zischte Will, und sein Bruder zog sich lachend die Decke über den Kopf.

„Nacht, Will."

„Nacht. Fröhliche Weihnachten."

„Fröhliche Weihnachten."

Es war wie immer, er lag da, gemütlich eingemummt in seine warmen Decken, und nahm sich vor, nicht einzuschlafen, bis, bis . . .

. . . dann erwachte er, im Zimmer war es dämmrig, ein schmaler Lichtstreifen stand um das dunkle Viereck des verhangenen Fensters. Einen Augenblick lang sah und hörte er nichts, denn alle seine Sinne konzentrierten sich auf das Gefühl der Schwere auf seinen Füßen, er fühlte Ecken und Rundungen und seltsame Formen, die nicht dagewesen waren, als er einschlief. Es war Weihnachtstag.

Das Zeichen aus Stein

Als er neben dem Weihnachtsbaum kniete und das bunte Papier von der riesigen Schachtel riß, auf der „Will" stand, entdeckte er, daß es gar keine Schachtel, sondern eine Holzkiste war. Aus dem Radio in der Küche jubilierte gedämpft ein Weihnachtschor; die Familie hatte sich zwischen dem Auspacken der Weihnachtsstrümpfe und dem Frühstück am Weih-

135

nachtsbaum versammelt, wo alle dabei waren, eines ihrer „Baumgeschenke" auszupacken. Der Rest des bunten Stapels mußte bis nach dem Mittagessen liegenbleiben, so daß die glückliche Spannung noch andauerte.

Will als der Jüngste kam zuerst an die Reihe. Er war sofort auf die Kiste zugegangen, einmal, weil sie so eindrucksvoll groß war, und auch, weil er vermutete, sie könnte von Stephen kommen. Er stellte fest, daß jemand schon die Nägel aus dem Holzdeckel gezogen hatte, so daß sie sich leicht öffnen ließ.

„Robin hat die Nägel rausgezogen, und Bar und ich haben das bunte Papier drumgewickelt", sagte Mary an seiner Schulter. Sie konnte es vor Neugierde kaum noch aushalten. „Los, Will, mach schon."

Er nahm den Deckel ab. „Es ist voll von welkem Laub oder Binsen oder so was."

„Das sind Palmblätter", sagte sein Vater. „Das ist wohl Packmaterial. Paß auf, die Blätter haben oft scharfe Kanten."

Will holte einen ganzen Haufen knisternder Halme heraus, bevor der erste harte Gegenstand zum Vorschein kam. Er hatte eine seltsame Form, es war etwas Dünnes, Gebogenes, braun und glatt, einem Ast ähnlich, aber aus einer Art von hartem Pappmaché gebildet. Sah aus wie ein Hirschgeweih, und doch wieder anders.

Will stutzte plötzlich. Ein heftiges und ganz unerwartetes Gefühl hatte ihn überwältigt, als er das Geweih berührte. Es war ein Gefühl, wie er es noch nie in Gegenwart seiner Familie empfunden hatte: das Gemisch aus Erregung, Freude und dem Gefühl der Sicherheit, das ihn immer überkam, wenn er mit einem der Uralten zusammen war.

Zwischen dem Packmaterial steckte ein Briefumschlag. Will zog ihn heraus und öffnete ihn. Das Papier trug den hübschen Briefkopf von Stephens Schiff.

Lieber Will!

Viel Glück zum Geburtstag und Fröhliche Weihnachten! Ich habe Dir geschworen, die beiden Feste niemals zu verbinden, nicht wahr? Und nun tue ich es doch. Ich will Dir erklären, warum. Ich weiß nicht, ob Du es verstehen wirst, besonders, wenn Du das Geschenk siehst. Aber vielleicht verstehst Du's doch. Du bist immer ein wenig anders gewesen als alle anderen. Ich meine nicht blöd! Nur anders.

Es war also so. Eines Tages während des Karnevals war ich in einem der ältesten Stadtteile von Kingston. Karneval ist auf diesen Inseln etwas ganz Besonderes – viel Spaß, und der Ursprung des Festes geht sehr, sehr weit zurück. Jedenfalls: Ich geriet in einen der Umzüge, lauter lachende Menschen, klirrende Steelbands und Tänzer in wilden Kostümen, und da traf ich einen alten Mann.

Es war ein sehr eindrucksvoller alter Mann, mit sehr schwarzer Haut und sehr weißem Haar. Er tauchte wie aus dem Nichts auf, faßte mich beim Arm und zog mich aus der tanzenden Menge heraus. Ich hatte ihn nie zuvor in meinem Leben gesehen, das weiß ich ganz genau. Aber er sah mich an und sagte: „Sie sind Stephen Stanton von der Königlichen Marine. Ich habe etwas für Sie. Nicht für Sie persönlich, sondern für Ihren jüngsten Bruder, den siebenten Sohn. Sie sollen es ihm als Geschenk schicken, zu seinem diesjährigen Geburtstag und gleichzeitig zu Weihnachten. Es ist ein Geschenk für Ihren Bruder, und er wird bei der richtigen Gelegenheit etwas damit anzufangen wissen, obgleich Sie es nicht wissen würden."

Es war alles so unerwartet, daß es mich ganz durcheinanderbrachte. Ich konnte nur sagen: „Wer sind Sie? Woher kennen Sie mich?" Aber der alte Mann schaute mich nur wieder mit seinen dunklen, tiefen Augen an, die durch mich hindurch in die Zukunft zu blicken schienen, und sagte: „Ich würde Sie überall erkennen. Sie sind Will Stantons Bruder. Wir Uralten haben etwas Besonderes. Unsere Familien haben auch immer etwas davon."

Und das war alles, Will. Er sagte kein Wort mehr. Dies letzte ergibt keinen Sinn, ich weiß, aber genau das hat er gesagt. Danach tauchte er in das Karnevalsgewühl, und als er wieder herauskam, trug er – er hatte es tatsächlich auf dem Kopf – das Ding, das Du in der Kiste finden wirst.

Ich schicke es Dir also. So, wie mir gesagt worden ist. Es scheint verrückt, und ich könnte mir tausend Dinge vorstellen, die Du lieber gehabt hättest. Aber da ist es. Es war etwas Außergewöhnliches an diesem alten Mann, und ich mußte ihm einfach gehorchen.

Ich hoffe, Dein verrücktes Geschenk gefällt dir. Ich werde an Dich denken, an beiden Tagen.

Gruß

Stephen

Will faltete den Brief langsam zusammen und steckte ihn wieder in den Umschlag. *Wir Uralten haben etwas Besonderes ...* Der Kreis erstreckte sich also über die ganze Erde. Aber natürlich, das mußte doch so sein. Er war froh, daß Stephen auch etwas mit der Sache zu tun hatte; irgendwie kam es ihm richtig vor.

„Na los, Will!" Mary hüpfte vor Neugier. Ihr Bademantel flatterte. „Pack aus, pack aus!"

Will merkte plötzlich, daß seine traditionsbewußte Familie seit fünf Minuten schweigend um ihn herumstand und geduldig darauf wartete, daß er den Brief zu Ende las. Hastig begann er, immer mehr von den Palmblättern in den Deckel der Kiste zu häufen, bis der Gegenstand darin endlich sichtbar wurde. Er zog ihn heraus, und fast hätte das Gewicht ihn zum Wanken gebracht. Alles machte große Augen.

Es war eine Karnevalsmaske, ein riesenhafter Kopf, bunt und grotesk. Die Farben waren grell und hart, die Gesichtszüge großzügig geformt und leicht erkennbar. Sie bestand aus einem glatten, leichten Material, vielleicht Papiermaché oder ein Holz ohne Maserung. Und es war kein Menschenkopf.

Der Kopf, dem das ausladende Geweih entsprang, war wie der Kopf eines Hirsches geformt, aber die Ohren neben dem Geweih waren die eines Hundes oder eines Wolfes; das Gesicht unter den Hörnern war ein menschliches Gesicht – aber es hatte die runden, von Federn umkränzten Augen eines Vogels. Die Nase war eine kräftige, gerade menschliche Nase, ein fester, menschlicher Mund, der ein wenig lächelte. Viel mehr Menschliches war nicht an der Maske. Das Kinn trug einen

Bart, aber es konnte ebensogut das Kinn einer Ziege oder eines Hirsches sein.

Das Gesicht konnte Schrecken einjagen, und der Laut, den Mary ausstieß und schnell wieder unterdrückte, war fast ein Schrei. Aber Will fühlte, daß es davon abhing, wer die Maske betrachtete. Es war nicht das Äußere. Dies war weder häßlich noch schön, weder erschreckend noch komisch. Die Maske war ein Gegenstand, der etwas in der Tiefe des Geistes anrührte. Ein Gegenstand, der etwas mit den Uralten zu tun hatte.

„Mein Gott", sagte sein Vater.

„Das ist aber ein komisches Geschenk", sagte James.

Seine Mutter sagte nichts.

Mary sagte nichts, rückte aber ein wenig weg.

„Erinnert mich an jemanden", sagte Robin grinsend.

Paul sagte nichts.

Gwen sagte nichts.

Max sagte leise: „Seht euch die Augen an."

Barbara sagte: „Aber *was* macht man damit?"

Will strich mit den Fingern über das seltsame große Gesicht. Es dauerte nur einen Augenblick, bis er das gefunden hatte, was er suchte; es war beinahe unsichtbar. Auf der Stirn zwischen den Hörnern war der Abdruck eines Kreises, der von einem Kreuz in vier Teile geteilt wurde.

Er sagte: „Es ist eine westindische Karnevalsmaske. Sie ist sehr alt. Es ist etwas ganz Besonderes, und Stephen hat sie in Jamaika gefunden."

James stand jetzt neben ihm und schaute von unten in den hohlen Kopf hinein. „Hier ist eine Art von Drahtgestell, das man sich auf die Schultern setzt. Und im Mund ist ein Schlitz, ich vermute zum Hindurchschauen. Komm, Will, setz ihn mal auf."

Er hob den Kopf, um ihn von hinten auf Wills Schulter zu setzen, aber Will wich aus, von einer inneren Stimme gewarnt.

„Nicht jetzt", sagte er. „Jetzt soll jemand anderes sein Geschenk auspacken."

Und Mary vergaß den Kopf und was sie bei seinem Anblick empfunden hatte, froh, daß sie jetzt an der Reihe war. Sie stürzte sich auf den Geschenkstapel, und wieder gab es fröhliche Entdeckungen.

Jeder hatte ein Paket geöffnet, gleich waren sie fertig und bereit, sich zum Frühstück hinzusetzen. Da klopfte es an der Haustür. Mrs. Stanton hatte gerade ihr Päckchen nehmen wollen, sie ließ die ausgestreckte Hand fallen und sah verblüfft auf.

„Wer in aller Welt kann das sein?"

Sie starrten erst einander und dann die Tür an, als könnte sie sprechen. Etwas stimmte nicht. Zu dieser Stunde des Weihnachtstages kam nie jemand, es gehörte nicht zum gewohnten Ablauf.

„Wer mag das wohl sein . . .", sagte Mr. Stanton mit leisem Unbehagen in der Stimme; dann schob er die Füße fester in die Pantoffeln und stand auf, um die Haustür zu öffnen.

Sie hörten, wie die Tür aufging. Sein Rücken versperrte ihnen die Sicht auf den Besucher, aber in der Stimme, mit der Vater ihn begrüßte, klang freudige Überraschung: „Mein Lieber, wie nett von Ihnen . . . kommen Sie herein, kommen Sie herein . . ."

Als er das Wohnzimmer wieder betrat, hielt er ein kleines Päckchen in der Hand, das vorher nicht dagewesen war. Offenbar hatte es der große Herr mitgebracht, der ihm folgte.

Mr. Stanton stellte strahlend vor: „Alice, meine Liebe, das ist Mr. Mitothin . . . er war so liebenswürdig, am Weihnachtsmorgen den weiten Weg zu machen . . . Sie hätten doch auch . . . Mitothin, mein Sohn Max, meine Tochter Gwen . . . James, Barbara . . ."

Will horchte, ohne auf die höflichen Erwachsenenphrasen zu achten; es war die Stimme des Fremden, die ihn aufmerksam gemacht hatte. Etwas an der tiefen, nasalen Stimme mit dem leichten Akzent kam ihm bekannt vor: „Wie geht es Ihnen, Mrs. Stanton . . . Fröhliche Weihnachten, Max, Gwen . . ."

Will sah den Umriß des Gesichtes, das etwas lange, rotbraune Haar, und erstarrte.

Es war der Reiter. Dieser Mr. Mitothin, den sein Vater von wer weiß woher kannte, war der schwarze Reiter.

Will ergriff das nächste, was zur Hand war, ein Stück bunten Stoff, das Stephen seiner Schwester Barbara aus Jamaika geschickt hatte, und warf es schnell über die Karnevalsmaske. Als er sich wieder umwandte, hob der Reiter den Kopf, ließ den Blick durch das Zimmer wandern und sah Will. Er starrte Will in unverhülltem Triumph an, ein leichtes Lächeln auf den Lippen.

Mr. Stanton winkte: „Will, komm doch einen Augenblick her – mein jüngster Sohn, Mr. . . .“

Will hatte sich in einen zornigen Uralten verwandelt, so zornig, daß er ohne zu überlegen handelte. Er straffte sich und hatte das Gefühl, in seinem Zorn zur dreifachen Größe gewachsen zu sein. Er streckte seine Hand mit gespreizten Fingern gegen seine Familie aus und sah, wie sie augenblicklich der Zeit entrückt wurden, wie Wachsfiguren steif und bewegungslos dastanden.

„Sie wagen es, hier hereinzukommen!“ schrie er den Reiter an. Die beiden standen sich gegenüber, die ganze Breite des Zimmers zwischen sich, die einzigen lebendigen und beweglichen Wesen: kein Mensch rührte sich, die Zeiger der Uhr auf dem Kaminsims standen still, und obgleich die Flammen im Kamin flackerten, verzehrten sie die Scheite nicht.

„Wie können Sie es wagen! Weihnachten! Am Weihnachtsmorgen! Gehen Sie!“ Nie in seinem Leben hatte er solchen Zorn gefühlt.

Der Reiter sagte leise: „Beherrsche dich.“ In der Alten Sprache war sein Akzent plötzlich viel deutlicher. Er lächelte Will an, ohne daß sich die Kälte seiner blauen Augen änderte. „Ich kann deine Schwelle überschreiten, mein Freund, und unter deinem Stechpalmenzweig hindurchgehen, denn ich bin eingeladen worden. Dein Vater hat mich in gutem Glauben gebeten, einzutreten. Und er ist der Herr dieses Hauses, und du kannst nichts machen.“

„Doch“, sagte Will. Er starrte in das hämisch lächelnde Gesicht und versuchte mit aller Macht, die Gedanken dahinter zu lesen, zu erfahren, was der Reiter hier wollte. Aber er stieß gegen eine schwarze Wand von Feindseligkeit, die nicht zu durchbrechen war. Will war erschüttert, er hatte nicht geglaubt, daß dies möglich sei. Wütend suchte er in seinem Gedächtnis nach den vernichtenden Worten, mit denen ein Uralter in der äußersten Gefahr, aber auch nur dann, die Macht der Finsternis brechen konnte. Aber der Reiter lachte.

„O nein, Will Stanton", sagte er heiter. „Das geht nicht. Solche Waffen kannst du hier nicht gebrauchen, ohne deine Familie aus der Zeit herauszukatapultieren." Er warf einen lüsternen Blick auf Mary, die ihm am nächsten stand, den Mund noch halb offen, denn sie war gebannt worden, als sie eben mit ihrem Vater sprach.

„Das wäre doch schade", sagte der Reiter. Dann wandte er sich wieder Will zu, und jetzt war das Lächeln von seinem Gesicht verschwunden, wie weggeblasen, und die Augen waren schmale Schlitze. „Du kleiner Narr, glaubst du, daß du mit all deiner Weisheit von *Gramarye* mich beherrschen kannst? Du solltest bescheidener sein. Noch bist du keiner der Meister. Du kannst manches erreichen, aber die großen Kräfte beherrschst du noch nicht. *Und auch mich nicht.*"

„Du hast Angst vor meinen Meistern", sagte Will plötzlich. Er wußte nicht genau, was das bedeutete, wußte aber, daß er die Wahrheit sagte.

Das Gesicht des Reiters rötete sich. Er sagte leise: „Die Finsternis steht auf, Uralter, und diesmal soll sich uns nichts in den Weg stellen. Dies ist die Zeit unseres Aufstandes, und in den nächsten zwölf Monaten werden wir endlich die Herrschaft erlangt haben. Sag das deinen Meistern. Sag ihnen, daß nichts uns aufhalten wird. Sag ihnen, daß wir ihnen die Zeichen der Macht, die sie zu besitzen glauben, abnehmen werden, den Gral und die Harfe und die Zeichen. Wir werden euren Kreis brechen, bevor ihr ihn schließen könnt. *Und niemand wird den Aufbruch der Finsternis aufhalten!*"

Diese letzten Worte rief er mit hoher Stimme wie einen Triumphgesang, und Will erzitterte. Der Reiter starrte ihn an, seine hellen Augen glitzerten; dann streckte er verächtlich die Hand gegen die Stantons aus; sofort erwachten sie wieder zum Leben, auch das weihnachtliche Getümmel erwachte wieder, und Will konnte nichts tun.

„. . . diese Dose?" sagte Mary.

„. . . Mitothin, dies ist unser Will." Mr. Stanton legte Will die Hand auf die Schulter.

Will sagte kalt: „Guten Tag."

„Ich wünsche dir fröhliche Weihnachten, Will", sagte der Reiter.

„Ich wünsche Ihnen das gleiche, was Sie mir wünschen", sagte Will.

„Sehr logisch", sagte der Reiter.

„Ich finde es sehr gestelzt", sagte Mary und warf den Kopf in den Nacken. „So ist er manchmal. Papa, für wen ist das Döschen, das er mitgebracht hat?"

„Mr. Mitothin ist nicht ‚er'", sagte ihr Vater automatisch.

„Es ist eine Überraschung für deine Mutter", sagte der Reiter. „Etwas, das gestern abend nicht rechtzeitig fertig geworden ist und das dein Vater deshalb nicht mitnehmen konnte."

„Von Ihnen?"

„Ich glaube von Papa", sagte Mrs. Stanton und lächelte ihren Mann an. Sie wandte sich an den Reiter. „Wollen Sie mit uns frühstücken, Mr. Mitothin?"

„Das geht nicht!" sagte Will.

„Will!"

„Er merkt, daß ich es eilig habe", sagte der Reiter höflich. „Nein, vielen Dank, Mrs. Stanton, aber ich bin unterwegs zu Freunden, mit denen ich den Tag verbringe, ich muß mich beeilen."

Mary sagte: „Wo wohnen die Freunde?"

„Nördlich von hier . . . Was für langes Haar du hast, Mary. Sehr hübsch."

„Danke", sagte Mary geschmeichelt und schüttelte ihr langes, lose herabhängendes Haar zurück. Der Reiter streckte die Hand aus und entfernte vorsichtig ein einzelnes Haar von ihrem Ärmel. „Erlaube", sagte er höflich.

„Sie prahlt immer mit ihrem Haar", sagte James ungerührt.

Mary streckte ihm die Zunge heraus.

Der Reiter ließ seinen Blick wieder durch das Zimmer schweifen. „Das ist ein herrlicher Baum. Ist er von hier?"

„Es ist ein königlicher Baum", sagte James. „Aus dem großen Park."

„Kommen Sie. Sehen Sie sich ihn an!" Mary faßte den Reiter bei der Hand und zog ihn hinüber. Will biß sich auf die Lippen, verbannte entschlossen jeden Gedanken an die Karnevalsmaske aus seinem Kopf und konzentrierte sich ganz auf das, was es wahrscheinlich zum Frühstück geben würde. Der Reiter, da war er sicher, konnte seine vordergründigen Gedanken lesen, aber vielleicht doch nicht die im tieferen Untergrund. Aber es war keine Gefahr. Obwohl er gleich neben der großen leeren Kiste und dem Haufen von exotischem Packmaterial stand, war der Reiter dicht von den Stantons umgeben und starrte nun gehorsam und bewundernd auf den Schmuck des Baumes. Er schien sich besonders für die geschnitzten Initialen zu interessieren. „Wie schön", sagte er und spielte wie abwesend mit Marys laubgeschmücktem M – das, wie Will bemerkte, verkehrt herum hing.

Dann wandte sich der Reiter wieder an die Eltern. „Ich muß jetzt wirklich gehen. Ich glaube, Sie haben auch Hunger." Er lächelte ein wenig boshaft, als die Stantons einander ansahen, und Will wußte, daß er recht gehabt hatte; die Mächte der Finsternis konnten nur die vordergründigen Gedanken lesen.

„Ich bin Ihnen wirklich unendlich verbunden, Mitothin", sagte Mr. Stanton.

„Es war mir ein Vergnügen, und es war auch gar kein Umweg für mich. Ich wünsche Ihnen allen noch einmal ein fröhliches Fest."

Von freundlichen Abschiedsworten begleitet, schritt er den Gartenpfad entlang. Will bedauerte es, daß seine Mutter die Tür schloß, bevor man einen Motor hätte starten hören können. Er glaubte nicht, daß der Reiter mit einem Auto gekommen war.

„Also, meine Liebe", sagte Mr. Stanton, gab seiner Frau einen Kuß und reichte ihr das Kästchen. „Hier ist dein Geschenk. Fröhliche Weihnachten!"

„Oh!" sagte Wills Mutter, als sie das Kästchen geöffnet hatte.

„Oh, Roger!"

Will drückte sich an seinen neugierigen Schwestern vorbei, um zu sehen, was in dem Kästchen war. Auf dem weißen Samt des Kästchens, das die Aufschrift von seines Vaters Laden trug, lag der altmodische Ring seiner Mutter; der Ring, den Merriman in Vaters Hand gesehen hatte, als er Wills Gedanken las. Aber um den Ring herum lag noch etwas anderes: ein Armband, das genau zu dem Ring paßte. Es war ein Goldreifen mit drei Diamanten in der Mitte und drei Rubinen an jeder Seite davon. In das Gold war ein seltsames Muster von Kreisen und Linien und Schleifen eingraviert.

Will betrachtete den Schmuck und überlegte, warum der Reiter ihn wohl hatte in der Hand haben wollen. Dies war bestimmt der Zweck seines Besuches heute morgen gewesen, denn kein Herr der Finsternis brauchte ein Haus zu betreten, nur um zu wissen, wie es drinnen aussah.

„Hast du das gemacht, Papa?" fragte Max. „Das ist eine wunderschöne Arbeit."

„Freut mich, daß es dir gefällt", sagte sein Vater.

„Wer war der Mann, der es gebracht hat?" fragte Gwen neugierig. „Arbeitet er für dich? Was für ein komischer Name."

„Oh, er ist ein Händler", sagte Mr. Stanton. „Er handelt vor allem mit Diamanten. Seltsamer Mensch, aber sehr angenehm. Ich kenne ihn seit einigen Jahren. Wir kaufen oft Steine von dieser Firma. Auch diese . . ." Er berührte das Armband sanft mit dem Finger. „Ich mußte gestern weg, als der junge Jeffrey noch damit beschäftigt war, eine Fassung fertig zu machen. Mitothin war zufällig im Laden und erbot sich, es vorbeizubringen, damit ich nicht noch einmal zurück mußte. Er sagte mir, daß er heute morgen sowieso hier vorbeikommen würde. Aber es war trotzdem nett von ihm, es anzubieten."

„Sehr nett", sagte seine Frau. „Aber du bist noch netter. Ich finde das Armband wundervoll."

„Ich bin hungrig wie ein Wolf", sagte James. „Wann gibt es denn endlich was zu essen?"

Erst nachdem Speck und Eier, Toast und Tee, Marmelade und Honig verspeist und das Packmaterial vom Geschenkeöffnen weggeräumt war, merkte Will, daß der Brief seines Bruders verschwunden war. Er durchsuchte das Wohnzimmer, durchwühlte die Sachen der anderen, kroch unter den Baum und um die noch ungeöffneten Geschenke herum, aber der Brief war nicht da. Natürlich konnte er irrtümlicherweise unter das Packpapier geraten sein; so etwas konnte in diesem Weihnachtsrummel geschehen.

Aber Will glaubte zu wissen, was mit seinem Brief passiert war. Und er fragte sich, ob es wirklich der Ring seiner Mutter gewesen war, um dessentwillen der Reiter sie besucht hatte – oder ob er etwas anderes suchte.

Bald sahen sie, daß es wieder zu schneien begonnen hatte. Sanft, aber unerbittlich, unaufhaltsam schwebten die Flocken nieder. Die Fußspuren von Mr. Mitothin auf dem Pfad waren bald unsichtbar, als wären sie nie dagewesen. Die Hunde, Raq und Ci, die gebettelt hatten, hinausgehen zu dürfen, kamen und kratzten demütig an der Hintertür.

„Gelegentlich bin ich ja auch für weiße Weihnachten", sagte Max und starrte trübsinnig nach draußen. „Aber das hier ist lächerlich."

„Es ist außergewöhnlich", sagte sein Vater, der ihm über die Schulter blickte. „Ich habe noch nie ein solches Weihnachtswetter erlebt, solange ich mich erinnern kann nicht. Wenn heute noch viel herunterkommt, wird es in ganz Südengland ernsthafte Verkehrsprobleme geben."

„Daran hab ich auch gedacht", sagte Max. „Ich wollte übermorgen nach Southampton fahren und Deb besuchen."

„O weh mir, weh mir", sagte James und schlug sich an die Brust.

Max warf ihm einen Blick zu.

„Fröhliche Weihnachten, Max", sagte James.

Paul kam in Stiefeln ins Wohnzimmer gestampft. Er knöpfte gerade seinen Mantel zu. „Schnee oder kein Schnee, ich geh jetzt läuten. Die Glocken können nicht warten. Kommt einer von euch Heiden heute mit in die Kirche?"

„Die Nachtigallen werden sich's nicht nehmen lassen", sagte

Max und sah Will und James an. Die beiden bildeten zusammen etwa ein Drittel des Kirchenchores.

„Wenn du zu einer weihnachtlichen guten Tat bereit wärest, zum Beispiel zum Kartoffelschälen", sagte Gwen, „dann könnte Mama vielleicht gehen. Sie geht gern, wenn sie die Gelegenheit hat."

Die kleine, dick vermummte Schar, die sich schließlich im immer dichter werdenden Schneetreiben auf den Weg machte, bestand aus Paul, James, Will, Mrs. Stanton und Mary, die wahrscheinlich mehr daran interessiert war, der Hausarbeit aus dem Weg zu gehen, als ihren religiösen Pflichten nachzukommen. Während sie die Straße hinunterstapften, fiel der Schnee immer schneller. Er brannte auf der Haut. Paul war vorausgegangen, und bald begannen die taumelnden Klänge der sechs lieblichen alten Glocken, die in dem niedrigen viereckigen Turm hingen, die wirbelnde weiße Welt zu erfüllen und mit neuem Weihnachtsglanz zu bedecken. Will faßte bei ihrem Klang wieder etwas Mut; doch die Zähigkeit, mit der dieser neue Schnee fiel, machte ihn besorgt. Er konnte den bedrückenden Verdacht nicht abschütteln, daß dieser Schnee von der Finsternis geschickt war, als Vorläufer von etwas anderem. Er vergrub die Hände tief in die Taschen seiner Schaffelljacke, und dabei schlossen sich die Finger der einen Hand um die Krähenfeder, die seit dem schrecklichen Abend vor der Wintersonnenwende dort steckte. Er hatte sie ganz vergessen gehabt.

Vor der Kirche standen auf der verschneiten Straße vier oder fünf Autos; sonst waren es am Weihnachtsmorgen mehr, aber nur wenige Dorfbewohner, die weiter entfernt wohnten, hatten sich in den wirbelnden weißen Nebel hineingewagt. Will betrachtete die dicken weißen Flocken, die dreist und ohne zu schmelzen auf seinem Jackenärmel lagen; es war sehr kalt. Sogar drinnen in der kleinen alten Kirche blieben die Flocken hartnäckig liegen, es dauerte sehr lange, bevor sie anfingen zu schmelzen. Er ging mit James und einer Handvoll anderer Chorknaben in den engen Flur zur Sakristei, um dann, als das Glockengeläut in den Beginn des Gottesdienstes überging, in einer kleinen Prozession durch das Kirchenschiff zu ziehen und auf die kleine Empore hinaufzusteigen. Von da konnte man jeden sehen, und es war klar, daß die Kirche des heiligen Jakob des Jüngeren nicht, wie sonst an Weihnachten, überfüllt, sondern nur halb voll war.

Das Morgengebet nahm seinen feierlichen, für den Weihnachtstag festgelegten Gang, angeführt vom genußvoll theatralischen Baßbariton des Pfarrers.

„O ihr, Frost und Kälte, preiset den Herrn und verherrlicht ihn in Ewigkeit", sang Will und fand, daß Mr. Beaumont einen gewissen trockenen Humor gezeigt hatte, als er diesen Vers wählte. „O Eis und Schnee, preiset den Herrn und verherrlicht ihn in Ewigkeit."

Plötzlich merkte Will, daß er zitterte, aber nicht wegen der Worte. Auch nicht, weil ihm kalt war. Ihn schwindelte; er hielt sich einen Augenblick am Geländer der Empore; ein schriller Mißklang zerriß die Melodie und dröhnte in seinen Ohren. Dann verklang er wieder, die Musik war die alte, aber Will war erschüttert und fror.

„O Licht und Finsternis", sang James und starrte ihn an – *„Was ist denn? Setz dich mal* – und verherrlicht ihn in Ewigkeit."

Aber Will schüttelte ungeduldig den Kopf, und für den Rest des Gottesdienstes stand er fest auf den Beinen, sang, setzte sich, kniete und redete sich ein, daß überhaupt nichts gewesen sei. Aber dann kam wieder das Gefühl, daß etwas nicht stimmte, ein Gefühl der Disharmonie.

Dies geschah nur noch einmal, gegen Ende des Gottesdienstes. Mr. Beaumont sprach mit dröhnender Stimme das Gebet des heiligen Chrysostomos „. . . der du gesagt hast, daß, wenn zwei oder drei in deinem Namen versammelt sind, du ihre Bitten gewähren wirst . . ." In Wills Kopf brach plötzlich ein schrecklicher Lärm aus, ein Kreischen und Heulen statt der vertrauten Kadenzen. Er hatte es schon früher gehört. Es war das Geheul, mit dem die Finsternis einen Ort belagert; er hatte es draußen vor der Halle gehört, wo er mit Merriman und der Alten Dame gesessen hatte, in einem unbekannten Jahrhundert. Aber in einer Kirche, sagte sich Will, der anglikanische Chorknabe, zweifelnd, man kann es doch bestimmt nicht innerhalb einer Kirche hören. Ach, sagte Will, der Uralte, traurig, jede Kirche einer jeden Religion ist ihrem Angriff ausgesetzt, denn an diesen Orten denken Menschen über das Licht und die Finsternis nach. Er zog den Kopf zwischen die Schultern, während der Lärm auf ihn eindrang – dann war es wieder still, und des Pfarrers Stimme dröhnte laut wie zuvor.

Will sah sich schnell um, aber offenbar hatte sonst niemand etwas bemerkt. Durch die Falten seines Chorhemdes hindurch faßte er die drei Zeichen an seinem Gürtel, aber er fühlte weder Kälte noch Wärme. Er erriet, daß für die warnende Kraft der Zeichen eine Kirche eine Art Niemandsland war; darum war eine Warnung vor dem Unheil nicht notwendig. Aber wenn das Unheil draußen lauerte . . . ?

Der Gottesdienst war zu Ende, alle sangen aus voller Brust in glücklicher Weihnachtsinbrunst „Herbei, o ihr Gläubigen", und der Chor zog von der Empore herunter und wieder zum Altar. Dann dröhnte der Segen Mr. Beaumonts über die Köpfe der Gemeinde: „. . . die Liebe Gottes und der Beistand des Heiligen Geistes . . ." Aber die Worte konnten Will keinen Frieden bringen, denn er wußte, daß etwas nicht stimmte, daß etwas, das zur Finsternis gehörte, draußen lauerte; und daß, wenn der Augenblick gekommen war, er ihm allein entgegentreten mußte, ohne Hilfe.

Er sah, wie einer nach dem anderen strahlend aus der Kirche trat, wie sie, einander zunickend, ihre Schirme ergriffen und den Mantelkragen hochschlugen. Er sah den lustigen Mr. Hutton, den pensionierten Direktor, seinen Autoschlüssel um den Finger wirbeln, während er die winzige Miß Bell mit herzlichen Einladungen zum Mitfahren überschüttete; und hinter ihm kam Mrs. Hutton wie eine pelzumhüllte Gallionsfigur dahergesegelt und tat dasselbe mit der hinkenden Mrs. Pettigrew, der Postmeisterin. Große und kleine Dorfkinder kamen aus der Tür gestürzt, entwischten ihren geputzten Müttern und liefen davon, um zu ihren Schneeballschlachten und zum Weihnachtsputer zu kommen. Die düstere Mrs. Horniman,

die eifrig dabei war, Unheil vorauszusagen, kam mit Mrs.
Stanton und Mary herausgestapft. Will sah, daß Mary versuchte, ihr Kichern zu unterdrücken, und einen Schritt zu-
rückblieb, um sich Mrs. Dawson und ihrer verheirateten Tochter anzuschließen, deren fünfjähriges Söhnchen übermütig in
seinen neuen, glänzenden Cowboystiefeln herumsprang.
Auch der Chor, in Mäntel und Schals vermummt, machte sich
auf den Weg. Man rief sich „Fröhliche Weihnachten" zu und
„Wir sehen uns am Sonntag, Herr Pfarrer!" Der Pfarrer hatte
mit Paul über Musik gesprochen, er lächelte und winkte. Die
Kirche begann sich zu leeren, während Will noch auf seinen
Bruder wartete. Er fühlte ein Prickeln im Nacken, wie die Elektrizität in der Luft vor einem schweren Gewitter.
Immer noch plaudernd, streckte der Pfarrer geistesabwesend
die Hand aus und knipste die Lichter in der Kirche aus, die jetzt
in einem kalten grauen Dämmerlicht lag. Nur an der Tür ver-
breitete der Widerschein des Schnees etwas Helligkeit. Und
nun sah Will, daß die Kirche doch nicht leer war, einige Gestalten bewegten sich aus den Schatten auf die Tür zu. Dort unten,
bei dem Taufbecken aus dem zwölften Jahrhundert, sah er
Bauer Dawson, den alten George und dessen Sohn John, den
Schmied, mit seiner schweigsamen Frau. Die Uralten warteten
auf ihn, sie würden ihm Beistand leisten gegen das, was draußen lauerte. Will fühlte, wie eine große warme Woge der Erleichterung über ihn hinwegströmte.
„Fertig, Will?" sagte der Pfarrer freundlich, während er den
Überzieher anzog. Er fuhr, zu Paul gewendet, immer noch im
alten Thema fort: „Natürlich, ich gebe dir recht. Dieses Konzert ist eines der besten. Ich wünschte nur, man könnte die
Bachsuiten ohne Begleitung auf Schallplatten bekommen. Ich
habe sie einmal in einer Kirche in Edinburgh gehört, beim Fe-
stival – wundervoll . . ."
Paul, der schärfere Augen hatte, sagte: „Stimmt irgendwas
nicht, Will?"
„Doch", sagte Will, „das heißt – nein." Er dachte verzweifelt
darüber nach, was er tun könnte, damit die beiden zur Kirche
hinaus waren, bevor er die Tür erreichte. Bevor – *das* geschah,

150

was auch immer es sein würde. Er merkte, wie sich in der Nähe der Tür die Uralten zu einer dichten Gruppe zusammenschlossen, wie sie einander stützten. Er konnte die Kraft jetzt sehr deutlich spüren, ganz nah, von allen Seiten, die Luft war davon erfüllt. Draußen vor der Kirche herrschte Zerstörung und Chaos, dort war das Herz der Finsternis, und er wußte nicht, was er tun konnte, um SIE abzuwehren.

Als der Pfarrer und Paul sich nun anschickten, das Kirchenschiff hinunterzugehen, sah er, wie die beiden im gleichen Augenblick stehenblieben, wie sich ihre Köpfe hoben. Es war jetzt zu spät, die Stimme der Finsternis war so laut, daß sogar menschliche Wesen IHRE Macht spürten.

Paul taumelte, als hätte jemand ihn vor die Brust gestoßen, und hielt sich an einer Kirchenbank fest. „Was ist das?" fragte er heiser. „Herr Pfarrer? *Was* um Himmels willen ist das?"

Mr. Beaumont war ganz blaß geworden. Schweiß stand auf seiner Stirn, obgleich es jetzt in der Kirche wieder sehr kalt war. „Wahrscheinlich überhaupt nichts", sagte er. „Gott schütze uns." Und er stolperte ein paar Schritte näher zur Kirchentür hin, wie ein Mann, der sich durch Meereswellen hindurchkämpft; und vorgebeugt machte er ein großes Kreuzzeichen. Er stammelte: „Bewahre uns, deine demütigen Diener, vor allen Angriffen des Feindes; damit wir, auf deine beständige Hilfe vertrauend, die Macht unserer Widersacher nicht fürchten . . ."

Bauer Dawson sagte ruhig, aber mit deutlicher Stimme von der Tür her: „Nein, Herr Pfarrer."

Der Pfarrer schien ihn nicht zu hören. Mit aufgerissenen Augen starrte er in den Schnee hinaus; er stand da, als könne er sich nicht rühren, und zitterte wie im Fieber. Der Schweiß lief ihm die Wangen hinunter. Es gelang ihm, den Arm halb zu heben und hinter sich zu zeigen: „. . . Sakristei. . .", keuchte er. „. . . Buch, auf Tisch . . . exorzieren . . ."

„Der arme, tapfere Kerl", sagte John, der Schmied, in der Alten Sprache. „Diese Schlacht kann er nicht schlagen. Natürlich muß er das glauben, da er in seiner Kirche ist."

„Seien Sie ruhig, Hochwürden", sagte die Frau des Schmieds

151

auf englisch; ihre Stimme war sanft und gütig und sehr bäue-
risch. Der Pfarrer starrte sie an wie ein erschrecktes Tier, aber
er war nicht mehr fähig, zu sprechen oder sich zu bewegen.
Frank Dawson sagte: „Komm hierher, Will."
Gegen die Finsternis ankämpfend, kam Will langsam vorwärts; als er an Paul vorbeikam, berührte er ihn an der Schulter
und blickte in seine fragenden Augen. Pauls Gesicht war
ebenso verzerrt und hilflos wie das des Pfarrers: „Fürchte dich
nicht. Bald ist alles vorbei."
Als er die Gruppe erreicht hatte, berührte jeder der Uralten ihn
sanft, als wollten sie ihn mit sich verbinden, und Bauer Dawson faßte ihn bei der Schulter. „Wir müssen etwas tun, um
diese beiden zu schützen, Will, sonst werden sie den Verstand
verlieren. Sie können dem Druck nicht standhalten, die Finsternis wird sie in Wahnsinn stürzen. Du hast die Macht, wir
anderen haben sie nicht."
Zum erstenmal hörte Will, daß er Dinge vermochte, die ein
anderer Uralter nicht konnte, aber er hatte keine Zeit, sich zu
wundern; mit der Gabe von *Gramarye* errichtete er um Paul
und den Pfarrer eine Schutzwand, die keine Macht durchbrechen konnte. Es war ein gefährliches Unternehmen, denn nur
er, der Urheber, konnte diese Wand wieder entfernen. Aber er
mußte es wagen, es war die einzige Möglichkeit. Ihre Augen
schlossen sich langsam, sie standen ganz still. Einen Augenblick später öffneten sich die Augen wieder, aber sie waren ruhig und ohne Ausdurck, sie nahmen nichts mehr wahr.
„Gut", sagte Bauer Dawson. „Jetzt."
Die Uralten stellten sich in die Kirchentür, Arm in Arm. Keiner sprach ein Wort. Wilder Lärm erhob sich draußen, es
wurde dunkler, der Wind heulte und jammerte, der Schnee
wirbelte, ihre Gesichter wurden von weißen Eisstückchen gepeitscht. Und plötzlich waren die Krähen im Schneegestöber,
schwarze, boshafte Schwärme, die sich krächzend und krei-
schend auf die Kirchenpforte herunterstürzten, sich fingen
und in weitem Bogen wieder nach oben getragen wurden. Sie
konnten nicht nah genug herankommen, um zuzuhacken; es
war, als ob eine unsichtbare Wand sie eine Handbreit vor dem

152

Ziel abprallen ließ. Aber das würde nur so lange dauern, wie die Kraft der Uralten standhielt. Die Finsternis griff in einem wilden Sturm von Schwarz und Weiß an, hieb auf ihren Geist und ihren Körper ein, besonders aber auf den Sucher der Zeichen, auf Will. Und Will wußte: Wäre er allein gewesen, sein Geist wäre trotz allem zusammengebrochen. Es war die Kraft des Kreises der Uralten, die ihn jetzt stützte.

Aber zum zweitenmal in seinem Leben vermochte sogar der Kreis nicht mehr, als die Macht der Finsternis vor dem Tor zu halten. Sogar vereint konnten die Uralten SIE nicht ganz zurückschlagen. Und es war keine Alte Dame da, die eine wirkungsvollere Hilfe bringen konnte. Wieder wurde sich Will bewußt, was es hieß, ein Uralter zu sein: Es hieß, vor der Zeit sehr alt zu sein, denn die Angst, die ihn jetzt überkommen wollte, war schlimmer als das blinde Entsetzen, das er in seinem Bett in der Mansarde gespürt hatte, auch schlimmer als die Angst, die ihm die Finsternis in der großen Halle eingeflößt hatte. Diesmal war es die Angst eines Erwachsenen, entstanden aus Erfahrung, Vorstellungskraft und der Sorge um andere, und das war das schlimmste.

Und in dem Augenblick, wo er dies wußte, wußte er auch, daß er allein es war, durch den diese Angst überwunden, durch den der Kreis gestärkt und die Finsternis vertrieben werden konnte. Wer bist du? fragte er sich selbst – und er antwortete: Du bist der Sucher der Zeichen. Du hast drei der Zeichen, den halben Kreis der machtvollen Dinge. *Gebrauche sie.*

Der Schweiß stand jetzt auf seiner eigenen Stirn, wie er eben auf der des Pfarrers gestanden hatte – aber der Pfarrer und Paul standen in lächelndem Frieden, ohne etwas zu wissen, außerhalb von allem, was vorging. Will konnte die Anspannung auf den Gesichtern der anderen sehen, besonders auf dem von Bauer Dawson. Langsam brachte er seine Hände einander näher und damit auch die Hände seiner Nachbarn. Er fügte sie ineinander und schloß sich selbst aus. In tiefer Angst umfaßte er sie für einen Augenblick noch einmal, als wolle er einen Knoten fester knüpfen. Dann ließ er los und stand allein da.

Außerhalb des Kreises und doch hinter ihm Schutz suchend,

schwankte er unter dem Ansturm der Finsternis, die vor der Kirche wütete.

Dann raffte er all seine Kraft zusammen, löste den Gürtel mit den drei kostbaren Ringen und wickelte ihn um seinen Arm; aus der Tasche zog er die Krähenfeder und steckte sie in das mittlere Zeichen, den bronzenen Kreis mit den Kreuzarmen. Dann nahm er den Gürtel in beide Hände, hielt ihn vor sich und ging langsam um die Gruppe herum, bis er allein in der Kirchentür stand und der heulenden, krähenschwirrenden, eisigen Dunkelheit die Stirn bot. Noch nie hatte er sich so einsam gefühlt. Er tat nichts, er dachte nichts. Er stand da und ließ die Zeichen wirken.

Und plötzlich war es still.

Die flatternden Vögel waren verschwunden. Kein Wind heulte. Das schreckliche, verrückte Summen, das die Luft erfüllt hatte, war verstummt. Jeder Nerv und jeder Muskel in Wills Körper wurde schlaff, als die Spannung sich löste. Draußen fiel ruhig der Schnee, aber die Flocken waren jetzt kleiner. Die Uralten sahen einander an und lachten.

„Der volle Kreis wird den Sieg davontragen", sagte der alte George, „aber ein halber Kreis vermag auch schon viel, nicht wahr, kleiner Will?"

Will betrachtete die Zeichen in seiner Hand und schüttelte verwundert den Kopf.

Bauer Dawson sagte leise: „Seit der Gral verschwunden ist, ist dies das erstemal, daß etwas anderes als der Geist eines der Großen die Finsternis zurückgeschlagen hat. Dinge waren es diesmal. Wir haben wieder machtvolle Dinge. Seit langer, langer Zeit wieder."

Will hielt immer noch den Blick fest auf die Zeichen gerichtet, als könne er sich nicht davon lösen. „Wartet", sagte er gespannt, „rührt euch nicht. Bleibt einen Augenblick still."

Erschrocken schwiegen sie. Dann sagte der Schmied: „Ist es etwas Schlimmes?"

„Seht euch die Zeichen an", sagte Will. „Es geschieht etwas mit ihnen. Sie – sie glühen."

Er drehte sich langsam um, den Gürtel mit den drei Zeichen

hielt er immer noch vor sich hin; nun sperrte sein Körper das graue Licht aus, und seine Hände waren im Düster der Kirche. Die Zeichen wurden immer heller und heller, jedes glühte in einem seltsamen inneren Glanz.

Die Uralten standen starr.

„Ist das die Kraft, die das Dunkel vertreibt?" fragte Johns Frau mit ihrer weichen, singenden Stimme. „Ist es etwas, das in ihnen geschlafen hat und das jetzt zu erwachen beginnt?"

Will versuchte vergebens zu erfühlen, was die Zeichen ihm sagen wollten. „Ich glaube, es ist eine Botschaft, es bedeutet etwas. Aber ich verstehe nicht . . ."

Das Licht entströmte den drei Zeichen und erfüllte ihre Hälfte der dunklen kleinen Kirche mit Glanz; es war ein Glanz wie Sonnenlicht, warm und stark. Ängstlich berührte Will das eiserne Zeichen mit dem Finger, aber es war weder warm noch kalt.

Plötzlich sagte Bauer Dawson: „Seht her."

Sein Arm wies auf den Altar. Sie wandten sich um und sahen, was er gesehen hatte: ein anderes Licht strahlte von dort her, ein Licht wie das, das die Zeichen ausströmten. Es war wie der Strahl eines starken Scheinwerfers.

Will hatte verstanden. Glücklich sagte er: „Das ist also der Grund."

Er ging auf den zweiten strahlenden Punkt zu, trug den Gürtel mit den Zeichen, so daß sich die Schatten mit ihm über die Bänke und Dachbalken bewegten. Als sich die Lichter einander näherten, schienen sie immer heller zu erstrahlen. Frank Dawsons hohe, schwere Gestalt wie einen Schirm hinter sich, blieb Will in der Mitte des hellen Strahls, der von der Wand her in den Raum fiel, stehen. Er sah, daß das Licht von einem sehr kleinen Gegenstand ausging.

Mit Bestimmtheit sagte er zu Dawson: „Ich muß es nehmen, solange es noch Licht ausstrahlt. Wenn es nicht mehr strahlt, werde ich es nicht mehr finden." Er legte seinen Gürtel mit dem Zeichen von Eisen, dem Zeichen von Bronze und dem Zeichen von Holz in Frank Dawsons Hände, ging auf die Wand mit dem hellen Licht darin zu und griff nach der Lichtquelle.

Der leuchtende Gegenstand ließ sich leicht aus einem Spalt im Verputz nehmen, wo die Feuersteine aus den Chiltern-Bergen, aus denen die Mauer aufgeführt war, sichtbar wurden. Nun hatte er das Ding auf der Hand liegen: ein Kreis, durch ein Kreuz in vier Teile geteilt. Es war nicht von Menschenhand in diese Form gebracht worden. Will sah an den glatten Rundungen der Seiten, daß es sich um einen natürlichen Feuerstein handelte, so wie er vor fünfzehn Millionen Jahren im Kalk der Chilterns gewachsen war.

„Das Zeichen aus Stein", sagte Bauer Dawson sanft und ehrfürchtig. Der Ausdruck seiner Augen war nicht zu sehen. „Wir haben das vierte Zeichen, Will."

Zusammen gingen sie zu den anderen zurück und brachten ihnen den strahlenden machtvollen Ring. Die drei Uralten sahen ihnen schweigend entgegen. Paul und der Pfarrer saßen jetzt so ruhig in einer Kirchenbank, als schliefen sie. Bei seinen Gefährten angekommen, nahm Will seinen Gürtel und befestigte das Zeichen aus Stein neben den drei anderen Zeichen. Er mußte aus halbgeschlossenen Lidern blinzeln, um nicht von der Helligkeit geblendet zu werden. Dann, als das Zeichen neben den anderen befestigt war, erlosch der Glanz. Das Zeichen aus Stein erwies sich als ein glatter und schön geformter Gegenstand mit der grauweißen Oberfläche eines unbeschädigten Feuersteins.

In dem Zeichen aus Bronze steckte immer noch die Krähenfeder. Will nahm sie heraus. Er brauchte sie jetzt nicht.

Als das Licht der Zeichen erloschen war, rührten sich Paul und der Pfarrer. Sie öffneten die Augen, erschrocken und erstaunt, sich auf einer Kirchenbank wiederzufinden, während sie noch einen Augenblick zuvor – so schien es ihnen – gestanden hatten. Paul sprang auf, sah sich forschend um. „Es ist weg!" sagte er. Er sah Will mit einem Ausdruck von Verwunderung, Schrecken und Erschauern an. Sein Blick fiel auf den Gürtel, den Will noch in der Hand hielt. „Was ist geschehen?" fragte er.

Der Pfarrer stand auf, sein glattes, rundliches Gesicht verzog sich bei dem angestrengten Bemühen, das Unbegreifliche zu begreifen. „Es ist wirklich weg", sagte er und ließ seinen Blick durch die Kirche schweifen. „Was immer für Einflüsse das waren. Der Herr sei gepriesen." Auch er sah die Zeichen an Wills Gürtel, und plötzlich lächelte er, ein fast kindliches Lächeln der Erleichterung und Freude. „Das hat es bewirkt, nicht wahr? Das Kreuz. Kein Kirchenkreuz, aber doch ein christliches Kreuz."

„Diese Kreuze sind sehr alt, Herr Pfarrer", sagte zu aller Überraschung der alte George mit fester und klarer Stimme. „Aus einer Zeit lange vor dem Christentum, lange vor Christus."

Der Pfarrer strahlte ihn an. „Aber nicht vor Gott", sagte er schlicht.

Die Uralten schauten einander es. Es gab keine Antwort. Nur Will sagte nach einer Weile: „Aber eigentlich gibt es doch gar kein Vorher und Nachher. Alles, was wichtig ist, ist außerhalb der Zeit. Es kommt von dort und kann dorthin zurückkehren."

Mr. Beaumont wandte sich ihm überrascht zu: „Natürlich meinst du die Unendlichkeit, mein Junge."

„Nicht ganz", sagte der Uralte namens Will, „ich meine den Teil von uns und von allem, was wir denken und glauben, der nichts mit gestern oder heute oder morgen zu tun hat, weil er zu einer anderen Schicht gehört. Auf dieser Ebene ist gestern noch da. Morgen ist auch da. Man kann beide besuchen. Und alle Götter sind da und alles, was sie bedeuteten. Und", fügte er traurig hinzu, „auch das Gegenteil."

„Will", sagte der Pfarrer und starrte ihn an, „ich bin nicht sicher, ob du exorziert oder geweiht werden solltest. Wir beide müssen uns bald einmal lange unterhalten."

„Ja", sagte Will ruhig. Er schnallte seinen Gürtel, der schwer war von seiner kostbaren Last, wieder um. Während er dies tat, dachte er schnell und scharf nach. Was ihn beunruhigte, waren nicht Mr. Beaumonts theologische Vorstellungen, sondern Pauls Gesicht. Er hatte gesehen, daß sein Bruder ihn mit einer Art von furchtsamem Abstand betrachtete, die ihn schmerzlich traf. Es war mehr, als er ertragen konnte. Seine beiden Welten durften sich nicht so eng berühren. Er hob den Kopf, raffte all seine Kräfte zusammen und streckte seine Hände mit gespreizten Fingern gegen die beiden aus.

„Ihr werdet vergessen", sagte er in der Alten Sprache. „Vergeßt!"

„. . . einmal in einer Kirche in Edinburgh", sagte der Rektor zu Paul und machte dabei den obersten Knopf seines Überziehers zu. „Die Sarabande in der fünften Suite bringt mich buchstäblich zum Weinen. Er ist der größte Cellist der Welt, ohne Zweifel."

„O ja", sagte Paul. „O ja." Er zog den Kopf in den Mantelkragen. „Ist Mama schon vorgegangen, Will? He, Mr. Dawson. Fröhliche Weihnachten!" Und er lächelte und strahlte auch die andern an, und alle wandten sich der Kirchentür zu und traten in das Schneetreiben hinaus.

„Fröhliche Weihnachten, Paul, und Ihnen auch, Mr. Beaumont", sagte Bauer Dawson feierlich. „Ein schöner Gottesdienst, Herr Pfarrer, wirklich schön."

„Ah, das macht die Feststimmung, Frank", sagte der Pfarrer. „Ein wunderbares Fest. Nichts kann unseren Weihnachtsgottesdienst stören, nicht einmal dieser Schnee."

Lachend und plaudernd gingen sie in die weiße Welt hinein, wo der Schnee sich über unsichtbaren Grabsteinen wölbte und die weißen Felder sich bis zur zugefrorenen Themse erstreckten. Kein Laut war zu hören, nichts unterbrach die Stille, außer dem gelegentlichen Brummen eines Autos auf der weit entfernten Straße nach Bath. Der Pfarrer verabschiedete sich und holte sein Motorrad. Die anderen traten, fröhlich gegen den treibenden Schnee ankämpfend, ihre verschiedenen Heimwege an.

Zwei schwarze Krähen hockten auf dem Friedhofstor. Als Will und Paul näher kamen, erhoben sie sich, halb flatternd, halb hüpfend, schwarze bizarre Formen vor dem weißen Schnee. Einer der Vögel hüpfte dicht vor Wills Füße und ließ mit einem kläglichen Krächzen etwas fallen. Will hob es auf. Es war eine glänzende Roßkastanie aus dem Krähenwäldchen, so frisch, als käme sie eben aus der Schale. Er und James sammelten immer im Frühherbst im Krähenwäldchen Kastanien, aber eine so große hatte er noch nie gesehen.

158

„Sieh mal", sagte Paul amüsiert. „Du hast einen Freund. Er bringt dir ein extra Weihnachtsgeschenk."

„Vielleicht ein Friedensopfer", sagte Frank Dawson, der hinter ihnen ging. Seine tiefe bäuerliche Stimme war ganz ohne Ausdruck. „Und vielleicht auch nicht. Fröhliche Weihnachten. Und guten Appetit." Und der Uralte entfernte sich die Straße hinunter.

Will hob die Kastanie auf. „Nein, so etwas", sagte er. Sie machten das Kirchhoftor hinter sich zu und schüttelten dabei ganze Ladungen von Schnee von den flachen Eisenstäben. Um die Ecke kam das Husten und Tuckern eines Motorrades: der Pfarrer versuchte, sein Stahlroß zum Leben zu erwecken. Dann kam die Krähe wieder geflogen und ließ sich ein paar Schritte vor ihnen auf dem festgetretenen Schnee nieder. Sie ging unentschlossen vor und zurück und sah dabei Will an.

„Kaark", sagte sie, sehr sanft für eine Krähe. „Kaark, kaark, kaark." Dann machte sie ein paar Schritte auf das Kirchhofgitter zu, flog wieder in den Kirchhof hinein, kam ein paar Schritte zurück. Die Einladung hätte nicht deutlicher sein können. „Kaark", sagte die Krähe jetzt lauter.

Die Ohren eines Uralten wissen, daß Vögel nicht mit der Deutlichkeit von Worten sprechen, sondern daß sie Gefühle ausdrücken. Es gibt viele Arten und viele Grade von Gefühlen, und sogar die Sprache der Vögel hat verschiedene Arten des Ausdrucks. Will verstand wohl, daß der Vogel ihn aufforderte, ihm zu folgen, daß er ihm etwas zeigen wollte; er wußte aber nicht, ob das Tier nicht von der Finsternis mißbraucht wurde.

Er blieb stehen und überlegte, was die Krähen bisher getan hatten, dann drehte er die glänzende Kastanie hin und her. „Gut, Vogel", sagte er schließlich. „Ich schaue mal schnell nach."

Er ging durch das Tor zurück, und die Krähe, die jetzt krächzte wie eine alte Tür, stelzte vor ihm her auf die Kirche zu und dann um die Ecke. Paul schaute grinsend zu. Dann sah er, wie Will, als er die Ecke erreichte, plötzlich erstarrte, einen Augenblick verschwand, zurückkam.

„Paul, komm schnell! Da liegt ein Mann im Schnee."

Paul rief den Pfarrer, der das Motorrad gerade auf die Straße schob, um es dort zu starten, und zusammen liefen sie los. Will stand über eine zusammengekauerte Gestalt gebeugt, die im Winkel zwischen der Kirchenmauer und dem Turm lag. Sie rührte sich nicht, und der Schnee hatte die Kleider schon einen Fingerbreit mit seinen kalten fedrigen Flocken bedeckt. Mr. Beaumont schob Will sanft zur Seite, kniete nieder, hob den Kopf des Mannes und fühlte seinen Puls.

„Gott sei Dank, er lebt noch, aber er ist sehr kalt. Der Puls ist nicht gut. Er muß hier so lange gelegen haben, daß die meisten anderen erfroren wären – seht euch den Schnee an. Wir wollen ihn hineintragen."

„In die Kirche?"

„Nun, natürlich."

„Wir wollen ihn zu uns nach Hause bringen", sagte Paul bewegt. „Es ist ja nur um die Ecke. Da ist es warm, und da ist er besser versorgt, mindestens, bis eine Ambulanz oder ein Arzt kommt."

„Eine wunderbare Idee", sagte Mr. Beaumont herzlich. „Deine gute Mutter ist eine Samariterin, das weiß ich. Nur bis Dr. Armstrong kommen kann . . . Jedenfalls können wir den armen Kerl nicht hier liegenlassen. Ich glaube nicht, daß er etwas gebrochen hat. Wahrscheinlich ein Herzversagen." Er schob dem Mann seine schweren Motorradhandschuhe unter den Kopf, um ihn vor dem Schnee zu schützen, und Will sah jetzt erst das Gesicht.

Erschrocken sagte er: „Es ist der Wanderer!"

Die beiden wandten sich ihm zu: „Wer?"

„Ein alter Landstreicher, der hier herumstrolcht . . . Paul, wir können ihn nicht mit nach Hause nehmen. Können wir ihn nicht zu Dr. Armstrongs Praxis bringen?"

„Bei diesem Wetter?" Paul wies auf den Himmel, der immer dunkler wurde; das Schneetreiben war wieder dichter geworden, der Wind blies heftiger.

„Aber wir können ihn nicht mitnehmen. Nicht den Wanderer. Er wird die . . ." Er unterbrach sich, mitten im Schrei. „Oh", sagte er hilflos. „Natürlich kannst du dich nicht erinnern."

„Mach dir keine Sorgen, Will, deine Mutter hat bestimmt nichts dagegen – ein armer Mann in *extremis* . . ." Mr. Beaumont wurde jetzt geschäftig. Er und Paul trugen den Wanderer zum Tor wie einen Haufen alter Kleider. Schließlich gelang es, das Motorrad anzuwerfen, sie packten das Bündel irgendwie drauf, und halb fahrend, halb schiebend machte sich die seltsame kleine Gruppe auf den Weg zum Haus der Stantons. Will schaute sich noch ein paarmal um, aber die Krähe war nirgendwo zu sehen.

„Na, na", sagte Max mit gerümpfter Nase, als er ins Eßzimmer herunterkam. „Heute habe ich einen *wirklich* dreckigen alten Mann gesehen."

„Der stank!" sagte Barbara.

„Da sagst du mir nichts Neues. Papa und ich haben ihn gebadet. Mein Gott, du hättest ihn sehen sollen. Nein, das hättest du natürlich nicht. Das hätte dir den Appetit verdorben. Jedenfalls ist er jetzt so sauber wie ein neugeborenes Kind. Papa hat ihm sogar den Bart und das Haar gewaschen. Und Mama verbrennt seine gräßlichen alten Kleider, sobald sie nachgeschaut hat, daß nichts Wertvolles in den Taschen ist."

„Da besteht wohl keine Gefahr", sagte Gwen, die beladen aus der Küche kam. „Hier, tu den Arm weg, die Schüssel ist heiß."

„Wir sollten unser Silber wegschließen", sagte James.

„Was für Silber?" sagte Mary höhnisch.

„Also dann Mamas Schmuck. Und die Weihnachtsgeschenke. Landstreicher klauen immer."

„Dieser hier wird für die nächste Zeit nicht recht dazu in der Lage sein", sagte Mr. Stanton, der mit einer Flasche Wein und einem Korkenzieher zu seinem Platz am Kopf des Tisches zurückkehrte. „Er ist krank. Und im Augenblick schläft er und schnarcht wie ein Kamel."

„Hast du schon mal ein Kamel schnarchen hören?" fragte Mary.

„Ja", sagte ihr Vater. „Und ich bin auch schon auf einem gerit-

161

ten. Also. Wann kommt der Doktor, Max? Tut mir leid, daß
wir den armen Mann vom Weihnachtsessen wegholen."

„Das tun wir gar nicht", sagte Max. „Er ist bei einer Geburt,
und sie wissen noch nicht, wann er zurückkommt. Die Frau
erwartet Zwillinge."

„O mein Gott!"

„Nun, dem alten Kerl kann es nicht so schlecht gehen, wenn er
schläft. Vielleicht braucht er nur Ruhe. Und doch kam er mir
fiebrig vor, so unheimliche Sachen hat er geredet."

Gwen und Barbara kamen mit neuen Schüsseln herein. In der
Küche klapperte ihre Mutter verheißungsvoll mit der Back-
ofentür.

„Was für unheimliche Sachen?" fragte Will.

„Der Himmel weiß", sagte Robin. „Das war, als wir ihn auf-
hoben. Es hörte sich an wie eine ganz unmenschliche Sprache.
Vielleicht kommt er vom Mars."

„Täte er das doch nur", sagte Will, „dann könnten wir ihn
dorthin zurückschicken."

Aber ein Schrei der Begeisterung übertönte seine Worte. Seine
Mutter war strahlend mit dem glänzenden braunen Truthahn
hereingekommen, und niemand hatte ihn gehört.

Während sie das Geschirr wuschen, hatten sie in der Küche das
Radio angedreht.

„Heftige Schneefälle gehen über dem Süden und Westen Englands nieder", sagte die unpersönliche Stimme. „Der Schneesturm, der seit zwölf Stunden über der Nordsee wütet, behindert immer noch die Schiffahrt an der Südostküste. Die Londoner Docks haben heute morgen wegen Energieausfall und
Transportschwierigkeiten, die durch die schweren Schneefälle
und die niedrigen Temperaturen verursacht worden sind, geschlossen. Schneeverwehungen auf den Straßen haben in vielen abgelegenen Gegenden Dörfer vom Verkehr abgeschnitten,
die Britische Eisenbahn ist durch Stromausfälle und kleinere
Entgleisungen, die durch den Schnee verursacht wurden, stark
behindert. Ein Sprecher forderte heute morgen die Bevölke-

rung auf, Bahnreisen nur in äußersten Notfällen zu unternehmen."

Man hörte Papier rascheln. Die Stimme fuhr fort: „Die ungewöhnlichen Stürme, die während der letzten Tage mit kurzen Unterbrechungen in Südengland gewütet haben, werden wahrscheinlich erst nach den Weihnachtsfeiertagen nachlassen, wie das Wetteramt heute morgen verlautbarte. Die Brennstoffknappheit im Südosten hat sich verschlimmert, und die Haushalte sind gebeten worden, zwischen neun Uhr morgens und Mittag und drei und sechs Uhr nachmittags keinerlei elektrische Heizkörper einzuschalten."

„Der arme Max", sagte Gwen. „Keine Züge. Vielleicht kann er per Anhalter fahren."

„Hört doch mal zu!"

„Ein Sprecher der Vereinigten Automobilclubs sagte heute, daß im Augenblick dringend davon abgeraten wird, irgendwelche Straßen außer den Autobahnen zu benutzen. Er fügte hinzu, daß Autofahrer, die in schweren Schneewehen steckenbleiben, nach Möglichkeit bei ihrem Fahrzeug bleiben sollten, bis der Schneefall aufhört. Wenn der Fahrer sich seines Standortes nicht ganz gewiß ist und nicht weiß, daß er innerhalb von zehn Minuten Hilfe herbeiholen kann, sollte er auf keinen Fall den Wagen verlassen."

Die Stimme fuhr, unterbrochen von Ausrufen und Pfiffen, fort, aber Will wandte sich ab, er hatte genug gehört. Diese Stürme konnten von den Uralten nicht gebrochen werden ohne den vollendeten Kreis der Zeichen – und durch diese Stürme hoffte die Finsternis, ihn daran zu hindern, die fehlenden Zeichen zu suchen. Er saß in der Falle; die Finsternis breitete ihre Schatten nicht nur über ihn, sondern auch über die gewöhnliche Welt. Vom Augenblick an, wo der Reiter an diesem Morgen in seinen Weihnachtsfrieden eingebrochen war, hatte Will die Gefahr wachsen sehen; aber an eine so umfassende Bedrohung hatte er nicht gedacht. Seit Tagen war er zu sehr mit seinen eigenen Kämpfen beschäftigt gewesen, um die Gefahr für die Außenwelt wahrzunehmen. Aber so viele Menschen waren jetzt von Schnee und Kälte bedroht; die ganz Jungen, die sehr Alten, die

163

Schwachen, die Kranken . . . Der Wanderer wird heute keine ärztliche Hilfe mehr bekommen, das ist sicher, dachte er. Nur gut, daß er nicht im Sterben liegt . . .

Der Wanderer. Warum war er hier? Es mußte doch etwas bedeuten. Vielleicht war er nur in eigener Sache unterwegs gewesen und von der Macht der Finsternis gegen die Kirchenmauer geblasen worden? Aber warum hatte dann die Krähe, eine Abgesandte der Finsternis, Will dazu gebracht, den Alten vor dem Erfrieren zu retten? Wer war der Wanderer überhaupt? Warum konnte alle Weisheit von *Gramarye* ihm nichts über den alten Mann verraten?

Wieder klangen Weihnachtsmelodien aus dem Radio. Will dachte bitter: Fröhliche Weihnachten, Welt!

Sein Vater, der gerade vorbeikam, klopfte ihm auf den Rücken. „Kopf hoch, Will. Es muß heute abend aufhören, und morgen kannst du Schlitten fahren. Komm, es ist Zeit, die anderen Geschenke auszupacken. Wenn wir Mary noch länger warten lassen, platzt sie uns noch."

Will gesellte sich wieder zu seiner munteren, geräuschvollen Familie. In der behaglichen, strahlenden Höhle des großen Raumes mit dem Feuer und dem glitzernden Baum herrschte für eine Weile wieder ungestörte Weihnachtsfreude, so wie es immer gewesen war. Vater und Mutter und Max hatten zusammengelegt und ihm ein neues Fahrrad gekauft, mit Rennfahrerlenkstange und elf Gängen.

Will hätte später nie genau sagen können, ob das, was dann in der Nacht geschah, nicht doch ein Traum war.

Mitten in der dunklen Nacht, in den kalten, frühen Morgenstunden, erwachte er, und Merriman war da. Hoch aufgerichtet stand er neben dem Bett, in einem schwachen Schein, der aus seinem eigenen Körper zu kommen schien; sein Gesicht lag im Schatten, der Ausdruck war unergründlich.

„Wach auf, Will, wach auf! Wir müssen an einer Feier teilnehmen."

Schon stand Will auf den Füßen; er stellte fest, daß er fertig angekleidet war, den Gürtel mit den Zeichen umgeschnallt hatte. Er trat mit Merriman ans Fenster. Es war halb zugeschneit, aber immer noch fielen die Flocken. Will sagte in plötzlicher Verzweiflung: „Können wir nichts tun, damit es aufhört? Sie frieren das halbe Land ein, Merriman, Menschen werden sterben."

Merriman schüttelte langsam und bedrückt seine weiße Mähne. „Die Finsternis erreicht den Gipfel ihrer Macht zwischen heute und dem Zwölften Tag. Dies ist nur die Vorbereitung. Ihre Kraft ist eine kalte Kraft, der Winter gibt ihr Nahrung. Sie wollen den Kreis für immer brechen, ehe es für sie zu spät ist. Wir werden bald alle eine schwere Probe zu bestehen haben. Aber nicht alles geht so, wie Sie es wünschen. Viele Zauberkräfte liegen am Weg der Uralten noch brach. Und gleich werden wir vielleicht Hoffnung schöpfen können. Komm."

Das Fenster vor ihnen flog auf, fiel nach draußen, der Schnee fiel herunter. Vor ihnen lag wie ein breites Band ein schwach schimmernder Pfad, der sich durch die schneedurchwirbelte Luft erstreckte. Der Pfad war durchsichtig, und Will konnte unten verschneite Dächer und Zäune und Bäume erkennen. Und doch war der Pfad fest. Merriman war mit einem Schritt durch das Fenster darauf getreten und bewegte sich jetzt in großer Geschwindigkeit mit einer sanften, gleitenden Bewegung darauf fort und verschwand in der Nacht. Will sprang ihm nach, und der seltsame Pfad trug ihn durch die Nacht, ohne daß er die Geschwindigkeit oder Kälte gespürt hätte. Die Nacht um ihn war schwarz und dicht; nichts war zu sehen außer dem Leuchten dieses luftigen Uralten Weges. Und dann waren sie plötzlich in einer Zeitblase, schwebten und ließen sich vom Wind tragen, so wie Will es von dem Adler im Buch Gramarye gelernt hatte.

„Schau", sagte Merriman, und sein Mantel legte sich wie zum Schutz um Wills Körper.

Will sah im dunklen Himmel, oder auch in seinem eigenen Geist, eine Gruppe hoher, kahler Bäume, winterlich, aber ohne Schnee, die eine kahle Hecke überragten. Er hörte eine seltsame dünne Musik, ein helles Pfeifen, das vom beständigen

Pochen einer kleinen Trommel begleitet wurde und eine kurze,
melancholische Tonfolge immer wiederholte. Und aus dem tiefen Dunkel kam ein Zug auf die gespenstische Baumgruppe zu-
geschritten.

Es waren Knaben in den Kleidern einer längst vergangenen
Zeit, in Kitteln und einer Art Gamaschen; das Haar fiel ihnen
bis auf die Schultern, und sie trugen beutelartige Mützen, wie
Will sie noch nie gesehen hatte. Sie waren älter als Will, vielleicht fünfzehn. Sie hatten den halbernsten Ausdruck von
Spielern, die eine Scharade darstellen, ernsthafte Bemühung,
gemischt mit prickelndem Vergnügen.

Zuerst kamen Jungen mit Stöcken und Bündeln von Birkenrei-
sern, hinten gingen die Trommler und Pfeifer. Dazwischen
trugen sechs Jungen eine Art Bahre, die aus Schilf und Zweigen
geflochten war, und an jeder Ecke steckte ein Strauß Stechpalmen. Will dachte, es sieht aus wie eine Krankenbahre; nur trugen die Jungen sie in Schulterhöhe. Er dachte zuerst, das wäre
alles, und die Bahre wäre leer; dann bemerkte er, daß etwas
darauf lag. Etwas sehr Kleines.

In der Mitte der Bahre lag auf einem Kissen aus Efeublättern
ein winziger, toter Vogel: ein staubbrauner Vogel mit einem
winzigen Schnäbelchen. Es war ein Zaunkönig.

Merrimans Stimme kam aus der Dunkelheit über Wills Kopf:
„Es ist die Jagd auf den Zaunkönig, die, solange sich Menschen
erinnern können, jedes Jahr um die Wintersonnenwende stattfindet. Aber dies ist ein besonderes Jahr, und wenn alles gut-
geht, sehen wir noch mehr."

Und während die Jungen mit ihrer traurigen Musik sich durch
die Bäume bewegten und doch nicht von der Stelle zu kommen
schienen, blieb Will plötzlich der Atem stehen, denn an Stelle
des kleinen Vogels wurden auf der Bahre die unbestimmten
Umrisse einer anderen Gestalt sichtbar. Merrimans Hand umklammerte seine Schulter mit eisernem Griff, aber der große
Mann gab keinen Laut von sich. Auf dem Bett aus Efeu lag zwischen Stechpalmensträußen nicht mehr ein winziger Vogel,
sondern eine kleine, feingliedrige Frau, sehr alt, zart wie ein
Vogel, in ein blaues Gewand gekleidet. Die Hände waren über

der Brust gefaltet, und an einem Finger schimmerte ein Ring mit einem riesigen rosenroten Stein. Im gleichen Augenblick sah Will das Gesicht, und er wußte, daß es die Alte Dame war.

Voller Schmerz schrie er auf: „Aber Sie sagten doch, sie sei nicht tot!"

„Das ist sie auch nicht", sagte Merriman.

Die Jungen marschierten im Takt der Musik, die Bahre mit der stillen Gestalt kam näher, zog vorbei und verschwand in der Dunkelheit, und langsam verklangen auch die traurigen Töne und der Trommelschlag. Aber als man sie eben noch sehen konnte, blieben die drei Jungen, die gespielt hatten, stehen, ließen ihre Instrumente sinken und starrten Will ausdruckslos an.

Einer von ihnen sagte: „Will Stanton, hüte dich vor dem Schnee!"

Der zweite sagte: „Die Alte Dame wird zurückkommen, aber die Finsternis erhebt sich."

Der dritte sagte in einem schnellen Singsang etwas her, das Will erkannte, sobald er die ersten Worte gehört hatte:

Erhebt die Finsternis sich wieder, wehren sechs sie ab;
Drei aus dem Kreis, und drei von dem Pfad.
Holz, Bronze, Eisen; Wasser, Feuer, Stein;
Fünf kehren wieder, und einer geht allein.

Aber der Junge war noch nicht zu Ende, er fuhr fort:

Eisen für das Wiegenfest, Bronze trägst du lang;
Holz aus Flammenbrand, Stein aus Gesang;
Feuer aus dem Kerzenring, Wasser aus dem Firn;
Sechs Zeichen bilden den Kreis, und der Gral ist fern.

Dann erhob sich ein starker Wind aus dem leeren Raum, und in einem Schneegestöber waren die Jungen verschwunden, davongeweht, und auch Will fühlte, wie er rückwärts gewirbelt wurde, zurück auf dem schimmernden Pfad der Uralten. Der Schnee peitschte sein Gesicht, die Nacht stach ihm in die Augen. Aus der Dunkelheit hörte er Merrimans Stimme, die warnend, aber auch mit neuer Hoffnung und Kraft ihm zurief: „Die Gefahr steigt mit dem Schnee. Will – hüte dich vor dem

Schnee. *Folge den Zeichen, hüte dich vor dem Schnee . . .*"
Und Will war wieder in seinem Zimmer, lag wieder in seinem
Bett, fiel wieder in Schlaf, während ein Wort warnend in sei-
nem Kopf nachklang, wie das Läuten einer dunklen Glocke.
Hüte dich . . . Hüte dich . . .

III ERFÜLLUNG

Der Wanderer

Am nächsten Tag schneite es immer noch, es schneite den ganzen Tag. Und auch am Tag darauf.

„Ich wünschte, es würde aufhören", sagte Mary bedrückt und starrte die blinden weißen Fenster an. „Es ist schrecklich, wie das so immer weitergeht – ich hasse es."

„Sei nicht blöd", sagte James. „Es ist einfach ein lang anhaltender Schneesturm. Kein Grund, hysterisch zu werden."

„Dies ist anders als sonst. Es ist unheimlich."

„Unsinn. Es ist einfach eine Masse Schnee."

„Keiner hat schon mal so viel Schnee gesehen. Sieh, wie hoch er liegt – wir könnten gar nicht mehr zum Hinterausgang hinaus, wenn wir ihn nicht von Anfang an freigeschaufelt hätten. Wir werden noch unter dem Schnee begraben. Er drückt aufs Haus. In der Küche hat er schon ein Fenster eingedrückt – wußtest du das?"

Will sagte in scharfem Ton: „Was?"

„Das kleine Fenster an der hinteren Wand neben dem Herd. Gwennie kam heute morgen herunter, und die Küche war eiskalt. In der Ecke hinten lagen lauter Glassplitter und Schnee. Der Schnee muß mit seinem Gewicht das Fenster eingedrückt haben."

James seufzte laut. „Gewicht drückt doch nicht. An der Hausseite ist eine Schneewehe entstanden, das ist alles."

„Mir ist egal, was du sagst, es ist erschreckend. Als ob der Schnee versuchte, hereinzukommen." Sie war den Tränen nahe.

„Laß uns nachsehen, ob der Wa . . . der alte Landstreicher

169

schon aufgewacht ist", sagte Will. Man mußte Mary ablenken, bevor sie der Wahrheit zu nahe kam. Wie viele andere Menschen wurden so durch den Schnee erschreckt? Er dachte wütend an die Mächte der Finsternis und daran, daß er nichts tun konnte.

Der Wanderer hatte den ganzen vergangenen Tag geschlafen, er hatte sich kaum gerührt, nur manchmal unverständliche Worte gemurmelt, und ein oder zweimal hatte er kurz aufgeschrien. Will und Mary gingen jetzt zu seinem Zimmer hinauf mit einem Tablett Milch und Toast, Marmelade und Cornflakes. Als sie eintraten, sagte Will laut und munter: „Guten Morgen! Hätten Sie Lust auf ein Frühstück?"

Der Wanderer öffnete das eine Auge einen Spalt und blinzelte sie durch sein buschiges graues Haar hindurch an. Jetzt, wo es sauber war, sträubte es sich noch mehr. Will hielt ihm das Tablett hin.

„Pfui!" krächzte der Wanderer. Es hörte sich an, als spucke er aus.

Mary sagte: „Aber. . ."

„Möchten Sie irgend etwas anderes", fragte Will, „oder sind Sie nicht hungrig?"

„Honig", sagte der Wanderer.

„Honig?"

„Honig und Brot, Honig und Brot, Honig . . ."

„Also gut", sagte Will. Sie trugen das Tablett weg.

„Er sagt nicht einmal bitte", sagte Mary. „Das ist ein gräßlicher alter Mann. Ich gehe nicht mehr in seine Nähe."

„Wie du willst", sagte Will. Er fand ein Glas mit einem Rest Honig in der Speisekammer und bestrich damit drei dicke Stücke Brot. Dies brachte er mit einem Glas Milch dem Wanderer hinauf, welcher sich sofort im Bett aufsetzte und alles gierig verschlang. Es war nicht gerade ein angenehmer Anblick.

„Gut", sagte er. Er versuchte, sich den Honig aus dem Bart zu wischen und leckte sich die Finger, dabei blinzelte er Will an. „Es schneit immer noch? Kommt immer noch mehr herunter?"

„Was haben Sie draußen im Schnee gemacht?"

170

„Nichts", antwortete der Wanderer mürrisch. „Weiß nicht mehr." Er kniff mit listigem Ausdruck die Augen zusammen, faßte sich mit der Hand an die Stirn und sagte weinerlich: „Hab mir den Kopf gestoßen."

„Erinnern Sie sich, wo wir Sie gefunden haben?"

„Nein."

„Wissen Sie noch, wer ich bin?"

Er schüttelte prompt den Kopf: „Nein."

Will fragte noch einmal, in der Alten Sprache: „Wissen Sie nicht, wer ich bin?"

Das zerfurchte Gesicht des Wanderers blieb ausdruckslos. Will glaubte fast, er habe wirklich das Gedächtnis verloren. Er beugte sich über das Bett, um das Tablett mit dem leeren Teller und dem Glas wegzunehmen, als der Wanderer plötzlich aufschrie, zurückwich und sich an die Wand drückte. „Nein!" schrie er. „Nein! Geh weg! Nimm sie weg!"

Mit weit aufgerissenen, erschrockenen und haßerfüllten Augen starrte er Will an. Will war einen Augenblick lang fassungslos. Dann merkte er, daß sich sein Pullover, als er den Arm ausstreckte, verschoben hatte und der Wanderer die Zeichen an seinem Gürtel sah.

„Nimm sie weg", heulte der alte Mann. „Sie brennen. Bring sie nach draußen!"

Das wär's also mit dem verlorenen Gedächtnis, dachte Will. Er hörte ängstliche Schritte die Treppe heraufeilen und trat aus dem Zimmer. Warum sollte der Wanderer Angst vor den großen Zeichen haben, da er doch eins davon so lange mit sich herumgetragen hatte?

Seine Eltern machten ernste Gesichter. Die Nachrichten aus dem Radio wurden immer schlimmer. Der Frost hielt das Land in seinen Klauen, und eine Einschränkung folgte auf die andere. Seit Menschengedenken war es in England nicht so kalt gewesen. Flüsse, die noch nie zugefroren waren, hatten eine dicke Eisdecke. Alle Häfen an der Küste waren zugefroren. Die Menschen konnten nicht viel mehr tun, als darauf zu warten, daß es zu schneien aufhörte; aber der Schnee fiel immer weiter.

Sie führten ein ruheloses, beengtes Leben. „Wie Höhlenmenschen im Winter", sagte Mr. Stanton. Sie gingen früh zu Bett, um Strom und Kohle zu sparen. Der Neujahrstag kam und ging und wurde kaum beachtet. Der Wanderer lag im Bett, murmelte unruhig vor sich hin und weigerte sich, etwas anderes als Brot und Milch zu sich zu nehmen, es war jetzt verdünnte Büchsenmilch. Mrs. Stanton sagte freundlich, er käme wieder zu Kräften, der arme alte Mann. Will hielt sich von ihm fern. Die immer schärfer werdende Kälte und der ewig fallende Schnee trieben ihn zur Verzweiflung; wenn er nicht bald aus dem Hause kam, würde er für immer der Gefangene der Finsternis sein. Schließlich gab seine Mutter ihm einen Grund, hinauszugehen. Mehl, Zucker und Büchsenmilch waren ausgegangen.

„Ich weiß, daß niemand das Haus verlassen soll, außer in einem Notfall", sagte sie besorgt, „aber ich glaube, dies ist ein Notfall, wir müssen doch essen."

Die Jungen brauchten zwei Stunden, um einen Weg vom Haus zur Straße freizuschaufeln, die in der Breite des Schneepflugs freigehalten worden war. Die Schneewände zu beiden Seiten machten sie zu einer Art Tunnel ohne Dach. Mr. Stanton hatte verkündet, daß nur er und Robin ins Dorf gehen würden, aber während der zwei Stunden atemlosen Schaufelns hatte Will ununterbrochen darum gebettelt, mitgehen zu dürfen, so daß sein Vater schließlich nachgab.

Sie wickelten sich einen Schal um die Ohren, zogen dicke Handschuhe an, und jeder trug drei Pullover unter der Jacke. Sie nahmen auch eine Taschenlampe mit. Es war Vormittag, aber der Schnee fiel so erbarmungslos, daß man nicht wissen konnte, wann sie zurückkehren würden.

Von dem tiefen Einschnitt, den die Dorfstraße bildete, waren schmale, unebene Pfade getreten und geschaufelt worden, die zu den wenigen Läden und den Häusern in der Mitte des Dorfes führten. An den Spuren im Schnee konnten sie ablesen, daß jemand mit Pferden von Dawsons Hof gekommen war, um

Pfade zu den Häusern von Leuten wie Miß Bell und Mrs. Horniman zu ziehen, die diese Arbeit niemals selbst hätten schaffen können.

Im Dorfladen lag Mrs. Hornimans Hündchen als zuckendes graues Häufchen in einer Ecke zusammengerollt. Mrs. Pettigrews dicker Sohn Fred, der im Laden half, war im Schnee gestürzt, hatte sich das Handgelenk verstaucht und trug den Arm in einer Schlinge, und Mrs. Pettigrew war außer sich. Sie zappelte und schimpfte vor Nervosität, ließ Sachen fallen, suchte an ganz verkehrten Stellen nach Zucker und Mehl, konnte beides nicht finden, ließ sich plötzlich in einen Stuhl fallen und brach in Tränen aus.

„Oh", sagte sie schluchzend, „entschuldigen Sie, Mr. Stanton, es ist dieser gräßliche Schnee. Ich habe solche Angst, ich weiß nicht . . . Ich träume davon, daß wir abgeschnitten werden und niemand weiß, wo wir sind . . ."

„Wir sind schon abgeschnitten", sagte ihr Sohn düster. „Seit einer Woche ist kein Auto durchs Dorf gekommen. Und die Vorräte gehen aus, keiner hat mehr was – es gibt keine Butter, nicht mal mehr Büchsenmilch. Und das Mehl hält auch nicht mehr lange vor; außer diesem haben wir nur noch fünf Sack."

„Und keiner hat mehr Heizmaterial", sagte Mrs. Pettigrew und schnüffelte. „Und das Kindchen der Randalls hat Fieber, und die arme Mrs. Randall hat kein Stück Kohle mehr im Haus, und Gott weiß, wie viele noch . . ."

Die Klingel der Ladentür ertönte, die Tür öffnete sich, und nach alter Dorfgewohnheit drehte sich alles um, um zu sehen, wer gekommen war. Ein auffallend großer Mann in einem weiten schwarzen Überzieher, der beinahe wie ein Umhang wirkte, nahm den breitkrempigen Hut ab, und sein dichtes weißes Haar wurde sichtbar; über der scharfen Hakennase lagen die Augen in tiefen Schatten.

„Guten Tag", sagte Merriman.

„Hallo", sagte Will strahlend, die Welt war wieder hell geworden.

„Tag", sagte Mrs. Pettigrew und putzte sich energisch die

173

Nase. Sie sagte hinter ihrem Taschentuch hervor: „Mr. Stanton, kennen Sie Mr. Lyon? Er kommt vom Schloß."

„Guten Tag", sagte Wills Vater.

„Ich bin Butler bei Miß Greythorne", sagte Merriman und neigte den Kopf zum Gruß. „So lange, bis Mr. Bates aus seinem Urlaub zurückkommt. Das heißt so lange, bis es aufhört zu schneien. Im Augenblick kann ich ja weder weg, noch kann Bates zurückkommen."

„Es wird nie aufhören", jammerte Mrs. Pettigrew und brach wieder in Tränen aus.

„Aber *Mama*", sagte der dicke Fred verlegen.

„Ich habe Ihnen etwas mitzuteilen, Mrs. Pettigrew", sagte Merriman in besänftigendem Ton. „Wir haben im Radio eine Bekanntmachung gehört – unser Telefon ist natürlich genau wie das Ihre außer Betrieb. Im Schloßpark sollen aus der Luft Brennmaterial und Lebensmittel abgeworfen werden, da der Park aus der Luft am leichtesten auszumachen ist. Und Miß Greythorne läßt alle im Dorf fragen, ob sie nicht im Schloß ein Notquartier beziehen wollen. Es wird natürlich ein wenig eng, aber doch warm. Und vielleicht auch tröstlich. Und Dr. Armstrong wird auch dasein – er ist schon auf dem Weg, glaube ich."

„Da haben Sie sich viel vorgenommen", sagte Mr. Stanton nachdenklich. „Es wirkt beinahe feudalistisch."

Merriman kniff die Augen leicht zusammen. „Es ist aber nicht so beabsichtigt."

„O nein, das meine ich auch nicht."

Mrs. Pettigrews Tränen versiegten. „Was für eine reizende Idee, Mr. Lyon! Was für eine Erleichterung, mit anderen zusammenzusein, besonders des Nachts."

„Ich bin auch ein anderer", sagte Fred.

„Ja, mein Junge, aber . . ."

Fred sagte dickfellig:

„Ich geh ein paar Decken holen und packe ein paar Sachen aus dem Laden zusammen."

„Das wäre gut", sagte Merriman. „Im Radio sagen sie, daß der Schneesturm sich heute abend noch verschlimmern wird. Je schneller alle sich versammeln können, desto besser."

„Soll ich Ihnen helfen, die Leute zu benachrichtigen?" Robin war schon dabei, den Jackenkragen hochzustellen.

„Ausgezeichnet. Das wäre ausgezeichnet."

„Wir werden alle helfen", sagte Mr. Stanton.

Will hatte sich bei der Nachricht, daß der Sturm sich verstärken werde, dem Fenster zugewandt, aber der Schnee fiel unverändert aus dem dichten Grau des Himmels. Die Fenster waren so beschlagen, daß es schwierig war, überhaupt etwas zu erkennen, aber Will sah jetzt doch, daß sich draußen etwas bewegte. Auf dem freigepflügten Streifen der Huntercombe Lane bewegte sich jemand. Nur einen Augenblick lang konnte er die Gestalt deutlich sehen, als sie die Einmündung des Pfades vom Haus zur Straße passierte, aber dieser Augenblick genügte, den Mann zu erkennen, der hochaufgerichtet auf einem großen schwarzen Pferd saß.

„Der Reiter ist vorbeigekommen", sagte er laut in der Alten Sprache.

Merrimans Kopf fuhr herum, dann hatte er sich gefaßt, er schwenkte seinen Hut mit altmodischer Höflichkeit und setzte ihn auf. „Ich wäre für Ihre Unterstützung sehr dankbar."

„*Was* hast du eben gesagt?" Robin starrte seinen Bruder verwirrt an.

„Oh, nichts!" Will ging zur Tür und knöpfte umständlich seine Jacke zu. „Ich dachte nur, es käme jemand vorbei."

„Aber du sagtest etwas in einer ganz komischen Sprache."

„Wieso denn? Ich hab nur gesagt: ‚Wer ist das da draußen?' Aber es war überhaupt niemand."

Robin starrte ihn immer noch an. „Es hörte sich genau an wie der alte Landstreicher, als wir ihn ins Bett legten . . ." Aber er neigte nicht dazu, sich lange mit Ahnungen aufzuhalten; er schüttelte seinen nüchternen Kopf und ließ die Sache fallen. „Na, was soll's."

Als sie Pettigrews Laden verließen, um die anderen Dorfbewohner zu verständigen, hielt Merriman sich dicht hinter Will. Leise sagte er in der Alten Sprache: „Bring den Wanderer, wenn du kannst, zum Schloß. Schnell. Sonst wird er dich

175

daran hindern, selber hinzukommen. Vielleicht wird der Stolz deines Vaters dir einige Schwierigkeiten machen."

Als die Stantons nach dem anstrengenden Rundgang durchs Dorf nach Hause kamen, hatte Will fast vergessen, was Merriman über seinen Vater gesagt hatte. Er war zu sehr mit der Frage beschäftigt, wie man den Wanderer ins Schloß bringen sollte, ohne ihn buchstäblich tragen zu müssen. Er erinnerte sich erst wieder, als sie ihre Einkäufe in der Küche ablieferten und die Mäntel auszogen, und Mr. Stanton sagte:

„. . . nett von dem alten Mädchen, daß sie alle dahaben will. Natürlich haben sie Platz genug, und die Kamine, und die alten Wände sind so dick, daß sie die Kälte besser abhalten als alle anderen Häuser. Es ist so wirklich am besten für die Leute aus den kleinen Häuschen – die arme Miß Bell hätte es nicht überlebt . . . Aber wir sind hier natürlich gut aufgehoben. Wir versorgen uns selbst. Nicht nötig, daß wir denen im Schloß zur Last fallen."

„O Papa", rief Will heftig, „findest du nicht, daß wir auch hingehen sollten?"

„Nein, das finde ich nicht", sagte sein Vater mit einer lässigen Selbstzufriedenheit, gegen die – das hätte Will wissen müssen – schwerer anzukommen war als gegen Härte.

„Aber Mr. Lyon sagte doch, es würde noch gefährlicher werden, weil der Sturm stärker wird."

„Ich glaube, Will, ich kann mir selber ein Urteil über das Wetter bilden, ohne Miß Greythornes Butler zu Rate zu ziehen", sagte Mr. Stanton gemütlich.

„Huh, huh", sagte Max lachend, „hört euch das an. Du bist doch ein richtiger alter Snob."

„Na hör mal, so hab ich es nicht gemeint." Sein Vater warf einen feuchten Schal nach ihm. „Es ist eher ein umgekehrter Snobismus. Ich sehe einfach keinen Grund, warum wir hinpilgern und von der Wohltätigkeit der Schloßherrin profitieren sollen. Wir haben hier noch alles, was wir brauchen."

„Da hast du ganz recht", sagte Mrs. Stanton munter. „Und jetzt macht alle, daß ihr aus der Küche kommt. Ich will Brot backen."

Seine einzige Hoffnung, so fand Will, war jetzt der Wanderer selbst.

Er schlüpfte nach oben in das winzige Gastzimmerchen, wo der Wanderer im Bett lag. „Ich muß mit Ihnen sprechen."

Der alte Mann wandte den Kopf auf dem Kissen. „Also gut", sagte er. Er schien eingeschüchtert und unglücklich. Plötzlich tat er Will sehr leid.

„Geht es Ihnen besser?" sagte er. „Ich meine, sind Sie wirklich krank, oder fühlen Sie sich nur schwach?"

„Ich bin nicht krank", sagte der Wanderer mit matter Stimme. „Nicht mehr als sonst."

„Können Sie gehen?"

„Du willst mich in den Schnee hinausjagen, ist es das?"

„Natürlich nicht", sagte Will. „Mama würde Sie nie in diesem Wetter weglassen, und ich auch nicht; übrigens habe ich dabei nicht viel zu sagen. Ich bin der jüngste in der Familie, das wissen Sie doch."

„Aber du bist ein Uralter", sagte der Wanderer und sah ihn mißtrauisch an.

„Nun, das ist etwas anderes."

„Nein, es ist überhaupt nichts anderes. Es bedeutet, daß es überhaupt keinen Zweck hat, wenn du mir gegenüber so tust, als wärest du nur ein kleiner Junge in einer Familie. Ich weiß es besser."

Will sagte: „Sie waren der Hüter eines der großen Zeichen. Ich verstehe nicht, warum Sie mich hassen?"

„Ich tat nur, wozu ich gezwungen wurde", sagte der alte Mann. „Ihr habt mich genommen . . . ihr habt mich ausgewählt . . ." Seine Stirn furchte sich, als versuche er, sich an etwas Längstvergangenes zu erinnern; dann gab er es wieder auf. „Ich wurde gezwungen."

„Hören Sie, ich will Sie zu gar nichts zwingen, aber es gibt etwas, das uns alle angeht. Es schneit so schlimm, daß alle im Dorf ins Schloß ziehen, so wie in eine Art Herberge, weil es dort sicherer und wärmer ist."

Während er sprach, hoffte er, daß der Wanderer schon wußte, worauf er hinauswollte, aber es war unmöglich, in die Gedanken des alten Mannes einzudringen; immer wenn er es versuchte, hatte er das Gefühl, gegen eine nachgiebige Wand anzurennen.

„Der Doktor wird auch dort sein", sagte er. „Wenn Sie also so täten, als brauchten Sie einen Arzt, könnten wir alle ins Schloß gehen."

„Willst du sagen, daß ihr sonst nicht hingeht?" Der Wanderer blinzelte ihn argwöhnisch an.

„Mein Vater will nicht. Aber wir müssen hin, es ist sicherer . . ."

„Ich werde auch nicht hingehen", sagte der Wanderer. Er wandte den Kopf ab. „Geh weg. Laß mich in Ruhe."

Will sagte leise, in warnendem Ton, in der Alten Sprache: „Die Finsternis wird dich holen."

Ein Schweigen entstand. Dann wandte der Wanderer seinen struppigen grauen Kopf, und Will wich zurück, als er das Gesicht sah. Denn einen Augenblick lang war die Geschichte des Alten unverhüllt darin zu lesen. In den Augen lagen bodenlose Tiefen von Pein und Entsetzen. Bittere Erfahrung hatte schreckliche Linien in das Gesicht gezeichnet. Dieser Mann hatte so abgründige Ängste, solche Not ausgestanden, daß nichts ihn mehr berühren konnte. Zum erstenmal waren seine Augen weit geöffnet, das Wissen um alle Schrecken stand darin.

Der Wanderer sagte tonlos: *„Die Finsternis hat mich schon geholt."*

Will atmete tief. „Aber jetzt wird der Kreis des Lichtes kommen", sagte er. Er löste den Gürtel mit den Zeichen und hielt ihn dem Wanderer hin. Der alte Mann wich zurück, verzog das Gesicht, wimmerte wie ein erschrockenes Tier. Will sank der Mut, aber er hatte keine andere Wahl. Er hielt die Zeichen immer näher vor das verzerrte alte Gesicht, bis der Wanderer sich nicht mehr beherrschen konnte. Er kreischte, schlug um sich und schrie um Hilfe.

Will lief aus dem Zimmer, rief nach seinem Vater, und die halbe Familie kam angerannt.

„Ich glaube, er hat so etwas wie einen Anfall. Entsetzlich! Sollten wir ihn nicht ins Schloß zu Dr. Armstrong bringen, Vater?"

Mr. Stanton zögerte. „Vielleicht könnten wir den Doktor herholen."

„Aber dort ist er wahrscheinlich besser versorgt", sagte Mrs. Stanton und betrachtete den Wanderer besorgt. „Ich meine den alten Mann. Der Doktor könnte ihn im Auge behalten – es wäre bequemer dort und gäbe mehr zu essen. Wirklich, Roger, ich mache mir Sorgen. Ich weiß nicht, wie ich ihm hier helfen kann."

Wills Vater gab nach. Der Wanderer tobte und schrie immer noch. Max wurde als Wache bei ihm gelassen, die anderen gingen hinunter, um den Familienschlitten in eine Art bewegliche Bahre zu verwandeln. Nur eins machte Will Sorgen. Vielleicht hatte er es sich nur eingebildet, aber in dem Augenblick, als der Wanderer vor den Zeichen zusammengebrochen war und sich wieder in einen verrückten alten Mann verwandelt hatte, hatte Will etwas wie Triumph in seinem flackernden Blick aufleuchten sehen.

Der Himmel war grau und schwer von Schnee, als sie sich mit dem Wanderer auf den Weg zum Schloß machten. Mr. Stanton nahm die Zwillinge und Will mit. Seine Frau sah sie mit ungewohnter Ängstlichkeit scheiden. „Hoffentlich ist es jetzt bald vorbei. Meinst du wirklich, daß Will mitgehen sollte?"

„Bei diesem Schnee ist es manchmal ganz praktisch, wenn man jemanden Leichtes bei sich hat", sagte der Vater in Wills Protestgestammel hinein. „Es passiert ihm schon nichts."

„Aber ihr bleibt doch nicht dort?"

„Natürlich nicht. Wir wollen nur den alten Mann an den Doktor übergeben. Komm, Alice, du bist doch sonst nicht so. Es besteht wirklich keine Gefahr."

„Hoffentlich nicht", sagte Mrs. Stanton.

Sie machten sich auf den Weg, den Schlitten, auf dem der Wanderer so in Decken eingewickelt lag, daß man ihn gar nicht sah, hinter sich herziehend. Will ging als letzter. Gwen reichte

179

ihm die Taschenlampe und eine Flasche. „Ich muß sagen, es tut mir nicht leid, deine Entdeckung verschwinden zu sehen", sagte sie. „Er hat mir Angst gemacht. Das ist eher ein Tier als ein alter Mann."

Der Weg bis zum Parktor kam ihnen sehr lang vor. Die Auffahrt war freigeschaufelt und von vielen Füßen festgetreten worden. Zwei helle Scheinwerfer waren neben der Haustür befestigt und beleuchteten die Front des Hauses. Wieder begann es zu schneien, und der Wind blies ihnen kalt ins Gesicht. Bevor Robin noch die Hand nach der Klingel ausstrecken konnte, öffnete Merriman die Tür. Er hielt zuerst nach Will Ausschau, aber niemand sah die Spannung in seinem Blick. „Willkommen", sagte er.

„'n Abend", sagte Roger Stanton. „Wir wollen nicht bleiben. Wir sind zu Hause ganz gut dran. Aber hier ist ein alter kranker Mann, der den Arzt braucht. Wir dachten, es wäre besser, ihn herzubringen. Wir sind also schnell gekommen, bevor der Sturm losbricht."

„Er wird schon stärker", sagte Merriman und blickte nach draußen. Dann bückte er sich und half den Zwillingen, das reglose Bündel mit dem Wanderer ins Haus zu tragen. Auf der Schwelle zuckte das Bündel krampfhaft, und man hörte durch die Decken hindurch den Wanderer schreien: „Nein! Nein! Nein!"

„Bitte den Arzt", sagte Merriman zu einer Frau, die in der Nähe stand, und sie eilte davon. Die weite Halle, in der sie ihre Weihnachtslieder gesungen hatten, war jetzt voller Menschen und Wärme und nicht wiederzuerkennen.

Dr. Armstrong tauchte auf, munter nach allen Seiten nickend; er war ein kleiner behender Mann mit einem mönchischen grauen Haarkranz um seinen kahlen Schädel. Die Stantons, wie alle Leute in Huntercombe, kannten ihn gut; er hatte schon länger, als Will auf der Welt war, alle Krankheiten der Familie geheilt. Er betrachtete den Wanderer, der sich windend und stöhnend sträubte. „Was ist das denn?"

„Vielleicht ein Schock", sagte Merriman.

„Er benimmt sich wirklich sehr merkwürdig", sagte Mr. Stanton. „Vor ein paar Tagen haben wir ihn bewußtlos im Schnee gefunden, und wir dachten schon, er hätte sich erholt, aber jetzt . . .“

Der stärker werdende Wind knallte die Haustür zu, und der Wanderer schrie. „Hm“, sagte der Arzt und winkte zwei große junge Leute herbei, die ihn in ein anderes Zimmer tragen sollten. „Überlassen Sie ihn nur mir“, sagte er fröhlich. „Bis jetzt haben wir ein gebrochenes Bein und zwei verstauchte Fußgelenke. Der Alte wird für Abwechslung sorgen.“

Er trottete hinter seinem Patienten her. Wills Vater spähte in die Dämmerung hinaus. „Meine Frau wird sich Sorgen machen“, sagte er. „Wir müssen gehen.“

Merriman sagte sanft: „Ich glaube, wenn Sie jetzt gehen, werden Sie weggehen, aber nicht ankommen. Vielleicht in einer kleinen Weile . . .“

„Die Finsternis erhebt sich, siehst du“, sagte Will.

Sein Vater sah ihn mit einem halben Lächeln an: „Du wirst ja plötzlich ganz poetisch. Also gut, wir warten noch ein bißchen. Ich muß sagen, ich bin dankbar für eine Pause. Wir wollen inzwischen Miß Greythorne begrüßen. Wo ist sie, Lyon?“

Merriman, der beflissene Butler, führte sie durch die Menge. Es war die seltsamste Versammlung, die Will je gesehen hatte. Plötzlich war das Dorf ganz nah aneinandergerückt, eine winzige Kolonie von Betten, Koffern und Decken. Überall hatten sich in dem riesigen Raum kleine Nester gebildet; ein Bett oder eine Matratze war in eine Ecke gerückt oder von ein paar Stühlen abgezäunt. Miß Bell winkte ihnen fröhlich von einem Sofa. Es war wie ein unordentliches Hotel, wo alle im Foyer kampieren.

Miß Greythorne saß steif und aufrecht in ihrem Lehnstuhl neben dem Feuer und las einer sprachlosen Gruppe von Dorfkindern *Der Phönix und der Teppich* vor. Wie alle anderen im Raum sah sie ungewöhnlich heiter und froh aus.

„Komisch“, sagte Will, während sie sich einen Weg durch das Chaos bahnten. „Alles ist ziemlich schrecklich, und doch sehen die Leute glücklicher aus als sonst. Sieh sie dir doch an. Sie sprudeln.“

181

„Es sind Engländer", sagte Merriman.

„Ganz recht", sagte Wills Vater, „bewundernswert in der Not und langweilig in ruhigen Tagen. Nie zufrieden. Wir sind wirklich ein seltsamer Haufen. Sie sind kein Engländer, nicht wahr?" sagte er plötzlich zu Merriman, und Will war über den leichten Unterton von Feindseligkeit erstaunt.

„Ein Mischling", sagte Merriman unbewegt. „Es ist eine lange Geschichte." Seine tiefliegenden Augen funkelten auf Mr. Stanton herunter, und dann hatte Miß Greythorne sie entdeckt.

„Ah, da sind Sie ja! Guten Abend, Mr. Stanton, na, Jungens, wie geht's denn? Wie finden Sie das hier? Ist es nicht herrlich?" Sie ließ das Buch sinken, der Kreis der Kinder öffnete sich, um die Neuankömmlinge durchzulassen, und die Zwillinge und ihr Vater wurden von Miß Greythorne mit Beschlag belegt.

Merriman sagte leise in der Alten Sprache zu Will: „Schau ins Feuer, so lange, wie du brauchst, um mit der rechten Hand jedes der großen Zeichen abzutasten. Schau ins Feuer; mach es zu deinem Freund. Halte deinen Blick die ganze Zeit fest ins Feuer gerichtet."

Neugierig trat Will ans Feuer, als wollte er sich wärmen, und tat, wie ihm gesagt worden war. Während er in die tanzenden Flammen des riesigen Holzfeuers starrte, fuhr er mit dem Finger sanft an den Umrissen des Zeichens aus Eisen, des Zeichens aus Bronze, des Zeichens aus Holz, des Zeichens aus Stein entlang. Er sprach zum Feuer, nicht wie damals, als er es auslöschen wollte, sondern als ein Uralter, der das Buch *Gramarye* kennt. Er sprach zu ihm von dem roten Feuer in der Königshalle, von dem blauen Feuer, das über das Moor tanzt, von dem gelben Feuer, das zum Frühlingsfest und am Abend vor Allerheiligen auf den Hügeln entzündet wird, vom Wildfeuer und Notfeuer und vom kalten Feuer der See, von der Sonne und den Sternen. Die Flammen tanzten. Seine Finger hatten das Ende ihrer Reise erreicht, sie hatten das letzte Zeichen umkreist. Er blickte auf. Er blickte auf und sah . . .

. . . er sah nicht den fröhlichen Haufen der versammelten Dorfbewohner in einem hohen, getäfelten modernen Raum, der von elektrischen Glühbirnen erleuchtet war, sondern die weite, von Kerzen erleuchtete Steinhalle mit ihren Bildteppichen und dem hohen gewölbten Dach, wie er sie schon einmal vor langer, langer Zeit gesehen hatte. Er schaute von dem Feuer auf, das immer noch dasselbe Feuer war, aber jetzt in einer anderen Feuerstelle brannte, und er sah wieder die beiden schweren geschnitzten Sessel aus der Vergangenheit zu beiden Seiten des Kamins. In dem Sessel rechts saß Merriman in seinem Umhang, in dem anderen eine Gestalt, die er vor einigen Tagen wie tot auf einer Bahre hatte liegen sehen.

Er verneigte sich schnell und kniete zu Füßen der Alten Dame nieder. „Meine Dame", sagte er.

Sie berührte sanft sein Haar: „Will."

„Es tut mir leid, daß ich damals den Kreis unterbrochen habe", sagte er. „Geht es Ihnen – jetzt – gut?"

„Alles ist gut", sagte sie mit ihrer klaren, weichen Stimme. „Und es wird auch so sein, wenn es uns gelingt, die letzte Schlacht um die Zeichen zu gewinnen."

„Was muß ich tun?"

„Brich die Macht der Kälte. Gebiete dem Schnee Einhalt und der Kälte und dem Frost. Befreie dies Land aus den Fängen der Finsternis. Das alles kannst du mit dem nächsten der Zeichen, dem Zeichen aus Feuer."

Will sah sie ratlos an. „Aber ich habe es nicht. Ich weiß nicht wie."

„Das eine Feuerzeichen trägst du schon an dir. Das andere wartet. Wenn du es gewinnst, brichst du die Kälte. Aber vorher muß unser eigener Flammenkreis vollendet werden. Er ist ein Abbild des Zeichens, und um das zu erreichen, mußt du der Finsternis Macht entziehen." Sie wies auf den schmiedeeisernen, radförmigen Kerzenhalter auf dem Tisch, dessen äußerster Ring von kreuzförmig angeordneten Speichen geviertteilt wurde. Als sie den Arm hob, fing sich das Licht in dem rosenfarbenen Stein an ihrer Hand. Der äußere Kreis der Kerzen war vollständig, zwölf weiße Säulen brannten, wie damals, als Will die Halle zum erstenmal gesehen hatte. Aber die Halter auf den Kreuzarmen waren noch leer.

183

Will starrte den Leuchter unglücklich an. Dieser Teil der Aufgabe machte ihn mutlos. Neun große, verzauberte Kerzen, woher sollten die kommen? Der Finsternis Macht entziehen. Ein Zeichen, das er schon hatte, ohne es zu wissen. Ein anderes, das er suchen mußte, ohne zu wissen wie und wo.

„Fasse Mut", sagte die Alte Dame. Ihre Stimme war leise und kraftlos, und als Will sie anschaute, sah er, daß auch ihre Umrisse undeutlich waren, als sei sie nur ein Schatten. Er streckte besorgt die Hand nach ihr aus, aber sie zog ihren Arm zurück. „Noch nicht ... erst muß noch eine andere Arbeit getan werden ... Siehst du, wie die Kerzen brennen, Will?" Ihre Stimme wurde immer schwächer, dann raffte sie noch einmal ihre Kräfte zusammen: „Sie werden es dir zeigen."

Will betrachtete die strahlenden Kerzenflammen; der große Lichtkreis hielt seinen Blick fest. Während er schaute, fühlte er eine seltsame Bewegung, als habe die ganze Welt gezittert. Er blickte auf und sah ...

... und er sah, daß er sich wieder in Miß Greythornes Zeit, in Will Stantons Zeit in der Schloßhalle mit den getäfelten Wänden, mitten im Gemurmel der vielen Stimmen befand, und eine Stimme sprach an seinem Ohr. Es war Dr. Armstrongs Stimme.

„... fragt nach dir", sagte er gerade. Mr. Stanton stand neben ihm. Der Doktor unterbrach sich und sah Will mißtrauisch an. „Ist etwas, junger Mann?"

„Nein – nein, gar nichts. Was sagten Sie noch?"

„Ich sagte gerade, daß dein Freund, der alte Landstreicher, nach dir verlangt. ‚Der siebente Sohn', so drückte er es poetisch aus, aber wie er das wissen kann, ist mir unverständlich."

„Aber ich bin doch ein siebenter Sohn, nicht wahr?" sagte Will. „Ich weiß es auch erst seit neulich, daß ich noch einen kleinen Bruder hatte, der gestorben ist. Tom."

Dr. Armstrongs Blick war einen Augenblick lang ganz abwesend. „Tom", sagte er, „das erste Kind. Ich erinnere mich. Das ist schon eine Weile her." Sein Blick kam in die Gegenwart zurück. „Ja, das stimmt. Übrigens ist auch dein Vater ein siebenter Sohn."

Will fuhr herum und sah seinen Vater grinsen.

„Du bist auch siebenter Sohn, Papa?"

„Ja", sagte Roger Stanton, sein rundes, rosiges Gesicht war in Gedanken versunken. „Die halbe Familie kam im letzten Krieg um, aber wir waren einmal zu zwölfen. Wußtest du das nicht? Ein richtiger Stamm. Deine Mutter fand es herrlich, weil sie ein Einzelkind war. Ich glaube, darum wollte sie euch auch alle haben. Unerhört in diesem übervölkerten Zeitalter. Ja, du bist der siebente Sohn eines siebenten Sohnes – als du noch klein warst, haben wir oft darüber gescherzt. Aber später nicht mehr, wir fürchteten, du könntest dir einbilden, das zweite Gesicht zu haben oder was sonst siebente Söhne haben sollen."

„Ha, ha", sagte Will mit einiger Anstrengung. „Haben Sie feststellen können, Herr Doktor, was dem alten Landstreicher fehlt?"

„Um die Wahrheit zu sagen, er gibt mir ziemliche Rätsel auf", sagte der Doktor. „Er müßte bei seinem verwirrten Zustand ein Beruhigungsmittel bekommen, aber er hat den niedrigsten Puls und den niedrigsten Blutdruck, der mir je im Leben untergekommen ist, und da weiß ich nicht . . . Soweit ich sagen kann, ist physisch alles in Ordnung. Wahrscheinlich ist er leicht schwachsinnig, wie viele dieser alten Wanderer – es gibt ja heute nicht mehr viele, sie sind beinahe verschwunden. Jedenfalls schreit er die ganze Zeit nach dir, Will, und wenn du glaubst, daß du es ertragen kannst, bringe ich dich für einen Augenblick zu ihm. Er ist wirklich harmlos."

Der Wanderer war sehr unruhig. Als er Will sah, beruhigte er sich sofort. Seine Stimmung war sichtbar umgeschlagen; er hatte wieder Zutrauen gefaßt, das gefurchte, dreieckige Gesicht strahlte.

Er blickte über Wills Schulter hinweg Mr. Stanton und den Doktor an. „Geht weg", sagte er.

„Hm", sagte Dr. Armstrong, aber er zog Wills Vater näher zur Tür hin, in Sicht-, aber außer Hörweite.

„Du kannst mich hier nicht festhalten", zischte der Wanderer. „Der Reiter wird mich holen."

„Sie hatten einmal schreckliche Angst vor dem Reiter", sagte

185

Will. „Ich habe es gesehen. Haben Sie auch das vergessen?"
„Ich vergesse nichts", sagte der Wanderer verächtlich. „Die Angst ist verschwunden. Sie verschwand, als das Zeichen mich verließ. Laß mich gehen, laß mich zu meinem Volk gehen." Eine seltsam steife Förmlichkeit schien jetzt seine Sprache zu beherrschen.

„Ihre Leute hätten Sie im Schnee erfrieren lassen", sagte Will. „Aber ich halte Sie hier nicht fest. Ich habe Sie nur zum Arzt gebracht. Und der wird Sie bestimmt nicht mitten in einem Schneesturm nach draußen lassen."

„Dann wird der Reiter kommen", sagte der alte Mann. Seine Augen funkelten, und er hob die Stimme, daß alle im Zimmer ihn hören konnten. „Der Reiter wird kommen! Der Reiter wird kommen!"

Will ging zurück, und der Arzt und Mr. Stanton traten schnell ans Bett.

„Was zum Teufel soll das bedeuten", sagte Mr. Stanton. Der Wanderer hatte sich zurücksinken lassen und war wieder in sein ärgerliches Gemurmel verfallen.

„Der Himmel weiß", sagte Will. „Er hat nur Unsinn geredet. Ich glaube, Dr. Armstrong hat recht. Er ist ein bißchen verrückt." Er blickte sich um, aber von Merriman war keine Spur zu sehen.

„Wo ist Mr. Lyon geblieben?"

„Er ist hier irgendwo", sagte sein Vater gleichgültig. „Bitte, Will, geh die Zwillinge suchen. Ich sehe mal nach, ob der Sturm sich so weit gelegt hat, daß wir gehen können."

Will stand in der lärmerfüllten Halle, wo die Leute mit Kissen und Decken hin und her liefen, mit Teetassen und Butterbroten aus der Küche kamen und leeres Geschirr zurückbrachten. Er hatte ein seltsam losgelöstes Gefühl, als schwebe er mitten in dieser geschäftigen Welt, ohne doch ein Teil von ihr zu sein. Er schaute zum Kamin. Sogar das Prasseln der Flammen konnte das Heulen des Windes draußen und das Geräusch, mit dem der eisige Schnee gegen die Scheiben gepeitscht wurde, nicht ganz übertönen.

Die züngelnden Flammen hielten Wills Blick gebannt. Von außerhalb der Zeit her sprach Merriman in seine Gedanken hinein: *„Sei vorsichtig. Es ist wahr. Der Reiter wird kommen, um ihn zu holen. Darum habe ich euch hergebracht, an einen Ort, der von der Zeit gefestigt ist. Sonst wäre der Reiter in dein Vaterhaus gekommen, und alles, was zum Reiter gehört ..."*

„Will", Miß Greythornes befehlsgewohnte Altstimme drang an sein Ohr. „Komm her!" Will wandte sich wieder der Gegenwart zu und ging zu ihr. Er sah Robin neben ihrem Sessel stehen, und Paul näherte sich mit einem langen flachen Futteral, das ihm bekannt vorkam.

„Bis der Wind nachläßt, wollen wir uns ein bißchen Musik machen", sagte Miß Greythorne munter. „Jeder kann etwas zum besten geben. Das heißt jeder, der möchte. Ein Caily, oder wie die Schotten es nennen."

Will sah den glücklichen Glanz in den Augen seines Bruders. „Und Paul wird Ihre alte Flöte spielen, die er so liebt?"

„Wenn ich an der Reihe bin", sagte Paul. „Und du wirst singen."

„In Ordnung." Will sah Robin an.

„Ich", sagte Robin, „werde den Applaus anführen. Es wird Applaus genug geben – wir scheinen ein schrecklich talentiertes Dorf zu sein. Miß Bell wird ein Gedicht aufsagen, drei Jungen aus dem Oberdorf bilden eine Folkgruppe – zwei von ihnen haben sogar ihre Gitarren mitgebracht. Der alte Mr. Dewhurst wird einen Monolog rezitieren, daran ist er nicht zu hindern. Irgend jemandes Töchterchen will einen Tanz aufführen. Es nimmt gar kein Ende."

„Will", sagte Miß Greythorne, „ich habe mir gedacht, daß du den Anfang machen könntest. Weißt du, fang einfach an zu singen, was du möchtest, dann werden die Leute zuhören, und es wird bald still werden – das ist viel besser, als wenn ich jetzt eine Schelle schwinge und sage: ‚Wir veranstalten jetzt ein Konzert' oder etwas dergleichen. Findest du nicht auch?"

„Ich glaube, ja", sagte Will, obgleich ihm im Augenblick nichts ferner lag, als friedliche Musik zu machen. Er dachte kurz nach, dann kam ihm ein melancholisches Liedchen in den Sinn, das sein Musiklehrer im vergangenen Schuljahr als Übung für

seine Stimmlage eingerichtet hatte. Ein wenig verlegen machte
Will, da, wo er stand, den Mund auf und begann zu singen.

Weiß liegt im Mond die lange Straße,
Der Mond darüber ungerührt;
Weiß liegt im Mond die lange Straße,
Die mich von meiner Liebsten führt.

Still hängt am Heckensaum das Laub,
Still die Schatten stehen;
Und durch den monderhellten Staub
Muß ich weitergehen.

Die Stimmen im Umkreis verstummten allmählich. Er sah, wie
sich die Gesichter ihm zuwandten, und hätte beinahe eine Note
verschluckt, als er einige erkannte, auf die er sehr gewartet hatte. Da standen sie unauffällig im Hintergrund beieinander:
Bauer Dawson, der alte George, John, der Schmied, und seine
Frau; die Uralten, bereit, den Kreis zu schließen, wenn es nötig
sein sollte. Daneben standen auch die anderen Mitglieder der
Familie Dawson und Wills Vater.

Die Pilger sagen: die Welt ist rund,
Der Pfad führt gradeaus;
Geh fort, geh fort, und bleib gesund,
Der Weg führt dich nach Haus.

Aus dem Augenwinkel bemerkte er die Gestalt des Wanderers.
Er hatte die Decke wie einen Umhang um sich gewickelt, stand
in der offenen Tür des kleinen Krankenzimmers und lauschte.
Einen Augenblick lang sah Will sein Gesicht und war überrascht. Alle Bosheit und alle Angst waren aus diesem zerfurchten Dreieck gewichen; es stand nur noch Trauer darin und eine
verzweifelte Sehnsucht. Seine Augen schimmerten tränen-
feucht. Es war das Gesicht eines Mannes, dem man etwas
unendlich Kostbares zeigt, das er verloren hat.
Eine Sekunde lang hatte Will das Gefühl, daß er mit seinem
Lied den Wanderer ins Licht zurückführen könnte. Während
er sang, heftete er den Blick auf ihn; die klagenden Töne fleh-
ten und baten, aber der Wanderer stand unentschlossen und
unglücklich da und schaute nach rückwärts.

Die Kreisbahn eilt zum heimischen Gestad,
Weit, weit, zu einem fernen Ort,
Weiß liegt im Mond der lange Pfad,
Führt mich von meiner Liebsten fort.

In der Halle war es still geworden, die klare Knabenstimme, die ihm selbst immer wie die eines Fremden vorkam, stieg hoch und höher in die Luft.

Dann trat ein kurzes, gespanntes Schweigen ein, der einzige Teil der Vorführung, der ihm etwas bedeutete, und dann kam herzlicher Applaus. Will hörte ihn wie aus weiter Ferne. Dann rief Miß Greythorne: „Wir haben uns gedacht, daß wir uns die Zeit ein bißchen vertreiben sollen, solange es so stürmt. Wer möchte etwas zur Unterhaltung beitragen?"

Ein munteres Stimmengewirr brach los, und Paul fing an, auf der alten Flöte zu spielen. Die sanften, lieblichen Klänge füllten den Raum. Will dachte an das Licht, und neue Zuversicht erfüllte ihn. Aber im nächsten Augenblick gab die Musik ihm keine Kraft mehr. Er konnte sie überhaupt nicht mehr hören. Sein Haar sträubte sich, seine Glieder schmerzten; er wußte, daß irgend etwas, irgend jemand sich näherte, der gegen das Schloß und alle darin, besonders aber gegen ihn, Übles im Schilde führte.

Der Wind tobte. Er rüttelte an den Fenstern. Jemand pochte mit wütender Gewalt an die Tür. In der entfernten Saalecke fuhr der Wanderer auf, sein Gesicht zuckte vor Erwartung. Paul spielte weiter, er hatte nichts gehört. Wieder ertönte das wütende Klopfen. Will wurde sich plötzlich klar, daß niemand außer ihm es hörte; es war nicht für ihre Ohren bestimmt, sie wußten nicht, was da vor sich ging. Ein drittes Mal pochte es, und er wußte, daß er antworten mußte. Allein ging er durch die Menge, die nicht auf ihn achtete, auf die Tür zu, ergriff den großen Eisenring, der als Türöffner diente, murmelte einige Worte in der Alten Sprache und riß die Tür auf.

Schnee stürmte auf ihn ein, Hagelkörner peitschten sein Gesicht, die Winde pfiffen in die Halle hinein. Draußen in der Dunkelheit bäumte sich das große schwarze Pferd über Will auf, seine Hufe traten die Luft, die Augen rollten, daß man das

Weiße sah, Schaum flog von den entblößten Zähnen, und darüber blitzten die blauen Augen des Reiters, flammte sein rotes Haar. Unwillkürlich schrie Will auf und hob instinktiv den einen Arm in Abwehr.

Der schwarze Hengst wieherte auf und fiel mit dem Reiter in die Dunkelheit zurück; die Tür knallte zu, und plötzlich hörte Will nichts mehr als den süßen Ton der alten Flöte. Wie zuvor saßen und lagerten die Menschen andächtig lauschend. Langsam ließ Will den Arm sinken, den er immer noch abwehrend über den Kopf gebogen hielt, und dabei bemerkte er etwas, das er ganz vergessen hatte. An der Unterseite des Arms, der dem Reiter zugekehrt gewesen war, befand sich die eingebrannte Narbe des Zeichens aus Eisen. In der anderen großen Halle hatte er sich an dem Zeichen verbrannt, als die Finsternis ihn zum erstenmal angriff. Die Alte Dame hatte die Brandwunde geheilt. Will hatte vergessen, daß er sie trug. *Das eine Feuerzeichen trägst du schon bei dir . . .*

Das hatte sie also gemeint.

Das eine Feuerzeichen hatte die Finsternis in Schach gehalten, vielleicht ihren heftigsten Angriff abgewehrt. Will lehnte erschöpft an der Wand und versuchte, langsamer zu atmen. Aber als er seinen Blick über die ruhig lauschende Menge schweifen ließ, sah er wieder etwas, das ihm allen Mut rauben wollte, und die Weisheit, die Gabe von *Gramarye* sagte ihm, daß er getäuscht worden war. Er hatte geglaubt, einer Herausforderung die Stirn zu bieten. Das hatte er auch getan, aber damit hatte er die Tür zwischen der Finsternis und dem Wanderer geöffnet. Auf diese Weise hatte der Wanderer eine Kraft erlangt, auf die er gewartet hatte.

Denn der Wanderer stand jetzt hoch aufgerichtet mit blitzenden Augen da. Er hielt einen Arm erhoben und rief mit starker klarer Stimme: „Komm Wolf, komm Hund, komm Katze, komm Ratte, komm Held, komm Hulda, ich rufe euch herein! Komm Ura, komm Tann, komm Koll, komm Quert, komm Morra, komm Meister, ich hole euch herein!"

So ging es weiter, eine lange Liste von Namen, die Will alle aus dem Buch *Gramarye* kannte. Niemand in Miß Greythornes

Halle konnte etwas sehen oder hören, alles ging weiter wie zuvor. Paul beendete seine Musik, und der alte Mr. Dewhurst begann mit seinem Monolog, und kein Auge, das in Wills Richtung blickte, schien ihn zu sehen. Er fragte sich, ob sein Vater, der immer noch mit den Dawsons plauderte, bald bemerken würde, daß sein jüngster Sohn nicht mehr zu sehen war.

Aber auch das vergaß er bald, denn während die lauten Rufe des Wanderers weiter durch die Halle schallten, verwandelte sich diese ganz allmählich vor seinen Augen; die Halle der Alten Dame trat hervor und verdrängte die Gegenwart. Freunde und Familie verblaßten; nur der Wanderer blieb deutlich sichtbar. Er stand jetzt am Ende der großen Halle, weit entfernt vom Feuer. Und während Will immer noch zu der Gruppe hinübersah, bei der sich sein Vater befand, bemerkte er, auf welche Weise sich die Uralten von einer Zeit in die andere bewegten. Er sah den Uralten Frank Dawson aus der normalen Gestalt heraustreten, diese verblaßte als Teil der Gegenwart, der Uralte aber wurde immer deutlicher, während er auf ihn zukam, und so geschah es auch mit dem alten George, dem jungen John und seiner blauäugigen Frau, und Will wußte, daß auch er auf diese Weise hierhergekommen war.

Bald hatten sich die vier in der Mitte der Halle um ihn geschart, mit dem Gesicht nach außen bildeten sie die vier Seiten eines Vierecks. Und während der Wanderer die Geschöpfe der Finsternis in langer Reihe herbeirief, begann die Halle sich wieder zu verwandeln. Seltsame Lichter und Flammen flackerten über die Wände, hinter ihnen wurden die Fenster und die Wandbehänge unsichtbar. Bei der Nennung eines bestimmten Namens schoß manchmal ein blaues Feuer hoch, zischte auf und erstarb wieder. An jeder der drei Wände, die der Kaminwand gegenüberlagen, loderten jeweils drei hohe, finstere Flammen auf, die nicht wieder erloschen, sondern in drohender Helligkeit tanzten und die Halle mit einem kalten Licht erfüllten.

Neben der Feuerstelle saß Merriman in seinem geschnitzten Sessel, ohne sich zu rühren. Eine schrecklich geballte Kraft war in seiner Ruhe; Will betrachtete seine gewaltigen Schultern mit Schaudern; er hatte etwas von einer riesigen, gespannten

Feder, die sich jeden Augenblick lösen konnte. Der Wanderer rief immer lauter: „Komm Uath, komm Truith, komm Eriu, komm Loth! Komm Heurgo, komm Celmis, ich rufe euch herein . . ."

Merriman stand auf. Wie eine hohe schwarze Säule stand er da, mit einem weißen Federbusch. Den Umhang hatte er eng um sich gewickelt. Nur das Gesicht wie aus geschnittenem Stein war deutlich zu sehen, in der Masse des weißen Haares spielte das Licht. Der Wanderer sah ihn und schwankte. An den Wänden der Halle entlang zischten und tanzten die Flammen der Finsternis, weiß, blau und schwarz. Kein roter oder goldener oder gelber Schein war darin. Die neun höchsten Flammen reckten sich wie drohende Bäume.

Aber der Wanderer schien die Stimme wieder verloren zu haben. Er sah Merriman noch einmal an und wich ein wenig zurück. Und an der Mischung von Angst und Sehnsucht in seinen Augen hatte Will ihn plötzlich erkannt. „Hawkin", sagte Merriman sanft, „es ist immer noch Zeit, heimzukehren."

Das Zeichen aus Feuer

Flüsternd sagte der Wanderer: „Nein."

„Hawkin", sagte Merriman noch einmal liebevoll, „jeder Mensch hat nach der ersten noch eine Chance, die Chance der Vergebung. Es ist nicht zu spät. Wende dich. Komm ins Licht."

Die Stimme war kaum zu hören, es war nur ein heiseres Atemholen: „Nein."

Die Flammen brannten immer noch kalt, still und mächtig, keine rührte sich.

„Hawkin", sagte Merriman, und es lag nichts Befehlendes in seiner Stimme, nur bittende Herzlichkeit: „Hawkin, mein Gefolgsmann, wende dich ab von der Finsternis. Versuche dich zu erinnern. Es hat Liebe und Vertrauen zwischen uns geherrscht."

Der Wanderer starrte ihn an wie ein Verurteilter, und in dem spitzen, zerfurchten Gesicht konnte Will jetzt deutlich die Spuren des kleinen fröhlichen Hawkin erkennen, der aus seiner eigenen Zeit geholt worden war, um das Buch *Gramarye* zu retten, und der im Angesicht der Todesgefahr die Uralten verraten hatte. Er erinnerte sich an den Schmerz in Merrimans Augen, als er gesehen hatte, wie der Verrat sich anbahnte, und die schreckliche Gewißheit, mit der er über Hawkins Schicksal gesprochen hatte.

Der Wanderer starrte Merriman immer noch an, aber seine Augen sahen ihn nicht, sie blickten nach rückwärts durch die Zeiten hindurch; der alte Mann entdeckte wieder, was er vergessen oder aus seinen Gedanken verbannt hatte. Langsam und mit steigendem Vorwurf in der Stimme sagte er: „Du hast mich mein Leben für ein Buch aufs Spiel setzen lassen. Ein Buch! Dann hast du mich, weil ich mich nach milderen Herren umsah, in meine eigene Zeit zurückgeschickt, aber nicht so, wie ich zuvor gewesen war. Du hast mir die Bürde auferlegt, das Zeichen zu tragen." Seine Stimme wurde immer schmerzlicher und lauter: „Das Zeichen aus Bronze, durch die Jahrhunderte hindurch. Du hast mich in ein Geschöpf verwandelt, das immer auf der Flucht ist, immer auf der Suche, immer gejagt. Ich durfte nicht in meiner eigenen Zeit in Ehren alt werden, wie alle Menschen, die alt und müde werden und im Todesschlaf ausruhen. Du hast mir das Recht auf den Tod genommen. Du hast mich mit dem Zeichen in meine eigene Zeit versetzt, und ich habe es durch sieben Jahrhunderte bis in diese Zeit tragen müssen."

Als er jetzt seinen flackernden Blick Will zuwendete, sprühten seine Augen vor Haß. „Bis daß der Letzte der Uralten geboren wurde und mir das Zeichen abnahm. Du, Junge, es war alles deinetwegen. Dieses Hineingeworfenwerden in die Zeiten, das mein gutes Menschenleben beendete, es war deinetwegen. Bevor du geboren wurdest und nachher. Wegen der verdammten Gabe von *Gramarye* habe ich alles verloren, was ich je besaß."

„Ich sage dir noch einmal", rief Merriman, „du kannst noch

heimkehren, Hawkin! Jetzt! Du kannst ins Licht zurückkehren und sein, wie du einmal warst." Seine stolze hohe Gestalt beugte sich flehend vor, und Will hatte Mitleid mit ihm, denn er wußte, daß Merriman es als seinen eigenen Fehler betrachtete, was seinen Diener Hawkin zum Verrat getrieben, ihn zu dem elenden Wanderer gemacht hatte, zu einem winselnden Schatten, dem Spielball der Finsternis.

Merriman sagte heiser:

„Ich bitte dich, mein Sohn."

„Nein", sagte der Wanderer, „ich habe bessere Herren gefunden als dich." Die neun Flammen an den Wänden erhoben sich, hoch und kalt brannten sie, mit einem zitternden blauen Licht. Der Wanderer wickelte sich fester in seine Decke und blickte wild um sich. Mit schriller, trotziger Stimme rief er: „Meister der Finsternis, ich hole euch herein!"

Die neun Flammen schoben sich von den Wänden auf den Mittelpunkt des Raumes zu, näherten sich Will und den vier Uralten, die mit nach auswärts gewandten Gesichtern dastanden. Geblendet von der blauweißen Helligkeit, konnte Will den Wanderer nicht mehr erkennen. Irgendwo hinter der Lichtwand schrie die schrille Stimme, außer sich vor Bitterkeit: „Du hast mein Leben wegen eines Buches aufs Spiel gesetzt! Du hast mir das Zeichen aufgebürdet! Die Finsternis hat mich durch die Jahrhunderte gejagt, aber du hast mich nicht sterben lassen! Jetzt ist die Reihe an dir!"

„Reihe an dir! Reihe an dir!" lief das Echo an den Wänden entlang. Die neun hohen Flammen kamen langsam näher, die Uralten standen in der Mitte des Raumes und sahen sie herankommen. Merriman, der neben dem Feuer stand, wandte sich langsam der Mitte des Raumes zu. Will sah, daß das Gesicht wieder undurchdringlich geworden war, die dunklen Augen waren tief und leer, die Züge fest, und Will wußte, daß dieses Gesicht für lange Zeit keine innere Bewegung mehr verraten würde. Die Chance des Wanderers, wieder der alte Hawkin zu werden, war dagewesen und zurückgewiesen worden. Nun war sie für immer verloren.

Merriman hob beide Arme, und der Umhang öffnete sich wie

zwei Schwingen. Die tiefe Stimme brach in die knisternde Stille. „Bleibt stehen!"

Die neun Flammen verharrten regungslos.

„Im Namen des Kreises der Zeichen", sagte Merriman klar und fest, „ich befehle euch, dieses Haus zu verlassen!"

Das kalte Licht der Finsternis, das hinter den hohen Flammen die Halle füllte, flackerte und knisterte wie Gelächter. Und aus der Dunkelheit dahinter ertönte die Stimme des Reiters.

„Euer Kreis ist nicht vollständig, und seine Kraft reicht nicht aus", rief er höhnisch. „Und dein Gefolgsmann hat uns in dieses Haus gerufen, wie er es zuvor getan hat und immer wieder tun kann. *Unser Gefolgsmann*, mein Herr. Der Falke ist in der Finsternis . . . Du kannst uns von hier nicht mehr vertreiben. Nicht mit Flamme und Macht und vereinter Kraft. Wir werden das Zeichen des Feuers zerbrechen, bevor ihr es holen könnt, und der Kreis wird nie vollendet werden. Es wird in der Kälte zerbrechen, mein Herr, in der Finsternis und der Kälte . . ."

Will zitterte. Es wurde wirklich kalt in der Halle, sehr kalt. Die Luft war wie eisiges Wasser, das von allen Seiten auf sie einströmte. Das Feuer in der großen Feuerstelle gab keine Wärme mehr, sie wurde von den kalten blauen Flammen der Finsternis aufgesogen. Die neun Flammen erzitterten wieder, und während er sie ansah, hätte er schwören können, daß es gar keine Flammen waren, sondern riesenhafte Eiszapfen, blauweiß wie zuvor, aber jetzt fest, drohend, hohe Säulen, die bereit waren, nach innen zu stürzen und sie unter ihrem eisigen Gewicht zu begraben.

„. . . Kälte . . .", sagte der schwarze Reiter leise aus dem Schatten heraus. „Kälte . . ."

Will sah Merriman erschrocken an. Er wußte, daß jeder von ihnen, jeder Uralte im Raum sich mit aller Macht gegen die Finsternis stemmte, seit der Reiter zu sprechen begonnen hatte. Und er wußte, daß es nichts genützt hatte.

Merriman sagte leise: „Hawkin hat Sie eingelassen, so wie er es bei seinem ersten Verrat tat, und wir konnten es nicht verhindern. Er besaß einmal mein Vertrauen, und dies gibt ihm die Macht, obwohl das Vertrauen nicht mehr besteht. Unsere einzige Hoffnung ist die gleiche wie zu Anfang: daß Hawkin nur ein Mensch ist . . . Gegen den Zauber der tiefen Kälte können wir wenig ausrichten."

Er blickte mit gerunzelter Stirn in das tanzende, flackernde, blauweiße Feuer; sogar er sah aus, als fröre er, seine Züge wirkten dunkel und eingefallen. „Sie bringen die tiefe Kälte herein", sagte er, halb zu sich selbst, „die Kälte der Leere, des schwarzen Weltraums . . ."

Und die Kälte wurde immer beißender, sie drang durch den Körper bis ins Herz hinein. Und doch schien es Will, als verblaßten die Flammen der Finsternis. Wie hinter einem Schleier wurde sein eigenes Jahrhundert wieder sichtbar, und dann waren sie wieder in Mrs. Greythornes Schloßhalle.

Aber auch hier herrschte die Kälte.

Alles hatte sich verändert. Das fröhliche Stimmengewirr war zu einem ängstlichen Murmeln geworden, der hohe Raum war nur matt von Kerzen erleuchtet, die in Kerzenhaltern steckten oder auf Untertassen und Tellern festgeklebt worden waren und überall herumstanden. Die hellen elektrischen Lampen waren dunkel, und die Heizkörper, die den größeren Teil der Halle erwärmt hatten, waren kalt.

Merriman tauchte mit einer Plötzlichkeit auf, wie jemand, der einen dringenden Auftrag erledigt hat; sein Umhang hatte sich ein wenig verändert, es war jetzt der weite Überzieher, den er früher am Tag getragen hatte. Er sagte zu Miß Greythorne: „Da draußen können wir nicht viel tun, gnädiges Fräulein. Der Heizungskessel ist natürlich ausgegangen. Die Stromzufuhr ist völlig unterbrochen. Ich habe alle Decken und alles Bettzeug im Haus zusammenholen lassen, und Miß Hampton macht heiße Suppe und heiße Getränke."

Miß Greythorne nickte zustimmend. „Gut, daß wir in der Küche noch die Gasherde haben. Als die Heizung eingebaut wurde, wollte man mich überreden, auch die Küche auf Elektrizität umzustellen. Aber ich wollte nicht. Elektrizität – bah –, ich wußte doch, daß das alte Haus damit nicht einverstanden war."

„Ich lasse soviel Holz wie möglich hereinbringen, damit wir

das Feuer in Gang halten können", sagte Merriman, aber im gleichen Augenblick, wie um ihn zu verhöhnen, begann es in der großen Feuerstelle zu zischen und zu dampfen, und wer in der Nähe war, sprang hustend und nach Luft schnappend zurück. Durch die Rauchwolke, die in den Raum geblasen worden war, konnte Will erkennen, wie Frank Dawson und der alte George versuchten, etwas aus dem Feuer herauszuholen. Aber das Feuer war schon ausgegangen.

„Schnee ist in den Kamin hineingefallen", rief Bauer Dawson hustend. „Wir brauchen Eimer, schnell. Wir müssen das Zeug hier rausholen . . ."

„Ich gehe", schrie Will und stürzte auf die Küche zu. Er war froh, daß er etwas tun konnte. Aber bevor er sich noch einen Weg durch die zusammengekauerten Gruppen frierender und verängstigter Menschen gebahnt hatte, erhob sich vor ihm eine Gestalt und versperrte ihm den Weg, zwei Hände packten ihn bei den Armen mit so festem Griff, daß ihm der Atem stehenblieb. Leuchtend, in wildem Triumph, bohrte sich der Blick heller Augen in die seinen, und die hohe, dünne Stimme des Wanderers gellte ihm in den Ohren.

„Uralter, Uralter, Letzter der Uralten, weißt du, was jetzt mit dir geschieht? Die Kälte kommt herein, und die Finsternis wird dich erstarren machen. Ihr alle kalt und steif und hilflos. Keiner, der die kleinen Zeichen an deinem Gürtel schützen kann."

„Laß mich los!" Will zerrte und wand sich, aber der alte Mann hielt seine Handgelenke mit der Kraft des Wahnsinns.

„Und weißt du, wer die kleinen Zeichen nehmen wird, Uralter? Ich werde sie nehmen. Der arme Wanderer. Ich werde sie tragen. Sie sind mir als Lohn für meine Dienste versprochen – keiner der Herren des Lichtes hat mir je eine solche Belohnung versprochen . . . *Ich* werde der Zeichensucher sein, ich, und alles, was dein gewesen wäre, wird schließlich mir zufallen . . ."

Er griff nach Wills Gürtel, sein Gesicht im Triumph verzerrt, Schaum vor dem Mund. Will schrie um Hilfe. Sofort war John Smith an seiner Seite, dicht hinter ihm Dr. Armstrong. Schon

197

hatte der starke Schmied die Arme des Wanderers gepackt und ihm auf den Rücken gedreht. Der alte Mann fluchte und kreischte, seinen haßerfüllten Blick auf Will gerichtet, und beide Männer mußten ihn mit Gewalt zurückhalten. Schließlich hatten sie ihn gefesselt, und Dr. Armstrong seufzte erschöpft auf.

„Dieser Kerl ist wahrscheinlich der einzige warme Gegenstand im ganzen Land", sagte er. „Bei dieser Temperatur Amok zu laufen – Puls oder kein Puls, ich gebe ihm jetzt was zum Schlafen. Er ist eine Gefahr für die Gesellschaft und für sich selbst."

Will rieb sich die Handgelenke und dachte, wenn du nur wüßtest, was für eine Gefahr er ist . . . Und plötzlich verstand er, was Merriman gemeint hatte, als er sagte: *Unsere einzige Hoffnung ist die gleiche wie zu Anfang: daß Hawkin nur ein Mensch ist . . .*

„Halt ihn fest, John, bis ich meine Tasche geholt habe." Der Doktor verschwand. John Smith hielt mit einer Hand die Schulter des Wanderers fest, mit der anderen seine beiden Handgelenke. Er zwinkerte Will ermutigend zu und wies mit dem Kopf zur Küche hin; Will erinnerte sich an seinen ursprünglichen Auftrag und lief los. Bald kam er zurückgerannt, in jeder Hand einen leeren Eimer. Am Kamin war wieder Bewegung entstanden; es zischte von neuem, Qualm puffte ins Zimmer, und Frank Dawson taumelte zurück.

„Hoffnungslos", sagte er wütend, „hoffnungslos! Sobald ich die Feuerstelle gesäubert habe, fällt neuer Schnee nach. Und die Kälte . . ." Er blickte verzweifelt um sich. „Sieh sie dir an, Will."

Im Raum herrschten Elend und Chaos; kleine Kinder weinten, die Eltern umklammerten sie und drückten sie an sich, um sie warm zu halten. Will rieb seine eiskalten Hände, seine Füße und sein Gesicht waren gefühllos. Es wurde immer kälter in der Halle, und aus der erstarrten Welt draußen drang nicht einmal der leiseste Windhauch. Er hatte immer noch das Gefühl, auf zwei Zeitebenen gleichzeitig zu sein, wenn er auch von der alten Halle nichts sah, er spürte doch die drohende und hartnäkkige Gegenwart der neun hohen glitzernden Eiskerzen. Als er sich in seiner eigenen Zeit wiedergefunden hatte, waren sie nur wie ein geisterhafter Schimmer gewesen, aber je stärker die Kälte wurde, desto deutlicher sichtbar wurden sie. Will wußte, daß sie irgendwie die Macht der Finsternis auf ihrem mittwinterlichen Höhepunkt darstellten, aber er wußte auch, daß sie Teil eines besonderen Zaubers waren, den die Finsternis ausübte, und daß dieser Zauber wie so mancher andere in dem langen Kampf von den Kräften des Lichtes gebrochen werden konnte, wenn man zur rechten Zeit das Richtige tat. Aber was war das? *Was?*

Dr. Armstrong kam mit seiner schwarzen Tasche zurück. Vielleicht gab es doch ein Mittel, ein einziges, der Kälte Einhalt zu gebieten, bevor sie alles zerstörte. Ein Mensch, der ohne Hintergedanken einem anderen half; vielleicht war dies das Ereignis, das die übernatürliche Macht der Finsternis abwehrte . . .

Will war plötzlich ganz gespannte Aufmerksamkeit. Der Doktor trat auf den Wanderer zu, der immer noch in John Smiths Griff unzusammenhängende Flüche murmelte, und geschickt hatte er die Nadel in den Arm des alten Mannes hineingestoßen und wieder herausgezogen, bevor dieser noch wußte, was geschah. „So", sagte er beruhigend. „Das wird Ihnen helfen. Schlafen Sie jetzt."

Unbewußt rückte Will näher heran, um seine Hilfe anzubieten, falls man sie brauchte. Er sah, daß auch Merriman, Bauer Dawson und der alte George näher traten. Arzt und Patient waren von einem Kreis von Uralten umgeben, der jede Einmischung ausschloß.

Der Wanderer sah Will, knurrte wie ein Hund und zeigte seine schadhaften gelben Zähne. „Erfrieren, du wirst erfrieren", zischte er, „und die Zeichen werden mir gehören, was immer du . . . versuchst . . . was immer . . ." Aber er wankte und blinzelte, die Stimme versagte, die Droge begann zu wirken, und in dem Augenblick, wo sich ein Schimmer von Verdacht in seinem Blick zeigte, fielen ihm die Augen zu. Die Uralten machten noch einen Schritt nach vorn, schlossen den Kreis noch fester. Der alte Mann blinzelte noch einmal, das Weiße der Augen zeigte sich, dann war er bewußtlos.

Und nun, da das Bewußtsein des Wanderers ausgeschaltet war, war der Finsternis der Zugang zum Haus versperrt.

Sofort änderte sich die Atmosphäre in der Halle. Die Spannung ließ nach, die Kälte war weniger beißend, die Angst und das Elend begannen sich wie ein Nebel zu lichten. Dr. Armstrong richtete sich kopfschüttelnd auf, Verwirrung lag in seinem Blick; seine Augen weiteten sich, als er den Kreis gespannter Gesichter sah, die ihn umringten. Ärgerlich begann er: „Was..."

Aber Will hörte nichts mehr, denn aus der Menge heraus rief Merriman ihnen eindringlich in der Sprache der Gedanken etwas zu: *„Die Kerzen! Die Kerzen des Winters! Holt sie, bevor sie vergehen!"*

Die vier Uralten verteilten sich hastig in der Halle, wo die seltsamen blauweißen Säulen immer noch geisterhaft an den drei Wänden standen und ihr tödliches Licht verbreiteten. Sie packten die Kerzen, eine mit jeder Hand; Will, der kleinste, sprang schnell auf einen Stuhl, um die letzte zu ergreifen. Sie war kalt und glatt und lag schwer in seiner Hand, wie Eis, das nicht schmilzt. In dem Augenblick, wo er sie berührte, wurde ihm schwindlig, sein Kopf drehte sich ...

... und er war, zusammen mit den vier anderen, wieder in jener Halle einer früheren Zeit, neben dem Kamin saß wieder die Alte Dame in ihrem hochlehnigen Stuhl, und die blauäugige Frau des Schmieds saß zu ihren Füßen.

Es war klar, was getan werden mußte. Mit den Kerzen der Finsternis näherten sie sich dem großen eisernen Kerzenleuchter auf dem Tisch, und eine nach der andern steckten sie die Kerzen in die leeren Halter auf den Kreuzarmen in der Mitte des Ringes. Die Kerzen veränderten sich unmerklich, sowie sie im Halter staken, die Flammen brannten dünner und höher, das kalte, bedrohliche Blau wandelte sich zu einem goldschimmernden Weiß. Will kam mit seiner einen Kerze als letzter. Er streckte den Arm aus und steckte sie genau in den Mittelpunkt des durchkreuzten Kreises. Und in diesem Augenblick schos-

200

sen die Flammen in die Höhe und bildeten einen triumphierenden Feuerkreis.

Die Alte Dame sagte mit ihrer feinen Stimme: „Nun hast du
der Finsternis die Macht entrissen, Will Stanton. Durch
schwarze Magie hatten sie die Kerzen des Winters aufgerufen,
Verderben zu bringen. Aber nun haben wir sie zu einem besseren Zweck bestimmt, die Kerzen gewinnen Kraft und schenken
dir das Zeichen aus Feuer. Schau."

Sie zogen sich zurück und schauten. Die letzte, mittlere Kerze,
die Will an ihren Platz gesteckt hatte, begann zu wachsen. Als
ihre Flamme hoch über den anderen stand, begann sich ihre
Farbe zu ändern, sie wurde gelb, orangefarben, scharlachrot.
Sie wuchs immer noch, entfaltete sich, wurde zu einer wunderbaren Blume auf einem seltsamen Stengel. Eine Blüte mit
vielen gebogenen Blütenblättern, jedes in einer anderen
Flammenfarbe. Langsam und anmutig entfalteten sie sich, fielen, schwebten davon und verschmolzen mit der Luft. Am
Ende blieb an der Spitze des gebogenen Stengels eine glühende,
runde Samenkapsel übrig; sie schwankte leise, sprang dann mit
einer schnellen, lautlosen Bewegung auf, ihre fünf Seiten entfalteten sich wie Blütenblätter. Darinnen wurde ein rotgolde-
ner Ring sichtbar, von einer Form, die sie alle kannten. Das
fünfte Zeichen.

Die Alte Dame sagte: „Nimm es, Will."

Will machte verwundert zwei Schritte auf den Tisch zu, der
große schlanke Stengel neigte sich herab, und als er die Hand
ausstreckte, fiel der goldene Ring hinein. Der Ansturm einer
unsichtbaren Kraft traf ihn, ähnlich dem, was er bei der Zerstörung des Buches *Gramarye* gefühlt hatte – er taumelte zurück,
fing sich wieder und sah, daß der Tisch leer war. Alles darauf
war verschwunden: die seltsame Blume, die neun großen,
flammenden Kerzen und der Kerzenleuchter in der Form des
Zeichens. Alles war verschwunden, nur das Zeichen aus Feuer
nicht.

Es lag warm in seiner Hand, das Schönste, was er je gesehen
hatte. Gold verschiedener Farbe war mit großer Kunst zu dem
durchkreuzten Ring geschmiedet worden. Er war von allen Sei-

ten mit winzigen Edelsteinen besetzt, mit Rubinen, Smarag-
den, Saphiren und Diamanten; sie bildeten ein geheimnisvolles Runenmuster, das Will irgendwie bekannt vorkam. Er glitzerte und glänzte in seiner Hand wie alle Arten von Feuer, die
es je gegeben hatte. Als Will näher hinsah, bemerkte er, daß
am äußeren Rand Worte eingraviert waren:
LIHT MEC HEHT GEWYRCAN
Merriman sagte leise: „Auf Befehl des Lichtes erschaffen."
Sie hatten jetzt alle Zeichen bis auf eines. Jubelnd warf Will die
Arme hoch und hielt das Zeichen in die Höhe, damit alle es sehen konnten, und alle Lichter im Raum fingen sich in dem goldenen Ring, der glänzte, als sei er aus Feuer gemacht.
Draußen vor der Halle erhob sich ein ohrenbetäubendes Ge-
brüll, ein Wutgewinsel. Dann grollte und brummte es, und
dann wieder das krachende Getöse . . .
. . . und während es ihm noch in den Ohren hallte, sah sich
Will plötzlich wieder in Miß Greythornes Halle, umgeben von
den vertrauten Gesichtern des Dorfes, die sich verwundert dem
Dach zugekehrt hatten und dem Donnergrollen, das dahinter
klang.
„Donner?" sagte jemand verwundert.
Hinter allen Fenstern blitzte blaues Licht, und der Donner
krachte so nahe, daß alles sich duckte. Wieder blitzte es, wieder
dieser ohrenbetäubende Donnerschlag. Irgendwo weinte eine
Kinderstimme dünn und hoch. Der ganze überfüllte Raum
wartete auf den nächsten Schlag, aber es geschah nichts. Kein
Blitz, kein Donner, nicht einmal ein entferntes Grollen. Aber
nach einem kurzen atemlosen Schweigen, in dem nur das Zischen im Kamin zu hören war, fing von allen Seiten ein leises
Pochen an, das langsam anwuchs, immer lauter wurde und
schließlich in das unmißverständliche verwischte Stakkato gegen Fenster, Türen und Dach überging.
Dieselbe unbekannte Stimme rief voller Freude: „Regen!"
Ein erregtes Stimmengewirr brach los, grimmige Gesichter
strahlten, Gestalten stürzten an die dunklen Fenster, winkten
andern entzückt zu. Ein alter Mann, den Will noch nie gesehen
zu haben glaubte, wandte sich ihm mit einem zahnlosen Grin-

sen zu: „Der Regen schmilzt den Schnee", flötete er, „schmilzt ihn im Nu!"

Robin tauchte aus der Menge auf. „Ah, da bist du ja. Bin ich verrückt, oder wird es in diesem eisigen Raum wirklich warm?"

„Es ist wärmer geworden", sagte Will und zog seinen Pullover zurecht. Darunter war das Zeichen aus Feuer jetzt sicher neben den anderen am Gürtel befestigt.

„Komisch, es war eine Zeitlang so gräßlich kalt. Wahrscheinlich haben sie die Zentralheizung wieder in Gang gebracht . . ."

„Laßt uns sehen, wie es regnet!" Ein paar Jungen stürzten an ihnen vorbei zur Eingangstür. Aber während sie sich noch mit dem Türgriff abmühten, wurde von draußen schnell und heftig gegen die Tür geklopft, und als die Tür aufging, stand auf der Schwelle im strömenden Regen Max mit triefendem Haar.

Er war außer Atem. Sie konnten ihn nach Luft ringen sehen, während er die Worte herausstieß: „Miß Greythorne da? Mein Vater?"

Will fühlte eine Hand auf seiner Schulter. Merriman stand an seiner Seite, und an der Unruhe in seinem Blick merkte er, daß dies wieder ein Angriff der Finsternis war. Max sah ihn und kam mit strömendem Gesicht auf ihn zu; er schüttelte sich wie ein Hund.

„Hol Papa, Will", sagte er. „Und den Doktor, falls er hier entbehrlich ist. Mama hat einen Unfall gehabt, sie ist die Treppe hinuntergefallen. Sie ist noch immer bewußtlos, und wir glauben, daß sie ein Bein gebrochen hat." Mr. Stanton hatte es schon gehört; er stürzte zum Zimmer des Arztes. Will starrte Max unglücklich an. Schweigend und voller Angst rief er Merriman an: „Haben SIE das getan? Waren SIE es? Die Alte Dame sagte . . ."

„Es ist möglich", erklang die Antwort in seinem Kopf. „SIE können dir keinen wirklichen Schaden zufügen, sie können Menschen nicht zerstören. Aber SIE können die selbstzerstörerischen Instinkte der Menschen ermutigen. Oder einen unerwarteten Donnerschlag hervorrufen, wenn jemand eben oben an der Treppe steht . . ."

Will hörte schon nicht mehr. Er war mit seinem Vater, den Brüdern und Dr. Armstrong auf dem Weg nach Hause.

Das Zeichen aus Wasser

James sah immer noch blaß und verstört aus. Er winkte die beiden Brüder, die ihm am nächsten standen, Paul und Will, zu sich heran und zog sie in eine Ecke, wo die anderen sie nicht hören konnten. Bekümmert sagte er: „Mary ist verschwunden."

„Verschwunden?"

„Ehrlich. Ich habe ihr gesagt, sie solle nicht gehen. Ich hätte auch nicht geglaubt, daß sie's tun würde, ich dachte, sie hätte zuviel Angst."

„*Wohin* gegangen?" sagte Paul scharf.

„Zum Schloß. Sie ist hinterhergegangen, als Max euch holen wollte. Gwennie und Bar waren im Wohnzimmer bei Mama. Mary und ich waren in der Küche und machten Tee, und sie bekam Angst und sagte, Max wäre schon so lange weg, wir sollten nachsehen gehen, ob ihm was passiert sei. Ich sagte ihr natürlich, das wäre verrückt, wir dürften auf keinen Fall gehen, aber in diesem Augenblick rief Gwen mich, weil ich drinnen das Feuer anmachen sollte, und als ich zurück kam, war Mary weg. Und auch ihr Mantel und ihre Stiefel waren weg." Er schnüffelte. „Ich konnte draußen auch keine Spur von ihr entdecken – es hatte angefangen zu regnen, und es waren keine Fußspuren mehr zu sehen. Ich wollte ihr gerade nachgehen, ohne etwas zu sagen, denn die Mädchen hatten schon genug Sorgen, aber dann kamt ihr, und ich dachte, sie wäre bei euch. O Gott", seufzte James, „was ist sie für eine blöde Gans."

„Mach dir keinen Kummer", sagte Paul. „Sie kann nicht weit sein. Wart nur einen günstigen Augenblick ab, um Papa alles zu erklären, und sag ihm, daß ich losgegangen bin, um sie zu

204

suchen. Ich nehme Will mit. Wir sind beide noch angezogen."

„Gut", sagte Will, der schon nach Gründen gesucht hatte, um mitgenommen zu werden.

Als sie draußen durch den Schnee stapften, der sich im Regen schon zu grauweißem Matsch aufzulösen begann, sagte Paul: „Findest du nicht, daß du mir endlich sagen solltest, was hier vorgeht?"

„Was?" sagte Will überrascht.

„Wo bist du da hineingeraten?" sagte Paul, und seine hellen blauen Augen blickten streng durch die dicken Brillengläser.

„In nichts."

„Hör mal. Wenn Marys Verschwinden irgend etwas damit zu tun hat, dann mußt du es unbedingt erklären."

„O Gott", sagte Will. Er sah Pauls bedrohliche Entschlossenheit und fragte sich, wie man einem älteren Bruder erklärt, daß ein Elfjähriger nicht mehr nur ein Elfjähriger ist, sondern ein Mensch, der sich um einiges von der übrigen Menschheit unterscheidet, um deren Überleben er kämpft . . . Es war natürlich unmöglich.

Er sagte: „Es sind diese . . ." Nachdem er sich vorsichtig umgesehen hatte, zog er Jacke und Pullover hoch und zeigte Paul die Zeichen. „Das sind Antiquitäten. Schnallen, die Mr. Dawson mir zum Geburtstag geschenkt hat, aber sie müssen wirklich wertvoll sein, denn ein paar komische Leute tauchen immer wieder auf und versuchen, sie mir wegzunehmen. Ein Mann hat mich einmal auf der Huntercombe Lane verfolgt . . . und dieser alte Landstreicher hatte auch etwas damit zu tun. Darum wollte ich ihn auch nicht mit nach Hause nehmen, als wir ihn im Schnee fanden."

Er fand selber, daß dies alles sehr unwahrscheinlich klang.

„Hm", sagte Paul. „Und dieser Kerl im Schloß? Der neue Butler? Lyon, nicht wahr? Hat der auch etwas damit zu tun?"

„O nein", sagte Will hastig. „Das ist ein Freund von mir."

Paul sah ihn einen Augenblick ausdruckslos an. Will mußte daran denken, wie geduldig und verständnisvoll er in jener Nacht in der Mansarde gewesen war und wie er die alte Flöte spielen konnte. Er wußte, wenn er einem seiner Brüder etwas anvertrauen konnte, so war es Paul. Aber es kam natürlich nicht in Frage.

Paul sagte: „Natürlich hast du mir nicht die Hälfte erzählt, aber dabei muß es dann wohl bleiben. Soviel ich verstehe, glaubst du, diese Antiquitätenjäger hätten sich Mary als eine Art Geisel geschnappt?"

Sie waren am Ende der Auffahrt zur Straße angekommen. Der Regen goß auf sie herab, er war heftig, aber nicht feindselig; er lief an den Schneeböschungen herunter, strömte von den Bäumen, verwandelte die Straße in einen Sturzbach. Sie schauten vergebens nach rechts und nach links und geradeaus.

Will sagte: „Es muß so sein, ich meine, sie wäre sonst doch geradewegs zum Schloß gegangen, und wir hätten sie unbedingt auf dem Heimweg treffen müssen."

„Wir wollen auf jeden Fall noch einmal in die Richtung gehen und nachsehen." Paul legte den Kopf in den Nacken und blickte zum Himmel auf. „Dieser Regen! Es ist lächerlich! So plötzlich in all diesen Schnee hinein – und es ist so viel wärmer. Das gibt doch keinen Sinn." Er platschte durch den strömenden Bach, der einmal die Huntercombe Lane gewesen war. Mit einem halb ärgerlichen, halb spöttischen Grinsen sagte er: „Aber da ist noch manches, was für mich im Augenblick keinen Sinn ergibt."

„Ah", sagte Will. „Hm. Nein." Er platschte laut herum, um sein schlechtes Gewissen zu verbergen, und spähte durch die Regenvorhänge nach seiner Schwester aus.

Der Lärm, der sie umgab, war erstaunlich: Es war ein Meeresgeräusch; sprühende Gischt, rollende Kiesel und brechende Wellen, hervorgerufen vom Wind, der den Regen in rhythmischen Stößen durch die Bäume jagte. Sie gingen die Straße entlang, hielten Ausschau und riefen immer wieder Marys Namen. Sie hatten Angst; alles, was sie sahen, war fremd geworden. Der Regen hatte den Schnee zerfurcht, neue Pfade und Hügel gebildet. Aber als sie an eine Wegbiegung kamen, wußte Will plötzlich, wo er war.

Er sah, wie Paul sich duckte und schützend den Arm hob, hörte ein plötzliches rauhes Krächzen, das gleich wieder verstummte, sah sogar durch den strömenden Regen hindurch ein Geflatter schwarzer Federn, als der Krähenschwarm dicht über ihre Köpfe wegschoß.

Paul richtete sich langsam auf, sah sich um: „Was in aller Welt . . .?"

„Geh auf die andere Straßenseite", sagte Will und schob ihn entschlossen hinüber. „Die Krähen werden manchmal verrückt. Ich hab es schon mal erlebt."

Ein zweiter kreischender Vogelschwarm griff Paul jetzt von hinten an, trieb ihn vorwärts, während der erste Schwarm Will gegen die Schneeböschung am Rande des Wäldchens schob. Immer wieder kamen sie heruntergeschossen. Will fragte sich, ob sein Bruder wohl gemerkt hatte, daß sie wie Schafe getrieben wurden, dorthin, wo die Krähen sie haben wollten. Aber noch während er überlegte, wußte er, daß es zu spät war. Die grauen Regenschleier hatten sie endgültig getrennt; er hatte keine Ahnung, wohin Paul gegangen war.

Voller Entsetzen schrie er: „Paul? Paul!"

Aber dann übernahm der Uralte in ihm die Herrschaft, die Furcht legte sich, er hörte auf zu rufen. Dies war nichts für gewöhnliche Menschen, auch nicht, wenn sie zu seiner Familie gehörten; er mußte sich freuen, allein zu sein. Er wußte jetzt, daß Mary irgendwo von den Mächten der Finsternis festgehalten wurde. Nur er hatte die Möglichkeit, sie zu befreien.

Er stand im treibenden Regen und schaute sich um. Es wurde jetzt zusehends dunkler. Will löste seinen Gürtel und wickelte ihn um das rechte Handgelenk. Dann sagte er ein Wort in der Alten Sprache und hob den Arm. Von den Zeichen ging ein ruhiger, breiter Lichtstrahl aus. Er fiel auf gekräuseltes braunes Wasser, das dort, wo die Straße gewesen war, einen immer tiefer und reißender werdenden Bach bildete.

Er erinnerte sich an etwas, das Merriman vor langer Zeit gesagt hatte: daß die Macht der Finsternis in der Zwölften Nacht ihren gefährlichsten Höhepunkt erreichte. War heute die Zwölfte Nacht? Er hatte vergessen, die Tage zu zählen, in seinem Bewußtsein war einer unbemerkt in den anderen übergegangen.

Während er dastand und nachdachte, merkte er plötzlich, daß das Wasser die Sohlen seiner Stiefel umspülte. Hastig sprang er auf die Schneeböschung am Rande des Wädchens, und eine braune Woge riß ein großes Stück des Schneehügels, auf dem er eben gestanden hatte, weg. Im Licht der Zeichen sah Will, daß noch mehr schmutzige Schneebrocken und Eisschollen auf dem Wasser tanzten; es untergrub die Schneewände, die der Schneepflug zu beiden Seiten aufgetürmt hatte, und trug sie in Schollen, die aussahen wie kleine Eisberge, davon.

Noch andere Dinge trieben im Wasser. Er sah einen Eimer vorübertanzen und etwas Lockeres, das aussah wie ein Heubündel. Das Wasser war hoch genug gestiegen, um Gegenstände aus den Gärten wegzuspülen – vielleicht auch aus ihrem eigenen. Wie konnte es so schnell steigen? Wie um eine Antwort zu geben, hämmerte der Regen auf seinen Rücken, und unter seinen Füßen lösten sich Schneebrocken. Ihm fiel ein, daß der Boden unter dem Schnee durch die große Kälte gefroren sein mußte, so daß der Regen nicht einsickern konnte. Der Boden würde viel länger zum Auftauen brauchen als der Schnee – und das Schneewasser mußte über die harte Oberfläche ablaufen, bis es einen Bach oder Fluß fand. Es wird eine schreckliche Überschwemmung geben, dachte Will, schlimmer, als wir sie je erlebt haben. Es wird sogar noch schlimmer werden als der Frost . . .

Aber dann durchbrach ein Schrei das Gegurgel des Wassers und das Rauschen des Regens. Er stolperte über die aufgeweichten Schneehaufen und spähte ins Halbdunkel. Wieder ertönte der Schrei: „Will! Hierher!"

„Paul", rief Will voller Hoffnung, aber er wußte, daß es nicht Pauls Stimme war.

„Hier! Hier drüben!"

Der Schrei kam aus dem Dunkel der strömenden Straße. Will hielt die Zeichen in die Höhe. Ihr Licht fiel über das strudelnde Wasser, und er sah eine Art Dampfwolke. Dann sah er, daß es sich um Atemwolken handelte, große Atemwolken, die ein rie-

208

siges Pferd ausstieß, das breitbeinig im Wasser stand. Will sah den mächtigen Kopf, die lange, kastanienbraune Mähne, die durchnäßt am Hals klebte, und er wußte, dies war entweder Castor oder Pollux, eines der beiden schweren Zugpferde von Dawsons Hof. Der Lichtstrahl, den die Zeichen aussandten, hob sich; er sah den alten George, der, in schwarze Ölhaut verpackt, oben auf dem Rücken des schweren Pferdes hockte.

„Hierher, Will. Geh durchs Wasser, bevor es zu hoch steigt. Wir müssen ans Werk. Komm!"

Er hatte den alten George nie im Befehlston sprechen hören; dies war der Uralte, nicht der sanftmütige Stallknecht. Der alte Mann beugte sich auf den Pferderücken und trieb es weiter durchs Wasser. „Komm schon, Polly, vorwärts, Herr Pollux."

Und der schwere Pollux stieß Dampfwolken aus den breiten Nüstern und tat ein paar feste Schritte nach vorn, so daß Will es wagte, in die überflutete Straße zu waten und eins der baumartigen Beine zu fassen. Das Wasser ging ihm fast bis an die Hüften, aber er war schon so naß, daß es keinen Unterschied mehr machte. Das große Pferd trug keinen Sattel, nur eine nasse Decke, aber der alte George beugte sich mit erstaunlicher Kraft herunter, packte ihn bei der Hand, und mit viel Zerren und Strampeln landete Will schließlich auf dem Pferderücken. Während er sich drehte und wand, hatte der Lichtstrahl nicht geschwankt, er blieb fest auf den Weg gerichtet, den sie nehmen mußten.

Will rutschte auf dem breiten Rücken hin und her, er war zu breit, als daß seine Beine einen Halt hätten finden können. George schob ihn nach vorn auf den großen gebogenen Hals. „Pollys Schultern haben schon schwerere Lasten getragen", rief er Will ins Ohr. Dann platschten sie weiter durch den anschwellenden Strom, ließen das Krähenwäldchen und das Haus der Stantons hinter sich.

„Wohin gehen wir?" schrie Will und starrte ängstlich in die Dunkelheit. Er konnte nichts erkennen, nur das wirbelnde Wasser, auf das der Lichtstrahl fiel.

„Wir gehen die Jagd eröffnen", sagte die brüchige Alte Stimme an seinem Ohr.

„Die Jagd? Welche Jagd? George, ich muß Mary suchen, Sie halten Mary fest. Und ich kann Paul nicht mehr sehen."

„Wir müssen die Jagd eröffnen", sagte die Stimme in seinem Rücken hartnäckig. „Ich habe Paul gesehen, er ist jetzt sicher auf dem Heimweg. Mary wirst du rechtzeitig finden. Es ist Zeit für den Jäger, Will, *das weiße Pferd muß den Jäger treffen*, und du wirst es hinbringen. Dies ist die Ordnung der Dinge, die du vergessen hast. Der Fluß kommt zum Tal, und das weiße Pferd muß den Jäger treffen. Und dann werden wir sehen, was wir sehen werden. Wir müssen ans Werk, Will."

Der Regen fiel noch heftiger, und irgendwo in der Ferne grollte Donner, während das schwere Zugpferd Pollux geduldig durch das steigende braune Wasser platschte.

Es war unmöglich zu sagen, wo sie sich befanden. Will hörte durch das gleichmäßige Mahlen von Pollux' Füßen Bäume rauschen. Von den Lichtern des Dorfes war kaum etwas zu sehen, wahrscheinlich war der Strom immer noch unterbrochen, entweder durch Zufall oder durch die Machenschaften der finsteren Mächte. Jedenfalls würden die meisten Bewohner dieses Ortsteils immer noch im Schloß sein. „Wo ist Merriman?" rief er durch den rauschenden Regen.

„Im Schloß", schrie George an seinem Ohr. „Mit Bauer Dawson. Sie sitzen fest."

„Du meinst, daß sie in einer Falle sind?" Wills Stimme war schrill vor Angst.

Der alte George zischte kaum verständlich: „Sie halten Wache, damit wir wirken können. Und auch die Überschwemmung hält sie in Atem. Sieh nach unten, Junge."

Im Licht der Zeichen sah er im strudelnden Wasser die merkwürdigsten Gegenstände vorüberschaukeln: einen Korb, halb aufgelöste Kartons, eine leuchtendrote Kerze, Bandknäuel. Plötzlich erkannte Will ein Stück Band, leuchtend lila und gelb kariert. Ein Weihnachtspaket war damit verschnürt gewesen, und Will hatte gesehen, wie Mary es sorgfältig aufwickelte und in die Tasche schob. Sie war wie ein Eichhörnchen und bewahrte alles auf; und dieses Band war bestimmt in ihre Schatztruhe gewandert.

„Das sind Sachen aus unserem Haus, George!"

„Das Wasser ist auch dort", sagte der alte Mann. „Das Haus liegt tief. Aber es ist keine Gefahr, sei ruhig. Nur Wasser und Schlamm."

Will wußte, daß der alte George recht hatte, aber er hätte es gern selber gesehen. Er konnte sich vorstellen, wie sie alle hin und her stürzten, Möbel verrückten, Teppiche aufrollten, Bücher und alles Bewegliche wegräumten. Diese schwimmenden Gegenstände mußten weggeschwemmt worden sein, bevor es jemand bemerkte . . .

Zum erstenmal stolperte Pollux, und Will klammerte sich an die nasse Mähne. Um ein Haar wäre er hinuntergefallen. George schnalzte beruhigend mit der Zunge, und das große Pferd seufzte und schnaubte durch die Nase. Will konnte jetzt ein paar matte Lichter erkennen, sie kamen wohl aus den größeren Häusern am Ende des Dorfes, die höher gelegen waren. Das bedeutete, daß sie sich der Heide, dem Gemeindeland, näherten. Falls es immer noch eine Heide war und kein See.

Etwas hatte sich verändert. Er blinzelte. Das Wasser schien weiter weg, undeutlicher. Dann merkte er, daß das Licht der Zeichen an seinem Handgelenk matter wurde, dann ganz erlosch; sie befanden sich in völliger Dunkelheit.

George sagte sanft: „Brr, Polly", und das große Lastpferd stand still, das Wasser strudelte an seinen Beinen vorbei.

George sagte: „Hier muß ich dich verlassen, Will."

„Oh", sagte Will verwirrt.

„Dein Auftrag lautet", sagte der alte George, „daß du das weiße Pferd zum Jäger bringen mußt. Das wird geschehen, wenn kein Mißgeschick dich trifft. Und ich will dir zwei Ratschläge geben, damit dies nicht geschieht. Der erste lautet: Bleib stehen und zähle bis hundert, nachdem ich fort bin, dann wirst du genug sehen, um weiterzukommen. Der zweite lautet: Denk daran, daß ein Zauber in fließendem Wasser keine Wirkung hat." Er klopfte Will aufmunternd auf die Schulter.

„Zieh den Gürtel jetzt wieder an", sagte er, „und steig ab."

Das Absteigen war schwieriger als das Aufsteigen; Pollux war so groß, daß Will wie ein fallender Ziegel in das Wasser

211

platschte. Trotzdem fror er nicht; der Regen fiel immer noch, aber er war sanft; seltsamerweise schien er ihn sogar warm zu halten.

Der alte George sagte noch einmal: „Ich gehe die Jagd zusammenrufen", und ohne ein weiteres Wort des Abschieds trieb er Pollux auf die Heide zu und war verschwunden.

Will erkletterte die Schneeböschung neben der überfluteten Straße, fand einen festen Standplatz und begann, bis hundert zu zählen. Bevor er bei siebzig angelangt war, verstand er, was der alte George gemeint hatte. Allmählich begann die dunkle Welt sich wie von innen her ein wenig zu erhellen. Das strömende Wasser, der löcherige Schnee, die hohen Bäume – er sah alles in einem grauen, toten Licht. Und während er sich noch ratlos umschaute, sah er etwas auf der Strömung an sich vorbeitreiben; fast wäre er vor Überraschung ins Wasser gestürzt.

Zuerst sah er das Geweih, das sich träge hin und her drehte. Dann konnte er die Farben unterscheiden, das grelle Blau, Gelb und Rot. Das seltsame Gesicht, die Vogelaugen, die spitzen Wolfsohren konnte er nicht unterscheiden, aber es war ohne Zweifel seine Karnevalsmaske, das rätselhafte Geschenk, das der alte Jamaikaner Stephen gegeben hatte, damit er es ihm schenken sollte; es war dieser sein kostbarster Besitz.

Will stieß ein Geräusch aus, das fast wie ein Schluchzen klang, und sprang verzweifelt vor, um die Maske zu ergreifen, bevor die Flut sie davongetragen hätte, aber sein Fuß glitt aus, und als er das Gleichgewicht wiedererlangt hatte, verschwand die Maske schon aus seinem Blickfeld. Will begann auf der Böschung entlangzulaufen; es war ein Gegenstand der Uralten, es war ein Geschenk von Stephen, und er hatte es verloren; er mußte es um jeden Preis wiederbekommen. Aber mitten im Lauf hielt er inne. *Der zweite Rat*, hatte der alte George gesagt, *denk daran, daß ein Zauber in fließendem Wasser keine Wirkung hat.* Der Kopf war in fließendem Wasser, das war klar. Solange er darin blieb, konnte niemand ihn zerstören oder ihn für falsche Zwecke benutzen.

Zögernd verdrängte er den Kopf aus seinen Gedanken. Die

große freie Fläche der Heide dehnte sich vor ihm aus, ein seltsamer Schimmer lag darüber; nichts regte sich. Sogar das Vieh, das sonst das ganze Jahr über hier graste und das an Nebeltagen geisterhaft aus dem Nichts auftauchte, war jetzt in den Ställen, der Schnee hatte es vertrieben. Will ging vorsichtig weiter. Das Rauschen des Wassers, das ihm so lange in den Ohren geklungen hatte, änderte sich, wurde lauter, und vor ihm machte der Sturzbach, der die Huntercombe Lane ausfüllte, eine Wendung und vereinigte sich mit einem kleinen Rinnsal, das immer dort floß und das sich jetzt in einen schäumenden Strom verwandelt hatte. Die Straße, die bis dahin ein Bachbett gewesen war, führte fest und glänzend weiter; der alte George, das fühlte Will, hatte diesen Weg genommen. Auch er wäre gern auf der Straße weitergegangen, aber der besondere Sinn der Uralten sagte ihm, daß er bei dem Bach bleiben mußte. Dieser würde ihm zeigen, wie er das weiße Pferd zum Jäger bringen konnte.

Aber wer war der Jäger, und wo war das weiße Pferd?

Auf dem unebenen Schneewall, der an dem geschwollenen Bach entlanglief, ging Will vorsichtig weiter. Stämmige, knotige Kopfweiden begleiteten den Bachlauf. Plötzlich sah er zwischen der dunklen Baumreihe auf dem anderen Bachufer eine weiße, springende Gestalt. In der Dunkelheit, die nicht ganz dicht war, schimmerte es silbrig, und in einem Aufsprühen von nassem Schnee stand die weiße Stute des Lichts plötzlich vor Will. Ihr Atem stieg als Dampfwolke durch den fallenden Regen. Sie war groß wie ein Baum, ihre Mähne wehte wild im Wind.

Will berührte sie sanft. „Willst du mich tragen?" sagte er in der Alten Sprache. „Wie du es schon einmal getan hast?"

Während er noch sprach, fegte ein Windstoß über sie hin, ein heller Blitz zuckte über den Horizont. Das weiße Pferd schauderte, warf den Kopf zurück. Aber es beruhigte sich sofort wieder, und auch Will fühlte, daß dieses bevorstehende Gewitter kein Gewitter der Finsternis war. Es war ein Teil dessen, was kommen sollte. Das Licht erhob sich, noch bevor die Finsternis sich erheben konnte.

Er vergewisserte sich, daß die Zeichen an seinem Gürtel fest saßen, dann griff er, wie zweimal schon, in das spröde, lange Haar der Mähne. Sofort spürte er wieder, wie sein Kopf sich drehte. Klar und weit weg hörte er die verzauberte Glockenmusik, dann drehte sich die Welt mit einem gewaltigen Ruck, die Musik verklang, er saß auf dem Rücken der weißen Stute, hoch oben zwischen den Weiden.

Blitze zuckten jetzt überall am grollenden Himmel. Die Muskeln in dem riesigen Rücken unter ihm spannten sich. Will klammerte sich fest in die weiße Mähne, während das Pferd über die Heide galoppierte. Es sprang über Schneewehen, durch Schneelöcher, die Hufe streiften nur die Oberfläche und warfen den nassen Schnee wie eisige Gischt hinter sich. An den gebogenen Nacken des Pferdes geschmiegt, glaubte Will, im Windgebraus ein helles Kläffen zu hören, wie der Schrei ziehender Wildgänse. Der Laut schien sich um sie zu sammeln, dann vor ihnen zu liegen und in der Ferne zu verschwinden.

Das weiße Pferd machte hohe Sprünge; Will klammerte sich noch fester. Es ging über Hecken, Straßen, Steinwälle, die aus dem schmelzenden Schnee auftauchten. Dann füllte ein neues Geräusch, das stärker war als Wind und Donner, seine Ohren; vor sich sah er etwas glitzern wie gekräuseltes Glas, und er wußte, daß sie die Themse erreicht hatten.

Der Fluß war viel breiter, als er ihn je gesehen hatte. Länger als eine Woche war er von eisigen Wänden überhängenden Schnees eingeengt gewesen; jetzt hatte er sich befreit, schäumte und brüllte. Große Schneebrocken und Eisschollen tanzten wie Eisberge auf der Flut. Dies war kein Fluß, es war die Wut des Wassers. Es zischte und heulte ungebändigt. Will fürchtete sich, wie er sich nie vor der Themse gefürchtet hatte; sie war so wild, wie die Dinge der Finsternis sein können, unverständlich und unbezähmbar.

Aber er wußte, daß der Fluß nicht zum Reich der Finsternis gehörte, daß er außerhalb von Licht oder Finsternis war, eines der Uralten Dinge aus dem Anfang der Zeit. Die Alten Dinge: Feuer, Wasser, Stein, Holz ... und dann, nachdem der Mensch gekommen war, Bronze und Eisen ...

Der Fluß war losgelassen und würde seinem eigenen Willen folgen. *Der Fluß wird zum Tal kommen* . . . hatte George gesagt.

Die Stute blieb unentschlossen am Rand des wilden, kalten Wassers stehen, dann sammelte sie ihre Kraft und sprang. Erst als sie sich über den strudelnden Fluß erhoben, sah Will die Insel. Eine Insel in dieser Sturzflut, wo vorher keine gewesen war. Als das weiße Pferd zwischen dunklen, kahlen Bäumen landete, dachte er: Es ist in Wirklichkeit ein Hügel, der vom Wasser umspült wird.

Und plötzlich wußte er, daß er hier einer großen Gefahr begegnen würde. Dies war der Ort seiner Prüfung, diese Insel, die keine Insel war. Wieder einmal blickte er zum Himmel auf und rief in Gedanken verzweifelt nach Merriman; aber Merriman kam nicht, kein Wort oder Zeichen kam von ihm.

Das Gewitter war noch nicht vorüber, aber der Wind hatte ein wenig nachgelassen; doch das Rauschen des Flusses war lauter als alles andere. Die weiße Stute beugte ihren langen Hals, und Will kletterte steifbeinig herunter.

Im hohen Schnee, der manchmal eisenhart war und manchmal weich genug, um ihn bis zur Hüfte einsinken zu lassen, machte er sich auf, diese seltsame Insel zu erkunden. Er hatte gedacht, sie wäre kreisrund, aber sie hatte eher die Form eines Eies. Der höchste Punkt lag an einem Ende, und dort stand die weiße Stute. Um den unteren Rand der Insel wuchsen Bäume, darüber lag ein offener, beschneiter Abhang, der oben von Buschwerk gekrönt war, aus dem eine einzelne, knorrige uralte Buche herausragte. Dem Schnee am Fuße dieses großen Baumes entsprangen zu seiner großen Überraschung vier Quellen, die über den Hügel so hinunterliefen, daß sie ihn in vier Teile teilten.

Das weiße Pferd stand bewegungslos. Donner grollte aus dem zuckenden Himmel. Will stieg zu der alten Buche hinauf und betrachtete die eine Quelle, die unter einer riesigen verschneiten Wurzel hervorsprudelte. Ein Singen hob an.

Es war wortlos; es kam mit dem Wind; ein dünnes, hohes, kaltes Klagen ohne erkennbare Melodie. Es kam von weither, und es war quälend, es anzuhören. Aber es hielt ihn gebannt, lenkte seine Gedanken von ihrem Lauf. Will hatte das Gefühl, Wurzeln zu schlagen wie der Baum über ihm.

Während er dem Singen lauschte, sah er an einem der unteren Äste der Buche einen Zweig, dessen Anblick ihn so gefangennahm, als enthielte er die ganze Welt. Sein Blick fuhr ganz langsam an dem winzigen Zweig auf und ab, während der hohe, seltsame Singsang aus der Ferne zu ihm herüberklang. Ganz plötzlich hörte er auf, Will stand verdutzt da und stellte fest, daß seine Nase einen ganz gewöhnlichen Buchenzweig beinahe berührte. Er wußte jetzt, daß die Mächte der Finsternis sogar einen Uralten für eine Weile aus der Zeit herausholen konnten, wenn sie Raum für ihren Zauber brauchten.

Denn vor ihm stand neben der großen Buche Hawkin.

Er war jetzt eher als Hawkin zu erkennen, obwohl er dem Alter nach noch der Wanderer war. Will hatte das Gefühl, zwei Männer in einem zu sehen. Hawkin trug wieder seinen grünen Samtrock; er schien neu, mit ein wenig weißer Spitze am Hals. Aber die Gestalt in dem Rock war nicht mehr schlank und beweglich, sie war vom Alter gebeugt und geschrumpft. Und das Gesicht unter dem langen, flatternden weißen Haar war gefurcht und verwittert. Die Jahre, die auf Hawkin eingeschlagen hatten, hatten nur die scharfen, hellen Augen nicht verändert. Diese Augen blickten Will jetzt mit kalter Feindseligkeit an.

„Deine Schwester ist hier", sagte Hawkin.

Will schaute sich schnell auf der Insel um. Aber sie war leer wie zuvor.

Er sagte kalt: „Sie ist nicht hier. Mit einem so dummen Trick wirst du mich nicht fangen."

Die Augen verengten sich. „Du bist hochmütig", zischte Hawkin, „du siehst nicht alles, was es in der Welt zu sehen gibt, du Uralter mit der Gabe, und auch deine Meister sehen es nicht. Deine Schwester Mary ist hier an diesem Ort, obgleich du sie nicht sehen kannst. Mein Herr, der Reiter, macht dir nur ein einziges Angebot: deine Schwester für die Zeichen. Du hast kaum eine Wahl. Ihr Leute seid ja schnell bei der Hand, wenn es gilt, das Leben anderer aufs Spiel zu setzen", der bittere alte

Mund verzog sich höhnisch, „aber ich glaube nicht, daß Will Stanton seine Schwester gern sterben sehen wird."

Will sagte: „Ich kann sie nicht sehen. Ich glaube immer noch nicht, daß sie hier ist."

Hawkin starrte ihn an und sagte dann in die leere Luft hinein: „Meister?" Sofort begann das hohe, wortlose Singen wieder, Will versank wieder in diesen trägen Zustand, der warm und entspannend wie Sommersonnenschein war, gleichzeitig aber schrecklich in der weichen Art, wie er die Gedanken gefangenhielt. Während Will dem Singen zuhörte, vergaß er, daß er für die Herrschaft des Lichtes kämpfte; diesmal versenkte er sich in das Muster, das die Schatten und Höhlungen im Schnee zu seinen Füßen bildeten. Er starrte hier auf eine weiße Eisspitze, dort auf eine dunkle Höhlung unter dem schmelzenden Schnee; das Singen klang in seinen Ohren wie der Wind, der durch die Ritzen eines zerfallenen Hauses pfeift.

Dann hörte das Singen auf, und Will fuhr hoch, als habe eine plötzliche Kälte ihn getroffen. Er sah, daß er nicht mehr auf die Schatten im Schnee starrte, sondern auf die Linien und Rundungen im Gesicht seiner Schwester Mary. In den Kleidern, in denen er sie zuletzt gesehen hatte, lag sie im Schnee, lebendig und unversehrt, und starrte ihn mit einem leeren Blick an, ohne ein Zeichen, daß sie ihn erkannte oder wußte, wo sie sich befand. Auch ich, dachte Will unglücklich, weiß eigentlich nicht, wo sie ist. Denn obgleich man ihn ihre Erscheinung sehen ließ, war es doch unwahrscheinlich, daß sie wirklich da im Schnee lag. Er trat auf sie zu und wollte sie berühren, aber wie er es erwartet hatte, verschwand sie, nur die Schatten im Schnee waren noch da.

„Du siehst", sagte Hawkin, der bewegungslos neben der Buche stand, „es gibt Dinge, die die Finsternis vermag. Viele Dinge, über die du und deine Meister keine Macht haben."

„Das sehe ich", sagte Will, „sonst gäbe es ja auch so etwas wie die Finsternis überhaupt nicht. Wir könnten ihr einfach sagen: verschwinde."

Hawkin lächelte ungerührt. Er sagte leise: „Aber sie wird nie verschwinden. Wenn sie sich erst einmal erhoben hat, wird sie jeden Widerstand brechen. Und die Finsternis wird sich immer erheben, mein junger Freund, und immer siegen. Wie du gesehen hast, haben wir deine Schwester. Gib mir also jetzt die Zeichen."

„Sie Ihnen geben?" Will sagte es voller Verachtung. „Einem Wurm, der zur anderen Seite gekrochen ist? Niemals!"

Er sah, wie die Fäuste sich über den Aufschlägen der grünen Samtjacke ballten. Aber dies war ein alter, alter Hawkin, der sich nicht herausfordern ließ; er hatte sich in der Gewalt, seit er nicht mehr der umherschweifende Wanderer war, sondern ein Genosse der Finsternis. Seiner Stimme war die Wut nur wenig anzumerken. „Du tätest gut daran, Junge, mit dem Abgesandten der Finsternis zu verhandeln. Wenn nicht, dann kann ich Kräfte herbeirufen, die du nicht gern sehen würdest."

Es blitzte und grollte am Himmel, ein kurzes, helles Licht fiel auf die dunklen, tosenden Wasser in der Runde, auf den großen Baum, der die winzige Insel krönte, auf die gebeugte Gestalt in der grünen Jacke an ihrem Stamm.

Will sagte fest: „Sie sind ein Geschöpf der Finsternis. Sie haben sich für den Verrat entschieden. Sie sind ein Nichts. Mit Ihnen werde ich nicht verhandeln."

Hawkins Gesicht verzerrte sich, als er ihn voller Bosheit ansah, dann ließ er den Blick über die dunkle, leere Heide schweifen und rief: „Meister!" Dann noch einmal schrill und ärgerlich: „Meister!"

Will stand da und wartete ruhig. Am Ufer der Insel hatte er die weiße Stute des Lichts erblickt, kaum vom Schnee zu unterscheiden, die jetzt den Kopf hob, die Luft einsog und kurz schnaubte. Sie blickte zu Will hinüber, als wolle sie ihm etwas sagen; dann drehte sie sich auf der Hinterhand und galoppierte in der Richtung, aus der sie gekommen waren, davon.

Nun sah Will eine seltsame Erscheinung. Nichts war zu hören, außer dem Rauschen des Flusses, dem leisen Grollen des Gewitters. Was sich in völliger Lautlosigkeit näherte, war eine riesige schwarze Nebelsäule, eine Windhose, die aufrecht in großer Geschwindigkeit zwischen Land und Himmel herangewirbelt kam. Die beiden Enden schienen breit und fest, aber der mittlere Teil schwankte, wurde bald dünner, bald dicker, wiegte sich hin und her wie in einem gespenstischen Tanz. Es war wie ein Loch in der Welt, dieses wirbelnde schwarze Gespenst; ein Stück der ewigen Leere der Finsternis, die hier sichtbar wurde. Während die Nebelsäule sich schwankend und wiegend der Insel näherte, wich Will unwillkürlich zurück; alles in ihm schrie stumm nach Hilfe.

Die schwarze Säule blieb schwankend vor ihm stehen, bedeckte die ganze Insel. Der wirbelnde Nebel veränderte sich nicht, teilte sich aber, und darin erschien der schwarze Reiter. Der Nebel drehte sich um seine Hände und seinen Kopf. Der Reiter lächelte Will an, ein kaltes, freudloses Lächeln, über dem die schweren Augenbrauen drohend zusammengezogen waren. Er war ganz schwarz gekleidet, aber überraschenderweise waren die Kleider modern; er trug eine schwere schwarze Arbeitsjacke und grobe dunkle Jeans.

Ohne daß sich sein kaltes Lächeln änderte, rückte er ein wenig zur Seite, und aus den schwarzen Nebelwirbeln trat sein Pferd, das große schwarze Tier mit den glühenden Augen, und auf seinem Rücken saß Mary.

„Hallo, Will", sagte Mary munter.

Will sah sie an. „Hallo."

„Du hast mich wohl gesucht", sagte Mary. „Ich hoffe, ihr habt euch keine Sorgen gemacht. Ich habe nur einen kleinen Ritt unternommen, nur ein paar Minuten. Weißt du, als ich Max nachgegangen bin, traf ich Mr. Mitothin. Papa hatte ihn geschickt, mich zu suchen, es war also wohl ganz in Ordnung. Der Ritt war herrlich. Das Pferd ist ganz prima . . . und das Wetter ist so schön heute . . ."

Der Donner grollte hinter der sich türmenden grauschwarzen Wolke. Will war ratlos. Der Reiter, der ihn beobachtete, sagte laut: „Hier ist noch ein Stück Zucker für das Pferd, Mary. Es verdient es doch, nicht wahr?" Und er hielt ihr seine leere Hand hin.

„Oh, danke", sagte Mary eifrig. Sie beugte sich über den Hals des Pferdes und nahm den nicht vorhandenen Zucker von der Hand des Reiters. Dann hielt sie dem Hengst die offene Hand

219

hin, und dieser leckte kurz daran. Mary strahlte: „Da!" sagte sie. „Schmeckt das gut?"

Der schwarze Reiter sah Will an, sein Lächeln vertiefte sich ein wenig. Er öffnete spöttisch seine Hand, und Will sah darin eine kleine weiße Dose. Sie war aus milchigem Glas, und in dem Deckel waren Runenzeichen eingraviert.

„Hier habe ich sie, Uralter", sagte der Reiter mit leiser, triumphierender Stimme. „Gefangen durch die Zeichen des alten Zaubers von Lir, der vor langer Zeit in einen Ring eingraviert wurde und dann verlorenging. Du hättest dir den Ring deiner Mutter genauer anschauen sollen, du und dieser naive Handwerker, dein Vater; und Lyon, dein nachlässiger Meister . . . Nachlässig . . . Mit diesem Spruch habe ich deine Schwester unter Totemzauber gebunden und dich auch. Du hast keine Macht, sie zu retten. Schau!"

Er ließ den Deckel der Dose aufspringen, und Will sah darin ein rundes, fein geschnitztes Stück Holz, das mit einem Goldfaden umwickelt war. Bestürzt erkannte er das einzige Schmuckstück, das unter den Weihnachtsschnitzereien, die Bauer Dawson für die Familie Stanton angefertigt hatte, fehlte, und das goldene Haar, das Mr. Mitothin, der Gast seines Vaters, mit beiläufiger Höflichkeit von Marys Ärmel gepflückt hatte.

„Ein Geburtszeichen und ein Haupthaar sind ausgezeichnete Totems", sagte der Reiter. „In der alten Zeit, als wir alle noch weniger aufgeklärt waren, konnte man sogar durch den Boden, auf dem jemand ging, einen Zauber wirken."

„Oder den Boden, auf den sein Schatten fiel", sagte Will.

„Aber die Finsternis wirft keinen Schatten", sagte der Reiter.

„Und ein Uralter hat kein Geburtszeichen", sagte Will.

Er sah einen Schimmer von Unsicherheit auf dem gespannten weißen Gesicht. Der Reiter schloß die weiße Dose und schob sie in seine Tasche. „Unsinn", sagte er barsch.

Will betrachtete ihn nachdenklich. Er sagte: „Die Meister des Lichts tun nichts ohne einen Grund, Reiter. Auch wenn man den Grund viele Jahre lang nicht erkennt. Vor elf Jahren hat Bauer Dawson, Diener des Lichts, zu meiner Geburt ein gewisses Zeichen geschnitzt – und wenn er, wie es üblich war, den Anfangsbuchstaben meines Namens genommen hätte, dann hättest du mich vielleicht in deine Gewalt bringen können. Aber er machte das Zeichen des Lichts: einen Kreis mit einem Kreuz darin. Und wie du wohl weißt, kann die Finsternis kein Zeichen, das diese Form trägt, für ihre Zwecke benutzen. Es ist verboten."

Er sah zum Reiter auf. Er sagte: „Ich glaube, Sie wollen mich wieder bluffen, Mr. Mitothin, schwarzer Reiter auf dem schwarzen Pferd."

Der Reiter runzelte die Stirn. „Und doch bist du machtlos", sagte er, „denn ich habe deine Schwester. Und du kannst sie nur retten, wenn du mir die Zeichen gibst." Boshaft glitzerten seine Augen. „Dein großes und edles Buch hat dir vielleicht gesagt, daß ich keinem etwas zuleide tun kann, der blutsverwandt mit einem Uralten ist – aber sieh sie dir an. Sie wird alles tun, was ich ihr sage. Sogar in die geschwollene Themse springen. Weißt du, es gibt Seiten der Kunst, die ihr Leute vernachlässigt. Es ist so leicht, Menschen zu etwas zu überreden, womit sie sich selbst in Gefahr bringen. Wie zum Beispiel deine Mutter: Wie kann man nur so ungeschickt sein."

Er lächelte Will wieder an. Will starrte voller Haß zurück; dann betrachtete er Marys schlafwandlerisches Gesicht, und es schmerzte ihn tief, sie so zu sehen. Er dachte: und nur, weil sie meine Schwester ist. Alles meinetwegen.

Aber eine Stimme in ihm sagte: *Nicht deinetwegen. Des Lichtes wegen. Weil vieles geschehen muß, damit die Finsternis sich nicht erheben kann.* Und voller Freude wußte Will, daß er nicht mehr allein war; daß Merriman wieder in der Nähe war und ihm helfen würde.

Der Reiter streckte seine Hand aus. „Es ist Zeit, daß wir unseren Handel abschließen, Will Stanton. Gib mir die Zeichen."

Will atmete ganz tief ein und dann wieder aus. Er sagte: „Nein."

Erstaunen war etwas, das der Reiter längst nicht mehr kannte. Die scharfen blauen Augen starrten Will fassungslos an. „Aber du weißt doch, was ich tun werde?"

„Ja", sagte Will, „ich weiß. Aber ich werde dir die Zeichen trotzdem nicht geben."

Eine Weile schaute der Reiter ihn aus der schwarzen, wirbelnden Nebelsäule heraus an. Auf seinem Gesicht mischten sich Unglaube und Wut mit einer Art von düsterem Respekt. Dann wandte er sich dem schwarzen Pferd und Mary zu und rief ein paar Worte in einer Sprache, von der Will vermutete, daß sie die Verwünschungssprache der Finsternis war. Der Ton ließ ihn bis ins innerste Mark frieren.

Das große Pferd schüttelte die Mähne, die weißen Zähne blitzten, es machte einen Satz, während Mary in ihrer glücklichen Arglosigkeit die Mähne laut auflachend faßte. Auf dem überhängenden Eisrand des Flusses kam es zum Stehen.

Will umklammerte die Zeichen an seinem Gürtel, in tödlicher Angst wegen des Risikos, das er eingegangen war, und mit aller Kraft rief er die Mächte des Lichtes zu Hilfe.

Das schwarze Pferd wieherte laut und schrill und tat einen hohen Sprung über die Themse hinweg. Mitten im Sprung machte es eine plötzliche Wendung, bockte in der Luft, Mary schrie entsetzt und klammerte sich verzweifelt an den Hals des Tieres. Aber sie hatte das Gleichgewicht verloren, sie stürzte. Will war nahe daran, das Bewußtsein zu verlieren, sein Wagnis mußte mit einem Unglück enden.

Aber statt in den Fluß zu stürzen, fiel Mary in den weichen Schnee am Ufer. Der schwarze Reiter fluchte wütend und stürzte los, aber er erreichte sie nicht. Aus der Gewitterwolke, die genau über ihnen stand, fuhr ein mächtiger Blitz herunter, und aus dem Blitzstrahl und dem Donnergetöse fuhr ein weißer Strahl auf Mary zu, ergriff sie und trug sie davon. Will konnte eben noch Merrimans hagere Gestalt auf dem weißen Pferd erkennen und Marys blondes flatterndes Haar. Nun brach das Gewitter mit aller Gewalt los, die ganze Welt um ihn schien zu flammen.

Die Erde bebte. Einen Augenblick lang sah er die schwarze Silhouette des Schlosses von Windsor vor einem weißen Hintergrund. Blitze blendeten ihn, Donner hämmerte auf ihn ein. Durch das Summen in seinen betäubten Ohren hörte er plötzlich ganz nahe ein seltsames Krachen und Knacken. Er fuhr herum. Die große Buche hinter ihm war in der Mitte gespalten und stand in hellen Flammen, und er sah mit Erstaunen, daß die vier sprudelnden Quellen immer dünner wurden und ganz versiegten. Er schaute sich angstvoll nach der Nebelsäule um, aber sie war nicht mehr zu sehen. Und dann überstürzten sich die Ereignisse so, daß Will gar nicht mehr an die Säule dachte.

Denn es war nicht nur der Baum, der gespalten worden war, die Insel selbst veränderte sich, brach auf, sank auf den Fluß zu. Stumm vor Staunen stand er auf einem verschneiten Landstreifen, dort, wo die Quellen verschwunden waren. Um ihn herum bröckelte und glitt Schnee und Erde in die brüllende Themse. Hinter sich sah er etwas sehr Seltsames.

Während Land und Schnee wegbrachen, wuchs etwas aus der Insel heraus. Aus der höchsten Spitze der Insel stiegen zuerst die groben Umrisse eines Hirschkopfes mit erhobenem Geweih. Die Gestalt war golden und glänzte sogar in diesem matten Licht. Dann kam allmählich immer mehr zum Vorschein, bis das vollständige goldene Standbild eines springenden Hirsches sichtbar wurde. Dann erschien unter dem Standbild ein seltsam gebogener Sockel, von dem der Hirsch eben abzuspringen schien; dann eine langgestreckte waagerechte Fläche, die so lang war wie die Insel selbst und die sich am anderen Ende wieder zu einer goldglänzenden Spitze erhob, die diesmal in einer Art Rolle endete. Und plötzlich merkte Will, daß er vor einem Schiff stand. Der Hirsch war die Galionsfigur auf dem hohen, gewölbten Bug.

Erstaunt trat er näher, und unmerklich rückte der Fluß heran, so daß schließlich von der Insel nichts mehr übrig war als das Schiff und ein letzter verschneiter Landstreifen, der es umgab.

Will stand da und staunte. Ein solches Schiff hatte er noch nie gesehen. Die langen Bohlen, aus denen es gebaut war, lagen wie Dachziegel übereinander, sie waren schwer und dick, wahrscheinlich Eichenholz. Er konnte keinen Mast entdecken. Statt dessen füllten Ruderbänke das ganze Schiff aus. In der

Mitte war eine Art Deckaufbau, so daß das Schiff fast wie eine Arche wirkte. Dieser Aufbau hatte keine Seitenwände, nur die vier Eckpfosten und das Dach, es sah wie ein Baldachin aus. Und unter dem Baldachin lag ein König.

Will wich bei seinem Anblick unwillkürlich zurück. Die Gestalt war mit einem Panzerhemd angetan, Schwert und Schild lagen an ihrer Seite, Schätze waren um sie herum aufgehäuft. Der König trug keine Krone, statt dessen bedeckte ein großer, schön verzierter Helm den Kopf und den größeren Teil des Gesichtes. Gekrönt war der Helm vom silbernen Abbild eines Tieres mit einer langen Schnauze, das wohl ein wilder Eber sein mußte. Aber auch ohne Krone war dies unverwechselbar der Leichnam eines Königs. Kein Geringerer konnte solche silbernen Schüsseln und juwelenbesetzten Börsen besitzen, einen solchen Schild aus Bronze und Eisen, eine Schwertscheide wie diese, die goldgefaßten Trinkhörner, diese Berge von Schmuckstücken.

Unwillkürlich kniete Will im Schnee nieder und neigte ehrfurchtsvoll den Kopf.

Als er wieder aufschaute, sah er, daß der König etwas in seinen still auf der Brust gefalteten Händen hielt. Es war ein kleines, glitzerndes Schmuckstück. Als Will es näher betrachtete, blieb er plötzlich stocksteif stehen und mußte sich am Rand des Schiffes festhalten. Das Schmuckstück in den stillen Händen des Königs des Langbootes war ein Ring, von einem Kreuz in vier Teile geteilt. Er war aus schimmerndem Glas gemacht, Schlangen, Aale und Fische, Wellen und Wolken und andere Seedinge waren hineingeschliffen. Stumm rief es nach Will. Ohne Frage, dies war das Zeichen des Wassers, das letzte der sechs großen Zeichen.

Will kletterte über den Rand des großen Bootes und näherte sich dem König. Er mußte sich vorsichtig bewegen, sonst wäre er auf feine Lederarbeiten getreten, auf schöne Gewebe, auf Emaille- und Filigranschmuck. Er blickte einen Augenblick lang in das weiße, halbverborgene Gesicht unter dem reichverzierten Helm, dann beugte er sich ehrfürchtig vor, um das Zeichen zu nehmen. Aber zuerst mußte er die Hand des toten Königs berühren, und die war kälter als Stein. Will zuckte zurück und zögerte.

Merrimans Stimme klang ganz nah, als er sagte: „Fürchte dich nicht vor ihm."

Will schuckte. „Aber – er ist tot."

„Er hat fünfzehnhundert Jahre lang hier in seinem Grab gelegen und gewartet. Zu irgendeiner anderen Zeit des Jahres wäre er überhaupt nicht hier. Er wäre Staub. Ja, Will, dieser sein Leib ist tot. Sein Geist ist schon seit langem außerhalb der Zeit."

„Aber es ist unrecht, einen Toten zu berauben."

„Es ist das Zeichen. Wenn es nicht das Zeichen wäre, bestimmt für dich, den Zeichensucher, dann wäre er nicht hier, um es dir zu geben. Nimm es."

Will beugte sich also über die Bahre und nahm das Zeichen des Wassers aus den toten kalten Händen, die es nur lose hielten. Von weither kam ein leises Wispern seiner Musik und war wieder verklungen.

Er wandte sich um. Neben dem Schiff saß Merriman auf der weißen Stute; er war in einen dunkelblauen Umhang gekleidet, das wilde weiße Haar war unbedeckt, in seinem hageren Gesicht lagen tiefe Schatten der Erschöpfung, aber in seinen Augen glänzte Freude.

„Das hast du gut gemacht, Will", sagte er.

Will betrachtete das Zeichen in seinen Händen. Es hatte den Glanz von Perlmutter, einen Regenbogenglanz, das Licht tanzte darauf, als tanzte es auf Wasser. „Es ist wunderschön", sagte er. Beinahe zögernd löste er den Gürtel und schob das Zeichen des Wassers darauf, neben das glitzernde Zeichen des Feuers.

„Es ist eines der ältesten", sagte Merriman. „Und das mächtigste. Nun, da du es trägst, verlieren Sie für immer ihre Macht über Mary – dieser Zauber ist tot. Komm, wir müssen gehen."

Seine Stimme klang besorgt; er hatte gesehen, wie Will sich festhalten mußte, weil sich das Schiff ganz plötzlich auf die Seite legte. Es richtete sich wieder auf, schwankte ein wenig

225

und kippte dann auf die andere Seite. Will, der sich an die Bordwand klammerte, sah nun, daß die Themse unbemerkt weiter gestiegen war. Das Wasser leckte von allen Seiten an den Schiffswänden, es schwamm schon beinahe. Der tote König würde nun nicht mehr in der Erde ruhen, die einmal eine Insel gewesen war.

Die Stute drehte sich auf der Hinterhand ihm zu, schnaubte zur Begrüßung, und wieder fühlte sich Will in einem verzauberten Moment, der durchweht war von seiner Musik, hochgehoben, und schon saß er vor Merriman auf dem Hals der weißen Lichtstute.

Das Schiff schwankte und neigte sich, es schwamm jetzt frei, das weiße Pferd sprang beiseite und blieb dann, die stämmigen Beine vom Flußwasser umspült, wartend stehen.

Krachend und knirschend überließ sich das Langboot den Fluten der geschwollenen Themse. Es war zu groß, um überwältigt zu werden, seine Schwere hielt es auch auf diesem strudelnden Wasser ruhig, sobald es sein Gleichgewicht gefunden hatte. Der geheimnisvolle König lag still zwischen seinen Waffen und den gleißenden Gaben, und Will warf einen letzten Blick auf das maskenhafte weiße Gesicht, während das Schiff stromabwärts trieb.

Er sagte über seine Schulter hinweg: „Wer war es?"

Auf Merrimans Gesicht, der das Langboot davonfahren sah, lag tiefe Ehrfurcht. „Ein englischer König aus den dunklen Zeiten. Ich denke, wir werden seinen Namen nicht aussprechen. Die dunklen Zeiten tragen ihren Namen zu Recht, es war eine Zeit der Schatten für die Welt, als die schwarzen Reiter ungehindert unser Land durchstreiften. Nur die Uralten und einige edle Menschen, wie dieser, erhielten das Licht am Leben."

„Und er wurde in einem Schiff begraben wie die Wikinger?" Will sah immer noch den Schimmer des goldenen Hirsches auf dem Bug.

„Er war zum Teil selbst ein Wikinger", sagte Merriman. „In jenen Tagen gab es drei große Schiffsbegräbnisse an der Themse. Eins wurde im vergangenen Jahrhundert bei Taplow ausgegraben und dabei zerstört. Eines war dieses Schiff des Lichts, das nicht dazu bestimmt war, jemals von Menschen gefunden zu werden. Und das letzte ist das größte Schiff mit dem größten aller Könige, es ist noch nicht gefunden worden und wird es wohl auch nie werden. Es ruht in Frieden." Er unterbrach sich plötzlich, und auf sein Zeichen hin wandte sich das Pferd vom Fluß ab, um nach Süden zu galoppieren.

Will versuchte immer noch, etwas von dem Schiff zu sehen, und Pferd und Meister schienen seine Spannung zu spüren. Sie hielten an. In diesem Augenblick kam ein ganz ungewöhnlicher blauer Lichtblitz aus dem Osten gefahren, nicht aus den Wolken, sondern von jenseits der Heide. Er schlug in das Schiff ein. Ein großes, stilles Flammenmeer erhob sich, leuchtete über den breiten Fluß und die rauhen weißen Ufer. Vom Bug bis zum Heck stand das Schiff deutlich vor der Feuerwand. Will stieß einen halberstickten Schrei aus, das weiße Pferd tänzelte unruhig und scharrte im Schnee.

Hinter Wills Rücken sagte Merrimans kraftvolle tiefe Stimme: „SIE lassen ihre Wut aus, denn SIE wissen, daß sie zu spät kommen. Manchmal ist es sehr leicht, vorauszusehen, was die Finsternis tun wird."

Will sagte: „Aber der König und all die schönen Dinge . . ."

„Wenn der Reiter nachgedacht hätte, hätte er gewußt, daß sein Wutausbruch diesem großen Schiff nur ein geziemendes Ende bereitet. Als der Vater dieses Königs starb, wurde er auf die gleiche Weise in ein Schiff gelegt, zusammen mit seinem kostbarsten Besitz, aber das Schiff wurde nicht begraben. Das tat man damals nicht. Die Mannen des Königs legten Feuer daran und sandten es brennend auf die See hinaus, einen schwimmenden Scheiterhaufen. Und das ist es, was unser König des letzten Zeichens nun tut; er segelt zwischen Feuer und Wasser in seinen langen Schlaf hinein, den größten Fluß Englands hinunter aufs Meer zu."

„Und in Frieden möge er ruhen", sagte Will leise und wandte endlich die Augen von den tanzenden Flammen. Aber noch lange sahen sie den gewitterdunklen Himmel vom Widerschein des brennenden Langbootes erhellt.

Jäger Herne

„Komm", sagte Merriman, „wir dürfen keine Zeit mehr verlieren!" Und die weiße Stute erhob sich in die Luft, streifte mit
den Hufen das schäumende Wasser und setzte dort über die
Themse, wo die Grafschaft Buckinghamshire endet und Berk-
shire beginnt. Sie galoppierte in verzweifelter Eile, aber immer
noch trieb Merriman sie an. Will wußte, warum. Durch die
fliegenden Falten von Merrimans Umhang hindurch hatte er
gesehen, daß sich die große schwarze Sturmsäule wieder sammelte, sie war noch höher als zuvor, verband Himmel und Erde
und strehte sich schweigend vor dem Glanz des brennenden
Schiffes. Sie folgte ihnen, und sie näherte sich schnell.

Ein Wind kam von Osten und peitschte ihnen den Rücken;
Merrimans Mantel wurde nach vorn geweht und umschloß sie
beide wie ein großes blaues Zelt.

„Dies ist der Höhepunkt", schrie Merriman ihm ins Ohr. Er
schrie aus Leibeskräften, aber der Wind wütete so, daß Will ihn
kaum verstand. „Du hast die sechs Zeichen. Aber sie sind noch
nicht verbunden. Wenn die Finsternis dich jetzt fängt, hat sie
alles, um zur Macht zu gelangen. Jetzt werden Sie alles daran-
setzen."

Sie galoppierten weiter, an Häusern und Höfen vorüber, vorüber an Menschen, die sie nicht sahen, weil sie mit den Fluten
kämpften; über Dächer ging es, über Kamine, über Hecken
und Felder, durch Wälder hindurch, nie hoch über dem Erdboden. Die große schwarze Säule verfolgte sie, kam auf dem
Wind gefahren, und darinnen ritt der schwarze Reiter auf seinem feuermäuligen schwarzen Pferd, und die Herren der Finsternis ritten an seiner Schulter wie wirbelnde schwarze Wolken.

Die weiße Stute stieg wieder höher, und Will blickte nach unten. Überall waren jetzt Bäume, offene Wiesen mit einzelnen
Bäumen, hohen, weit ausladenden Eichen und Buchen, und
dann wieder dichte Wälder, die von langen, geraden Schneisen
durchschnitten waren. Jetzt flogen sie eine dieser Schneisen
entlang, vorbei an schneebeladenen Tannen, und dann waren

sie wieder in offenem Land . . . Links von ihm zerriß ein Blitz eine dunkle Wolke, und in seinem Licht sah Will ganz nah die ragende Masse des Schlosses von Windsor. Er dachte: Wenn das das Schloß ist, so sind wir im großen Park.

Er spürte jetzt, daß sie nicht mehr allein waren. Schon zweimal hatte er das hohe Kläffen in der Luft gehört, aber jetzt war noch mehr da. Wesen seiner eigenen Art waren unter den dichten Bäumen dieses Parks. Und er spürte auch, daß die grauen Massen des Himmels nicht mehr leer waren, sondern bevölkert von Wesen, die weder dem Licht noch der Finsternis angehörten, die sich in geballter Kraft hin und her bewegten, sich sammelten und trennten . . .

Das weiße Pferd lief jetzt wieder auf dem Erdboden, die Hufe stampften entschlossener noch als zuvor durch Schnee und Eis und Wasser. Will merkte, daß es nicht von Merriman gelenkt wurde, sondern einem tiefen eigenen Antrieb folgte.

Wieder blitzte es um sie herum, und der Donner grollte. Merriman sagte an seinem Ohr: „Kennst du Hernes Eiche?"

„Ja, natürlich", sagte Will sofort. Er kannte diese Sage schon seit seiner Kindheit. „Sind wir dort? Die große Eiche in dem großen Park, wo . . .?"

Er schluckte. Wie war es möglich, daß er daran nicht gedacht hatte? Warum hatte das Buch *Gramarye* ihn alles gelehrt außer diesem? Langsam fuhr er fort: „. . . wo Herne, der Jäger, hinreitet am Vorabend der Zwölften Nacht?" Dann blickte er sich ängstlich nach Merriman um. „Herne?"

Ich gehe die Jagd zusammenrufen, hatte der alte George gesagt.

Merriman sagte: „Natürlich. Heute reitet die Wilde Jagd. Und weil du deine Sache gut gemacht hast, wird sie heute zum erstenmal seit tausend Jahren ein Wild zu jagen haben."

Die weiße Stute verlangsamte ihren Lauf, sie sog die Luft ein. Winde rissen den Himmel auf; ein Halbmond segelte hoch durch die Wolken, verschwand wieder. Blitze leuchteten an sechs Stellen gleichzeitig auf, in den Wolken rollte und grollte es. Die schwarze Wolkensäule kam auf sie zu, blieb dann stehen, drehte sich und schwankte zwischen Himmel und Erde.

Merriman sagte: „Ein Alter Weg führt rings um den Park, der Weg durch Hunter's Combe, das Jägertal. Es wird eine Weile dauern, bis Sie einen Umweg finden."

Will spähte in das dunstige Halbdunkel. Im Licht der Blitze erkannte er eine einzelne Eiche, die aus einem riesigen Stamm weit die Äste breitete. Anders als an den anderen Bäumen war an ihr kein Rest von Schnee zu sehen, und neben dem Stamm stand eine Gestalt in Menschengröße.

Die weiße Stute hatte die Gestalt auch gesehen. Sie schnaubte heftig und scharrte im Schnee.

Will sagte leise vor sich hin: „Das weiße Pferd muß den Jäger treffen . . ."

Merriman berührte ihn an der Schulter, und mit zauberischer Leichtigkeit glitten sie zu Boden. Die Stute neigte den Kopf, und Will legte seine Hand auf den harten und doch glatten weißen Hals.

„Geh, mein Freund", sagte Merriman, und das Pferd wandte sich und trottete mit eifrigen Schritten auf den riesigen einsamen Eichenbaum und den seltsamen reglosen Schatten darunter zu. Das Geschöpf, dem dieser Schatten gehörte, besaß eine ungeheure Kraft; Will spürte sie und schreckte zurück. Der Mond trat wieder hinter eine Wolke, und es blitzte nicht mehr. In den Schatten unter dem Baum konnten sie keine Bewegung erkennen. Nur ein Laut drang durch die Dunkelheit zu ihnen: das freudige Wiehern der weißen Stute.

Wie ein Echo drang aus den Bäumen in ihrem Rücken jetzt ein dunkles Schnauben zu ihnen; als Will herumfuhr, trat der Mond eben hinter den Wolken hervor, und er sah die riesenhafte Silhouette von Pollux, dem Zugpferd von Dawsons Hof, und auf seinem Rücken den alten George.

„Deine Schwester ist zu Hause, mein Junge", sagte der alte George. „Sie weiß, daß sie sich verlaufen hatte; da ist sie in einer alten Scheune eingeschlafen und hatte einen seltsamen Traum, den sie fast schon wieder vergessen hat . . ."

Will lächelte dankbar und nickte. Dann sah er, daß George einen seltsam abgerundeten, eingewickelten Gegenstand vor sich auf dem Sattel hatte. „Was ist das?" Das Haar in seinem

Nacken sträubte sich, wenn er in die Nähe dieses Dinges kam.

Der alte George antwortete nicht auf seine Frage; er beugte sich zu Merriman herunter: „Ist alles gutgegangen?"

„Alles geht gut", sagte Merriman. Er schauderte und wickelte sich in seinen langen Umhang. „Gib es dem Jungen."

Er sah Will mit seinen unergründlichen, tiefliegenden Augen fest an, und Will ging verwundert auf den Karrengaul zu und blickte zu George auf. Mit einem raschen, freudlosen Lächeln, das eine große Anstrengung zu verbergen schien, ließ dieser seine Last zu ihm herunter. Das Bündel war halb so groß wie Will, aber nicht schwer; es war in Sackleinen verpackt. Gleich als er es in die Hände nahm, wußte Will, was es war. Es kann nicht sein, dachte er ungläubig; was hätte es für einen Sinn?

Wieder grollte der Donner von allen Seiten.

Merrimans Stimme kam aus dem tiefen Schatten hinter ihm: „Aber natürlich ist es das. Das Wasser hat es in Sicherheit gebracht. Und zur rechten Zeit haben die Uralten es aus dem Wasser geholt."

„Und jetzt", sagte der alte George vom Rücken des geduldigen Pollux herunter, „mußt du es dem Jäger bringen, junger Uralter."

Will schluckte ängstlich. Ein Uralter hatte nichts in der Welt zu fürchten, nichts. Und doch war etwas so Fremdes und Furchterregendes an der schattenhaften Gestalt unter der Rieseneiche, daß man sich überflüssig vorkam, unbedeutend und klein . . .

Er straffte sich. Überflüssig war das falsche Wort; er hatte eine Aufgabe zu erfüllen. Er hob das Bündel wie eine Fahne hoch, riß die Hülle ab, und die bunte, unheimliche Karnevalsmaske kam so glatt und unbeschädigt zum Vorschein, als sei sie eben erst aus dem fernen Land angekommen. Das Geweih ragte stolz in die Höhe; er sah jetzt, daß es genau die gleiche Form hatte wie das Geweih des goldenen Hirschs auf dem Königsschiff.

Die Maske vor sich hertragend, ging er festen Schrittes auf die dunklen Schatten unter der weitverzweigten Eiche zu. Am

Rande der Krone blieb er stehen. Er konnte den weißen Schimmer des Pferdes sehen, das sich regte, als erkenne es ihn; er sah auch, daß die Stute einen Reiter trug. Aber das war alles.

Die Gestalt auf dem Pferd neigte sich ihm zu. Er konnte das Gesicht nicht sehen, fühlte aber, wie ihm die Maske abgenommen wurde – und obgleich die Maske ihm zuerst so leicht vorgekommen war, fielen seine Hände herunter, als wären sie von einer großen Last befreit.

Er trat zurück. Der Mond kam plötzlich wieder hinter einer Wolke hervor und blendete ihn mit seinem kalten weißen Licht; dann war er wieder verschwunden, und die weiße Stute trat aus den Schatten heraus; die Umrisse des Reiters waren vor der größeren Helligkeit des Himmels deutlich sichtbar. Der Reiter hatte jetzt einen Kopf, der größer war als ein menschliches Haupt, gekrönt von einem Hirschgeweih. Und die weiße Stute mit dem unheimlichen Hirschmenschen auf dem Rücken kam unerbittlich auf Will zu.

Er stand da und wartete, bis das große Pferd ganz nahe war; seine Nase berührte Wills Schulter noch einmal – zum letztenmal. Über ihm ragte die Gestalt des Reiters empor. Das Mondlicht fiel jetzt voll in sein Gesicht. Will blickte in seltsam helle Augen, unergründlich und goldgelb wie die Augen eines riesigen Vogels. Er blickte in die Augen des Jägers, und wieder hörte er das unheimliche hohe Kläffen in der Luft. Er riß sich mit Mühe aus der Verzauberung los, um die große gehörnte Maske zu betrachten, die er dem Jäger gebracht hatte.

Aber der Kopf war ein wirklicher Kopf.

Die goldenen Augen blinzelten rund und von Federn umrandet mit dem raschen Lidschlag einer Eule; das Gesicht, in dem diese Augen saßen, war voll auf Will gerichtet, und der feste Mund über dem weichen Bart öffnete sich zu einem schnellen Lächeln. Dieser Mund verwirrte Will. Es war nicht der Mund eines Uralten. Er konnte freundschaftlich lächeln, aber er war auch von anderen Zügen umgeben. Wo Merrimans Gesicht Züge der Trauer und des Zornes zeigte, deuteten die Züge des Jägers auf Grausamkeit, auf Gefühle erbarmungsloser Rachsucht. Er war wirklich zur Hälfte ein Tier. Die dunklen Zweige von Hernes Geweih bogen sich über Will hinweg, das Mondlicht spielte in ihrem samtenen Glanz, und der Jäger lachte leise. Er blickte Will mit seinen gelben Augen an, das Gesicht war keine Maske mehr, sondern ein wirkliches Gesicht, und seine Stimme klang wie eine volltönende Glocke. „Zeig mir die Zeichen, Uralter", sagte er. „Zeig mir die Zeichen."

Ohne seine Augen von der ragenden Gestalt zu nehmen, löste Will die Schnalle seines Gürtels und hielt die sechs durchkreuzten Ringe ins Mondlicht. Der Jäger sah sie an und senkte den Kopf. Als er ihn langsam wieder hob, sprach seine weiche Stimme halb singend Worte, die Will schon einmal gehört hatte:

Erhebt die Finsternis sich wieder, wehren sechs sie ab;
Drei aus dem Kreis, und drei von dem Pfad.
Holz, Bronze, Eisen; Wasser, Feuer, Stein;
Fünf kehren wieder, und einer geht allein.

Eisen für das Wiegenfest, Bronze trägst du lang;
Holz aus dem Flammenbrand, Stein aus Gesang;
Feuer aus dem Kerzenring, Wasser aus dem Firn;
Sechs Zeichen bilden den Kreis, und der Gral ist fern.

Aber er hörte nicht auf, wie Will es erwartet hatte, sondern fuhr fort:

Bergfeuer finden die goldende Harfe der Schäfer,
Die klingt und weckt die alten Schläfer;
Zaubermacht der grünen Hexe, die am Meeresgrunde träumt;
Alle finden einst das Licht, Silber, das die Bäume säumt.

Die gelben Augen blickten Will wieder an, aber ohne ihn zu sehen; sie waren abweisend, kühl; ein kaltes Feuer stieg in ihnen auf und brachte die grausamen Züge des Gesichtes vollends zum Vorschein. Aber Will verstand, daß diese Grausamkeit die wilde Unerbittlichkeit der Natur war. Nicht aus Bosheit jagten die Herren und die Diener des Lichts die Finsternis, sondern weil die Natur es so erforderte.

Herne, der Jäger, riß das große weiße Pferd herum, weg von

Will und der großen Eiche, und die furchterregende Silhouette wurde im Mondlicht vor den immer noch drohenden Gewitterwolken sichtbar. Er hob den Kopf und stieß einen Schrei aus, der wie das Hornsignal eines Jägers klang, der die Meute zur Jagd ruft. Das Jagdhorn seiner Stimme wurde lauter und lauter, schien den Himmel zu füllen, als käme es aus tausend Kehlen gleichzeitig.

Und Will sah, daß dies wirklich so war, denn aus jeder Ecke des Parkes, aus jedem Schatten, hinter jedem Baum hervor, aus jeder Wolke, über den Boden rasend und durch die Luft springend, kam eine endlose Hundemeute; sie kläfften und bellten wie Jagdhunde, die eine Spur aufnehmen. Es waren riesenhafte, weiße, gespenstische Tiere, die durcheinander rannten, sich stießen und balgten; sie beachteten weder die Uralten noch sonst etwas, hörten nur auf Herne auf seinem weißen Roß. Ihre Ohren waren rot, ihre Augen waren rot, es waren häßliche Geschöpfe. Will wich ihnen unwillkürlich aus, aber eine große silbrige Dogge verhielt einen Augenblick, um ihm einen Blick zuzuwerfen. Die roten Augen in dem weißen Kopf waren wie Flammen, die roten Ohren waren in so schrecklichem Eifer gespitzt, daß Will versuchte, nicht daran zu denken, wie es sein mußte, von solchen Hunden gehetzt zu werden.

Bellend und winselnd umringten sie Herne wie ein wogendes Meer rotfleckigen Schaums. Dann plötzlich richtete der Mann mit dem Geweih sich auf, wies mit den Hörnern auf ein Ziel und rief die Hunde mit einem schnellen, eindringlichen Ruf, dem *menée*, das die Meute auf die Fährte hetzt. Das eifrige Kläffen und Bellen der losstürzenden Tiere füllte die Luft, und im selben Augenblick brach das Gewitter mit voller Gewalt los. Wolken barsten und Blitze zuckten, während Herne auf dem weißen Roß sich in den Himmel schwang und die rotäugigen Hunde wie eine weiße Flut hinter ihm her in die Luft sprangen.

Aber dann erstickte ein schreckliches Schweigen den tosenden Lärm. In einer letzten verzweifelten Anstrengung hatte die Finsternis die Schranken, die sie ferngehalten hatten, durchbrochen, um Will zu fangen. Himmel und Erde verdeckend, kam die tödlich kreisende Säule auf ihn zu, schrecklich in ihrer wirbelnden Wut und ihrer völligen Stille.

Es blieb keine Zeit mehr, sich zu fürchten. Will stand allein. Und die hohe schwarze Säule umschloß ihn mit all den ungeheuerlichen Kräften, die die Finsternis in dem kreisenden Nebel angesammelt hatte. In ihrer Mitte bäumte sich das schwarze Pferd mit dem schwarzen Reiter, dessen Augen wie blaue Funken brannten. Will rief vergeblich jeden Zauber auf, der ihn schützen konnte, er wußte, daß seine Hände keine Kraft hatten, die hilfreichen Zeichen hervorzuziehen. Verzweifelt schloß er die Augen.

Aber durch das tödliche, erstickende Schweigen, das ihn umhüllte, klang ein leiser Laut. Es war das seltsam hohe Kläffen am Himmel, als zögen Wildgänse durch eine Herbstnacht, das er schon dreimal an diesem Tag gehört hatte. Es kam immer näher, wurde immer lauter. Er öffnete die Augen und sah ein Schauspiel, wie er es nie zuvor gesehen hatte und nie mehr sehen würde.

Die Hälfte des Himmels war schwarz, erfüllt vom schweigenden Wüten der Finsternis, vom Wirbeln ihrer gewaltigen Stürme, aber vom Westen kam mit der Geschwindigkeit fallender Steine Herne mit der Wilden Jagd. In voller Kraft kamen sie aus der Gewitterwolke gebraust; begleitet von Blitzen und graupurpurnen Wolken, ritten sie auf dem Sturm. Der gelbäugige Mann mit dem Geweih schrie mit einem schrecklichen Lachen das *avaunt*, das die Hunde in voller Jagd sammelt, und sein strahlendes, weißgoldenes Pferd stürzte mit fliegender Mähne und fliegendem Schweif vorwärts.

Und um ihn und hinter ihm strömten wie ein breiter weißer Strom die Hunde, die Kläffer, die Winsler, die Schicksalshunde. Ihre Augen brannten wie tausend warnende Flammen. Sie füllten den ganzen westlichen Horizont, und immer noch strömten sie, es nahm kein Ende.

Beim Klang des glockenhellen, tausendstimmigen Gebells zuckte und schwankte die Herrlichkeit der Finsternis und schien zu erzittern. Noch einmal sah Will den schwarzen Reiter hoch im dunklen Nebel; sein Gesicht war verzerrt von Wut und Angst und erstarrter Bosheit – und dem Bewußtsein der Niederlage. Er riß sein Pferd so wild herum, daß der starke schwarze Hengst stolperte und beinahe gestürzt wäre. Während der Reiter am Zügel riß, schien er ungeduldig etwas vom Sattel herunterzuwerfen, einen dunklen Gegenstand, der lose und schlaff zu Boden fiel und dort liegen blieb wie ein weggeworfener Mantel . . .

Dann hatten der Sturm und die Wilde Jagd den Reiter fast erreicht. Er stürzte in seinen wirbelnden schwarzen Zufluchtsort hinein. Die schwarze Windhose schwankte, wand sich, schlug um sich wie eine Schlange in Todesnot. Dann erfüllte ein lauter Schrei den Himmel, und die Säule verschwand in rasender Flucht nach Norden. Hinter ihr her stürzten Herne und die Jagd wie eine lange weiße Wolkenbank, die der Sturm vor sich hertreibt.

Das Kläffen der Hunde verklang allmählich, und über Hernes Eiche schwamm der silberne Halbmond in einem Himmel, der nur noch von kleinen Wolkenfetzen gefleckt war.

Will atmete tief und blickte sich um. Merriman stand noch so da, wie er ihn zuletzt gesehen hatte, eine hohe, aufrechte, verhüllte Gestalt, ein dunkles, geheimnisvolles Standbild. Der alte George hatte Pollux unter die Bäume geführt, denn ein gewöhnliches Tier wäre beim nahen Anblick der Wilden Jagd gestorben.

Will sagte: „Es ist vorbei?"

„Mehr oder weniger", sagte Merriman. Sein Gesicht war unter der Kapuze nicht zu erkennen.

„Die Finsternis – ist . . ." Er wagte die Worte nicht auszusprechen.

„Die Finsternis ist besiegt, wenigstens in dieser Schlacht. Nichts kann der Wilden Jagd widerstehen. Und Herne und seine Hunde jagen ihr Wild, so weit sie können, das heißt, bis ans Ende der Welt. Dort müssen die Herren der Finsternis nun schmollen und auf ihre nächste Gelegenheit warten. Aber das nächstemal sind wir viel stärker, weil der Kreis der sechs Zeichen vollendet sein wird und du die Gabe von *Gramarye* besitzt. Wir sind stärker geworden, Will, weil du deine Aufgabe

erfüllt hast, und der letzte und endgültige Sieg ist näherge-
rückt."

Er schob die weite Kapuze zurück, und das weiße Haar glänzte
im Mondlicht; die umschatteten Augen sahen Will mit stolzer
Anerkennung an. Will wurde es warm ums Herz. Dann ließ
Merriman seinen Blick über das unebene verschneite Grasland
des großen Parks gleiten.

„Jetzt müssen nur noch die Zeichen zusammengefügt werden", sagte er. „Aber vorher bleibt uns noch eine kleine Ange-
legenheit."

Seine Stimme schwankte merkwürdig. Will folgte ihm verwirrt, als er nun auf Hernes Eiche zuging. Dann sah er am
Rande des Schattens, den der große Baum warf, den zerknitter-
ten Mantel, den der Reiter vor seiner Flucht weggeworfen hatte. Merriman bückte sich, dann kniete er neben dem Bündel in
den Schnee. Immer noch verwundert, kam Will näher und sah
jetzt entsetzt, daß der dunkle Haufen kein Mantel war, sondern ein Mensch. Die Gestalt lag mit dem Gesicht nach oben in
einer schrecklich verzerrten Haltung. Es war der Wanderer, es
war Hawkin.

Merriman sagte mit ausdrucksloser tiefer Stimme: „Wer mit
den Herren der Finsternis aufsteigt, muß erwarten zu fallen.
Und Menschen fallen nicht aus solcher Höhe, ohne Schaden zu
nehmen. Ich glaube, er hat das Rückgrat gebrochen."

Will betrachtete das stille kleine Gesicht, und es kam ihm zum
Bewußtsein, daß er diesmal ganz vergessen hatte, daß Hawkin
nur ein gewöhnlicher Mensch war – aber gewöhnlich war vielleicht nicht das richtige Wort für einen Menschen, der vom
Licht und von der Finsternis zu ihren Zwecken benutzt worden
ist, der viele Male durch die Zeit hin und her geschickt wurde,
bis er schließlich zum Wanderer wurde, einem alten, durch
siebenhundertjährige Wanderung verbrauchten Mann. Aber
trotzdem war er ein Mensch, ein Sterblicher. Das weiße Gesicht zuckte, die Augen öffneten sich. Schmerz war in ihnen zu
lesen und die Schatten eines anderen, erinnerten Schmerzes.
„Er hat mich abgeworfen", sagte Hawkin.

Merriman sah ihn stumm an.

„Ja", flüsterte Hawkin bitter. „Sie wußten, daß es geschehen würde." Er zog den Atem scharf ein, als er den Kopf zu bewegen versuchte; dann trat Todesangst in seine Augen. „Nur mein Kopf . . . ich fühle meinen Kopf, weil er schmerzt. Aber meine Arme, meine Beine, sie sind . . . nicht da . . ."

Eine schreckliche, verzweifelte Hoffnungslosigkeit stand jetzt in dem gefurchten Gesicht. Hawkin sah Merriman voll an. „Ich bin verloren", sagte er. „Ich weiß es. Sie werden mich weiterleben lassen, das schlimmste Leiden kommt jetzt. Das letzte Recht eines Menschen ist es, zu sterben. Sie haben es die ganze Zeit verhindert. Sie haben mich durch die Jahrhunderte leben lassen, obgleich ich mich oft nach dem Tod gesehnt habe. Und ich habe mich nur darum in einen Verrat verstrickt, weil ich nicht die Urteilskraft eines Uralten hatte . . ."

Das Leid und die Sehnsucht in seiner Stimme waren unerträglich; Will wandte sich ab.

Aber Merriman sagte: „Du warst Hawkin, mein Pflegesohn und mein Gefolgsmann, du hast deinen Herrn und du hast das Licht betrogen. Darum wurdest du zum Wanderer, um so lange über die Erde zu wandern, wie das Licht dessen bedurfte. Und so hast du in der Tat weitergelebt. Aber wir haben dich seitdem nicht mehr gehalten, mein Freund. Als die Aufgabe des Wanderers erfüllt war, warst du frei, und du hättest für immer ausruhen können. Statt dessen hast du den Verlockungen der Mächte der Finsternis geglaubt und das Licht ein zweites Mal betrogen . . . Ich habe dir die Freiheit der Wahl gegeben, Hawkin, und habe sie nicht zurückgenommen. Ich kann es nicht. Sie ist immer noch dein. Keine Macht der Finsternis oder des Lichts kann einen Menschen zu mehr machen als einem Menschen, wenn die übernatürliche Rolle, die er vielleicht hat spielen müssen, beendet ist. Aber keine Macht der Finsternis oder des Lichts kann dir auch deine Rechte als Mensch nehmen. Wenn der schwarze Reiter dir das gesagt hat, so hat er gelogen."

Das verzerrte Gesicht blickte ungläubig zu ihm auf. „Ich kann Ruhe finden? Es wird ein Ende und Ruhe geben, wenn ich will?"

„Du hast dich immer entscheiden können", sagte Merriman traurig.

Hawkin nickte. Schmerz überschattete sein Gesicht und verflog wieder. Die Augen, die jetzt zu ihnen aufsahen, waren wieder die hellen, lebhaften Augen des Anfangs, die Augen des kleinen anmutigen Mannes im grünen Samtrock. Sie wandten sich Will zu. Hawkin sagte leise: „Nutze die Gabe wohl, Uralter."

Dann sah er wieder Merriman an, mit einem langen, unergründlichen und doch vertrauensvollen Blick. Fast unhörbar sagte er: „Mein Herr . . ."

Dann erlosch das Licht der hellen Augen.

Der Kreis der Zeichen

In der niedrigen Schmiede stand Will mit dem Rücken zum Eingang und starrte ins Feuer. Es brannte rot und golden und in einem wilden Gelbweiß, während John Smith den Blasebalg bediente. Zum erstenmal an diesem Tage fühlte sich Will behaglich. Es konnte nicht viel geschehen, wenn ein Uralter in einem eisigen Strom naß wie ein Fisch wurde, aber er war doch froh zu fühlen, wie die Wärme seinen Körper durchdrang. Das Feuer erhellte sein Gemüt, wie es den ganzen Raum erhellte.

Und doch war der Raum nicht wirklich hell, denn nichts, was Will sah, schien Festigkeit zu haben. Die Luft zitterte. Nur das Feuer schien wirklich; alles andere war wie eine Spiegelung.

Er sah, daß Merriman ihn mit einem leisen Lächeln beobachtete.

„Es ist wieder dieses zwischenweltliche Gefühl", sagte Will erstaunt. „Das gleiche wie im Schloß, als wir gleichzeitig in zwei Zeiten waren."

„Ja, genau so. Und so ist es auch wieder."

„Aber wir sind doch in der Zeit der Schmiede", sagte Will. „Wir sind durch das Tor geschritten."

Und so war es gewesen: Als die Wilde Jagd die Finsternis davongetrieben hatte, waren sie auf der dunklen, nassen Heide durch das Tor gegangen. Sie waren in eine Zeit getreten, die sieben Jahrhunderte zurücklag, aus der Hawkin gekommen war und in die Will an jenem stillen verschneiten Morgen seines Geburtstages gegangen war. Auf Pollux' breitem Rücken hatten sie Hawkin zum letztenmal in sein Jahrhundert zurückgebracht. Als sie alle das Tor durchschritten hatten, hatte George das Pferd mit Hawkins Leiche in die Richtung der Kirche davongeführt. Und Will wußte, daß in seiner eigenen Zeit irgendwo auf dem Dorffriedhof, unter einem Stein, dessen Aufschrift bis zur Unleserlichkeit abgebröckelt war, das Grab eines Mannes namens Hawkin liegen würde, der einmal im dreizehnten Jahrhundert gestorben war und seitdem hier in Frieden geruht hatte.

Merriman zog ihn zum Eingang der Schmiede, wo der schmale Pfad entlanglief, der durch Hunter's Combe führte, der Alte Weg.

„Horch", sagte er.

Will betrachtete den unebenen Pfad, die dichten Bäume zu beiden Seiten, den kalten grauen Streifen des frühen Morgenhimmels. „Ich kann den Fluß hören", sagte er verwundert.

„Aha", sagte Merriman.

„Aber wir sind Meilen vom Fluß entfernt, er liegt auf der anderen Seite der Heide."

Merriman neigte sein Ohr dem rauschenden, plätschernden Ton entgegen. Es hörte sich an wie ein Fluß, der viel Wasser führt, ein Fluß nach reichlichem Regenfall. „Was wir hören", sagte er, „ist nicht die Themse, es ist ein Geräusch des zwanzigsten Jahrhunderts. Siehst du, Will, die Zeichen müssen von John Wieland Smith in seiner Schmiede, in dieser Zeit, zusammengefügt werden – denn kurz nach seiner Zeit wurde die Schmiede zerstört. Aber die Zeichen wurden erst durch dich zusammengebracht, in deiner Zeit. Sie müssen also in einer Zeitblase zwischen diesen beiden Zeiten zusammengefügt werden; die Augen und Ohren der Uralten müssen beide Zeiten wahrnehmen können. Es ist kein richtiger Fluß, den wir hören. Es ist das Schmelzwasser, das in deiner eigenen Zeit die

240

Huntercombe Lane überschwemmt."

Will dachte an den Schnee und an seine Familie, die von den Fluten abgeschnitten war, und plötzlich war er ein kleiner Junge, der sich nach Hause sehnt. Merrimans dunkle Augen betrachteten ihn voller Mitgefühl. „Nicht mehr lange", sagte er.

Aus der Schmiede kamen Hammerschläge; sie drehten sich um. John Smith betätigte nicht mehr den Blasebalg, er arbeitete jetzt am Amboß, während die lange Zange am Rande der Glut bereitlag. Er benutzte nicht den gewöhnlichen schweren Hammer, sondern einen anderen, der in seiner schweren Faust lächerlich klein wirkte; ein zierliches Werkzeug, ähnlich wie die, die Wills Vater in seiner Goldschmiedewerkstatt benutzte. Aber der Gegenstand, an dem John arbeitete, war auch viel feiner als seine Hufeisen, es war eine goldene Kette mit breiten Gliedern, an der die sechs Zeichen hängen sollten. Die Zeichen lagen in einer Reihe neben Johns Hand.

John Smith schaute auf, das Gesicht vom Feuer gerötet. „Ich bin beinahe fertig."

„Sehr gut." Merriman verließ sie und trat auf den Weg hinaus. Er stand da einsam, hoch und gebieterisch in seinem langen blauen Umhang, die Kapuze zurückgeschlagen, so daß man sein schneeweißes Haar schimmern sah. Es war kein Schnee zu sehen, aber obgleich Will immer noch das Wasser rauschen hörte, war auch kein Wasser zu sehen . . .

Dann begann sich etwas zu verändern. Merriman hatte sich nicht gerührt. Er stand, den Rücken ihnen zugekehrt, die Hände fielen lose an den Seiten herunter, er stand ganz still, ohne jede Bewegung. Aber um ihn herum bewegte sich die Welt. Die Luft zitterte, die Umrisse der Bäume zitterten, der Boden und der Himmel schienen zu zittern, wurden undeutlich, alle Dinge schienen zu schwimmen, sich zu verwischen. Will betrachtete diese wabernde Welt. Ihm war ein wenig schwindlig. Allmählich begann er durch das Wasserrauschen hindurch das Murmeln vieler Stimmen zu hören. Wie ein Ort, den man durch einen Hitzeschleier betrachtet, begann sich die zitternde Welt in die Umrisse einzelner Gegenstände aufzulösen, und er sah undeutlich, daß eine große Schar von Menschen die Straße und den Raum zwischen den Bäumen und den freien Platz vor der Schmiede füllte. Sie schienen nicht ganz wirklich, nicht ganz fest; sie hatten etwas Geisterhaftes, als würden sie verschwinden, wenn man sie berührte. Sie lächelten Merriman, der sein Gesicht immer noch von Will abgewandt hatte, zu, grüßten ihn. Sie scharten sich um ihn und schauten gespannt zur Schmiede hin, wie Menschen, die einem Schauspiel beiwohnen sollen.

Aber Will und den Schmied schienen sie nicht zu sehen.

Es waren ganz verschiedene Gesichter – frohe, ernste, alte, junge, ganz weiße und tiefschwarze; jede Schattierung von Rosig und Braun war zu sehen; manche kamen Will irgendwie bekannt vor, andere waren ihm ganz fremd. Will glaubte, Gesichter von Miß Greythornes Gesellschaft wiederzuerkennen – jener Gesellschaft an einem Weihnachtstag des neunzehnten Jahrhunderts, die Hawkin zum Unheil geworden war und ihn zum Buch *Gramarye* geführt hatte –, und dann wußte er es. Alle diese Menschen, dieser endlose Zug, den Merriman herbeigerufen hatte, waren die Uralten. Aus jedem Land, aus jedem Teil der Welt waren sie gekommen, um Zeugen zu sein, wie die Zeichen verbunden wurden. Plötzlich hatte Will Angst, er wäre am liebsten in den Boden versunken, um dem Blick in diese verzauberte, große neue Welt zu entgehen.

Er dachte: Dies ist mein Volk. Dies ist meine Familie, ebenso wie meine wirkliche Familie. Die Uralten. Jeder von uns ist mit den anderen verbunden zum erhabensten Zweck der Welt.

Dann sah er, wie in der Menge eine Bewegung entstand, wie eine Welle die Straße englanglief und wie einige wegzurücken begannen, als wollten sie Platz machen. Dann hörte er die Musik: die Pfeifen, die Trommeln, fast komisch in ihrer Einfachheit. Es waren die Pfeifen und Trommeln aus seinem Traum, der vielleicht kein Traum gewesen war.

Er stand mit zusammengepreßten Händen da und wartete, und Merriman drehte sich um und stellte sich neben ihn. Aus der Menge kam die gleiche kleine Prozession, die er schon einmal gesehen hatte.

Die Gruppe der Jungen, die jetzt durch das Menschengewühl herankam, schien erstaunlicherweise wirklicher zu sein als die anderen: Es waren dieselben Knaben in ihren schlichten Kitteln und Beinkleidern, dem schulterlangen Haar, den seltsam bauchigen Kappen. Wieder trugen die ersten Stöcke und Bündel von Birkenzweigen, während die am Schluß mit Flöten und Trommeln ihre eintönige, melancholische Weise spielten. Zwischen diesen beiden Gruppen kamen wieder sechs Jungen, die auf den Schultern eine Bahre trugen, die aus Zweigen und Schilf geflochten war und an jeder Ecke einen Stechpalmenbusch trug.

Merriman sagte ganz leise: „Zum erstenmal kommen sie am St.-Stephans-Tag, dem Tag nach Weihnachten. Dann wieder in der Zwölften Nacht. Wenn es ein besonderes Jahr ist, wird zweimal im Jahr der Zaunkönig gejagt."

Aber als die Bahre sich näherte, konnte Will deutlich sehen, daß diesmal kein Zaunkönig darauf lag. Statt dessen lag die andere zarte Gestalt dort, die Alte Dame, blau gekleidet, den großen rosafarbenen Stein an der Hand. Die Jungen marschierten auf die Schmiede zu und stellten die Bahre vorsichtig ab.

Merriman beugte sich darüber und streckte die Hand aus.

Die Alte Dame öffnete die Augen und lächelte. Er half ihr auf die Füße. Nun trat sie auf Will zu und nahm seine beiden Hände in die ihren. „Gut gemacht, Will Stanton", sagte sie, und durch die Menge der Uralten, die sich auf dem Pfad drängten, ging ein zustimmendes Murmeln, das wie ein Wind in die Kronen der Bäume stieg.

Die Alte Dame wandte sich nun der Schmiede zu, wo John wartend stand. Sie sagte: „Auf Eiche und auf Eisen sollen die Zeichen zusammengefügt werden."

„Komm, Will", sagte John Smith. Zusammen traten sie an den Amboß. Will legte den Gürtel darauf, der von Anfang an die Zeichen getragen hatte. „Auf Eiche und auf Eisen?" flüsterte er.

„Aus Eisen ist der Amboß", sagte der Schmied leise, „aus Eiche ist dessen Fuß. Der große Holzklotz, auf dem der Amboß steht, ist immer aus Eichenholz – aus der Wurzel, dem stärksten Teil

243

eines Baumes. Hat dir nicht jemand vor kurzem von der Natur
des Holzes erzählt?" Seine blauen Augen zwinkerten Will an,
dann wandte er sich seiner Arbeit zu.

Er nahm die Zeichen eins nach dem andern und verband sie
miteinander. In die Mitte setzte er das Zeichen von Feuer und
Wasser, an die eine Seite die Zeichen aus Bronze und Eisen, an
die andere die Zeichen aus Holz und Stein. An jedem Ende befestigte er ein Stück der starken Goldkette. Er arbeitete schnell
und geschickt, und Will schaute zu. Die große Schar der Uralten draußen war so still wie wachsendes Gras. Außer dem
Klopfen des Hammers und dem gelegentlichen Fauchen des
Blasebalges hörte man nichts als das rinnende Schmelzwasser
auf der Straße, das jahrhunderteweit in der Zukunft floß und
doch so nah war.

„Es ist geschafft", sagte der Schmied endlich.

Feierlich reichte er Will die schimmernde Kette der vereinigten
Zeichen, und Will blieb der Atem stehen, so schön war sie. Und
als er die Kette nun hielt, fühlte er, daß ein starker wilder
Strom von ihr ausging, die kraftvolle, stolze Sicherheit der
Macht.

Will war überrascht: Die Gefahr war vorbei, die Finsternis ge-
flohen – zu welchem Zweck diente diese Macht? Immer noch
verwundert ging er auf die Alte Dame zu, legte die Kette in ihre
Hände und kniete vor ihr nieder.

Sie sagte: „Es ist für die Zukunft, Will, verstehst du das nicht?
Diese Kette ist das zweite der machtvollen Dinge, die so viele
Jahrhunderte geschlafen haben, und sie stellen einen großen
Teil unserer Macht dar. Jedes dieser machtvollen Dinge wurde
zu einer anderen Zeit von einem anderen Handwerker, einem
Diener des Lichts, hergestellt, um für den Tag aufbewahrt zu
werden, wo es gebraucht würde. Es gibt einen goldenen Kelch,
der Gral genannt; es gibt diesen Kreis der Zeichen, es gibt ein
Schwert aus Kristall und eine Harfe aus Gold. Der Gral und die
Zeichen sind gefunden worden und in Sicherheit, die anderen
müssen wir noch suchen, neue Aufgaben für andere Zeiten.
Aber wenn erst alle beisammen sind, wird sich die Finsternis
zum letztenmal erheben und ihren endgültigen und furchtbar-

sten Kampf um die Welt führen, und wir werden die sichere Hoffnung haben, sie zu überwinden."

Sie hob den Kopf und überschaute die zahllose, geisterhafte Schar der Uralten. *„Die Finternis erhebt sich"*, sagte sie mit tonloser Stimme, und die vielen Stimmen antworteten mit einem leisen, drohenden Gemurmel: *„Sechs schlagen sie zurück."*

Dann blickte sie wieder auf Will herunter, und zärtliche Fältchen bildeten sich in ihren Augenwinkeln. „Zeichensucher", sagte sie, „durch deine Geburt und deinen Geburtstag bist du in dein Erbe eingetreten, und der Kreis der Uralten wurde vollständig für jetzt und immer. Und dadurch, daß du von der Gabe des Buches *Gramarye* so guten Gebrauch gemacht hast, hast du eine große Aufgabe erfüllt und die Probe bestanden. Bis wir uns wiedersehen, und wir werden uns wiedersehen, bis dahin denken wir mit Stolz an dich."

Wieder erhob sich das Gemurmel der Menge, aber es war anders als zuvor, herzlich und zustimmend. Und die Dame neigte sich, und mit ihren feinen schmalen Händen, an denen der Rosenstein schimmerte, legte sie Will die Kette um den Hals. Dann küßte sie ihn leicht auf die Stirn. Es war, als habe eine Vogelschwinge ihn sanft berührt.

„Lebe wohl, Will Stanton", sagte sie.

Das Stimmengemurmel schwoll an. In einem Gewirr von Bäumen und Flammen drehte sich die Welt um Will, und freudiger und lauter als je zuvor erklang die glockenklare Zaubermelodie. Sie klang und tönte in seinem Kopf und erfüllte ihn mit solchem Entzücken, daß er die Augen schloß und sich ihrer Schönheit überließ; diese Musik, das wußte er für den Bruchteil einer Sekunde, war der Geist und das Wesen des Lichts.

Aber dann begann sie zu verblassen, sich zu entfernen, lockend und ein wenig traurig, wie es immer gewesen war, verklang sie, während das Rauschen des Wassers sie nach und nach verdrängte. Will schrie vor Kummer und öffnete die Augen.

Er kniete im grauen toten Licht des frühen Morgens auf dem verharschten Schnee neben der Huntercombe Lane, an einer Stelle, die er nicht wiedererkannte. Kahle Bäume erhoben sich aus dem nassen, halbgetauten Schnee zu beiden Seiten der Straße. Die glatte, gepflasterte Oberfläche der Straße war wieder sichtbar, nur in den Gossen rauschte das Wasser mit dem wilden Gegurgel eines Wildbaches . . . Die Straße war leer. Niemand war zu sehen.

Das Gefühl des Verlustes war so stark, daß Will hätte weinen können; die große, herzliche Schar der Freunde, das Licht und der Glanz und die Feierlichkeit und die Alte Dame: Alles war entschwunden, entflohen, hatte ihn allein gelassen.

Er legte die Hand an den Hals. Die Zeichen waren noch da.

Hinter ihm sagte Merrimans tiefe Stimme: „Es ist Zeit, heimzugehen."

„Oh", sagte Will traurig, ohne sich umzudrehen. „Ich bin froh, daß wenigstens Sie da sind."

„Das hört sich sehr fröhlich an", sagte Merriman trocken. „Zügele deine Begeisterung, ich bitte dich."

Will setzte sich auf die Fersen zurück und blickte Merriman über die Schulter hinweg an. Merriman blickte mit tiefster Feierlichkeit auf ihn hinunter mit seinen dunklen Eulenaugen, und plötzlich machten sich alle Gefühle, die in Wills Brust zu einer unerträglichen Last verknotet waren, Luft und lösten sich in Gelächter. Um Merrimans Mund zuckte es ein wenig. Er streckte seine Hand aus, und Will rappelte sich, immer noch lachend, auf.

„Es war nur . . .", sagte Will, dann unterbrach er sich, nicht sicher, ob er nun weinte oder lachte.

„Es war – eine Veränderung", sagte Merriman leise. „Kannst du jetzt gehen?"

„Natürlich kann ich gehen", sagte Will empört. Er blickte sich um. Wo die Schmiede gewesen war, stand ein etwas verkommenes Ziegelgebäude. Unter dem Schnee waren Spuren von Pflanzkästen und Gemüsebeeten zu erkennen. Er blickte schnell auf und sah die Umrisse eines bekannten Gebäudes. „Es ist das Schloß", sagte er.

„Der Hintereingang", sagte Merriman. „In der Nähe des Dorfes. Wird gewöhnlich von Lieferanten benutzt – und von Butlern." Er lächelte Will verschmitzt zu.

„Und hier ist wirklich einmal die alte Schmiede gewesen?"

„Auf alten Plänen des Schlosses heißt es das ‚Schmiedetor'",
sagte er. „Historiker, die über Buckinghamshire und über
Huntercombe schreiben, zerbrechen sich gern den Kopf,
warum es so heißt. Sie raten immer falsch."

Will blickte durch die Bäume zu den hohen gotischen Kaminen
und Giebeln des Schlosses hinüber. „Ist Miß Greythorne zu
Hause?"

„Ja, sie ist jetzt zu Hause. Aber hast du sie nicht in der Menge
gesehen?"

„Der Menge?" Will merkte, daß sein Mund vor Erstaunen offen stand und machte ihn schnell zu. Widersprüchliche Bilder
jagten durch seinen Kopf. „Wollen Sie sagen, daß sie eine der
Uralten ist?"

Merriman zog die eine Augenbraue hoch: „Nun komm schon,
Will, dein Verstand hat dir das längst gesagt."

„Ja . . . nun, doch. Aber ich wußte nie genau, welche Miß
Greythorne zu uns gehörte, die eine von heute oder die von der
Weihnachtsfeier. Nun, nun ja, ich glaube, ich wußte auch
das." Er blickte zaghaft zu ihm auf. „Es ist dieselbe, nicht
wahr?"

„So ist es schon besser", sagte Merriman. „Und Miß Greythorne gab mir, während du und John Wieland Smith bei der
Arbeit wart, zwei Geschenke zur Zwölften Nacht. Das eine ist
für deinen Bruder Paul, und das andere ist für dich." Er zeigte
Will zwei kleine Päckchen, die in etwas Seidiges eingewickelt
waren, dann ließ er sie wieder unter dem Umhang verschwinden. „Das Geschenk für Paul ist sozusagen ein normales Geschenk. Mehr oder weniger. Deins ist etwas, das du erst in der
Zukunft benutzen darfst, wenn dein eigenes Urteil dir sagt,
daß du es brauchst."

„Die Zwölfte Nacht", sagte Will. „Ist das heute?" Er blickte
zum grauen Morgenhimmel auf. „Merriman, wie haben Sie es
fertiggebracht, daß meine Familie mich nicht vermißt hat?
Geht es meiner Mutter wirklich gut?"

„Natürlich", sagte Merriman. „Und du hast die Nacht schla-
fend im Schloß verbracht . . . Komm jetzt, das sind nur un-

wichtige Dinge. Ich kenne alle deine Fragen. Du wirst die Antworten bekommen, wenn du erst zu Hause bist, und in Wirklichkeit kennst du sie auch schon."

Er senkte sein Gesicht zu Will hinunter, und die tiefen dunklen Augen starrten ihn zwingend wie Basiliskenaugen an: „Komm, Uralter", sagte er leise, „erinnere dich. Du bist kein kleiner Junge mehr."

„Nein", sagte Will. „Ich weiß es."

Merriman sagte: „Aber manchmal fühlst du, wieviel angenehmer das Leben wäre, wenn du es doch noch wärst."

„Manchmal", sagte Will und grinste. „Aber nicht immer."

Sie wandten sich um, traten über das Rinnsal am Straßenrand hinweg und gingen zusammen die Huntercombe Lane hinunter auf das Haus der Stantons zu.

Es wurde heller, und ein Lichtstreifen zeigte sich vor ihnen am Horizont, dort, wo gleich die Sonne aufgehen würde. Ein dünner Nebel hing über dem Schnee zu beiden Seiten der Straße, wand sich um die kahlen Bäume und die kleinen Rinnsale. Es war ein verheißungsvoller Morgen, der dunstige, wolkenlose Himmel zeigte schon ein zartes Blau, ein Himmel, wie Huntercombe ihn schon seit langem nicht gesehen hatte. Sie gingen nebeneinander her wie alte Freunde, ohne viel zu sagen, teilten sich das Schweigen, das nicht so sehr Schweigen ist als vielmehr eine Art von stummem Gespräch. Ihre Schritte hallten auf der nackten, feuchten Straße; sonst war im Dorf nichts zu hören außer dem Lied einer Drossel und dem Geräusch von entferntem Schneeschaufeln. An der einen Seite ragten kahle Bäume empor, und Will merkte, daß sie am Krähenwäldchen angekommen waren. Er schaute nach oben. Kein Laut kam aus den Bäumen oder aus den unordentlichen großen Nestern hoch oben in den nebelverhangenen Zweigen.

„Die Krähen sind sehr still", sagte er.

Merriman sagte: „Sie sind gar nicht da."

„Nicht da? Warum nicht? Wo sind sie?"

Merriman lächelte, ein kurzes, grimmiges Lächeln. „Wenn die

Himmelhunde jagen, darf sich kein Tier und kein Vogel sehen lassen, sonst werden sie vor Angst wahnsinnig. In diesem ganzen Königreich werden die Bauern da, wo Herne mit der Wilden Jagd vorbeigekommen ist, ihre Tiere nicht mehr finden, wenn sie gestern frei herumgelaufen sind. In den alten Tagen wußte man das besser. Überall auf dem Lande wurden am Vorabend der Zwölften Nacht die Haustiere eingesperrt, für den Fall, daß die Jagd ritt."

„Aber was geschieht? Kommen sie um?" Trotz aller Dienste, die die Krähen der Finsternis geleistet hatten, wollte Will nicht gern glauben, daß sie alle tot waren.

„O nein, nein", sagte Merriman. „Sie sind nur zerstreut. Hierhin und dorthin durch den Himmel gehetzt, solange es den Hunden Freude macht, sie zu hetzen. Die Schicksalshunde töten keine lebenden Wesen und fressen kein Fleisch . . . Die Krähen werden sich schließlich wieder einfinden, erschöpft, zerzaust und entmutigt. Klügere Vögel, die nichts mit der Finsternis zu schaffen hatten, hätten sich in der vergangenen Nacht versteckt, zwischen Zweigen oder unter Giebeln, dort, wo man sie nicht sehen kann. Die es getan haben, sind unversehrt an ihrem Ort. Aber es wird eine Weile dauern, bis unsere Freunde, die Krähen, sich erholt haben. Ich glaube, sie werden dich nicht mehr belästigen, Will, aber an deiner Stelle würde ich keiner mehr trauen."

„Sehen Sie", sagte Will und wies die Straße entlang. „Da sind zwei, denen man trauen kann." Stolz schwellte seine Stimme, als die beiden Hunde der Stantons, Raq und Ci, die Straße hinunter auf sie zugestürmt kamen. Sie sprangen an Will hoch, bellten und winselten vor Freude, leckten seine Hände in einer so stürmischen Begrüßung, als wäre er einen Monat weggewesen. Will beugte sich zu ihnen, sprach zu ihnen, war eingehüllt in wedelnde Schwänze, warme keuchende Köpfe, große nasse Pfoten. „Runter, ihr Idioten", sagte er glücklich.

Merriman sagte sehr sanft: „Ruhig, ruhig!" Sofort beruhigten sich die Hunde, nur ihre Schwänze wedelten begeistert. Beide Tiere wandten sich einen Augenblick Merriman zu, dann trotteten sie in freundschaftlichem Schweigen an Wills Seite. Bald

hatten sie die Auffahrt zum Haus erreicht, das Schaufelge-
räusch wurde lauter, und als sie um die Ecke bogen, sahen sie
Paul und Mr. Stanton, die dick vermummt Schnee und Blätter
und Zweige von einem Kanalgitter schaufelten.

„Na also", sagte Mr. Stanton und lehnte sich auf seine Schau-
fel.

„Hallo, Papa", rief Will munter, lief auf ihn zu und umarmte
ihn.

Merriman sagte: „Guten Morgen."

„Der alte George sagte, du würdest früh auf sein", sagte Mr.
Stanton, „aber ich hätte nicht gedacht, daß es so früh sein würde. Wie ist es Ihnen nur gelungen, ihn wach zu kriegen?"

„Ich bin von selbst wach geworden", sagte Will. „Jawohl. Zum
neuen Jahr habe ich mir vorgenommen, ein neues Blatt aufzu-
schlagen. Und was machst du da?"

„Ich drehe alte Blätter um", sagte Paul.

„Ha, ha, ha."

„Das tun wir tatsächlich. Das Tauwetter kam so plötzlich, daß
der Boden noch gefroren war und das Wasser nicht wegsickern
konnte. Jetzt beginnen die Abflußkanäle aufzutauen, aber
alles ist mit angeschwemmtem Dreck verstopft. Wie zum Beispiel das hier." Er hob ein tropfendes Bündel auf.

Will sagte: „Ich hole mir auch einen Spaten und helfe euch."

„Willst du nicht zuerst frühstücken?" sagte Paul. „Kaum zu
glauben, aber Mary macht tatsächlich Frühstück. Zum neuen
Jahr werden hier offenbar lauter neue Blätter aufgeschla-
gen."

Will merkte plötzlich, daß er seit langem nichts gegessen und
einen Wolfshunger hatte. „Hm", sagte er.

„Kommen Sie herein und frühstücken Sie mit uns, oder trinken Sie wenigstens eine Tasse Tee", sagte Mr. Stanton zu Merriman. „So früh am Morgen ist es ein kalter Weg vom Schloß
bis hierher. Ich bin Ihnen wirklich sehr dankbar, daß Sie ihn
begleitet haben, ganz zu schweigen davon, daß Sie ihn für die
Nacht untergebracht haben."

Merriman schüttelte lächelnd den Kopf, schlug den Kragen
seines Gewandes hoch, das sich kaum merklich wieder in einen

schweren Überzieher aus dem zwanzigsten Jahrhundert verwandelt hatte. „Vielen Dank, aber ich muß zurück."

„Will!" ertönte ein Schrei, und Mary kam die Auffahrt heruntergeflogen. Will ging ihr entgegen, sie rutschte aus und stieß ihn in den Magen. „War es schön im Schloß? Hast du in einem Himmelbett geschlafen?"

„Nicht eigentlich", sagte Will. „Aber wie geht es dir?"

„Natürlich gut. Ich bin auf dem Pferd des alten George geritten, auf einem von Dawsons Riesenpferden, den Paradepferden. Er hat mich auf der Straße eingeholt, bald nachdem ich aus dem Haus gegangen war. Es kommt mir so vor, als wäre es lange her, nicht erst letzte Nacht." Sie blickte Will etwas verlegen an. „Ich hätte wohl nicht hinter Max herlaufen sollen, aber alles ging so schnell, und ich machte mir Sorgen, weil keine Hilfe für Mama kam . . ."

„Geht es ihr denn wirklich gut?"

„Es kommt bald alles wieder in Ordnung, sagt der Doktor. Der Knöchel ist nur verstaucht, nicht gebrochen. Aber sie wurde ohnmächtig und soll eine Woche oder so liegenbleiben. Sie ist ganz munter, du wirst es ja sehen."

Will blickte die Auffahrt hinunter. Paul, Merriman und sein Vater standen lachend und plaudernd beieinander. Vielleicht war sein Vater doch zu der Ansicht gekommen, daß der Butler Lyon ein guter Kerl war und nicht nur ein feudales Relikt.

Mary sagte: „Es tut mir leid, daß du dich im Wald verirrt hast. Es war meine Schuld. Du und Paul, ihr müßt ziemlich dicht hinter mir gewesen sein. Nur gut, daß der alte George schließlich wußte, wo alle waren. Der arme Paul, er hat sich schreckliche Sorgen gemacht, als du auch noch weg warst." Sie kicherte, versuchte dann, ein zerknirschtes Gesicht zu machen, was ihr aber nicht gelingen wollte.

„Will!" Paul kam aufgeregt auf sie zugelaufen. „Sieh doch mal! Miß Greythorne sagt, ich könnte sie für immer geliehen haben, die Gute – sieh doch nur!" Sein Gesicht war vor Freude gerötet. Das Päckchen, das Merriman gebracht hatte, war jetzt geöffnet, und Will entdeckte darin die alte Flöte aus dem Schloß.

Lächelnd blickte er zu Merriman auf. Die dunklen Augen waren ernst auf ihn gerichtet, und Merriman hielt ihm das zweite Päckchen hin. „Dies schickt die Schloßherrin für dich."

Will öffnete die Hülle. Darin lag ein kleines glänzendes Jagdhorn, das Metall war vor Alter ganz dünn. Wills Blick hob sich schnell zu Merrimans Gesicht und senkte sich dann wieder.

Mary hüpfte lachend umher. „Los, Will, blas mal drauf. Das wird man bis Windsor hören. Los!"

„Später", sagte Will. „Ich muß es erst lernen. Bitte, danken Sie Miß Greythorne sehr in meinem Namen", sagte er zu Merriman.

Merriman neigte den Kopf. „Jetzt muß ich aber gehen."

Roger Stanton sagte: „Ich kann Ihnen gar nicht sagen, wie dankbar wir Ihnen für all Ihre Hilfe sind. Für alles – während dieses schrecklichen Wetters – und die Kinder – Sie waren wirklich ganz außergewöhnlich . . ." Die Worte gingen ihm aus, aber er schüttelte Merrimans Hand mit einer solchen Herzlichkeit, daß Will dachte, er würde nie mehr aufhören.

Das gefurchte, scharfgeschnittene Gesicht wurde weich; Merriman sah erfreut und ein wenig überrascht aus. Er lächelte und nickte, sagte aber nichts. Auch Paul und Mary gaben ihm die Hand. Dann lag Wills Hand in seinem festen Griff, er spürte einen schnellen Händedruck, und ein kurzer, eindringlicher Blick traf ihn aus den tiefen dunklen Augen. Merriman sagte: „Au revoir, Will."

Er hob die Hand zum Gruß und schritt davon, die Straße hinunter. Will ging ihm zögernd nach. Mary sagte, an seiner Seite hüpfend: „Hast du vorige Nacht die Wildgänse gehört?"

„Gänse?" sagte Will barsch. Er hatte nicht richtig zugehört. „Gänse? Bei dem Sturm?"

„Was für ein Sturm?" fragte Mary, und gleich plapperte sie weiter: „Wildgänse, es müssen Tausende gewesen sein. Wahrscheinlich sind sie auf der Wanderung. Wir haben sie nicht gesehen – aber dieser tolle Lärm, zuerst kam dieses Gekrächz von den verrückten Krähen aus dem Wäldchen und dann lange, lange so eine Art Kläffen am Himmel. Ganz hoch oben. Es war schaurig schön."

„Ja", sagte Will, „ja, das muß es gewesen sein."

„Du schläfst ja noch halb", sagte Mary entrüstet und hüpfte bis zum Ende der Auffahrt hinunter. „Mein Gott! Will! Schau doch!"

Sie hatte hinter einem Baum unter den Resten einer Schneewehe etwas entdeckt. Will kam herbei und sah zwischen dem nassen Unterholz die große Karnevalsmaske mit den Eulenaugen, dem Menschengesicht, dem Hirschgeweih. Er schaute und schaute und konnte kein Wort herausbringen. Der Kopf war unversehrt, bunt und trocken, wie er immer gewesen war und immer sein würde. So hatte er Herne den Jäger vor sich am Himmel gesehen, und doch war es anders gewesen.

Immer noch starrte er, ohne zu sprechen.

„Nein, so was", sagte Mary fröhlich. „Du hast aber Glück, daß sie dort steckengeblieben ist. Mama wird sich auch freuen. Sie war wieder bei Bewußtsein, als das Wasser so plötzlich stieg. Ihr wart natürlich nicht da. Das Wasser überschwemmte das ganze Erdgeschoß, und aus dem Wohnzimmer wurden viele Sachen weggespült, bevor wir es merkten. Auch der Kopf war dabei – Mama war ganz traurig, weil sie wußte, daß du es auch sein würdest. Nein, sieh dir das an, so was . . ."

Immer noch munter plaudernd betrachtete sie den Kopf näher, aber Will hörte nicht mehr zu. Der Kopf lag ganz nah an der Gartenmauer, die immer noch unter dem Schnee lag, aber an beiden Seiten schon wieder zum Vorschein kam. Und auf der Schneewehe an der Außenseite, die die Böschung zur Straße bedeckte und das Rinnsal in der Gosse überragte, waren Spuren zu sehen. Es waren die Hufspuren eines Pferdes, das hier angehalten und gewendet hatte und über den Schnee davongaloppiert war. Aber es waren nicht die Abdrücke gewöhnlicher Hufeisen, es waren Kreise, die durch ein Kreuz geviertelt wurden: die Abdrücke der Hufeisen, mit denen John Wieland Smith ganz zu Anfang die weiße Stute des Lichts beschlagen hatte.

Will betrachtete die Abdrücke und die Karnevalsmaske und schluckte. Er ging bis zum Ende der Auffahrt und blickte die Huntercombe Lane hinunter; er konnte Merrimans Rücken

253

noch sehen, seine hohe, dunkel gekleidete Gestalt, die sich immer mehr entfernte. Dann sträubte sich sein Haar und seine Pulse standen still, denn hinter ihm erklang ein Ton, so süß, daß es in der scharfen Luft dieses grauen, kalten Morgens unfaßbar schien. Es war der weiche, liebliche, sehnsuchtsvolle Ton der alten Flöte aus dem Schloß; Paul hatte nicht widerstehen können und versuchte sich darauf. Er spielte wieder einmal „Greensleves". Die elfische, zauberhafte Melodie wiegte sich auf der stillen Morgenluft; Will sah, wie Merriman den buschigen weißen Kopf hob, aber er hielt den Schritt nicht an.

Während Will immer noch dastand, der Musik lauschte und die Straße entlang blickte, sah er, wie die Bäume und der Nebel und das Stück Straße, auf das Merriman zuging, in einer Weise zu zittern und zu schwanken begannen, die er schon kannte. Und dann sah er, wie das große Tor Gestalt annahm, so wie er es auf dem offenen Abhang und im Schloß gesehen hatte: die hohen, geschnitzten Flügel, die aus der Zeit herausführten, standen allein und aufrecht auf dem Alten Weg, der jetzt die Huntercombe Lane hieß. Ganz langsam öffneten sie sich. Die Musik in Wills Rücken brach ab, Paul lachte und sprach unverständliche Worte – aber die Musik in Wills Kopf hörte nicht auf zu klingen, es war jetzt die zauberhafte Glockenmelodie, die immer das Öffnen des Tores begleitete und bei jedem großen Wechsel im Leben eines Uralten erklang. Will ballte die Fäuste, er sehnte sich danach, dem süßen lockenden Ton zu folgen, der der Raum zwischen Wachen und Träumen, zwischen gestern und morgen, zwischen Erinnerung und Vorstellung war.

Allmählich entfernte sich die Musik, verhallte, während draußen auf dem Alten Weg Merrimans hohe Gestalt, jetzt wieder umweht von dem blauen Umhang, durch das Tor trat. Hinter ihm schwangen die hohen, schweren, geschnitzten Eichenflügel langsam zusammen und schlossen sich schließlich leise. Jetzt erst war das letzte Echo der Zaubermelodie verklungen, und das Tor war verschwunden.

In einem Schwall gelbweißen Lichtes ging die Sonne über Huntercombe und dem Themsetal auf.

Werner J. Egli

Die Rückkehr des Kirby Halbmond

Roman · 196 Seiten

Kirby Halbmond, ein junger Halbindianer, ist mit 16 Jahren in die Neonwelt der Stadt gegangen. Die Heimat seiner Vorväter am Bear River, im Westen Kanadas, ist durch den Bau eines Staudammes weitgehend zerstört worden. Sein Dorf versank in den Fluten, Vegetation und Klima veränderten sich, Waldbrände zerstörten große Teile des Baumbestandes. Auch die Menschen haben sich verändert, die alten indianischen Werte gerieten in Vergessenheit – nur Profit und Konsum zählen.

Doch nach drei Jahren kehrt Kirby zurück. Am Bear River werden Probebohrungen nach Öl durchgeführt und Kirbys Brüder versuchen, das mit Gewalt zu verhindern. Kirby wird tiefer in den Streit verwickelt, als es ihm lieb ist.

Der Roman ist ein Appell gegen die grenzenlose Ausbeutung der Natur, gegen Machtmißbrauch – ein engagierter Aufruf für den Umweltschutz.

C. Bertelsmann